OSTROŻNIE
Z MARZENIAMI

Tego autora również:
ALE TO NIE WSZYSTKO
CO DO GROSZA
CÓRKA MARNOTRAWNA
CZY POWIEMY PANI PREZYDENT?
FAŁSZYWE WRAŻENIE
JEDENASTE PRZYKAZANIE
KANE I ABEL
KRÓTKO MÓWIĄC
PIERWSZY MIĘDZY RÓWNYMI
SPRAWA HONORU
STAN CZWARTY
SYNOWIE FORTUNY
ŚCIEŻKI CHWAŁY
WIĘZIEŃ URODZENIA
ZŁODZIEJSKI HONOR

CZAS POKAŻE
ZA GRZECHY OJCA
SEKRET NAJPILNIEJ STRZEŻONY

a także:
EWANGELIA WEDŁUG JUDASZA

JEFFREY ARCHER

KRONIKI CLIFTONÓW TOM IV

OSTROŻNIE Z MARZENIAMI

Przełożyła
Danuta Sękalska

DOM WYDAWNICZY REBIS

Tytuł oryginału
Be Careful What You Wish For

Copyright © Jeffrey Archer 2014
The right of Jeffrey Archer to be identified as the
author of this work has been asserted by him in accordance
with the Copyright, Designs and Patents Act 1988.
All rights reserved

First published 2014 by Macmillan
an imprint of Pan Macmillan, a division of Macmillan Publishers Limited

Copyright © for the Polish edition by REBIS Publishing House Ltd.,
Poznań 2014

Redaktor
Katarzyna Raźniewska

Opracowanie graficzne serii i projekt okładki
Zbigniew Mielnik

Fotografie na okładce
© Corbis/FotoChannels

Książka, którą nabyłeś, jest dziełem twórcy i wydawcy. Prosimy, abyś przestrzegał praw, jakie im przysługują. Jej zawartość możesz udostępnić nieodpłatnie osobom bliskim lub osobiście znanym. Ale nie publikuj jej w internecie. Jeśli cytujesz jej fragmenty, nie zmieniaj ich treści i koniecznie zaznacz, czyje to dzieło. A kopiując jej część, rób to jedynie na użytek osobisty.

Szanujmy cudzą własność i prawo.
Więcej na www.legalnakultura.pl
Polska Izba Książki

Wydanie I
Poznań 2014

ISBN 978-83-7818-580-2

Dom Wydawniczy REBIS Sp. z o.o.
ul. Żmigrodzka 41/49, 60-171 Poznań
tel. 061-867-47-08, 061-867-81-40; fax 061-867-37-74
e-mail: rebis@rebis.com.pl
www.rebis.com.pl

Gwyneth poświęcam

Za bezcenną pomoc i zbieranie materiałów
pragnę podziękować wymienionym niżej osobom:
Simon Bainbridge, Eleonor Dryden, profesor Ken Howard,
członek Akademii Królewskiej, Cormac Kinsella,
National Railway Museum, Bryan Organ, Alison Prince,
Mari Roberts, dr Nick Robins, Shu Ueyama,
Susan Watt i Peter Watts.

BARRINGTONOWIE

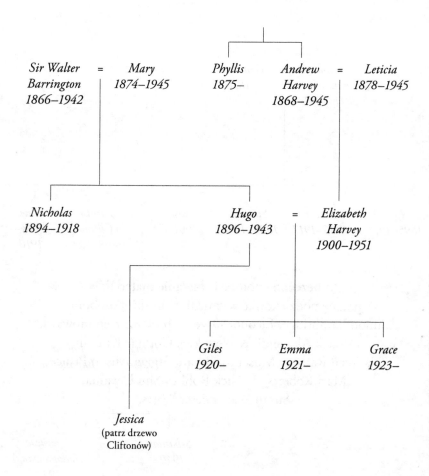

CLIFTONOWIE

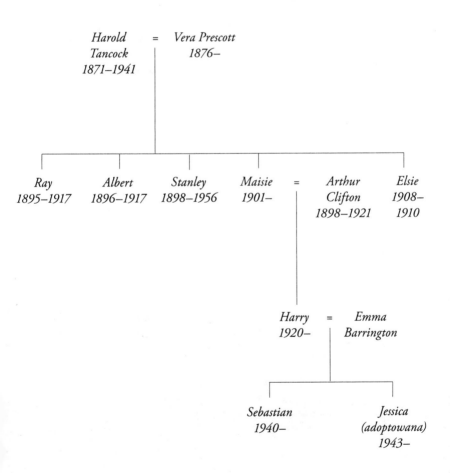

PROLOG

Sebastian mocniej ścisnął kierownicę. Ciężarówka dotarła do łagodnego zakrętu mgi, ustrachinęła mały samochód i zerwała tablicę rejestracyjną, która poleciała wysoko w powietrze. Sebastian próbował podjechać choć trochę do przodu, ale nie był w stanie przyspieszyć, gdyż mógłby w tych wąskich ciężarówek przód, a obaj zaryzykować, że zostaną spychowani.

Kilka sekund później został popchnięty drugi raz, gdy ciężarówka z tyłu najechała na mgi z dużo większą siłą, tak że nieomal otarł się o tę z przodu. Dopiero za zęcim uderzeniem Sebastianowi przemknęły przez głowe słowa Brunona: „Czy jesteś pewien, że podjąłęś słuszną decyzję". Spojrzał z boku na przyjaciela, który obiema rękami trzymał się kurczowo deski rozdzielczej.

— Oni próbują nas zabić! — wykrzyknął. — Na Boga, Sebastian coś...

Sebastian spojrzał bezradnie na pasmo ruchu biegnące na południe, gdzie nieprzerwany strumień pojazdów zmierzał w przeciwnym kierunku.

Kiedy ciężarówka z przodu zaczęła zwalniać, Sebastian wiedział, że jeśli chcą mieć choć najmniejszą szansę przeżycia, to musi podjąć decyzję, i to podjąć ją szybko. Spojrzał na drugą stronę drogi, rozpaczliwie szukając jakiejś luki w strumieniu samochodów. Gdy ciężarówka z tyłu uderzyła w mgi z warto brać, zrozumiał, że nie ma wyboru.

Gwałtownie skręcił kierownicę w prawo i śmignął przez trawiasty pas prosto pod pędzące na niego samochody. Mocno wcisnął pedał gazu i błagał niebiosa, żeby dotrzeć do szerokich otwartych pól, które widział przed sobą, zanim uderzy w nich jakiś samochód.

Furgonetka i samochód gwałtownie zahamowały i skręciły

11

PROLOG

Sebastian mocniej ścisnął kierownicę. Ciężarówka dotknęła tylnego zderzaka mg, szturchnęła mały samochód i zerwała tablicę rejestracyjną, która pofrunęła wysoko w powietrze. Sebastian próbował podjechać choć trochę do przodu, ale nie był w stanie przyspieszyć, gdyż mógłby wtedy wpaść na ciężarówkę przed sobą i zaryzykować, że zostaną sprasowani.

Kilka sekund później zostali popchnięci drugi raz, gdy ciężarówka z tyłu najechała na mg z dużo większą siłą, tak że niemal otarli się o tę z przodu. Dopiero za trzecim uderzeniem Sebastianowi przemknęły przez głowę słowa Brunona: „Czy jesteś pewien, że podjąłeś słuszną decyzję?". Spojrzał z boku na przyjaciela, który obiema rękami trzymał się kurczowo deski rozdzielczej.

– Oni próbują nas zabić! – wykrzyczał. – Na Boga, Seb, zrób coś!

Sebastian spojrzał bezradnie na pasma ruchu biegnące na południe, gdzie nieprzerwany strumień pojazdów zmierzał w przeciwnym kierunku.

Kiedy ciężarówka z przodu zaczęła zwalniać, Sebastian wiedział, że jeśli chcą mieć choć najmniejszą szansę przeżycia, to musi podjąć decyzję, i to podjąć ją szybko. Spojrzał na drugą stronę drogi, rozpaczliwie szukając jakiejś luki w strumieniu samochodów. Gdy ciężarówka z tyłu uderzyła w mg czwarty raz, zrozumiał, że nie ma wyboru.

Gwałtownie skręcił kierownicę w prawo i śmignął przez trawiasty pas prosto pod pędzące na niego samochody. Mocno wcisnął pedał gazu i błagał niebiosa, żeby dotrzeć do szerokich, otwartych pól, które widział przed sobą, zanim uderzy w nich jakiś samochód.

Furgonetka i samochód gwałtownie zahamowały i skręciły,

żeby nie zderzyć się z małym mg, który tuż przed nimi pędem przeciął szosę. Przez jedną chwilę Sebastian myślał, że mu się uda, gdy wtem ujrzał przed sobą drzewo. Zdjął stopę z pedału gazu i mocno skręcił kierownicę w lewo, ale było za późno. Usłyszał jeszcze krzyk Brunona.

HARRY I EMMA
1957–1958

1

Harry Clifton zbudził się na dźwięk telefonu. Coś mu się śniło, ale nie pamiętał co. Może uporczywy metaliczny dźwięk też mu się śnił? Niechętnie się obrócił i spojrzał na zielone fosforyzujące wskazówki zegarka na nocnym stoliku: 6.43. Uśmiechnął się. Tylko jedna osoba może do niego telefonować tak wcześnie rano. Podniósł słuchawkę i wymamrotał przesadnie zaspanym głosem:
– Dzień dobry, kochanie.
Nie było odpowiedzi i przez moment Harry się zastanawiał, czy telefonistka w hotelu nie pomyliła pokoju. Już chciał odłożyć słuchawkę, kiedy usłyszał płacz.
– Czy to ty, Emmo?
– Tak – padła odpowiedź.
– Co się stało? – spytał uspokajającym tonem.
– Sebastian nie żyje.
Harry nie od razu odpowiedział, bo teraz chciał wierzyć, że wciąż śni.
– Jak to możliwe? – powiedział w końcu. – Nie dalej jak wczoraj z nim rozmawiałem.
– Zginął dziś rano – oznajmiła Emma. Widać mogła wypowiedzieć tylko kilka słów naraz.
Harry usiadł, nagle całkowicie przebudzony.
– W wypadku samochodowym – ciągnęła Emma, łkając.
Harry usiłował zachować spokój, czekając, aż żona mu powie, co dokładnie się wydarzyło.
– Jechali razem do Cambridge.
– Jechali? – powtórzył Harry.
– Sebastian i Bruno.
– Czy Bruno żyje?

– Tak. Leży w szpitalu w Harlow i lekarze nie wiedzą, czy dożyje do rana.

Harry odrzucił koc i postawił stopy na dywanie. Drżał z zimna i ogarnęły go mdłości.

– Natychmiast pojadę taksówką na lotnisko i złapię pierwszy samolot do Londynu.

– Jadę prosto do szpitala – powiedziała Emma. Nic więcej nie dodała i Harry już myślał, że przerwało się połączenie, gdy usłyszał jej szept: – Potrzebują kogoś, kto zidentyfikuje ciało.

Emma odłożyła słuchawkę, ale upłynęło trochę czasu, zanim zebrała siły i zdołała wstać. W końcu przeszła chwiejnie przez pokój, czepiając się mebli, niczym marynarz w czas burzy. Otworzyła drzwi salonu i ujrzała stojącego w holu Marsdena z opuszczoną głową. Nigdy nie widziała, żeby ten stary sługa okazał choćby ślad wzruszenia w obliczu kogoś z rodziny, i z trudem rozpoznała skurczoną figurkę trzymającą się kurczowo gzymsu kominka; zwykła maska opanowania opadła wobec okrutnej obecności śmierci.

– Mabel spakowała pani torbę podróżną – wyjąkał – i jeśli pani pozwoli, odwiozę panią do szpitala.

– Dziękuję ci, Marsden, to bardzo uprzejmie z twojej strony – powiedziała Emma, kiedy otworzył przed nią frontowe drzwi.

Marsden wziął ją pod rękę, gdy schodzili razem schodami do samochodu; nigdy dotychczas jej nie dotknął. Otworzył drzwi samochodu, ona wsiadła i klapnęła na skórzaną kanapę, jakby była starą kobietą. Marsden włączył silnik, wrzucił pierwszy bieg i wyruszył w długą podróż z Manor House do Princess Alexandra Hospital w Harlow.

Emma nagle sobie uświadomiła, że nie zatelefonowała do brata ani do siostry, żeby ich zawiadomić, co się stało. Zadzwoni do Grace i Gilesa wieczorem, kiedy prawdopodobnie będą sami. To nie było coś, czym chciałaby się podzielić w obecności obcych. Wtem poczuła przeszywający ból żołądka, jak dźgnięcie nożem. Kto powie Jessice, że nigdy więcej nie zobaczy brata?

Czy jeszcze kiedyś będzie tą radosną dziewczynką, która biegała dokoła Seba niczym posłuszne szczenię machające ogonkiem z bezgraniczną adoracją? Jessica nie może usłyszeć tej wiadomości od nikogo innego, a to znaczyło, że Emma będzie musiała jak najszybciej powrócić do Manor House.

Marsden zajechał na miejscową stację benzynową, gdzie zwykle tankował benzynę w piątek po południu. Gdy chłopak obsługujący pompę spostrzegł panią Clifton na tylnym siedzeniu zielonego austina A30, przytknął palce do czapki. Emma nie zareagowała i młody człowiek pomyślał, że może zrobił coś nie tak. Napełnił bak, a potem podniósł maskę samochodu, żeby sprawdzić poziom oleju. Opuścił maskę i znów przytknął rękę do czapki, ale Marsden odjechał bez słowa, nie zostawiwszy zwyczajowej sześciopensówki.

– Co w nich wstąpiło? – mruknął młody człowiek, kiedy samochód się oddalił.

Gdy z powrotem znaleźli się na drodze, Emma usiłowała sobie przypomnieć, jakich dokładnie słów użył tutor do spraw rekrutacji w Kolegium Peterhouse, gdy łamiącym się głosem powiedział: „Z przykrością muszę panią zawiadomić, że pani syn zginął w wypadku samochodowym". Poza tym gołym stwierdzeniem pan Padgett nie potrafił nic dodać – ale przecież, jak wyjaśnił, był tylko posłańcem przekazującym wiadomość.

Pytania kłębiły się w umyśle Emmy. Dlaczego syn jechał do Cambridge samochodem, kiedy kupiła mu bilet na pociąg zaledwie dwa dni wcześniej? Kto prowadził – Sebastian czy Bruno? Czy jechali za szybko? Czy pękła opona? Czy zderzyli się z innym samochodem? Tyle pytań, ale wątpiła, czy ktoś zna wszystkie odpowiedzi.

Kilka minut po telefonie tutora zadzwoniła policja z pytaniem, czy pan Clifton mógłby przyjechać do szpitala, żeby zidentyfikować zwłoki. Emma wytłumaczyła, że jej mąż jest w Nowym Jorku w związku z promocją książki. Mogłaby się nie zgodzić, żeby go zastąpić, gdyby zdawała sobie sprawę, że mąż wróci do Anglii nazajutrz. Dzięki Bogu przylatywał samolotem i nie musiał spędzić pięciu dni na przepłynięcie Atlantyku, samotnie opłakując śmierć Seba.

Kiedy Marsden przejeżdżał przez nieznane miasta, Chippenham, Newbury, Slough, Emma kilkakrotnie wracała myślami do Don Pedra Martineza. Czy możliwe, że szukał zemsty za to, co się zdarzyło w Southampton kilka tygodni temu? Ale skoro drugą osobą w samochodzie był syn Martineza, Bruno, to nie było logiczne. Emma znowu zaczęła myśleć o Sebastianie, gdy Marsden zjechał z Great West Road i zwrócił się na północ w kierunku A1; tę drogę zaledwie kilka godzin temu przemierzał Sebastian. Emma kiedyś czytała, że gdy kogoś dotyka tragedia osobista, to jedynym jego pragnieniem jest cofnąć zegar. Ona czuła podobnie.

Podróż przebiegła szybko, gdyż Emma prawie cały czas rozmyślała o Sebastianie. Wspominała, jak przyszedł na świat, kiedy Harry był w więzieniu na drugim końcu świata, jak stawiał pierwsze kroki, gdy miał osiem miesięcy i cztery dni, jego pierwsze słowo „daj" i jego pierwszy dzień w szkole, kiedy wyskoczył z samochodu, zanim Harry zdążył zahamować, potem znów czas w Beechcroft Abbey, gdy dyrektor szkoły chciał go wyrzucić, ale zmienił decyzję, kiedy Sebastian zdobył stypendium na studia w Cambridge. Tak wiele oczekiwań, tak wiele do urzeczywistnienia, i wszystko unicestwione w jednej chwili. I w końcu jej straszny błąd, kiedy dała się przekonać sekretarzowi gabinetu, że Seb powinien się włączyć w plany rządu, które miały oddać Don Pedra Martineza w ręce sprawiedliwości. Gdyby odmówiła prośbie sir Alana Redmayne'a, jej jedyny syn by żył. Gdyby, gdyby...

Kiedy dotarli na przedmieścia Harlow, Emma spojrzała przez boczne okienko i zobaczyła drogowskaz do Princess Alexandra Hospital. Usiłowała skupić się nad tym, czego będą tam po niej oczekiwać. Kilka minut później Marsden przejechał przez kute żelazne wrota, które nigdy się nie zamykały, i zahamował przed głównym wejściem. Emma wysiadła z samochodu i skierowała się do wejścia, a Marsden wyruszył na poszukiwanie miejsca do parkowania.

Emma podała młodej recepcjonistce swoje nazwisko i mina dziewczyny z radosnej zmieniła się w pełną współczucia.

– Zechce pani chwilę poczekać – powiedziała, sięgając po słuchawkę telefonu – a ja dam znać panu Owenowi, że pani tu jest.

– Panu Owenowi?

– On był na dyżurze, kiedy rano przywieziono pani syna.

Emma potaknęła i zaczęła niespokojnie przemierzać tam i z powrotem korytarz. Bezładne myśli kłębiły się jej w głowie: kto, dlaczego, kiedy... Przystanęła dopiero wtedy, gdy zagadnęła ją szykownie ubrana pielęgniarka w wykrochmalonym czepku:

– Czy pani Clifton?

Emma skinęła głową.

– Proszę za mną.

Pielęgniarka poprowadziła Emmę korytarzem o zielonych ścianach. Nie padło ani jedno słowo. Ale cóż tu było do powiedzenia? Zatrzymały się przed drzwiami z napisem: William Owen, członek Królewskiego Kolegium Chirurgów. Pielęgniarka zapukała, otworzyła drzwi i usunęła się na bok, żeby wpuścić Emmę.

Wysoki, szczupły, łysiejący mężczyzna o smętnym obliczu przedsiębiorcy pogrzebowego wstał zza biurka. Emma chciałaby wiedzieć, czy na tej twarzy pojawiał się kiedy uśmiech.

– Dzień dobry pani – powiedział mężczyzna, wskazując jej jedyne wygodne krzesło w pokoju. – Niezmiernie mi przykro, że musimy się spotkać w tak smutnych okolicznościach – dodał.

Emmie zrobiło się żal tego biedaka. Ile razy dziennie musiał wypowiadać te słowa? Sądząc po jego minie, nie przychodziło mu to łatwo.

– Obawiam się, że trzeba będzie wypełnić mnóstwo papierów, ale najpierw koroner wymaga przeprowadzenia formalnej identyfikacji zwłok.

Emma schyliła głowę i rozpłakała się, żałując, że nie zgodziła się na sugestię Harry'ego, żeby to on podjął się tego zadania ponad siły. Owen zerwał się, przykucnął koło niej i powiedział:
– Tak bardzo mi przykro, proszę pani.

Harold Guinzburg okazał się nadzwyczaj taktowny i pomocny. Wydawca Harry'ego zarezerwował pisarzowi miejsce w pierwszym samolocie odlatującym do Londynu, w pierwszej klasie. Przynajmniej będzie mu wygodnie, pomyślał Harold, chociaż nie wyobrażał sobie, żeby biedak mógł zasnąć. Uznał, że to nie jest odpowiednia chwila, żeby podzielić się z Harrym dobrą nowiną, poprosił go tylko, żeby przekazał od niego Emmie płynące z serca kondolencje.

Kiedy czterdzieści minut później Harry opuścił hotel Pierre, zobaczył, że na chodniku stoi szofer Harolda i czeka, żeby go zawieźć na lotnisko Idlewild. Harry usiadł z tyłu limuzyny, bo nie miał ochoty na rozmowę. Instynktownie pomyślał o Emmie i o tym, co ona musi przeżywać. Nie odpowiadało mu, że Emma ma zidentyfikować zwłoki syna. Może personel szpitalny zasugeruje, żeby poczekała do jego powrotu?

Harry nie pomyślał o tym, że będzie jednym z pierwszych pasażerów, którzy przemierzą Atlantyk non stop, gdyż mógł myśleć tylko o synu i o tym, jak bardzo chłopak pragnął znaleźć się w Cambridge i rozpocząć pierwszy rok studiów. A potem… Harry uważał, że ze swoim talentem do języków Sebastian zechce wstąpić do służby zagranicznej albo zostać tłumaczem, albo może uczyć, czy też…

Kiedy Comet wzniósł się w powietrze, Harry nie przyjął kieliszka szampana od uśmiechniętej stewardesy, ale skąd ona miała wiedzieć, że jemu było nie do śmiechu? Nie wytłumaczył, czemu nie będzie jadł ani spał. Podczas wojny, kiedy był za liniami wroga, Harry nauczył się nie spać przez trzydzieści sześć godzin, pobudzany tylko strachem. Wiedział, że nie będzie mógł zasnąć, dopóki nie spojrzy na syna ostatni raz, i podejrzewał, że również przez dłuższy czas potem: tym razem pobudzany rozpaczą.

Lekarz w milczeniu prowadził Emmę przygnębiającym korytarzem, aż stanęli przed hermetycznie zamkniętymi drzwiami z jednym słowem: „Kostnica" wypisanym stosownie czarnymi literami na marmurkowej szybie. Pan Owen otworzył drzwi i przepuścił Emmę. Drzwi zamknęły się za nią z plaśnięciem. Zadrżała pod wpływem nagłej zmiany temperatury, a po chwili jej wzrok spoczął na wózku stojącym w środku pomieszczenia. Pod płachtą widniał niewyraźny zarys ciała jej syna.

Pracownik w białym kitlu stał przy wózku, ale nic nie mówił.

– Czy jest pani gotowa? – spytał łagodnie Owen.

– Tak – odpowiedziała zdecydowanie Emma, wbijając paznokcie w zaciśnięte dłonie.

Owen skinął głową i człowiek w białym kitlu odrzucił płachtę, odsłoniwszy okaleczoną i zmiażdżoną twarz, którą Emma od razu poznała. Krzyknęła, upadła na kolana i zaniosła się niepowstrzymanym płaczem.

Lekarza i pracownika kostnicy nie zaskoczyła ta dająca się przewidzieć reakcja matki na widok martwego syna, ale zaszokowały ich jej słowa:

– To nie Sebastian – powiedziała cicho.

2

Taksówka zajechała pod szpital i Harry zdziwił się na widok Emmy, która stała przy wejściu i najwyraźniej na niego czekała. Jeszcze bardziej się zdumiał, kiedy puściła się ku niemu biegiem; na jej twarzy malowała się ulga.

— Seb żyje! — zawołała, zanim do niego dobiegła.

— Przecież mi mówiłaś... — zaczął, ale ona zarzuciła mu ręce na szyję.

— Policja się pomyliła. Uznali, że prowadził właściciel samochodu i że Seb siedział na miejscu pasażera.

— Więc to Bruno był pasażerem? — spytał cicho Harry.

— Tak — odparła Emma. Czuła się trochę winna.

— Zdajesz sobie sprawę, co to znaczy? — zapytał Harry, uwalniając się z objęć.

— Nie. Co masz na myśli?

— Policja musiała powiedzieć Martinezowi, że jego syn przeżył, a tymczasem później się okaże, że to Bruno zginął, nie Sebastian.

Emma pochyliła głowę.

— Biedny człowiek — powiedziała, gdy wchodzili do szpitala.

— Chyba że... — zaczął Harry, ale nie skończył zdania. — A jak się czuje Seb? — spytał cicho. — W jakim jest stanie?

— Bardzo złym. Pan Owen mi powiedział, że nie ma prawie żadnej całej kości. Zdaje się, że zostanie w szpitalu przez kilka miesięcy i może do końca życia będzie musiał poruszać się na wózku.

— Cieszmy się, że żyje — powiedział Harry, obejmując żonę ramieniem. — Czy pozwolą mi się z nim widzieć?

— Tak, ale tylko przez parę minut. I uprzedzam, kochanie, że cały jest w gipsie i w bandażach, tak że możesz nawet go nie poznać.

Emma wzięła Harry'ego za rękę i poprowadziła go na pierwsze piętro, gdzie natknęli się na kobietę w granatowym uniformie, która się krzątała, pilnując pacjentów, i od czasu do czasu wydawała polecenie pielęgniarkom.

— Panna Puddicombe — przedstawiła się, wyciągając rękę na powitanie.

— Dla ciebie to siostra przełożona — szepnęła Emma.

Harry uścisnął podaną dłoń i powiedział:

— Dzień dobry, siostro przełożona.

Drobna kobietka bez słowa zaprowadziła ich na oddział Bevana, gdzie ciągnęły się łóżka ustawione w dwóch równych rzędach, wszystkie zajęte. Panna Puddicombe sunęła przed siebie, aż dotarła do pacjenta na końcu sali. Zaciągnęła zasłonę wokół Sebastiana Arthura Cliftona, a potem odeszła. Harry spojrzał na syna. Jego lewa noga spoczywała na wyciągu, prawa, też w gipsie, leżała płasko na łóżku. Głowę Sebastiana spowijały bandaże, w szparze widać było jedno oko, które utkwił w rodzicach, ale nie poruszył ustami.

Gdy Harry się schylił, żeby pocałować syna w czoło, pierwsze słowa, jakie wydobył z siebie Sebastian, brzmiały:

— Co z Brunonem?

— Przykro mi, że muszę państwa przesłuchać po tym, co przeszliście oboje — powiedział nadinspektor Miles. — Nie robiłbym tego, gdyby to nie było absolutnie konieczne.

— A dlaczego jest to konieczne? — spytał Harry, któremu nie były obce metody detektywów ani ich sposoby wydobywania informacji.

— Muszę się upewnić, czy to, co się wydarzyło na A1, to był wypadek.

— Co pan sugeruje? — zagadnął Harry, patrząc prosto na oficera.

— Niczego nie sugeruję, proszę pana, ale nasi chłopcy z zaplecza przeprowadzili dokładne oględziny samochodu i uważają, że parę rzeczy się nie zgadza.

– Na przykład? – spytała Emma.

– Po pierwsze – powiedział Miles – nie możemy zrozumieć, dlaczego państwa syn przeciął pas pomiędzy jezdniami, skoro ryzykował niechybne zderzenie z jakimś nadjeżdżającym samochodem.

– Może samochód miał jakąś mechaniczną wadę? – podsunął Harry.

– To była nasza pierwsza myśl – odparł Miles. – Ale mimo że samochód został poważnie uszkodzony, żadna opona nie pękła i kolumna kierownicy była nienaruszona, co się prawie nie zdarza przy takich wypadkach.

– To żaden dowód, że popełniono przestępstwo – zauważył Harry.

– Nie, proszę pana – rzekł Miles – i tylko na tej podstawie nie mógłbym żądać, żeby koroner skierował sprawę do dyrektora prokuratury Korony. Jednak zgłosił się świadek, który złożył dość niepokojące zeznanie.

– Co on powiedział?

– To ona – sprostował Miles, zajrzawszy do notatek. – Pani Challis oświadczyła, że wyprzedził ją mg z odkrytym dachem, który chciał wyprzedzić trzy ciężarówki jadące w konwoju na wewnętrznym pasie, gdy nagle pierwsza ciężarówka zjechała na zewnętrzny pas, chociaż przed nią nie było żadnego pojazdu. W rezultacie kierowca mg musiał nagle zahamować. Trzecia ciężarówka też bez widocznego powodu przejechała na zewnętrzny pas, natomiast środkowa ciężarówka jechała swoją prędkością, co nie pozwalało mg na wyprzedzenie jej ani zmianę pasa na wewnętrzny. Pani Challis powiedziała jeszcze, że te trzy ciężarówki blokowały mg w ten sposób przez dłuższy czas, aż jego kierowca, ni stąd, ni zowąd, przeciął na pełnym gazie pas zieleni i wpadł prosto pod nadjeżdżające samochody.

– Czy udało się panu przesłuchać któregoś z kierowców tych trzech ciężarówek? – zapytała Emma.

– Nie. Nie udało się nam wytropić żadnego z nich. I proszę nie myśleć, że się nie staraliśmy.

– Ale to, co pan sugeruje, jest wręcz nieprawdopodobne – zauważył Harry. – Kto by chciał zabić dwóch niewinnych chłopców?

– Zgodziłbym się z panem, gdybyśmy się ostatnio nie dowiedzieli, że Bruno Martinez początkowo nie zamierzał towarzyszyć pana synowi do Cambridge.

– Skąd pan to może wiedzieć?

– Bo zgłosiła się jego dziewczyna, panna Thornton, i poinformowała nas, że tego dnia planowała pójść z Brunonem do kina, ale w ostatniej chwili odwołała spotkanie, bo się zaziębiła. – Nadinspektor wyjął z kieszeni pióro, przewrócił kartkę w notesie i wbił wzrok w rodziców Sebastiana, a potem zapytał: – Czy któreś z was ma powód, żeby sądzić, że ktoś chciał zrobić krzywdę waszemu synowi?

– Nie – rzucił Harry.

– Tak – powiedziała Emma.

3

– Tym razem postarajcie się skończyć robotę. – Don Pedro Martinez prawie krzyczał. – To nie powinno być za trudne – dodał, wychylając się do przodu na krześle. – Wczoraj rano mogłem bez przeszkód wejść do szpitala, a wieczorem to powinno być o wiele łatwiejsze.

– Jak mamy go ukatrupić? – spytał rzeczowo Karl.

– Poderżnij mu gardło – odparł Martinez. – Wystarczy ci biały kitel, stetoskop i skalpel chirurgiczny. Upewnij się tylko, żeby był ostry.

– To może nie być rozsądne – ocenił Karl. – Lepiej udusić chłopca poduszką, żeby uznali, że umarł z powodu obrażeń.

– Nie, chcę, żeby ten młody Clifton umierał powolną i bolesną śmiercią. Im wolniej, tym lepiej.

– Rozumiem, co pan czuje, szefie, ale lepiej nie dawać temu inspektorowi policji więcej powodów do wznowienia śledztwa.

Martinez miał rozczarowaną minę.

– No dobrze, to go uduś – powiedział niechętnie. – Ale postaraj się, żeby to trwało jak najdłużej.

– Czy pan chce, żeby Diego i Luis mi pomagali?

– Nie. Chcę, żeby byli na pogrzebie jako przyjaciele Sebastiana i żeby zdali mi relację. Chcę usłyszeć, że oni cierpią tak bardzo, jak ja cierpiałem, kiedy pierwszy raz uświadomiłem sobie, że to nie Bruno przeżył.

– Ale co z…

Zaczął dzwonić telefon na biurku. Don Pedro schwycił słuchawkę.

– Tak? – zapytał.

– Dzwoni pułkownik Scott-Hopkins – oznajmiła sekretarka. – Chce z panem omówić pewną sprawę prywatną. Mówi, że to pilne.

Wszyscy czworo przesunęli w swoich kalendarzach terminy spotkań, żeby się stawić nazajutrz o dziewiątej rano w biurze rządowym na Downing Street.

Sir Alan Redmayne, sekretarz Gabinetu rządowego, odwołał spotkanie z ambasadorem francuskim, panem Chauvelem, z którym zamierzał porozmawiać o konsekwencjach prawdopodobnego powrotu Charles'a de Gaulle'a do Pałacu Elizejskiego.

Sir Giles Barrington, członek parlamentu, nie weźmie udziału w cotygodniowym spotkaniu gabinetu cieni, ponieważ, jak wyjaśnił przywódcy opozycji panu Gaitskellowi, wynikła poważna sprawa rodzinna.

Harry Clifton nie będzie podpisywał egzemplarzy swojej najnowszej książki zatytułowanej *Krew gęstsza od wody* w księgarni Hatcharda na Piccadilly. Podpisał zawczasu sto egzemplarzy, żeby udobruchać kierownika, który nie krył zawodu, szczególnie gdy się dowiedział, że Harry znajdzie się na szczycie listy bestsellerów w niedzielę.

Emma Barrington przesunęła spotkanie z Rossem Buchananem, podczas którego mieli rozmawiać o jego pomyśle budowy nowego luksusowego statku pasażerskiego, który, jeżeli rada nadzorcza wyrazi poparcie, miałby powiększyć flotę Linii Żeglugowej Barringtona.

Wszyscy czworo zajęli miejsca wokół owalnego stołu w biurze sekretarza gabinetu rządowego.

– To uprzejmie z pana strony, że zgodził się pan spotkać z nami tak szybko – powiedział Giles, który siedział na drugim końcu stołu.

Sir Alan odpowiedział skinieniem głowy.

– Jestem jednak pewien, że pan rozumie obawy państwa Clifton, że życie ich syna nadal jest w niebezpieczeństwie.

– Podzielam ich obawy – przyznał Redmayne – i pragnę powiedzieć, że było mi bardzo przykro, kiedy się dowiedziałem o wypadku pani syna, pani Clifton. Zwłaszcza że czuję się po części winien temu, co się stało. Jednak zapewniam panią, że nie pozostaję bezczynny. W czasie weekendu rozmawiałem z panem Owenem, nadinspektorem Milesem i miejscowym koronerem. Okazali się nadzwyczaj chętni do współpracy. I muszę się zgodzić z Milesem, że nie ma dostatecznych dowodów, aby uznać, że Don Pedro Martinez był w jakikolwiek sposób odpowiedzialny za ten wypadek.

Na widok irytacji malującej się na twarzy Emmy sir Alan prędko dodał:

– Niemniej jednak inną rzeczą jest móc czegoś dowieść, inną nie mieć żadnych wątpliwości, i kiedy się dowiedziałem, że Martinez nie zdawał sobie sprawy, że jego syn był wtedy w samochodzie, doszedłem do wniosku, że może zechce znowu uderzyć, mimo że wydaje się to irracjonalne.

– Oko za oko – wtrącił Harry.

– Może pan mieć rację – powiedział sekretarz Gabinetu. – Najwyraźniej nie darował nam tego, co uważa za kradzież ośmiu milionów funtów, nawet jeśli były fałszywe, i wprawdzie może jeszcze się nie połapał, że rząd stał za tą operacją, lecz nie ulega wątpliwości, że wierzy, iż to państwa syn jest osobiście odpowiedzialny za to, co się stało w Southampton, i jest mi przykro, że w swoim czasie nie potraktowałem dość poważnie pani obaw.

– Przynajmniej za to jestem panu wdzięczna – zareagowała Emma. – Ale to nie pan bezustannie zastanawia się, kiedy i gdzie Martinez znów zaatakuje. A przecież każdy może wejść do szpitala i wyjść z niego tak łatwo, jakby to był dworzec autobusowy.

– Nie mogę się nie zgodzić – rzekł Redmayne. – Sam tam byłem wczoraj po południu.

Ta nowina na moment wszystkich uciszyła, dzięki czemu Redmayne mógł kontynuować.

– Jednak zapewniam panią, pani Clifton, że tym razem podjąłem konieczne kroki, aby pani synowi nie groziło więcej żadne niebezpieczeństwo.

– Czy może pan powiedzieć państwu Clifton, skąd ta pewność? – zapytał Giles.
– Nie, sir Gilesie, nie mogę.
– Dlaczego? – spytała Emma.
– Ponieważ tym razem muszę zaangażować w tę sprawę ministra spraw wewnętrznych, jak również ministra obrony, zatem jestem związany poufnością wymaganą przez Tajną Radę Królewską.
– A cóż to znowu za brednie? – zirytowała się Emma. – Proszę nie zapominać, że mówimy o życiu mojego syna.
– Gdyby ta sprawa dostała się kiedyś do wiadomości publicznej – rzekł Giles, zwracając się do siostry – nawet za pięćdziesiąt lat, ważną rzeczą byłoby dowieść, że ani ty, ani Harry nie byliście świadomi, że zaangażowali się w nią członkowie Gabinetu.
– Jestem panu wdzięczny, sir Giles – powiedział sir Alan.
– Z trudem przełknę te pompatyczne, zaszyfrowane wiadomości, którymi panowie się wymieniacie – odezwał się Harry – jeżeli mogę mieć pewność, że życie mojego syna nie jest zagrożone, bo gdyby coś miało się stać Sebastianowi, to wtedy, sir Alanie, tylko jeden człowiek będzie temu winien.
– Przyjmuję tę przestrogę, panie Clifton. Jednak mogę potwierdzić, że Martinez już nie zagraża Sebastianowi ani nikomu z państwa rodziny. Prawdę powiedziawszy, nagiąłem zasady do granic możliwości, co jest warte znacznie więcej niż życie Martineza.
Harry wciąż miał sceptyczną minę i wprawdzie Giles zdawał się aprobować słowa sir Alana, to wiedział, że musiałby zostać premierem, żeby sekretarz Gabinetu wyjawił powód swojej pewności, a może i wtedy by tego nie zrobił.
– Mimo to – ciągnął sir Alan – nie wolno zapominać, że Martinez jest pozbawionym skrupułów, zdradliwym człowiekiem, i nie wątpię, że nadal będzie szukał jakiegoś sposobu, żeby się zemścić. Póki jednak trzyma się litery prawa, niewiele możemy na to poradzić.

– Przynajmniej tym razem będziemy przygotowani – powiedziała Emma, aż za dobrze zdając sobie sprawę, co ma na myśli sekretarz Gabinetu.

Pułkownik Scott-Hopkins zastukał do drzwi domu numer 44 przy Eaton Square minutę przed dziesiątą. Po kilku chwilach drzwi otworzył olbrzymi mężczyzna, przy którym dowódca jednostki do zadań specjalnych wydawał się karzełkiem.

– Nazywam się Scott-Hopkins. Jestem umówiony z panem Martinezem.

Karl lekko się skłonił i uchylił drzwi na tyle tylko, żeby gość Martineza mógł się przez nie przecisnąć. Towarzyszył pułkownikowi w holu, a potem zapukał do drzwi gabinetu.

– Wejść.

Kiedy pułkownik wkroczył do pokoju, Don Pedro wstał zza biurka i rzucił na przybysza podejrzliwe spojrzenie. Nie miał pojęcia, dlaczego funkcjonariusz jednostki do zadań specjalnych chce się z nim pilnie zobaczyć.

– Napije się pan kawy, panie pułkowniku? – zapytał Don Pedro, gdy mężczyźni uścisnęli sobie ręce. – A może czegoś mocniejszego?

– Nie, dziękuję panu. Dla mnie jest trochę za wcześnie.

– To niech pan siada i mówi, dlaczego chciał mnie pan pilnie widzieć. – Milczał chwilę. – Jestem pewien, że pan rozumie, że jestem zapracowanym człowiekiem.

– Aż za dobrze wiem, jaki był pan ostatnio zapracowany, więc przejdę od razu do rzeczy.

Don Pedro usiłował nic po sobie nie pokazać, rozsiadając się w fotelu i wbijając wzrok w pułkownika.

– Po prostu moim celem jest zapewnić, żeby Sebastian Clifton miał długie i spokojne życie.

Maska aroganckiej pewności siebie opadła z twarzy Martineza. Szybko odzyskał animusz i usiadł prosto.

– Co pan sugeruje? – krzyknął, ściskając poręcze fotela.

– Myślę, że pan dobrze wie, panie Martinez. Powiem jednak

bez ogródek. Jestem tutaj, żeby zapewnić, że nikomu z rodziny Cliftonów nie stanie się krzywda.

Don Pedro zerwał się z fotela i wycelował palec w pułkownika.

– Sebastian Clifton był najbliższym przyjacielem mojego syna.

– Nie wątpię w to, panie Martinez. Ale ja mam wyraźne instrukcje: mam po prostu pana ostrzec, że gdyby Sebastian albo ktoś inny z jego rodziny uległ następnemu wypadkowi, wtedy pańscy synowie Diego i Luis znajdą się w pierwszym samolocie odlatującym do Argentyny, i to nie w pierwszej klasie, ale w luku towarowym, w dwu drewnianych skrzynkach.

– Kim ja jestem według pana, że mi pan grozi? – ryknął Martinez, zaciskając pięści.

– Tuzinkowym południowoamerykańskim gangsterem, któremu się wydaje, że skoro ma trochę forsy i mieszka na Eaton Square, to może uchodzić za dżentelmena.

Don Pedro wcisnął guzik pod blatem biurka. Po chwili otworzyły się drzwi i do pokoju wpadł Karl.

– Wyrzuć stąd tego faceta – rozkazał Don Pedro, wskazując pułkownika – a ja dzwonię do mojego adwokata.

– Dzień dobry, poruczniku Lunsdorf – powiedział pułkownik, gdy Karl zrobił krok w jego stronę. – Jako były członek SS, rozumie pan, w jak słabej pozycji znalazł się pański szef.

Karl stanął jak wryty.

– Udzielę panu jednej rady. Gdyby pan Martinez nie spełnił moich warunków, nasze plany wobec pana nie zakładałyby deportacji do Buenos Aires, gdzie tak liczni dawni pańscy koledzy wegetują; nie, myślimy o innym miejscu przeznaczenia, gdzie spotka pan kilku obywateli, którzy z wielką radością zeznają, jaką rolę pan pełnił jako jeden z zaufanych przybocznych doktora Goebbelsa i do czego się pan posuwał, żeby wydobyć od nich informacje.

– Pan blefuje – rzucił Martinez. – Nigdy nie uszłoby to panu na sucho.

— Jak mało pan zna Brytyjczyków, panie Martinez – powiedział pułkownik. Podniósł się z fotela i skierował się wprost do okna. – Pozwolę sobie przedstawić panom kilku typowych przedstawicieli naszego wyspiarskiego szczepu.

Martinez i Karl podeszli do niego i wyjrzeli przez okno. Po drugiej stronie ulicy stało trzech mężczyzn, w których nie chciałoby się mieć wrogów.

— To trzej z moich najbardziej zaufanych kolegów – wyjaśnił pułkownik. – Jeden z nich będzie obserwował pana dzień i noc, licząc na to, że popełni pan fałszywy ruch. Po lewej stoi kapitan Hartley, którego pechowo wyrzucono z Gwardii Dragonów za to, że oblał benzyną żonę i jej kochanka, którzy słodko spali, dopóki nie zapalił zapałki. Co zrozumiałe, po wyjściu z więzienia było mu trudno znaleźć jakieś zatrudnienie. Po jakimś czasie zabrałem go z ulicy i przywróciłem do życia.

Hartley serdecznie się do nich uśmiechnął, jakby wiedział, że o nim mowa.

— W środku stoi kapral Crann, z zawodu stolarz. Bardzo lubi piłować, wszystko jedno drewno czy kości.

Crann spoglądał na nich obojętnie.

— Ale przyznaję – ciągnął pułkownik – że moim ulubieńcem jest sierżant Roberts, notowany socjopata. Na ogół nieszkodliwy, ale boję się, że po wojnie nie przywykł do życia w cywilu. – Pułkownik zwrócił się do Martineza. – Może nie powinienem mu mówić, że doszedł pan do majątku, kolaborując z nazistami, ale oczywiście w ten sposób spotkał pan porucznika Lunsdorfa. Tą ciekawostką nie podzielę się z Robertsem, jeśli mnie pan naprawdę nie zirytuje, bo widzi pan, matka sierżanta była Żydówką.

Don Pedro odwrócił się od okna i ujrzał, że Karl wpatruje się w pułkownika, jakby miał ochotę go udusić, ale wie, że to nie miejsce ani czas.

— Jestem zadowolony, że wzbudziłem zainteresowanie panów – powiedział Scott-Hopkins – bo ono daje mi pewność, że zrozumieliście, co jest w waszym najlepszym interesie. Miłego dnia. Teraz znikam.

4

– Nasz dzisiejszy porządek obrad jest bardzo wypełniony – powiedział prezes. – Byłbym więc wdzięczny, gdyby wypowiedzi kolegów były zwięzłe i na temat.

Rzeczowy sposób prowadzenia przez Rossa Buchanana posiedzeń rady nadzorczej Spółki Żeglugowej Barringtona z czasem wzbudził podziw Emmy. Buchanan nigdy nie faworyzował żadnego członka rady nadzorczej i zawsze słuchał uważnie każdego, kto prezentował pogląd przeciwny niż jego własny. Czasami, ale tylko czasami, można go nawet było nakłonić do zmiany zdania. Potrafił też podsumować skomplikowaną dyskusję, eksponując przy tym każdy poszczególny pogląd. Emma wiedziała, że niektórzy członkowie rady uważali jego szkockie maniery za dość szorstkie, ale uznała, że to wynika tylko ze względów praktycznych, i czasem się zastanawiała, jak jej sposób podejścia różniłby się od stylu Buchanana, gdyby kiedyś zajęła stanowisko prezesa. Szybko odrzuciła tę myśl i skupiła się na najważniejszym punkcie porządku obrad. Poprzedniego wieczoru Emma przećwiczyła sobie, co zamierza powiedzieć w obecności Harry'ego, który wystąpił w roli prezesa.

Gdy Philip Webster, główny księgowy, odczytał protokół z ostatniego spotkania rady i uporał się z wszelkimi kwestiami, jakie się wyłoniły, prezes przeszedł do pierwszego punktu porządku obrad: propozycji, aby rada nadzorcza ogłosiła przetarg na budowę MV *Buckinghama*, luksusowego statku pasażerskiego, który wszedłby w skład floty Barringtona.

Buchanan wyraźnie stwierdził, że uważa, iż jest to jedyna droga rozwoju, jeśli spółka chce nadal zachować pozycję jednej z najlepszych linii żeglugowych w kraju. Kilku członków rady skinieniem głowy okazało, że się zgadzają.

Po prezentacji swoich argumentów Buchanan wezwał Emmę,

żeby przedstawiła pogląd przeciwny. Zaczęła od stwierdzenia, że skoro oprocentowanie kredytu bankowego jest obecnie na rekordowo wysokim poziomie, to spółka powinna skonsolidować swoją pozycję i nie ryzykować tak wielkich nakładów finansowych na coś, co ma jej zdaniem najwyżej pięćdziesiąt procent szans powodzenia.

Pan Anscott, który został powołany do rady jeszcze przez jej nieżyjącego ojca, sir Hugona Barringtona, zasugerował, że nadszedł czas, żeby zaszaleć. Nikt się nie zaśmiał. Kontradmirał Summers był zdania, że nie powinni podejmować tak radykalnej decyzji bez aprobaty udziałowców.

– To my jesteśmy na mostku kapitańskim – przypomniał Buchanan admirałowi – toteż my powinniśmy podjąć decyzję.

Admirał spochmurniał, ale nic nie powiedział. W końcu odda głos, który będzie mówił sam za siebie.

Emma uważnie przysłuchiwała się opiniom każdego z członków rady i szybko zdała sobie sprawę, że są podzieleni równo na pół. Jeden czy dwóch było niezdecydowanych, ale Emma przypuszczała, że gdy przyjdzie do głosowania, to wygra prezes.

Godzinę później rada nadzorcza nie była bliższa podjęcia decyzji, a niektórzy jej członkowie tylko powtarzali poprzednie argumenty, co wyraźnie irytowało Buchanana. Emma jednak wiedziała, że w końcu będzie musiał przejść do następnego punktu, ponieważ była jeszcze inna ważna sprawa, którą należało przedyskutować.

– Muszę powiedzieć – stwierdził prezes w podsumowaniu – że nie możemy zbyt długo odkładać podjęcia decyzji, zatem proponuję, żebyśmy się poważnie zastanowili, jakie zająć stanowisko w tej poważnej kwestii. Prawdę mówiąc, chodzi o przyszłość naszej firmy. Proponuję, żebyśmy podczas spotkania w następnym miesiącu zagłosowali, czy zlecić przetarg, czy zarzucić ten projekt.

– Albo przynajmniej poczekać na bardziej sprzyjające wiatry – zasugerowała Emma.

Prezes niechętnie podjął kolejne tematy, a ponieważ były one o wiele mniej kontrowersyjne, kiedy w końcu zapytał, czy są jeszcze jakieś sprawy, po wcześniejszej burzliwej dyskusji zapanowała o wiele spokojniejsza atmosfera.

– Posiadam pewną informację, którą mam obowiązek przekazać radzie – odezwał się główny księgowy. – Nie mogliście państwo nie zauważyć, że w ostatnich tygodniach kurs naszych akcji stale szedł w górę, i zapewne zastanawialiście się dlaczego, skoro nie wydaliśmy żadnego ważnego obwieszczenia ani nie ogłosiliśmy przewidywań co do zysków. Otrzymałem list od dyrektora Midland Banku z St James w Mayfair z wiadomością, że jeden z jego klientów posiada siedem i pół procent udziałów naszej spółki, a zatem mianuje osobę, która będzie go reprezentowała w radzie nadzorczej.

– Niech zgadnę – powiedziała Emma. – Ani chybi majora Aleksa Fishera.

– Obawiam się, że tak – rzucił prezes, odsłaniając przyłbicę, co rzadko mu się zdarzało.

– A jeżeli zgadnę, kogo zacny major będzie reprezentował, to czy dostanę jakąś nagrodę? – zagadnął kontradmirał.

– Nie – odparł Buchanan – bo nie zgadnie pan. Chociaż muszę przyznać, że kiedy pierwszy raz usłyszałem tę wiadomość, to pomyślałem, jak pan, że to będzie nasza stara przyjaciółka, lady Virginia Fenwick. Jednak dyrektor Midland Banku zapewnił mnie, że jaśnie pani nie jest jego klientką. Kiedy naciskałem, żeby się dowiedzieć, kto posiada te akcje, grzecznie odpowiedział, że nie może wyjawić tej informacji, co w mowie bankowców oznacza – pilnuj pan własnego nosa.

– Nie mogę się doczekać, żeby się dowiedzieć, jak major zagłosuje w sprawie budowy *Buckinghama* – powiedziała Emma z drwiącym uśmiechem – bo jednego możemy być pewni. Człowiekowi, którego on reprezentuje, na pewno interes firmy Barringtona nie leży na sercu.

– Bądź pewna, Emmo, że nie chciałbym, aby ten gnojek przeważył szalę na jedną albo drugą stronę.

Emmę zamurowało.

Jedną z godnych podziwu cech prezesa była jego zdolność pomijania wszelkich różnic zdań, nawet poważnych, po zakończeniu spotkania rady nadzorczej.

– Co ostatnio słychać u Sebastiana? – zapytał Emmę, kiedy dołączył do niej na drinka przed lunchem.

– Siostra przełożona mówi, że jest bardzo zadowolona z jego postępów. Z radością mogę powiedzieć, że z każdą wizytą w szpitalu widzę wyraźną poprawę. Zdjęto mu gips z lewej nogi i teraz patrzy na świat obojgiem oczu i ma zdanie na każdy temat: od wujka Gilesa, który według niego jest odpowiednim człowiekiem, żeby zastąpić Gaitskella na stanowisku przywódcy Partii Pracy, po parkometry, które uważa za kolejną sztuczkę rządu, żeby wyciągnąć od nas ciężko zarobione pieniądze.

– Zgadzam się z nim w obu sprawach – powiedział Ross. – Miejmy nadzieję, że ta jego żywiołowość zwiastuje całkowity powrót do zdrowia.

– Jego lekarz tak uważa. Pan Owen mi powiedział, że współczesna chirurgia poczyniła gwałtowne postępy w czasie wojny, bo trzeba było operować tak licznych żołnierzy, kiedy brakowało czasu na zasięganie dodatkowych opinii. Trzydzieści lat temu Seb by skończył na wózku inwalidzkim i tkwił tam do końca życia, ale dzisiaj już mu to nie grozi.

– Czy wciąż ma nadzieję zacząć studia w Cambridge w trymestrze świętego Michała?

– Myślę, że tak. Niedawno odwiedził go jego opiekun naukowy, który mu powiedział, że powinien stawić się w Peterhouse we wrześniu. Dał mu nawet jakieś książki do czytania.

– Cóż, nie może udawać, że mnóstwo rzeczy go rozprasza.

– Zabawne, że o tym wspominasz – zauważyła Emma – bo ostatnio zaczęła go bardzo interesować sytuacja naszej spółki, co jest dość zaskakujące. Prawdę mówiąc, czyta od początku do końca protokoły każdego posiedzenia rady nadzorczej. Nawet kupił dziesięć akcji, co daje mu prawo śledzić każde nasze posunięcie, i mówię ci, Ross, on się nie krępuje z wyrażaniem swoich poglądów, przynajmniej w sprawie propozycji budowy *Buckinghama*.

– Niewątpliwie pod wpływem dobrze znanej opinii swojej matki w tej kwestii – powiedział z uśmiechem Buchanan.

– Nie, to dziwne – zaprzeczyła Emma – ale ktoś inny doradza mu w tej sprawie.

Emma wybuchnęła śmiechem.
Harry spojrzał na nią z drugiego końca stołu i odłożył gazetę.
– Nie mogę znaleźć niczego ani trochę śmiesznego w dzisiejszym „Timesie", podziel się ze mną tym żartem.
Emma upiła łyk kawy, po czym znów wzięła do ręki „Daily Express".

– Zdaje się, że lady Virginia Fenwick, jedyna córka dziewiątego hrabiego Fenwick, wystąpiła o rozwód z hrabią Mediolanu. William Hickey sugeruje, że Virginia dostanie w ramach ugody około dwustu pięćdziesięciu tysięcy funtów plus mieszkanie przy Lowndes Square oraz posiadłość ziemską w Berkshire.

– Niezły zysk jak na dwa lata małżeńskich wysiłków.
– I oczywiście jest też wzmianka o Gilesie.
– Zawsze tak będzie, ilekroć Virginia znajdzie się na pierwszych stronach gazet.
– Tak, ale tym razem komentarz jest pochlebny – Emma znowu spojrzała w gazetę. – „Pierwszy mąż lady Virginii, sir Giles Barrington, poseł do parlamentu z ramienia Bristol Docklands, jest powszechnie typowany na ministra, jeżeli laburzyści wygrają następne wybory".
– Myślę, że to mało prawdopodobne.
– Że Giles zostanie ministrem?
– Nie, że laburzyści wygrają następne wybory.
– „Okazał się budzącym respekt rzecznikiem przywództwa opozycji – czytała dalej Emma – i niedawno zaręczył się z doktor Gwyneth Hughes, wykładowczynią w Królewskim Kolegium w Londynie". Piękna fotografia Gwyneth i okropna Virginii.

— To się nie spodoba Virginii — rzekł Harry, wracając do swojego „Timesa". — Ale teraz niewiele może na to poradzić.

— Nie bądź tego taki pewien — powiedziała Emma. — Odnoszę wrażenie, że ten skorpion może jeszcze boleśnie ukąsić.

Harry i Emma co niedziela jechali z Gloucestershire do Harlow w odwiedziny do Sebastiana, zawsze w towarzystwie Jessiki, która nigdy nie pominęła okazji zobaczenia swojego wspaniałego brata. Za każdym razem, gdy Emma skręcała na lewo za bramą Manor House, wyruszając w daleką drogę do Princess Alexandra Hospital, nie mogła opędzić się od wspomnień o pierwszej podróży, kiedy myślała, że jej syn zginął w wypadku samochodowym. Dziękowała Bogu, że nie zatelefonowała wtedy do Grace i do Gilesa i nie podzieliła się z nimi tą wiadomością i że Jessica była na obozie skautek w Quantocks, kiedy dzwonił tutor. Tylko biedny Harry przez dwadzieścia cztery godziny tkwił w przekonaniu, że nigdy już nie zobaczy syna.

Dla Jessiki wizyty u Sebastiana były najważniejszym wydarzeniem tygodnia. Obdarowywała brata swoją ostatnią pracą, a po pokryciu całej powierzchni opatrunków gipsowych wizerunkami Manor House, rodziny i przyjaciół zabierała się do ścian szpitalnych. Przełożona wieszała każdy nowy obraz w korytarzu poza oddziałem, ale przyznała, że niebawem będzie musiała zejść z nimi piętro niżej. Emma miała tylko nadzieję, że Sebastian wyjdzie ze szpitala, zanim podarunki Jessiki sięgną recepcji. Zawsze czuła się trochę zakłopotana, kiedy córka wręczała przełożonej swoje najnowsze dzieło.

— Niechże się pani nie krępuje — pocieszała ją panna Puddicombe. — Powinna pani zobaczyć te bohomazy, którymi mnie obdarowują rodzice zakochani w swoich pociechach, spodziewając się, że powieszę je w biurze. W każdym razie, kiedy Jessica zostanie przyjęta w poczet członków Akademii Królewskiej, sprzedam jej obrazy i zbuduję za to nowy oddział.

Emmie nie trzeba było przypominać, jak utalentowana jest jej córka, gdyż wiedziała, że panna Fielding, która prowadziła zajęcia plastyczne w Red Maids', zamierzała zgłosić kandydaturę Jessiki do komisji stypendialnej w Szkole Sztuk Pięknych Slade'a i była pewna pozytywnego wyniku.

– To wyzwanie, proszę pani, uczyć kogoś, kto jest ode mnie bardziej utalentowany – wyznała kiedyś Emmie nauczycielka.

– Proszę jej nigdy tego nie mówić – powiedziała Emma.

– Każdy to wie – odparła panna Fielding – i wszyscy spodziewamy się wielkich wydarzeń w przyszłości. Nikt się nie zdziwi, kiedy Jessica dostanie się do Akademii Królewskiej, pierwsza uczennica Red Maids'.

Jessica zdawała się trwać w błogiej nieświadomości co do swojego wyjątkowego talentu, jak zresztą i co do wielu innych spraw, myślała Emma. Wielokrotnie ostrzegała Harry'ego, że jest tylko kwestią czasu, kiedy ich adoptowana córka przypadkiem się dowie, kto był jej ojcem, i że lepiej, żeby usłyszała o tym od kogoś z rodziny niż od obcego człowieka. Harry miał dziwne opory przed odkryciem Jessice prawdziwego powodu, dla którego przed laty zabrali ją z Domu Doktora Barnardo, pomijając kilka innych bardziej odpowiednich kandydatek. Giles i Grace zaofiarowali się, że wytłumaczą Jessice, jak doszło do tego, że mają wspólnego ojca, sir Hugona Barringtona, i dlaczego jej matka przyczyniła się do jego przedwczesnej śmierci.

W chwili gdy Emma zajechała swoim austinem A30 na parking szpitalny, Jessica wyskoczyła z samochodu z najnowszym malowidłem pod pachą, tabliczką mlecznej czekolady Cadbury'ego w ręce i biegła cały czas, aż dopadła łóżka Sebastiana. Emma nie sądziła, że ktoś może bardziej od niej kochać jej syna, ale jeśli istniał ktoś taki, to była to Jessica.

Kiedy Emma kilka minut później wkroczyła na oddział, z zaskoczeniem i radością ujrzała, że pierwszy raz Sebastian nie leży w łóżku, ale siedzi w fotelu. Gdy zobaczył matkę, podniósł się, chwycił równowagę, a potem pocałował Emmę w oba policzki; znów coś, co się zdarzyło pierwszy raz. Kiedy nadchodzi ten moment, pomyślała Emma, gdy matki przestają całować swoje dzicci, a młodzi mężczyźni zaczynają całować swoje matki? Jessica szczegółowo opowiadała bratu o tym, co się wydarzyło podczas tygodnia, więc Emma przycupnęła na brzegu łóżka i zadowolona drugi raz słuchała o wyczynach córeczki. Kiedy Jessica wreszcie skończyła swój monolog, Sebastian odwrócił się do matki i powiedział:

– Dziś rano jeszcze raz przeczytałem protokół z ostatniego posiedzenia rady nadzorczej. Zdajesz sobie sprawę, że na następnym spotkaniu prezes zarządzi głosowanie i tym razem nie będziesz mogła uniknąć powzięcia decyzji w sprawie budowy *Buckinghama*?

Emma nie zareagowała, a tymczasem Jessica obróciła się i zaczęła szkicować portret starego mężczyzny, który spał na sąsiednim łóżku.

– Na jego miejscu postąpiłbym tak samo – ciągnął Sebastian. – Jak myślisz, kto wygra?

– Nikt nie wygra – powiedziała Emma – bo niezależnie od wyniku rada będzie podzielona do czasu, kiedy się okaże, kto miał rację.

– Miejmy nadzieję, że nie, bo myślę, że czeka was o wiele poważniejszy problem, i to taki, który będzie wymagał, żebyś działała w zgodzie razem z prezesem.

– Fisher?

Sebastian skinął głową.

– Bóg jeden wie, jak on zagłosuje, kiedy trzeba będzie zdecydować, czy podjąć czy nie budowę *Buckinghama*.

– Fisher będzie głosował tak, jak mu każe Don Pedro Martinez.

– Skąd możesz być pewna, że to nie lady Virginia, lecz Martinez kupił akcje?

– Według tego, co pisze William Hickey w „Daily Expressie", Virginia jest w trakcie kolejnego trudnego rozwodu, więc zapewne jest skupiona na tym, jakie alimenty wyciągnie od hrabiego Mediolanu, a dopiero potem pomyśli, jak je wydawać. Zresztą mam swoje powody, żeby uważać, że to Martinez stoi za ostatnim zakupem akcji.

– Sam już doszedłem do tego wniosku – przyznał Sebastian – bo jedną z ostatnich rzeczy, którą usłyszałem od Brunona, kiedy jechaliśmy samochodem do Cambridge, była wiadomość, że jego ojciec miał spotkanie z majorem i że podczas ich rozmowy padło nazwisko Barrington.

– Jeżeli to prawda – powiedziała Emma – to Fisher poprze prezesa, bodaj dlatego, żeby zemścić się na Gilesie za to, że uniemożliwił mu wejście do parlamentu.

– Nawet jeśli tak, to nie będzie chciał, żeby budowa *Buckinghama* przebiegała bez przeszkód. Co to, to nie. Zmieni stanowisko, jak tylko będzie miał okazję narazić na szwank finanse firmy na krótką metę albo jej reputację na dalszą metę. Wybacz banał, ale natura ciągnie wilka do lasu. Pamiętaj, że jego cel jest przeciwny do twojego. Ty chcesz sukcesu przedsiębiorstwa, on pragnie jego upadku.

– Ale dlaczego miałby tego chcieć?

– Mamo, przypuszczam, że znasz aż za dobrze odpowiedź na to pytanie.

Sebastian czekał, jak Emma zareaguje, ale ona po prostu zmieniła temat.

– Skąd nagle masz tyle wiadomości?

– Co dzień pobieram lekcje u pewnego eksperta. Co więcej, jestem jego jedynym uczniem – Sebastian dodał bez dalszych szczegółów.

– A co zdaniem twojego eksperta powinnam zrobić, gdybym chciała, żeby rada nadzorcza mnie poparła i głosowała przeciwko budowie *Buckinghama*?

– Obmyślił plan, który ci zapewni wygraną na następnym posiedzeniu rady nadzorczej.

– To niemożliwe, ponieważ rada jest podzielona równo pół na pół.

– Och, to jest możliwe – powiedział Sebastian – ale tylko jeśli zechcesz grać jak Martinez.

– O czym myślisz?

Dopóki rodzina posiada dwadzieścia dwa procent udziałów spółki – ciągnął Sebastian – masz prawo mianować do rady nadzorczej jeszcze dwóch członków. Wystarczy więc, jeżeli dokooptujesz wujka Gilesa i ciotkę Grace, którzy cię poprą, kiedy dojdzie do decydującego głosowania. Wtedy nie przegrasz.

– Nigdy bym tego nie zrobiła – rzuciła Emma.

– Dlaczego, skoro gra idzie o tak wysoką stawkę?

– Ponieważ to by podkopało pozycję Rossa Buchanana jako prezesa. Gdyby przegrał tak ważne głosowanie, bo rodzina zmówiła się przeciw niemu, nie miałby wyboru i musiałby ustąpić. I podejrzewam, że inni członkowie rady nadzorczej poszliby jego śladem.

– Ale to mogłoby być najlepsze na dalszą metę dla przedsiębiorstwa.

– Być może, ale ja powinnam dowieść, że do mnie należy ostatnie słowo, a nie manipulować głosowaniem. To tani trik, do którego mógłby się zniżyć Fisher.

– Moja kochana mamo, nikt cię nie podziwia bardziej niż ja za to, że zawsze wybierasz wysoce moralny sposób postępowania, ale kiedy ma się do czynienia z Martinezami tego świata, to musisz zrozumieć, że oni nie mają żadnych zasad moralnych i zawsze wybiorą drogę występku. Przecież on by wpełzł do najbliższego rynsztoka, gdyby uznał, że to mu zapewni zwycięstwo w głosowaniu.

Zapanowało długie milczenie, aż wreszcie Sebastian bardzo cicho powiedział:

– Mamo, kiedy obudziłem się pierwszy raz po wypadku, zobaczyłem Don Pedra stojącego w nogach łóżka.

Emma zadrżała.

– Uśmiechał się i rzekł: Jak się czujesz, mój chłopcze? Potrząsnąłem głową i dopiero w tym momencie on pojął, że nie jestem Brunonem. Spojrzenia, które mi rzucił, odchodząc, nie zapomnę do końca życia.

Emma nadal milczała.

– Mamo, nie uważasz, że czas, żebyś mi powiedziała, dlaczego Martinez jest tak zdeterminowany, żeby rzucić naszą rodzinę na kolana? Bo nietrudno zgadnąć, że na A1 on chciał zabić mnie, a nie własnego syna.

5

"Pan jest zawsze taki niecierpliwy, sierżancie Warwick – powiedział patolog, bliżej przyjrzawszy się ciału.

Ale czy chociaż może pan tylko powiedzieć, jak długo ciało leży w wodzie? – spytał detektyw".

Harry wykreślał słowo „tylko" i zmieniał „leży" na „leżało", kiedy zadzwonił telefon. Odłożył pióro i schwycił słuchawkę.

– Tak – powiedział trochę opryskliwie.

– Harry, tu Harold Guinzburg. Gratuluję, jesteś w tym tygodniu ósmy. – Harold dzwonił w każde czwartkowe popołudnie, żeby zawiadomić Harry'ego, na którym miejscu listy bestsellerów figurował ostatniej niedzieli. – To już dziewiąty tydzień z rzędu w pierwszej piętnastce.

Książka Harry'ego znalazła się na czwartym miejscu miesiąc wcześniej, co było jego najwyższą lokatą, i chociaż nie przyznawał się do tego nawet Emmie, wciąż miał nadzieję, że dołączy do doborowej grupy pisarzy brytyjskich, którzy dotarli na szczyt listy po obydwu stronach Atlantyku. Dwie ostatnie powieści kryminalne z bohaterem Williamem Warwickiem trafiły na pierwsze miejsce w Anglii, ale w Stanach wciąż się to nie udawało.

– Tak naprawdę liczy się wielkość sprzedaży – powiedział Guinzburg, niemal jakby czytał w myślach Harry'ego. – Tak czy owak, jestem przekonany, że zajdziesz jeszcze wyżej, kiedy w marcu książka ukaże się w miękkiej oprawie.

Harry'emu nie umknęło, że wydawca użył słów „jeszcze wyżej", a nie „na pierwsze miejsce".

– Co słychać u Emmy?

– Pracuje nad mową, w której dowodzi, dlaczego przedsiębiorstwo nie powinno budować nowego luksusowego statku pasażerskiego w obecnym czasie.

– To mi nie wygląda na bestseller – zauważył Harold. – Powiedz, jakie postępy robi Sebastian?
– Porusza się teraz na wózku. Ale lekarz zapewnia, że to nie potrwa długo i w przyszłym tygodniu pozwolą mu pierwszy raz wyjść ze szpitala.
– Brawo. Czy to znaczy, że pojedzie do domu?
– Nie, siostra przełożona nie pozwoli mu na tak daleką podróż; przypuszczalnie będzie to wycieczka do Cambridge na wizytę u tutora i podwieczorek z ciotką.
– To gorzej niż w szkole. No, ale już wkrótce stamtąd ucieknie.
– Albo go wyrzucą. Nie jestem pewien, co będzie pierwsze.
– Dlaczego mieliby go wyrzucić?
– Kilka pielęgniarek w miarę zdejmowania kolejnych warstw bandaży zaczęło się bardziej interesować Sebem, a obawiam się, że on ich nie zniechęca.
– Taniec siedmiu zasłon – powiedział Harold.
Harry się roześmiał.
– Czy on nadal ma nadzieję we wrześniu zacząć studia w Cambridge?
– Z tego, co wiem, to tak. Ale on tak bardzo się zmienił od tego wypadku, że nic mnie nie zdziwi.
– Jak się zmienił?
– Nie potrafię określić tego dokładnie. Po prostu tak dojrzał, że rok temu bym nie przypuszczał, że to możliwe. I myślę, że odkryłem dlaczego.
– To intrygujące.
– Na pewno. Opowiem ci szczegółowo, kiedy następnym razem przyjadę do Nowego Jorku.
– Czy muszę tak długo czekać?
– Tak, bo to jest jak moje pisanie. Nie mam pojęcia, co się wydarzy, kiedy odwrócę stronę.
– To powiedz mi o tej niezwykłej dziewczynie.
– Co? Ty też?
– Proszę, powiedz Jessice, że powiesiłem jej rysunek przed-

stawiający Manor House jesienią w moim gabinecie, obok Roya Lichtensteina.

– Kto to taki?

– Roy Lichtenstein to ostatni krzyk mody w Nowym Jorku, ale nie sądzę, żeby długo się utrzymał. Moim zdaniem Jessica jest o wiele lepszą rysowniczką. Powiedz jej, proszę, że jeśli mi namaluje obraz Nowego Jorku jesienią, podaruję jej pracę Lichtensteina na święta Bożego Narodzenia.

– Ciekaw jestem, czy kiedy o nim słyszała.

– Zanim się rozłączę, czy wolno mi zapytać, jak ci idzie pisanie powieści z Williamem Warwickiem?

– Szłoby mi o wiele szybciej, gdyby mi bez przerwy ktoś nie przerywał.

– Przepraszam – rzekł Harold. – Nie powiedzieli mi, że teraz piszesz.

– Prawdę mówiąc, Warwick napotkał nierozwiązywalny problem. To znaczy ja napotkałem.

– Czy mógłbym pomóc?

– Nie. To dlatego jesteś wydawcą, a ja autorem.

– Jaki to problem? – nalegał Harold.

– Warwick odkrył, że ciało jego byłej żony leży na dnie jeziora, ale jest pewien, że ją wcześniej zabito, a dopiero potem wrzucono do wody.

– Więc w czym problem?

– Mój czy Williama Warwicka?

– Najpierw Warwicka.

– Kazano mu czekać przynajmniej dwadzieścia cztery godziny, zanim dostanie do rąk raport patologa.

– A twój problem?

– Muszę zdecydować w ciągu dwudziestu czterech godzin, co powinno być w tym raporcie.

– Czy Warwick wie, kto zabił jego byłą żonę?

– Nie jest pewien. W tej chwili jest pięciu podejrzanych i każdy z nich ma motyw... i alibi.

– Ale przypuszczam, że ty wiesz, kto to zrobił?
– Nie, nie wiem – przyznał Harry. – Bo jeśli ja tego nie wiem, to czytelnik też nie może.
– Czy to nie trochę ryzykowne?
– Pewno, że tak. Ale za to o wiele bardziej intrygujące i dla mnie, i dla czytelnika.
– Nie będę mógł się doczekać, żeby przeczytać pierwszą wersję.
– Ja też.
– Przepraszam. Wracaj do tej twojej byłej żony w jeziorze. Zadzwonię znowu za tydzień, żeby się dowiedzieć, kto ją tam wrzucił.

Gdy Guinzburg się rozłączył, Harry odłożył słuchawkę i spojrzał na leżącą przed nim pustą kartkę papieru. Spróbował się skupić.

„Więc co myślisz, Percy?

Za wcześnie na dokładną ocenę. Muszę zabrać ją do laboratorium i przeprowadzić jeszcze kilka analiz, zanim będę mógł ci dać przemyślaną opinię.

– Kiedy mogę się spodziewać wstępnego raportu? – spytał Warwick.

– Jesteś zawsze taki niecierpliwy, Williamie…"

Harry podniósł wzrok. Nagle sobie uświadomił, kto popełnił morderstwo.

Wprawdzie Emma nie chciała zaakceptować sugestii Sebastiana, że aby nie przegrać kluczowego głosowania, powinna dokooptować Gilesa i Grace do rady nadzorczej, ale uznała, że jej obowiązkiem jest poinformowanie brata i siostry o sytuacji. Emma była dumna z tego, że w radzie reprezentuje swoją rodzinę, mimo że wiedziała, iż ani brata, ani siostry nie interesowało specjalnie, co się dzieje za zamkniętymi drzwiami w siedzibie firmy, dopóki otrzymywali co kwartał dywidendy.

Gilesa pochłaniały obowiązki w Izbie Gmin, które stały się

jeszcze bardziej absorbujące, odkąd Hugh Gaitskell powołał go do gabinetu cieni na ministra do spraw europejskich. Znaczyło to, że rzadko go widywano w jego okręgu wyborczym, chociaż powinien zabiegać o względy wyborców i dbać o swój mandat, zdobyty minimalną większością głosów, a za to regularnie odwiedzał kraje, które miały prawo głosu w sprawie wejścia Wielkiej Brytanii do EWG. Jednak laburzyści od kilku miesięcy prowadzili w badaniach opinii publicznej i było coraz bardziej prawdopodobne, że Giles wejdzie do ścisłego Gabinetu po najbliższych wyborach. Więc ostatnią rzeczą, jakiej potrzebował, było zawracanie mu głowy jakimiś przepychankami.

Harry i Emma ucieszyli się, gdy Giles wreszcie ogłosił zaręczyny z Gwyneth Hughes, ale nie w towarzyskiej rubryce „The Timesa", lecz w pubie Pod Strusiem w sercu swojego okręgu wyborczego.

– Chcę, żebyście się pobrali przed następnymi wyborami – oznajmił Griff Haskins, asystent Gilesa. – I byłoby jeszcze lepiej, gdyby Gwyneth zaszła w ciążę przed pierwszym tygodniem kampanii wyborczej.

– Jakie to romantyczne – westchnął Giles.

– Nie interesuje mnie romantyczność – powiedział Griff. – Jestem tutaj po to, aby dopilnować, żebyś po następnych wyborach nadal siedział na zielonych ławach w Izbie Gmin, bo jak nie, to za cholerę nie trafisz do rządu.

Giles chciał się roześmiać, ale wiedział, że Griff ma rację.

– Czy data została ustalona? – zapytała Emma, podchodząc do nich.

– Ślubu czy wyborów powszechnych?

– Ślubu, ty idioto.

– Siedemnastego maja w urzędzie stanu cywilnego w Chelsea – powiedział Giles.

– To pewien kontrast w porównaniu z kościołem Świętej Małgorzaty w Westminsterze, ale przynajmniej teraz Harry i ja możemy liczyć na zaproszenie.

– Poprosiłem Harry'ego, żeby był moim drużbą – oznajmił

Giles. – Ale co do ciebie, to nie jestem pewien – dodał z szerokim uśmiechem.

Wybór momentu nie był może najszczęśliwszy, ale Emma mogła się spotkać z siostrą jedynie w wieczór poprzedzający decydujące posiedzenie rady nadzorczej. Skontaktowała się już z tymi członkami rady, co do których była pewna, że poprą jej stanowisko. Chciała jednak poinformować Grace, że wciąż nie może przewidzieć, jak wypadnie głosowanie.

Grace jeszcze mniej się interesowała losami przedsiębiorstwa niż Giles, a nawet parokrotnie zapomniała zrealizować przysyłanego co kwartał czeku z dywidendą. Niedawno została mianowana starszym tutorem w Kolegium Newnhama, więc rzadko wyprawiała się poza Cambridge. Emmie od czasu do czasu udawało się ściągnąć siostrę do Londynu na wizytę do Opery Królewskiej, ale tylko na przedstawienie popołudniowe, tak aby starczyło czasu na kolację, po której Grace musiała złapać pociąg do Cambridge. Grace tłumaczyła, że nie lubi spać w obcym łóżku. Pod jednym względem tak wyrafinowana, pod innym – zaściankowa, jak kiedyś zauważyła ich ukochana matka.

Grace nie oparła się pokusie obejrzenia *Don Carlosa* Verdiego w inscenizacji Luchino Viscontiego i nawet zasiedziała się przy kolacji, przysłuchując się z uwagą wywodom Emmy o konsekwencjach inwestowania tak wielkiej kwoty z kapitałowych rezerw spółki na pojedyncze przedsięwzięcie. Grace skubała w milczeniu zieloną sałatę, tylko od czasu do czasu komentując, ale nie wystąpiła z żadną opinią do chwili, kiedy padło nazwisko majora Fishera.

– On też się żeni za kilka tygodni, jak wiem z wiarygodnego źródła – powiedziała ku zaskoczeniu Emmy.

– Kto, na Boga, chce poślubić tę podłą kreaturę?

– Susie Lampton, jak sądzę.

– Skąd ja znam to nazwisko?

– Ona chodziła do Red Maids', kiedy ty byłaś tam przewod-

niczącą samorządu szkolnego, ale była dwie klasy niżej, więc niemożliwe, żebyś ją pamiętała.
— Tylko jej nazwisko. To teraz ty opowiadaj.
— Susie była już pięknością w wieku szesnastu lat, i o tym wiedziała. Chłopcy przystawali na jej widok i wpatrywali się w nią z otwartymi ustami. Po skończeniu Red Maids' Susie wsiadła w pierwszy pociąg do Londynu i zgłosiła się do wiodącej agencji modelek. Kiedy znalazła się na wybiegu, nie kryła, że się rozgląda za bogatym mężem.
— Jeżeli tak, to Fisher nie jest najlepszą partią.
— Może wtedy by nie był, ale teraz, kiedy przekroczyła trzydziestkę i już od dawna nie jest modelką, członek rady nadzorczej Linii Żeglugowej Barringtona, którego protektorem jest argentyński milioner, może stanowić ostatnią szansę.
— Czy jest aż tak zdesperowana?
— O, tak — odparła Grace. — Została dwukrotnie porzucona, raz przed ołtarzem, i jak słyszałam, wydała już pieniądze, które sąd jej przyznał po wygranej sprawie o niedotrzymanie obietnicy małżeństwa. Zastawiła nawet pierścionek zaręczynowy. Nazwisko Micawbera nic jej nie mówi.
— Biedna kobieta — powiedziała cicho Emma.
— Nie należy się przejmować Susie — zapewniła ją Grace. — Ona ma pewien wrodzony spryt, czego nie uświadczysz w programie zajęć żadnego uniwersytetu — dodała Grace, dopijając kawę. — Nie wiem, komu bardziej współczuć, ponieważ nie wierzę, żeby to trwało długo. — Grace spojrzała na zegarek. — Muszę lecieć. Nie mogę się spóźnić na ostatni pociąg.

Co powiedziawszy, pospiesznie pocałowała siostrę w oba policzki, wyszła z restauracji i zatrzymała taksówkę.

Emma uśmiechnęła się, patrząc, jak siostra znika w głębi czarnego samochodu. Talenty towarzyskie nie były jej mocną stroną, ale nie było kobiety, którą by Emma bardziej podziwiała. Kilka dawniejszych i obecnych pokoleń studentek Cambridge mogło tylko skorzystać na naukach starszego tutora w Newnham.

Kiedy Emma poprosiła o rachunek, spostrzegła, że siostra

zostawiła funta na talerzyku; ta kobieta nie chciała być dłużna nikomu.

Drużba podał panu młodemu prostą złotą obrączkę. Z kolei Giles wsunął pierścionek na palec serdeczny lewej ręki panny Hughes.

– Ogłaszam was mężem i żoną – oznajmił urzędnik stanu cywilnego. – Może pan pocałować pannę młodą.

Zerwały się oklaski na cześć sir Gilesa i lady Barringtonów. Po zaślubinach odbyło się przyjęcie w Cadogan Arms na King's Road. Giles wydawał się zdeterminowany, żeby całkowity kontrast z jego pierwszym ślubem był dla wszystkich oczywisty.

Gdy Emma wkroczyła do pubu, zauważyła, że Harry gawędzi z asystentem Gilesa, na którego twarzy gościł szeroki uśmiech.

– Żonaty kandydat dostaje o wiele więcej głosów niż rozwiedziony – wyjaśnił Griff Harry'emu, po czym wychylił trzeci kieliszek szampana.

Grace rozmawiała z panną młodą, która nie tak dawno była jedną z jej doktorantek. Gwyneth jej przypomniała, że pierwszy raz spotkała Gilesa na przyjęciu, które Grace wydała z okazji swoich urodzin.

– Moje urodziny to był tylko pretekst, żeby wydać to szczególne przyjęcie – powiedziała Grace, nie bawiąc się w dalsze wyjaśnienia.

Emma znowu spojrzała na Harry'ego, który właśnie rozmawiał z Deakinsem; z pewnością obaj wymieniali się jakże odmiennymi doświadczeniami ze swoich występów jako drużbowie. Emma nie mogła sobie przypomnieć, czy Algernon jest teraz profesorem Uniwersytetu Oksfordzkiego. Niewątpliwie wyglądał na profesora, ale przecież takie wrażenie wywierał, mając lat szesnaście, i jeśli nawet nie obnosił się wtedy z taką rozwichrzoną brodą, to mógł mieć na sobie ten sam garnitur.

Emma się uśmiechnęła, gdy zobaczyła Jessicę, która siedziała po turecku na podłodze, szkicując na odwrocie karty pacjenta wizerunek Sebastiana – którego wypuszczono ze szpitala na tę uroczystość, pod warunkiem że wróci przed szóstą po południu – rozmawiającego z wujkiem. Pochylony Giles słuchał z uwagą, co siostrzeniec ma do powiedzenia. Emma nie musiała zgadywać, o czym mówią.

– Ale gdyby Emma przegrała głosowanie? – spytał Giles.

– Wtedy Barrington nie odnotuje zysku w dającej się przewidzieć przyszłości, tak że nie możesz liczyć na to, że zawsze będziesz otrzymywał cokwartalną dywidendę.

– A czy są jakieś dobre wiadomości?

– Tak. Jeżeli się okaże, że Ross Buchanan ma rację co do luksusowego statku pasażerskiego, a to bystry biznesmen, to firmę może czekać świetlana przyszłość. A ty możesz zasiąść w rządowym gabinecie, nie martwiąc się, że będziesz musiał wyżyć z pensji ministra.

– Muszę powiedzieć, że jestem zachwycony tym, że tak bardzo się interesujesz interesami rodziny, i mam nadzieję, że to się nie zmieni, kiedy pójdziesz na studia w Cambridge.

– Możesz być tego pewien – powiedział Sebastian – bo przyszłość przedsiębiorstwa bardzo mnie niepokoi. Liczę na to, że to wciąż będzie rodzinna firma, kiedy będę gotów, żeby zostać jej prezesem.

– Czy naprawdę myślisz, że przedsiębiorstwo Barringtona może upaść? – spytał Giles, pierwszy raz zdradzając niepokój.

– To mało prawdopodobne, ale powrót majora Fishera do rady nadzorczej nie polepszy sprawy, bo jestem przekonany, że jego cele diametralnie się różnią od naszych. W gruncie rzeczy, jeśli się okaże, że jego protektorem jest Don Pedro Martinez, to wcale nie jestem pewien, czy przetrwanie Linii Żeglugowej Barringtona leży w sferze ich długofalowych planów.

– Jestem przekonany, że Ross Buchanan i Emma okażą się godnymi przeciwnikami Fishera, a nawet Martineza.

– Możliwe. Ale pamiętaj, że oni nie zawsze działają zgodnie, i Fisher na pewno to wykorzysta. A nawet jeśli na krótką metę pokrzyżują plany Fisherowi, to wystarczy, żeby poczekał ze dwa lata, aż wszystko samo wpadnie mu w ręce.

– O czym ty mówisz?

– To nie tajemnica, że Ross Buchanan zamierza w niedalekiej przyszłości przejść na emeryturę, i podobno ostatnio kupił posiadłość w Perthshire, która jest dogodnie usytuowana w pobliżu trzech pól golfowych i dwu rzek, co mu pozwoli uprawiać ulubione hobby. A więc niedługo firma będzie się rozglądać za nowym prezesem.

– Gdyby Buchanan miał przejść na emeryturę, to z pewnością twoja matka będzie oczywistą kandydatką, żeby zająć jego miejsce? W końcu jest członkiem naszej rodziny, a my wciąż posiadamy dwadzieścia dwa procent udziałów.

– Ale do tej pory Martinez też może nabyć dwadzieścia dwa procent, a możliwe, że więcej, ponieważ wiadomo, że wciąż skupuje akcje spółki, kiedy tylko pojawiają się na rynku. I sądzę, że możemy założyć, że ma na myśli innego kandydata na prezesa.

6

Gdy Emma wkroczyła do sali posiedzeń rady nadzorczej tego piątkowego przedpołudnia, nie zdziwiła się, widząc, że większość członków rady jest już obecna. Tylko śmierć byłaby usprawiedliwieniem nieobecności na tym szczególnym zebraniu; Giles by mówił o konieczności bezwzględnego zachowania dyscypliny.

Prezes gawędził z kontradmirałem Summersem. Clive Anscott, co nie było niespodzianką, był pogrążony w rozmowie ze swoim partnerem do gry w golfa, Jimem Knowlesem, który już zdążył poinformować Emmę, że obydwaj poprą prezesa, gdy dojdzie do głosowania. Emma podeszła do Andy'ego Dobbsa i Davida Dixona, którzy ją zapewnili, że będą głosować za jej wnioskiem.

Philip Webster, główny księgowy spółki, i Michael Carrick, dyrektor finansowy, studiowali projekt inżyniera budowy okrętów, rozłożony na stole posiedzeń rady nadzorczej. Stał tam też model w zmniejszonej skali MV *Buckinghama*, coś, co Emma pierwszy raz widziała na oczy. Musiała przyznać, że model wyglądał ponętnie, a wiadomo, że chłopcy lubią zabawki.

– To będzie zacięta walka – mówił Andy Dobbs do Emmy, kiedy otwarły się drzwi sali posiedzeń i ukazał się w nich dziesiąty członek rady nadzorczej.

Alex Fisher zatrzymał się w progu. Sądząc po wyglądzie, był trochę speszony, niczym nowy uczeń pierwszego dnia w szkole, niepewny, czy inni chłopcy zechcą z nim rozmawiać. Prezes natychmiast odszedł od swojej grupy i przeciął salę, żeby przywitać przybysza. Emma patrzyła, jak Ross wymienia z majorem uścisk ręki, lecz czyni to czysto formalnie, a nie tak, jakby witał szanowanego kolegę. Gdy chodziło o Fishera, to oboje mieli taką samą opinię o tym człowieku.

Kiedy zegar stojący w kącie sali zaczął wydzwaniać dziesiątą, rozmowy natychmiast ucichły i obecni zajęli przeznaczone im miejsca wokół stołu posiedzeń. Fisher nadal stał, aż zostało tylko jedno miejsce wolne, jakby to była zabawa w muzyczne krzesła. Usiadł na pustym krześle na wprost Emmy, ale nie patrzył w jej kierunku.

– Dzień dobry – powiedział prezes, kiedy wszyscy się usadowili. – Czy mogę zacząć to spotkanie od powitania majora Fishera, który powrócił do naszego grona?

Tylko jedna osoba zdobyła się na stłumiony okrzyk: „Racja! Racja!", ale nie było jej w radzie nadzorczej, kiedy major Fisher pierwszy raz był jej członkiem.

– To oczywiście będzie druga runda majora w radzie nadzorczej, zatem znane mu są nasze zwyczaje i wymóg lojalności, której wszyscy oczekujemy od każdego członka rady, kiedy reprezentuje tę znamienitą firmę.

– Dziękuję, panie prezesie – odpowiedział Fisher. – Chciałbym oświadczyć, jak bardzo się cieszę, że znalazłem się znowu w radzie nadzorczej. Pragnę pana zapewnić, że zawsze uczynię to, co będzie w najlepszym interesie Linii Żeglugowej Barringtona.

– Miło mi to słyszeć – powiedział prezes. – Jednak moim obowiązkiem jest panu przypomnieć, jak każdemu nowemu członkowi rady, że jest rzeczą niezgodną z prawem, aby członek rady nadzorczej kupował albo sprzedawał akcje spółki bez uprzedniego poinformowania giełdy papierów wartościowych, jak również głównego księgowego spółki.

Jeśli Fisher czuł, że ta cięta strzała była wymierzona w niego, to chybiła celu, bo tylko skinął głową i uśmiechnął się, chociaż pan Webster pieczołowicie zapisał słowa prezesa do protokołu. Emma była zadowolona, że przynajmniej tym razem zostało to odnotowane.

Kiedy odczytano i przyjęto protokół z ostatniego zebrania, prezes oznajmił:

– Członkowie rady nadzorczej niechybnie zwrócili uwagę, że

mamy dzisiaj tylko jeden punkt porządku dziennego. Jak wszyscy wiecie, nadszedł czas, żeby podjąć decyzję, która – wierzę, że nie przesadzam – zaważy na przyszłości Linii Żeglugowej Barringtona i być może także na przyszłości kogoś z nas, kto obecnie służy tej firmie.

Widać było, że kilku członków rady zaskoczyły wstępne uwagi Buchanana i zaczęli szeptać między sobą. Ross rzucił na środek stołu posiedzeń granat ręczny z ukrytą groźbą, że jeżeli nie wygra głosowania, zrezygnuje ze stanowiska prezesa.

Problem Emmy polegał na tym, że ona nie miała jak rozbroić tego granatu. Nie mogła zagrozić rezygnacją z kilku powodów, zwłaszcza dlatego, że nikt z rodziny nie pragnął zająć jej miejsca w radzie nadzorczej. Sebastian już jej poradził, że gdyby nie wygrała głosowania, to zawsze może ustąpić z rady, sprzedać swoje udziały i nakłonić do tego Gilesa, co przyniosłoby rodzinie podwójną korzyść, bo przysporzyłoby sporego zysku i pomogło wyprowadzić w pole Martineza.

Emma spojrzała do góry na portret sir Waltera Barringtona. W uszach zabrzmiały jej słowa dziadka: „Dziecko, nie rób nic, czego byś potem żałowała".

– Oczywiście powinniśmy przeprowadzić żywą dyskusję bez żadnych zahamowań – ciągnął Ross Buchanan. – Taką, podczas której wszyscy członkowie rady wyrażą bezstronnie swoje opinie. – I potem odpalił drugi ładunek wybuchowy: – Mając to na uwadze, sugeruję, żeby pani Clifton rozpoczęła debatę, nie tylko dlatego, że jest przeciwna mojemu planowi budowy nowego statku pasażerskiego w obecnym czasie, ale także dlatego, że nie wolno zapominać, że reprezentuje dwadzieścia dwa procent udziałów spółki i że to jej wybitny przodek, sir Joshua Barrington, założył to przedsiębiorstwo sto lat temu.

Emma miała nadzieję, że wystąpi w dyskusji pod koniec posiedzenia, ponieważ dobrze wiedziała, że prezes wygłosi mowę podsumowującą i do tego czasu jej wypowiedź straci część efektu. Niemniej jednak była zdeterminowana, żeby przedstawić swoje argumenty jak najbardziej przekonująco.

– Dziękuję, panie prezesie – powiedziała, spoglądając w swoje notatki. – Pozwolę sobie zacząć od stwierdzenia, że niezależnie od wyniku dzisiejszej dyskusji wszyscy mamy nadzieję, że będzie pan kierował tą firmą jeszcze przez wiele lat.

Głośne okrzyki „Racja! Racja!" powitały to oświadczenie i Emma czuła, że przynajmniej zdołała, wcisnąwszy z powrotem zawleczkę, zabezpieczyć jeden z granatów.

– Jak przypomniał nam prezes, mój pradziad założył to przedsiębiorstwo ponad sto lat temu. Był człowiekiem o niezwykłym darze dostrzegania okazji, a zarazem umiał omijać pułapki; jedno i drugie czynił z jednakową zręcznością. Żałuję, że nie mam daru widzenia Joshui, bo wtedy mogłabym wam powiedzieć – Emma wskazała projekt inżyniera budowy okrętów – czy to jest okazja, czy pułapka. Moje poważne wątpliwości budzi fakt, że się stawia wszystko na jedną kartę. Zaryzykowanie tak dużej części rezerw kapitałowych spółki na jedno przedsięwzięcie może się okazać decyzją, której wszyscy będziemy żałować. W końcu prognozy co do przyszłości biznesu opartego na przewozach luksusowymi statkami pasażerskimi nieustannie się zmieniają. Już dwa wielkie towarzystwa żeglugowe w tym roku ogłosiły straty, przypisując swoje trudności boomowi na loty pasażerskie. I nie jest przypadkiem, że zmniejszenie się liczby naszych przewozów pasażerskich na trasach transatlantyckich niemal dokładnie odpowiada wzrostowi liczby pasażerów samolotów w tym samym okresie. Fakty są proste. Biznesmeni chcą dotrzeć na spotkania jak najszybciej, a potem równie szybko wrócić do domu. To jest całkiem zrozumiałe. Może nam się nie podobać, że ludzie zmieniają obiekt lojalności, ale byłoby niemądrze, gdybyśmy ignorowali długofalowe skutki tego procesu. Uważam, że powinniśmy pozostawać wierni działalności, która słusznie zyskała Linii Żeglugowej Barringtona światową renomę – jak transport węgla, samochodów, ciężkiego sprzętu do przewozów, stali, żywności i innych artykułów – i pozostawić innym uzależnienie od pasażerów. Jestem przekonana, że jeżeli będziemy kontynuować naszą zasadniczą działalność ograniczającą się do statków towarowych, które mają kabiny tylko dla kilkunastu pasażerów, to ta firma przetrwa trudne czasy i będzie przynosić rok po roku pokaźny dochód, dając swoim udziałowcom doskonały zwrot z inwestycji. Nie chcę ryzykować wszystkich pieniędzy, jakimi firma tak umiejętnie gospodarowała przez całe lata, licząc na zachcianki kapryśnych klientów.

Pora zdetonować granat, pomyślała Emma, przewracając kartkę.

– Mój ojciec, sir Hugo Barrington – nie znajdziecie na ścianie żadnego portretu upamiętniającego jego rządy – zdołał w ciągu dwóch lat sparaliżować działalność tej firmy i trzeba było całej zręczności i pomysłowości Rossa Buchanana, żeby odwrócić jej losy, za co winniśmy mu dozgonną wdzięczność. Dla mnie ta ostatnia propozycja to krok za daleko, mam zatem nadzieję, że rada nadzorcza ją odrzuci i wypowie się za kontynuacją naszej głównej działalności, która tak dobrze nam służyła w przeszłości. Dlatego zachęcam radę do głosowania przeciwko tej rezolucji.

Emma ucieszyła się, widząc, że jeden czy dwóch starszych członków rady, którzy przedtem się wahali, teraz skinęli potakująco głowami. Buchanan poprosił pozostałych członków rady o wypowiedzi i w ciągu godziny opinie wygłosili wszyscy poza Aleksem Fisherem, który nie zabierał głosu.

– Majorze, skoro pan usłyszał poglądy kolegów, to może zechce pan podzielić się z nami swoimi przemyśleniami?

– Panie prezesie – rzekł Fisher – podczas ubiegłego miesiąca przestudiowałem szczegółowe protokoły poprzednich posiedzeń rady nadzorczej poświęconych temu tematowi i jestem pewien tylko jednej rzeczy: nie możemy sobie pozwolić na dalszą zwłokę i musimy dzisiaj podjąć taką czy inną decyzję.

Fisher poczekał, aż ucichną komentarze „Racja! Racja!", po czym ciągnął dalej:

– Słuchałem z zainteresowaniem wypowiedzi moich kolegów, a zwłaszcza pani Clifton, która według mnie przedstawiła logiczne i dobrze uzasadnione argumenty z wielką pasją, wspominając długotrwały związek jej rodziny z firmą. Ale zanim zdecyduję, jak głosować, chciałbym posłuchać, dlaczego prezes jest tak bardzo za rozpoczęciem budowy *Buckinghama* w obecnym czasie, gdyż muszę zostać przekonany, że to ryzyko warte podjęcia, a nie krok za daleko, jak sugeruje pani Clifton.

— Mądry facet — skomentował admirał.

Emma przez chwilę się zastanawiała, czy nie osądziła źle Fishera i czy jemu rzeczywiście nie leży na sercu interes firmy. Ale wtem przypomniała sobie uwagę Sebastiana, że natura ciągnie wilka do lasu.

— Dziękuję panu, majorze — powiedział Buchanan.

Emma nie wątpiła, że niezależnie od dobrze przygotowanej i dobrze wygłoszonej wypowiedzi Fisher ma już określoną opinię podjętą przez kogo innego i wykona instrukcje Martineza co do joty. Jednakże nie miała pojęcia, jakie to instrukcje.

— Członkowie rady nadzorczej są w pełni świadomi moich zdecydowanych poglądów w tej sprawie — zaczął prezes, spojrzawszy na pojedynczą kartkę, na której widniało siedem punktów. — Uważam, że decyzja, jaką dziś podejmiemy, jest oczywista. Czy to przedsiębiorstwo chce wykonać krok do przodu, czy też stać w miejscu? Nie muszę wam przypominać, że Cunard ostatnio wodował dwa nowe pasażerskie statki, P&O buduje w Belfaście *Canberrę*, a Union-Castle dodaje do swojej południowoafrykańskiej floty statki *Windsor Castle* i *Transvaal Castle*, podczas gdy my zadowoleni siedzimy i patrzymy, jak nasi rywale, niczym grasujący piraci, zawojowują oceany. Nigdy nie będzie lepszego czasu dla firmy Barringtona na wejście do biznesu przewozów pasażerskich, transatlantyckich w lecie, wycieczkowych w zimie. Pani Clifton zwraca uwagę, że ubywa nam pasażerów, i ma rację. Ale tak się dzieje tylko dlatego, że nasza flota jest przestarzała i nie oferujemy już usług, jakich nasi klienci nie mogliby znaleźć gdzie indziej po bardziej konkurencyjnych cenach. I gdybyśmy mieli dzisiaj zdecydować, że nie robimy nic, ale po prostu czekamy na właściwy moment, jak radzi pani Clifton, inni z pewnością skorzystaliby z naszej nieobecności i zostalibyśmy na nabrzeżu li tylko w charakterze machających do nich widzów. Tak, oczywiście, jak wskazał major Fisher, jest to ryzyko, ale wielcy przedsiębiorcy jak sir Joshua Barrington zawsze byli skłonni je podejmować. I pozwólcie, że przypomnę wam, że to przedsięwzięcie nie wiąże się z ryzykiem finansowym, jak zasugerowała pani Clifton – dodał, wskazując model statku na środku stołu – ponieważ możemy pokryć bardzo dużo kosztów budowy tego wspaniałego statku z naszych obecnych rezerw i nie będziemy musieli pożyczać z banku wielkich sum, aby ją sfinansować. Mam wrażenie, że Joshua Barrington też byłby za tą inicjatywą.

Buchanan umilkł na chwilę i obrzucił spojrzeniem siedzących dokoła stołu członków rady nadzorczej.

– Uważam, że stoimy dziś przed trudnym wyborem: nic nie robić i zadowolić się tym, że w najlepszym wypadku tkwimy w miejscu, albo zagłosować za przyszłością i dać tej firmie szansę dalszego przewodzenia w świecie żeglugi, co czyniła w ubiegłym stuleciu. Wobec tego proszę radę o poparcie mojej propozycji i zainwestowanie w przyszłość.

Mimo poruszającego wystąpienia prezesa Emma nadal nie była pewna, jak przebiegnie głosowanie. I wtedy Buchanan nagle odbezpieczył trzeci granat.

– Wezwę teraz głównego księgowego spółki, żeby poprosił każdego członka rady nadzorczej o oświadczenie, czy jest za, czy przeciw propozycji.

Emma przypuszczała, że zgodnie ze zwykłą procedurą będzie to tajne głosowanie, które, jak uważała, zapewni jej większą szansę uzyskania większości. Jednak zdawała sobie sprawę, że jeśli wyrazi sprzeciw w tak późnym stadium, będzie to przyjęte jako oznaka słabości, co wyjdzie na korzyść Buchananowi.

Pan Webster wyjął kartkę z leżącej przed nim teczki i odczytał rezolucję:

– Członkowie rady nadzorczej są proszeni o głosowanie nad

uchwałą zaproponowaną przez prezesa i popartą przez dyrektora naczelnego, mianowicie że firma powinna przystąpić do budowy nowego luksusowego statku pasażerskiego, MV *Buckinghama*, w obecnym czasie.

Trzy ostatnie słowa dodano na żądanie Emmy, która miała nadzieję, że skłoni to bardziej konserwatywnych członków rady do czekania na właściwy moment.

Główny księgowy otworzył księgę protokołów i odczytał po kolei nazwiska członków rady nadzorczej.

– Pan Buchanan.
– Jestem za propozycją – powiedział prezes bez wahania.
– Pan Knowles.
– Jestem za.
– Pan Dixon.
– Przeciw.
– Pan Anscott.
– Za.

Emma stawiała na swojej liście ptaszka albo krzyżyk przy każdym nazwisku. Jak na razie nie było niespodzianek.

– Admirał Summers.
– Jestem przeciw – oznajmił stanowczo.

Emma nie wierzyła własnym uszom. Admirał zmienił zdanie, co znaczyło, że jeśli wszyscy inni trwają przy swoim stanowisku, to ona nie może przegrać.

– Pani Clifton.
– Przeciw.
– Pan Dobbs.
– Przeciw.
– Pan Carrick.

Dyrektor finansowy się wahał. Powiedział Emmie, że jest przeciwny tej całej idei, gdyż jest pewien, że koszty będą rosły w sposób niekontrolowany i, wbrew zapewnieniom Buchanana, firma będzie zmuszona zaciągać wielkie pożyczki w banku.

– Jestem za – wyszeptał pan Carrick.

Emma zaklęła pod nosem. Postawiła krzyżyk przy nazwisku Carricka i jeszcze raz sprawdziła swoją listę. Pięć głosów za i pięć przeciw. Wszystkie głowy zwróciły się ku nowemu członkowi rady, który miał teraz oddać decydujący głos.

Emma i Ross Buchanan za chwilę mieli się dowiedzieć, jak by głosował Don Pedro Martinez. Ale nie – dlaczego.

DON PEDRO MARTINEZ
1958–1959

7

– Jednym głosem?
– Tak – powiedział major.
– Wobec tego kupno tych akcji okazało się trafioną inwestycją.
– Co pan chce, żebym teraz zrobił?
– Na razie niech pan popiera prezesa, bo już niedługo znowu będzie pana potrzebował.
– Chyba nie rozumiem.
– Nie musi pan rozumieć, majorze.
Don Pedro podniósł się zza biurka i skierował do drzwi. Spotkanie było skończone. Fisher szybko podążył za nim na korytarz.
– Jak się panu układa pożycie małżeńskie?
– Jak najlepiej – skłamał Fisher, który prędko się przekonał, że utrzymanie dwóch osób kosztuje dużo więcej niż jednej.
– Miło mi to słyszeć – powiedział Martinez, podając Fisherowi pękatą kopertę.
– A co to? – spytał Fisher.
– Niewielka premia za to, czego pan dokonał – odparł Martinez, gdy Karl otworzył frontowe drzwi.
– Ale ja już jestem pańskim dłużnikiem – rzekł Fisher, wsunąwszy kopertę do kieszeni.
– A ja jestem pewien, że mi się pan wypłaci z nawiązką – powiedział Martinez, który spostrzegł mężczyznę siedzącego na ławce po drugiej stronie ulicy, udającego, że czyta „Daily Mail".
– Czy nadal pan chce, żebym przyjechał do Londynu przed następnym posiedzeniem rady nadzorczej?
– Nie, ale jak tylko pan usłyszy, komu przyznano kontrakt na budowę *Buckinghama*, to proszę dzwonić.
– Pierwszy się pan o tym dowie – obiecał Fisher.

Pozdrowił swojego nowego szefa udawanym salutem i odmaszerował w kierunku Sloane Square. Mężczyzna po drugiej stronie drogi nie podążył za nim, ale przecież kapitan Hartley dobrze wiedział, dokąd zmierza major. Don Pedro uśmiechnął się i wrócił do domu.

– Karl, powiedz Diego i Luisowi, że chcę ich natychmiast zobaczyć, ty też będziesz mi potrzebny.

Kamerdyner zgiął się w ukłonie, zamykając drzwi; pilnował, żeby nie wypaść z roli, kiedy ktoś patrzy. Don Pedro wrócił do gabinetu, usiadł za biurkiem, uśmiechnął się i wrócił myślami do spotkania, które się przed chwilą odbyło. Tym razem go nie powstrzymają. Wszystko jest gotowe, żeby wykończyć nie jedną osobę, ale całą rodzinę. Nie zamierzał mówić majorowi, jaki będzie jego następny ruch. Czuł, że mimo regularnych premii ten facet ugnie się pod obstrzałem i może nie zechcieć przekroczyć pewnej granicy. Don Pedro nie czekał długo; wkrótce zapukano do drzwi i do środka weszli trzej mężczyźni – jedyni ludzie, którym ufał. Dwaj synowie usiedli po drugiej stronie biurka, co mu tylko przypomniało o nieobecności trzeciego syna. To jeszcze wzmogło jego determinację. Karl stał.

– Posiedzenie rady nadzorczej nie mogło pójść lepiej. Zgodzili się przewagą jednego głosu na zlecenie budowy *Buckinghama*, i to głos majora przeważył szalę. Teraz musimy się dowiedzieć, z jaką stocznią zostanie zawarty kontrakt. Dopóki tego nie wiemy, nie możemy ruszyć z drugą częścią mojego planu.

– A ponieważ to się może okazać dość kosztowne – wtrącił Diego – to czy masz pomysł, jak sfinansować tę całą operację?

– Tak – odparł Don Pedro. – Zamierzam obrabować bank.

Pułkownik Stuart-Hopkins wśliznął się do Clarence'a tuż przed dwunastą. Pub znajdował się w odległości około dwustu metrów od Downing Street i był znany z tego, że odwiedzają go turyści. Pułkownik podszedł do baru i zamówił małe piwo i podwójny dżin z tonikiem.

– Trzy szylingi i sześć pensów – powiedział barman.

Pułkownik położył na ladzie dwa floreny, zabrał drinki i skierował się do wnęki w przeciwległym kącie, gdzie będą ukryci przed ciekawskimi spojrzeniami. Postawił drinki na drewnianym stoliku z blatem pełnym śladów po kuflach z piwem i niedopałkach. Spojrzał na zegarek. Szef rzadko się spóźniał, chociaż w jego pracy problemy zwykły się pojawiać w ostatniej chwili. Ale nie dziś, bo sekretarz Gabinetu wkroczył do pubu kilka chwil później i skierował się prosto do wnęki.

Pułkownik wstał.

– Dzień dobry, sir. – Nigdy by mu do głowy nie przyszło, żeby zwracać się do niego „sir Alanie"; to byłoby zbyt poufałe.

– Dzień dobry, Brianie. Mam tylko kilka wolnych chwil, więc może podaj mi najnowsze wiadomości.

– Martinez, jego synowie Diego i Luis oraz Karl Lunsdorf wyraźnie tworzą zespół. Jednak od czasu mojego spotkania z Martinezem żaden z nich nie kręcił się w pobliżu Princess Alexandra Hospital w Harlow ani nie odwiedził Bristolu.

– Dobrze to wiedzieć – powiedział sir Alan, ujmując swoją szklaneczkę. – Ale to nie znaczy, że Martinez nie szykuje czegoś innego. Ten człowiek tak łatwo nie daje za wygraną.

– Jestem pewien, że ma pan rację. Chociaż on nie wybiera się do Bristolu, to nie znaczy, że Bristol nie przychodzi do niego w odwiedziny.

Sekretarz Gabinetu ze zdziwieniem uniósł brwi.

– Alex Fisher pracuje teraz na pełnym etacie u Martineza. Wrócił do rady nadzorczej Spółki Żeglugowej Barringtona i składa sprawozdania nowemu szefowi w Londynie raz, czasami dwa razy w tygodniu.

Sekretarz Gabinetu pociągał małymi łyczkami dżin, rozważając konsekwencje informacji pułkownika. Pierwsze, co musi zrobić, to nabyć trochę akcji firmy Barringtona, żeby otrzymywać kopię protokołu po każdym posiedzeniu rady nadzorczej.

– Jeszcze coś?

– Tak. Martinez umówił się na spotkanie z dyrektorem Banku Anglii w przyszły czwartek o jedenastej rano.

– Więc się dowiemy, ile ten cholerny facet ma jeszcze fałszywych banknotów pięciofuntowych.
– Myślałem, że zniszczyliśmy wszystkie w Southampton w czerwcu zeszłego roku.
– Tylko te, które ukrył w podstawie rzeźby Rodina. Przecież on je szmuglował po trochu z Buenos Aires przez ostatnie dziesięć lat, na długo przedtem, zanim zdaliśmy sobie z tego sprawę.
– Dlaczego dyrektor po prostu nie odmówi wdawania się w interesy z tym człowiekiem, kiedy wszyscy wiemy, że to podrobione banknoty?
– Ponieważ dyrektor to nadęty głupiec i nie chce uwierzyć, że ktoś potrafi idealnie podrobić jego drogocenne pięciofuntowe banknoty. Więc Martinez wkrótce zamieni wszystkie swoje stare lampy na nowe, jak w baśni o cudownej lampie Aladyna, i nic na to nie mogę poradzić.
– Zawsze mogę go zabić, sir.
– Dyrektora czy Martineza? – spytał sir Alan, nie całkiem pewien, czy Scott-Hopkins żartuje.
Pułkownik się uśmiechnął. Było mu wszystko jedno którego.
– Nie, Brian. Nie mogę zezwolić na zabicie Martineza, dopóki nie mam prawnego pretekstu, a kiedy ostatnio sprawdzałem, fałszerstwo wciąż nie było przestępstwem, za które grozi kara śmierci przez powieszenie.

Don Pedro siedział za biurkiem, z niecierpliwością bębniąc palcami po bibule, i czekał, aż zadzwoni telefon.
Posiedzenie rady nadzorczej miało się zacząć o dziesiątej rano i zwykle kończyło się koło południa. Było już dwadzieścia po dwunastej, a on wciąż nie miał wiadomości od Fishera, mimo że wydał mu wyraźne instrukcje, aby dzwonił, gdy tylko spotkanie się skończy. Przypomniał sobie jednak, że Karl zalecił, żeby Fisher nie próbował się kontaktować z szefem, dopóki nie oddali się na tyle od Budynku Barringtona, aby na pewno nikt z członków rady nie widział, jak telefonuje.
Karl poradził też majorowi, żeby znalazł takie miejsce, któ-

rego nigdy nie odwiedziłby nikt z jego kolegów z rady nadzorczej. Fisher wybrał pub Pod Godłem Lorda Nelsona, nie tylko dlatego, że był oddalony o kilometr od stoczni Barringtona, ale ponieważ usytuowany był na dolnym nabrzeżu; podawali tam piwo, czasem cydr, ale nie musieli mieć na składzie sherry Harvey's Bristol Cream. Co ważniejsze, przed drzwiami pubu była budka telefoniczna.

Na biurku Don Pedra zadzwonił telefon. Zanim zadzwonił drugi raz, Don Pedro schwycił słuchawkę. Karl poradził Fisherowi, żeby nie podawał nazwiska, kiedy będzie dzwonił z publicznego telefonu, nie tracił czasu na grzeczne słówka i żeby przekazał wiadomość w czasie krótszym niż minuta.

– Harland i Wolff, Belfast.
– Chwała Bogu – powiedział Don Pedro.
Połączenie zostało przerwane. Widać nie omawiano na posiedzeniu rady nadzorczej nic takiego, z czym Fisher nie mógł poczekać do następnego dnia, kiedy przyjedzie do Londynu. Don Pedro odłożył słuchawkę i spojrzał na trzech mężczyzn, którzy stali po drugiej stronie biurka. Każdy z nich już wiedział, jakie go czeka zadanie.

– Proszę wejść.
Główny kasjer otworzył drzwi i usunął się na bok, żeby wpuścić bankiera z Argentyny do gabinetu dyrektora banku. Martinez wkroczył do pokoju, wystrojony w dwurzędowy garnitur w prążki, białą koszulę i jedwabny krawat; wszystko to świeżo od krawca z Savile Row. Za Martinezem podążali dwaj strażnicy w mundurach, którzy dźwigali wielki, sfatygowany kufer szkolny z inicjałami B.M. Zamykał orszak wysoki, chudy dżentelmen w szykownej czarnej marynarce, popielatej kamizelce, prążkowanych spodniach i ciemnym krawacie z jasnoniebieskimi paskami, który miał przypominać pośledniejszym śmiertelnikom, że on i dyrektor kształcili się w tej samej szkole.

Strażnicy postawili kufer na środku pokoju, a dyrektor wyszedł zza biurka i przywitał się z Don Pedrem. Wbił wzrok w kufer, gdy tymczasem jego gość otwierał klamry i podnosił wieko. Pięciu mężczyzn wpatrywało się w rzędy starannie ułożonych pięciofuntowych banknotów. Nie był to widok niezwykły dla żadnego z nich.

Dyrektor banku zwrócił się do głównego kasjera i powiedział:

— Somerville, należy policzyć te banknoty, potem przeliczyć je ponownie, i jeżeli pan Martinez potwierdzi kwotę, to wtedy je zniszczysz.

Główny kasjer skinął głową i jeden ze strażników opuścił wieko i zatrzasnął klamry. Potem strażnicy wolno podnieśli ciężki kufer i w ślad za głównym kasjerem wyszli z pokoju. Dyrektor nie odzywał się, dopóki nie usłyszał, że zamknięto drzwi.

— Może zechce pan napić się ze mną sherry Bristol Cream, gdy będziemy czekać na potwierdzenie, że obliczenia się zgadzają? Co, stary?

Martinez nie od razu pojął, że „stary" jest oznaką serdeczności, a nawet przyznania, że ktoś jest członkiem klubu, mimo że jest cudzoziemcem.

Dyrektor banku nalał dwa kieliszki i podsunął jeden gościowi.

— Na zdrowie, stary.

— Na zdrowie, stary – powtórzył za nim Don Pedro.

— Jestem zdziwiony – powiedział dyrektor, pociągnąwszy łyk sherry – że trzymał pan tak wielką kwotę w gotówce.

— Pieniądze były przechowywane w skarbcu w Genewie przez ostatnie pięć lat i pozostałyby tam, gdyby pański rząd nie postanowił drukować nowych banknotów.

— To nie moja decyzja, stary. W gruncie rzeczy odradzałem to, ale ten głupiec sekretarz Gabinetu – nie ta szkoła i nie ten uniwersytet – wymamrotał między jednym a drugim łykiem – upierał się, że Niemcy podrabiali nasze banknoty pięciofuntowe w czasie wojny. Mówiłem mu, że to po prostu niemożliwe, ale on nie słuchał. Chyba myślał, że jest mądrzejszy niż Bank Anglii. Powiedziałem mu, że dopóki mój podpis widnieje na banknocie angielskim, suma będzie w pełni honorowana.

– Nie spodziewałbym się czegoś innego – rzekł Don Pedro, ryzykując uśmiech.

Potem dwaj panowie mieli trudności w znalezieniu tematu, w którym obaj by się swobodnie poruszali. Tylko polo (ale nie waterpolo), Wimbledon i oczekiwanie na otwarcie sezonu polowań dwunastego sierpnia pozwoliło im kontynuować rozmowę tak długo, że dyrektor nalał drugi raz sherry, ale nie potrafił ukryć ulgi, kiedy wreszcie zadzwonił telefon na biurku. Odłożył kieliszek, podjął słuchawkę i z uwagą słuchał. Wyjął z kieszeni pióro Parkera i zanotował jakąś liczbę. Potem poprosił głównego kasjera, żeby ją powtórzył.

– Dziękuję, Somerville – powiedział, odkładając słuchawkę. – Cieszę się, że liczby się zgadzają, stary. Nie żebym w to wątpił – dodał szybko.

Otworzył górną szufladę biurka, wyjął książeczkę czekową i wypisał: „Dwa miliony sto czterdzieści trzy tysiące sto trzydzieści pięć funtów" starannym, zamaszystym, kaligraficznym pismem. Nie umiał się oprzeć i dodał słowo „tylko" przed położeniem podpisu. Uśmiechnął się, wręczył czek Martinezowi, który sprawdził sumę i odwzajemnił uśmiech.

Don Pedro wolałby tratę płatną a vista, ale czek podpisany przez dyrektora Banku Anglii był prawie tak samo dobry. W końcu, podobnie jak banknot pięciofuntowy, nosił jego podpis.

8

Cała trójka opuściła dom przy Eaton Square 44 rano o różnym czasie, ale wszyscy dotarli na to samo miejsce.

Luis pokazał się pierwszy. Pomaszerował do stacji metra Sloane Square i wsiadł do pociągu linii Circle do Hammersmith, gdzie przesiadł się na pociąg linii Piccadilly. Kapral Crann nigdy zbytnio się od niego nie oddalał.

Diego pojechał taksówką na stację autobusową Victoria i wsiadł do autobusu jadącego na lotnisko; po chwili dołączył do niego jego cień.

Luis pomagał kapitanowi Hartleyowi śledzić każdy swój ruch, ale robił tylko to, co polecił mu ojciec. Na Hounslow West wyszedł z metra i pojechał taksówką na Lotnisko Londyńskie, gdzie sprawdził tabelę odlotów i upewnił się, że jego samolot wystartuje za godzinę i kilka minut. Kupił u W.H. Smitha najnowszego „Playboya", a ponieważ nie miał żadnego bagażu do kontroli, powoli skierował się do wyjścia numer pięć.

Diego wysiadł z autobusu przed terminalem kilka minut przed dziesiątą. On też sprawdził tabelę odlotów i dowiedział się, że jego lot do Madrytu jest opóźniony o czterdzieści minut. To nie miało żadnego znaczenia. Udał się prosto do Forte's Grill, kupił sobie kawę i kanapkę z szynką i zajął miejsce blisko wejścia, tak żeby nikt nie mógł go nie zauważyć.

Karl otworzył frontowe drzwi budynku numer 44 kilka minut po odlocie samolotu Luisa do Nicei. Skierował się ku Sloane Street z już pełną torbą Harrodsa w ręku. Po drodze zatrzymywał się przy wystawach, ale nie po to, żeby podziwiać znajdujące się tam towary, ale aby zobaczyć, co się odbija w szybie; stara sztuczka, jeśli chce się sprawdzić, czy nas ktoś nie śledzi. Jego śledził, a jakże, ten sam nędznie odziany człowieczek, który nie odstępował go na krok przez ostatni miesiąc. Kiedy Karl dotarł do Harrodsa, dobrze wiedział, że jego prześladowca jest tuż za nim.

Portier w długim zielonym płaszczu i w cylindrze otworzył Karlowi drzwi i pozdrowił go. Szczycił się tym, że poznaje stałych klientów.

Gdy Karl znalazł się w sklepie, prędko przemierzył dział z pasmanterią, przyspieszył przy wyrobach skórzanych i zaczął niemal biec, kiedy dotarł do rzędu sześciu wind. Tylko jedna była otwarta. W kabinie było już pełno ludzi, ale zdołał się do niej wcisnąć. Jego prześladowca prawie go dogonił, ale windziarz zatrzasnął kratę, zanim mógł wskoczyć do środka. Ścigany nie mógł oprzeć się pokusie i uśmiechnął się do ścigającego, kiedy winda uniosła się w powietrze.

Karl nie wysiadał, dopóki winda nie stanęła na najwyższym piętrze. Minął wtedy prędko stoiska z towarami elektrycznymi, meblami, przeszedł obok księgarni i galerii sztuki, aż dotarł do rzadko używanych kamiennych schodów na północnym krańcu sklepu. Zbiegł, przeskakując po dwa stopnie, i zwolnił dopiero wtedy, kiedy znalazł się z powrotem na parterze. Potem przeciął dział z odzieżą męską, perfumerię i minął stoisko z materiałami piśmiennymi, aż doszedł do bocznych drzwi wychodzących na Hans Road. Gdy stanął na chodniku, zatrzymał pierwszą wolną taksówkę, wsiadł do niej i skulił się, żeby nie było go widać.

– Na lotnisko – powiedział.

Odczekał, aż taksówka przejedzie przez dwa skrzyżowania ze światłami ulicznymi, i dopiero wtedy zaryzykował i wyjrzał przez tylne okno. Ani śladu prześladowcy, chyba że sierżant Roberts jechał rowerem albo autobusem.

Karl odwiedzał Harrodsa co rano podczas ubiegłych dwóch tygodni; szedł prosto do hali z żywnością na parterze, gdzie kupował kilka produktów i wracał na Eaton Square. Ale nie dzisiaj. Chociaż tym razem zgubił człowieka z jednostki do zadań specjalnych, to wiedział, że nie zdoła wyciąć numeru z Harrodsem drugi raz. A ponieważ może będzie musiał nie raz dotrzeć do dzisiejszego celu podróży, tamtym nie będzie trudno wytropić, dokąd się udaje, więc w przyszłości będą na niego czekać, gdy wyjdzie z samolotu.

Kiedy Karl wysiadł z taksówki przed terminalem europejskim, nie kupił „Playboya" ani nie zamówił kawy, tylko skierował się prosto do wyjścia numer 18.

Samolot Luisa wylądował w Nicei kilka minut po tym, jak samolot Karla wzbił się w powietrze. Luis dostał plik nowych banknotów pięciofuntowych ukrytych w neseserze z przyborami do mycia i bardzo wyraźne instrukcje: baw się dobrze i nie wracaj przynajmniej przez tydzień. Niezbyt wyczerpujące zadanie, ot, fragment ogólnego planu Don Pedra.

Samolot Diega znalazł się w hiszpańskiej przestrzeni powietrznej godzinę przed planem, ale ponieważ jego spotkanie z czołowym w tym kraju importerem wołowiny było wyznaczone na czwartą po południu, miał jeszcze sporo wolnego czasu. Ilekroć przybywał do Madrytu, zatrzymywał się w tym samym hotelu, jadał w tej samej restauracji i odwiedzał ten sam dom publiczny. Jego cień też zamieszkał w tym samym hotelu, ale siedział sam w kawiarni po drugiej stronie ulicy, kiedy Diego spędzał dwie godziny w La Buena Noche. Żądanie zwrotu takich wydatków z pewnością nie przypadłoby do gustu pułkownikowi Scottowi-Hopkinsowi.

Karl Lunsdorf nigdy nie był w Belfaście, ale dzięki kilku kolejkom postawionym wieczorami bywalcom Ward's Irish House na Piccadilly ostatni raz wyszedł z pubu, otrzymawszy odpowiedzi na niemal wszystkie pytania. Poprzysiągł też sobie, że już nigdy w życiu nie wypije ani jednego kufla guinnessa.

Z lotniska pojechał taksówką do Royal Windsor Hotel w centrum miasta, gdzie wynajął pokój na trzy noce. Powiedział recepcjoniście, że może zostać dłużej, zależnie od tego, jak powiodą się interesy. Znalazłszy się w pokoju, zamknął drzwi na klucz, wypakował torbę od Harrodsa i wziął kąpiel. Potem położył się na łóżku i myślał o tym, co będzie robił wieczorem. Nie ruszył się, dopóki nie ujrzał, jak zapalają się latarnie uliczne. Wtedy jeszcze raz przestudiował samochodowy plan miasta, żeby po wyjściu z hotelu nie trzeba było do niego znowu zaglądać.

Opuścił pokój tuż po szóstej i zszedł schodami na parter. Nigdy nie korzystał z windy hotelowej – maleńka, odkryta, mocno oświetlona przestrzeń, w której innym gościom byłoby aż za łatwo go zapamiętać. Przeszedł szybko, ale nie przesadnie szybko przez foyer i znalazł się na Donegall Road. Po stu metrach oglądania wystaw nabrał pewności, że nikt go nie śledzi. Był znowu sam za liniami wroga.

Nie poszedł prostą drogą do celu, lecz kluczył bocznymi uliczkami, tak że spacer, który normalnie zająłby mu dwadzieścia minut, trwał prawie godzinę. Ale przecież jemu się nie spieszyło. Gdy w końcu stanął na Falls Road, czuł strużki potu na czole. Wiedział, że strach nie opuści go, gdy będzie przebywał w obrębie czternastu kwartałów zamieszkanych tylko przez katolików. Nie pierwszy raz w życiu trafił w takie miejsce, skąd nie był pewien, czy wyjdzie żywy.

Karlowi, mężczyźnie bardzo wysokiemu, z grzywą gęstych blond włosów i wagą prawie stu kilogramów, na którą składały się głównie mięśnie, nie było łatwo wtopić się w tłum. To, co stanowiło zaletę, kiedy był młodym oficerem SS, podczas następnych kilku godzin miało być jej przeciwieństwem. Tylko jedno za nim przemawiało: jego niemiecki akcent. Wielu katolików mieszkających na Falls Road nienawidziło Anglików jeszcze bardziej niż Niemców, chociaż czasem na dwoje babka wróżyła. W końcu Hitler obiecywał, że zjednoczy północ i południe, kiedy wygra wojnę. Karl często się zastanawiał, jaki posterunek wyznaczyłby mu Himmler, gdyby, jak radził, Niemcy dokonali inwazji na Brytanię, a nie popełnili katastrofalnego błędu i zwrócili się na wschód, żeby zaatakować Rosję. Szkoda, że Hitler nie czytał więcej książek historycznych. Jednak Karl nie wątpił, że wielu z tych, którzy opowiadali się za jednością Irlandii, było tylko bandytami i kryminalistami, dla których patriotyzm stanowił przykrywkę do zarabiania pieniędzy. Coś, co Irlandzka Armia Republikańska miała wspólnego z SS.

Ujrzał znak z godłem pubu kołyszący się pod podmuchami wieczornego wiatru. Jeśli miałby zawrócić, to teraz. Ale się nie zawahał. Nigdy nie zapomni, że to Martinez umożliwił mu ucieczkę z ojczyzny, gdy rosyjskie tanki znalazły się w odległości strzału od Reichstagu.

Pchnął pomalowane na zielono, łuszczące się drzwi, które wiodły do baru; czuł się równie niewidoczny jak zakonnica w punkcie przyjmowania zakładów. Ale uznał, że nie istnieje żaden subtelny sposób powiadomienia IRA, że jest w mieście. To nie była kwestia tego, kogo się zna... on nie znał nikogo.

Zamawiając whisky Jamesona, Karl przesadnie uwydatnił niemiecki akcent. Następnie wyjął portfel, wyciągnął szeleszczący banknot pięciofuntowy i położył na kontuarze. Barman obejrzał banknot podejrzliwie, nie całkiem pewny, czy w kasie jest wystarczająco dużo reszty.

Karl wychylił whisky i od razu zamówił następną. Przynajmniej próbował zademonstrować, że ma z nimi coś wspólnego. Zawsze go śmieszyło, że tak wielu ludzi sobie wyobraża, że duzi mężczyźni muszą być tęgimi pijakami. Po drugiej whisky rozejrzał się wokół, ale nikt na niego nie patrzył. W barze było chyba ze dwadzieścia osób; gawędzili, grali w domino, sączyli piwo, ale wszyscy udawali, że go nie widzą, chociaż jego postać nie mogła bardziej rzucać się w oczy.

O wpół do dziesiątej barman zadzwonił i krzyknął, że czas na ostatnie zamówienia, na co kilku klientów pobiegło do baru i poprosiło o jeszcze jednego drinka. Nadal nikt nie zwrócił uwagi na Karla ani się do niego nie odezwał. Posiedział jeszcze kilka minut, ale nic się nie zmieniło, więc postanowił wrócić do hotelu i spróbować znów jutro. Wiedział, że minęłyby lata, zanimby go wzięli za swojego, a i to nie było pewne, a on miał tylko kilka dni, żeby spotkać kogoś, kto nigdy by nie wszedł do tego baru, ale przed północą zostałby powiadomiony o jego obecności.

Kiedy wyszedł z powrotem na Falls Road, czuł, że kilka par oczu śledzi każdy jego ruch. Po chwili dwaj podpici mężczyźni chwiejnie przeszli przez ulicę w ślad za nim i powtarzali to za każdym razem, kiedy on to robił. Zwolnił kroku, żeby prześladowcy nie przeoczyli, gdzie spędzi noc, i przekazali tę informację zwierzchnikom. Wkroczył do hotelu, obejrzał się i spostrzegł, że skryli się w cieniu po drugiej stronie ulicy. Wszedł na trzecie piętro i potem do swojego pokoju z uczuciem, że prawdopodobnie pierwszego dnia w mieście nie mógł zrobić nic więcej, jak tylko uświadomić komu trzeba swoją obecność.

Karl pochłonął wszystkie darmowe herbatniki, które leżały na kredensie, zjadł również pomarańczę, jabłko i banana z misy z owocami; to mu wystarczyło. Kiedy uciekał z Berlina w kwietniu 1945, przeżył, pijąc wodę z mulistych rzek, dopiero co rozjechanych przez czołgi i ciężkie pojazdy, i racząc się surowym mięsem królika; pożarł nawet jego skórę, nim dotarł do granicy ze Szwajcarią. Nie spał pod dachem, nie wędrował drogami i nie pokazywał się w mieście ani na wsi, wędrując długim, krętym szlakiem do wybrzeża Morza Śródziemnego, skąd przeszmuglowano go na frachtowiec jak worek węgla. Minęło jeszcze pięć miesięcy, nim zszedł na ląd i postawił stopę w Buenos Aires. Od razu wyruszył na poszukiwanie Don Pedra Martineza z ostatnim rozkazem, jaki mu powierzył Himmler, zanim popełnił samobójstwo. Teraz Martinez był jego dowódcą.

9

Następnego ranka Karl wstał późno. Wiedział, że nie może sobie pozwolić, żeby go widziano w hotelowym pokoju śniadaniowym pełnym protestantów, toteż kupił kanapkę z bekonem w restauracyjce na rogu Leeson Street, a potem powoli wrócił na Falls Road, na której teraz tłoczyli się kupujący, matki pchające wózki z dziećmi ze smoczkami w buzi, księża w sutannach.

Przed pubem Pod Ochotnikiem znalazł się w chwilę potem, gdy właściciel otworzył drzwi. Natychmiast poznał Karla – faceta od pięciu funtów – ale nie pozdrowił go. Karl zamówił duży kufel jasnego piwa i zapłacił resztą, którą dostał po kupieniu kanapki. Wspierał pub aż do zamknięcia, tylko z dwiema krótkimi przerwami na siusiu. Paczuszka chrupek z solą w małej niebieskiej saszetce to był jego lunch. Spałaszował trzy paczki do wieczora, po czym jeszcze bardziej chciało mu się pić. Miejscowi wchodzili i wychodzili, a Karl zauważył, że kilku z nich nie zatrzymało się, żeby się napić, co dodało mu trochę nadziei. Widzieli, nie patrząc. Jednak mijały godziny, a nikt do niego nie przemówił ani nawet nie spojrzał w jego kierunku.

Piętnaście minut po wezwaniu do ostatnich zamówień barman krzyknął: „Zamykamy, panowie" i Karl uznał, że zmarnował kolejny dzień. Zmierzając do drzwi, pomyślał nawet o planie B, który zakładał nawiązanie kontaktu z protestantami.

W chwili, gdy stanął na chodniku, zatrzymał się przy nim czarny hillman. Otworzyły się nagle tylne drzwi i nim zdążył zareagować, schwycili go dwaj mężczyźni, rzucili na tylne siedzenie i zatrzasnęli drzwi. Samochód gwałtownie ruszył.

Karl podniósł wzrok i ujrzał młodego człowieka, który na pewno nie osiągnął jeszcze wieku uprawniającego do głosowania; młodzian przytknął mu pistolet do czoła. Martwiło go tylko, że chłopak był bardziej wystraszony niż on i tak bardzo się trząsł, że broń mogła wystrzelić raczej przypadkowo niż celowo. Mógłby w jednej chwili rozbroić chłopaka, ale ponieważ byłoby to sprzeczne z jego zamiarami, nie opierał się, kiedy starszy mężczyzna, który siedział z jego drugiej strony, skrępował mu ręce z tyłu i zasłonił oczy chustą. Ten sam mężczyzna sprawdził, czy nie ma broni, i zręcznie wyciągnął mu portfel z kieszeni. Karl usłyszał, że gwizdnął, licząc pięciofuntowe banknoty.

– Tam, skąd przybywam, jest o wiele więcej – powiedział Karl.

Nastąpiła zajadła sprzeczka w języku, który uznał za ich ojczysty. Pojął tyle, że jeden z nich chce go zabić, ale liczył na to, że starszy mężczyzna złakomi się na pieniądze. I rzeczywiście, pieniądze musiały wygrać, bo już nie czuł dotyku lufy na czole.

Samochód ostro skręcił w prawo, a po chwili w lewo. Kogo oni chcą nabrać? Karl wiedział, że po prostu wracają tą samą trasą, bo nie ryzykowaliby oddalenia się poza matecznik katolików.

Nagle samochód stanął, otworzono drzwi i Karla wyrzucono na ulicę. Jeżeli przeżyje najbliższe pięć minut, pomyślał, to może dotrwa do emerytury. Ktoś schwycił go za włosy i poderwał na nogi. Dostał cios w plecy i przeleciał przez otwarte drzwi. W powietrzu czuć było zapach przypalonego mięsa, ale podejrzewał, że nie przywieziono go tu na poczęstunek.

Zawleczono go po schodach do pokoju, którego zapach kojarzył mu się z sypialnią, i rzucono na twarde drewniane krzesło. Trzasnęły drzwi i został sam. Ale czy na pewno? Doszedł do wniosku, że jest w bezpiecznym dla porywaczy domu i że ktoś wyższy rangą, może nawet dowódca regionu, będzie teraz decydował, co z nim zrobić.

Nie był pewien, jak długo kazano mu czekać. Wydawało mu się, że płyną godziny, każda minuta trwała dłużej niż poprzednia. Wtem otworzyły się drzwi i usłyszał, że do pokoju weszli co najmniej trzej mężczyźni. Jeden z nich zaczął okrążać krzesło Karla.

– Czego chcesz, Angliku? – odezwał się szorstki głos.

– Nie jestem Anglikiem – powiedział Karl. – Jestem Niemcem.
Nastąpiło długie milczenie.
– To czego chcesz, szkopie?
– Chcę wam złożyć pewną propozycję.
– Czy popierasz IRA? – odezwał się ktoś młodszy, porywczy, ale bez autorytetu.
– Mam gdzieś IRA.
– To dlaczego ryzykujesz życie, próbując do nas dotrzeć?
– Ponieważ, jak powiedziałem, mam propozycję, która może was zainteresować. Lepiej spieprzajcie stąd i sprowadźcie kogoś, kto może podejmować decyzje. Bo podejrzewam, że ciebie, młody człowieku, matka wciąż jeszcze sadza na nocniku.

Dostał cios pięścią w usta, a potem wywiązała się głośna wymiana zdań, wszyscy mówili naraz. Karl czuł, jak krew kapie mu po brodzie, i był przygotowany na drugie uderzenie, ale nic się nie działo. Starszy mężczyzna musiał wziąć górę nad pozostałymi. Po chwili cała trójka wyszła z pokoju i drzwi się zatrzasnęły. Ale teraz Karl wiedział, że nie jest sam. Miał tak długo zakryte oczy, że wyczulił się na dźwięki i zapachy. Minęła co najmniej godzina, zanim drzwi znów się otworzyły i do pokoju wszedł mężczyzna, który na nogach miał pantofle, a nie ciężkie buty. Karl czuł, że stoi bardzo blisko.

– Jak się pan nazywa? – spytał mężczyzna, który miał głos człowieka wykształconego i mówił prawie bez obcego akcentu.

Karl domyślał się, że to ktoś w wieku od trzydziestu pięciu do czterdziestu lat. Uśmiechnął się. Wprawdzie nie widział tego człowieka, ale wiedział, że przyjechał, by z nim prowadzić negocjacje.

– Karl Lunsdorf.
– Co pana sprowadza do Belfastu, panie Lunsdorf?
– Potrzebuję pańskiej pomocy.
– O czym pan mówi?
– Potrzebny mi jest ktoś, kto wierzy w waszą sprawę i pracuje u Harlanda i Wolffa.

– Jestem pewien, że pan wie, że bardzo niewielu katolików może dostać pracę u Harlanda i Wolffa. Tam wszyscy muszą należeć do jednego związku zawodowego. Obawiam się, że przyjechał pan na próżno.

– Jest tam garstka katolików, przyznaję, że dokładnie sprawdzonych, którzy pracują w określonych specjalizacjach, jak elektryczna, prace instalacyjne i spawanie, ale tylko kiedy kierownictwo nie może znaleźć protestanta z niezbędnymi umiejętnościami.

– Jest pan bardzo dobrze poinformowany, panie Lunsdorf. Ale nawet gdybyśmy mogli znaleźć takiego człowieka, który popiera naszą sprawę, to czego by pan po nim oczekiwał?

– Harland i Wolff właśnie zawarli kontrakt z Linią Żeglugową Barringtona...

– Na budowę luksusowego statku pasażerskiego o nazwie *Buckingham*.

– To pan jest dobrze poinformowany – rzucił Karl.

– Niezupełnie – zabrzmiał wykształcony głos. – Szkic statku opublikowano na pierwszych stronach obu naszych gazet lokalnych w dniu, kiedy podpisano kontrakt. Więc niech mi pan powie coś, czego nie wiem.

– Prace nad budową statku zaczynają się w przyszłym miesiącu, a przekazanie gotowego statku Linii Żeglugowej Barringtona jest przewidziane na piętnasty marca 1962 roku.

– I czego pan od nas oczekuje? Przyspieszenia tego procesu czy spowolnienia?

– Wstrzymania.

– To niełatwe zadanie, kiedy patrzy tyle podejrzliwych oczu.

– To się wam opłaci.

– Dlaczego? – spytał gburowaty głos.

– Powiedzmy, że reprezentuję konkurencyjną firmę, której zależy, aby Linia Żeglugowa Barringtona miała trudności finansowe.

– A jak by nam płacono? – zapytał wykształcony.

– Zależnie od rezultatów. Kontrakt zakłada, że budowa statku ma być prowadzona w ośmiu etapach, przy czym każdy z nich ma trwać określony czas. Na przykład etap pierwszy ma się zakończyć najpóźniej w grudniu pierwszego roku. Proponuję, że będziemy wam płacić tysiąc funtów za każdy dzień opóźnienia któregokolwiek etapu. Na przykład gdyby został wstrzymany o rok, wtedy zapłacilibyśmy wam trzysta sześćdziesiąt pięć tysięcy.

– Ja wiem, proszę pana, ile jest dni w roku. Gdybyśmy się zgodzili na pana propozycję, spodziewalibyśmy się zapłaty z góry.

– Ile? – spytał Karl, pierwszy raz czując się jak równy z równym.

Obydwaj mężczyźni poszeptali między sobą.

– Myślę, że zaliczka w wysokości dwudziestu tysięcy pomogłaby nas przekonać, że jesteście poważni – odezwał się wykształcony głos.

– Podajcie mi numer rachunku bankowego, to przeleję pełną kwotę jutro rano.

– Będziemy w kontakcie – powiedział wykształcony głos. – Ale dopiero jak zastanowimy się nad pańską propozycją.

– Nie wiecie, gdzie mieszkam.

– Eaton Square czterdzieści cztery, Chelsea, panie Lunsdorf.

Teraz Karl zamilkł.

– A jeżeli zgodzimy się wam pomóc, panie Lunsdorf, to postarajcie się nie popełnić pospolitego błędu lekceważenia Irlandczyków, jak Anglicy, którzy to robią od blisko tysiąca lat.

– To jak zdołaliście stracić z oczu Lunsdorfa?

– Uciekł sierżantowi Robertsowi u Harrodsa.

– Czasami żałuję, że nie mogę tego zrobić, kiedy jestem tam na zakupach z moją żoną – powiedział sekretarz Gabinetu. – A co z Luisem i Diego? Czy oni też uciekli?

– Nie, ale jeden i drugi pełnił tylko rolę zasłony dymnej, próbując odciągnąć naszą uwagę, żeby ułatwić ucieczkę Lunsdorfowi.

– Jak długo nie było Lunsdorfa?

– Trzy dni. Wrócił na Eaton Square w piątek po południu.

– Nie mógł pojechać w tym czasie zbyt daleko. Gdybym miał się zakładać, to nie sądzę, żebym miał małe szanse, gdybym postawił na Belfast, skoro pamiętam, że w ostatnim miesiącu spędził kilka wieczorów, pijąc guinnessa w Ward's Irish House na Piccadilly.

– I w Belfaście budują *Buckinghama*. Ale ja wciąż nie wiem, co ten Martinez kombinuje – zauważył Scott-Hopkins.

– Ja też nie, ale mogę panu powiedzieć, że niedawno zdeponował nieco ponad dwa miliony funtów w filii Midland Banku na St James i natychmiast zaczął skupować jeszcze więcej akcji Barringtona. Wkrótce będzie mógł umieścić drugiego człowieka w radzie nadzorczej spółki.

– Może zamierza przejąć spółkę?

– A dla pani Clifton perspektywa kierowania przez Martineza rodzinną firmą byłaby bardzo upokarzająca. „Jeśli odbierzesz mi dobre imię…"

– Martinez straciłby fortunę, gdyby próbował to zrobić.

– Wątpię. Ten człowiek ma już w zanadrzu plan awaryjny, ale niech mnie diabli porwą, jeśli wiem, co to jest.

– Czy coś możemy zrobić?

– Niewiele, tylko siedzieć i czekać, i mieć nadzieję, że jeden z nich popełni jakiś błąd. – Sekretarz Gabinetu wychylił do końca swój kieliszek i dodał: – W takich chwilach jak ta żałuję, że nie urodziłem się w Rosji. Byłbym już szefem KGB i nie traciłbym czasu na trzymanie się przepisów.

10

– To niczyja wina – powiedział prezes.
– Być może, ale popadamy z jednego nieszczęścia w drugie – zareagowała Emma. Zaczęła odczytywać długą listę. – Pożar na kei załadunkowej, który wstrzymał budowę na kilka dni, zerwanie lin przy wyładowywaniu kotła, który ląduje na dnie portu, zatrucie pokarmowe, które rozkłada siedemdziesięciu trzech elektryków, hydraulików i spawaczy, dziki strajk...
– Jaka konkluzja, panie prezesie? – spytał major Fisher.
– Jesteśmy mocno opóźnieni – odparł Buchanan. – Nie ma szans, żeby pierwsza faza budowy zakończyła się w tym roku. Jeżeli sprawy potoczą się tak dalej, to jest raczej słaba nadzieja, że uda się nam zachować pierwotny harmonogram.
– A jakie są finansowe konsekwencje niedotrzymania terminów? – zainteresował się admirał.
Michael Carrick, finansowy dyrektor spółki, sprawdził dane liczbowe.
– Do tej pory przekroczyliśmy koszty o około trzystu dwunastu tysięcy funtów.
– Czy możemy pokryć dodatkowe wydatki z naszych rezerw, czy też będziemy musieli zaciągnąć krótkoterminowy kredyt?
– Mamy aż nadto środków na naszym koncie na pokrycie początkowego niedoboru – powiedział Carrick. – Ale będziemy musieli zrobić wszystko, co w naszej mocy, żeby nadrobić stracony czas w najbliższych miesiącach.
„Wszystko, co w naszej mocy" – zanotowała Emma w swoim bloczku.
– Może byłoby mądrze w tych okolicznościach odłożyć ogłoszenie o proponowanej dacie wodowania – powiedział prezes –

bo wygląda na to, że chyba będziemy musieli skorygować nasze pierwotne przewidywania zarówno co do kalendarza prac, jak i co do nakładów finansowych.

– Czy kiedy był pan wiceprezesem P&O – odezwał się Knowles – zetknął się pan kiedyś z serią podobnych problemów? Czy też to, co się nam przytrafia, jest niespotykane?

– To jest wyjątkowe. W istocie nigdy nie doświadczyłem czegoś podobnego – przyznał Buchanan. – Przy każdej budowie statku zdarzają się opóźnienia i niespodzianki, ale zwykle na dłuższą metę wszystko się wyrównuje.

– Czy nasza polisa ubezpieczeniowa obejmuje jakieś z tych problemów?

– Zgłosiliśmy kilka roszczeń – rzekł Dixon – ale firmy ubezpieczeniowe zawsze nakładają limity, a w jednym czy dwóch wypadkach myśmy je przekroczyli.

– Ale z pewnością za niektóre z tych opóźnień winę ponosi Harland i Wolff – powiedziała Emma – zatem możemy się powołać na odnośne klauzule dotyczące kar umownych.

– Chciałbym, żeby to było takie proste – odrzekł prezes – ale Harland i Wolff odrzucają prawie wszystkie nasze roszczenia, dowodząc, że nie ponoszą bezpośredniej odpowiedzialności za opóźnienia. Stało się to przedmiotem batalii prawniczej, co kosztuje nas jeszcze więcej.

– Czy widzi pan w tym swoistą prawidłowość, panie prezesie?

– Nie jestem pewien, co pan sugeruje, admirale.

– Wadliwe urządzenia elektryczne z zazwyczaj solidnej firmy w Liverpoolu, lądujący na dnie portu kocioł wyładowywany ze statku glasgowiańskiego, nasza ekipa cierpiąca na zatrucie pokarmowe, chociaż choroba nie rozprzestrzenia się dalej na plac budowy, mimo że żywność została dostarczona przez tę samą firmę cateringową z Belfastu.

– Co pan chce przez to powiedzieć, admirale?

– Jak na mój gust jest za dużo przypadków, i to akurat w tym samym czasie, kiedy IRA zaczyna prężyć muskuły.

– To zbyt pochopny wniosek, admirale – wytknął mu Knowles.

– Może za dużo się domyślam – przyznał admirał – ale ja się urodziłem w hrabstwie Mayo, mój ojciec był protestantem, matka katoliczką, więc to chyba nieuchronne.

Emma zerknęła na drugą stronę stołu i spostrzegła, że Fisher coś zapamiętale notuje, ale odłożył pióro, gdy zauważył jej zainteresowanie. Emma wiedziała, że Fisher nie jest katolikiem, nie był nim także Don Pedro Martinez, który wierzył tylko we własny interes. W końcu, jeżeli mógł sprzedawać broń Niemcom podczas wojny, to czemu miałby nie robić interesów z IRA, gdyby to służyło jego celowi?

– Miejmy nadzieję, że będę mógł przedstawić bardziej pomyślne sprawozdanie, kiedy się spotkamy w przyszłym miesiącu – powiedział prezes bez specjalnego przekonania.

Gdy posiedzenie dobiegło końca, Emma ze zdziwieniem zauważyła, że Fisher szybko wyszedł z pokoju, nie zamieniwszy z nikim słowa. Czy to kolejny przypadek z tych, o których mówił admirał?

– Emmo, czy mogę cię prosić na słowo? – zapytał Buchanan.

– Za chwilę wracam, panie prezesie – powiedziała Emma.

Wyjrzała za Fisherem na korytarz i zobaczyła, że znika na schodach. Dlaczego nie wsiadł do czekającej windy? Weszła do kabiny i nacisnęła guzik parteru. Kiedy na dole drzwi się rozsunęły, nie wysiadła z niej od razu, ale obserwowała, jak Fisher przez obrotowe drzwi wychodzi z budynku. Gdy dotarła do drzwi, Fisher właśnie wsiadał do samochodu. Została w środku i patrzyła, jak podjeżdża pod bramę. Ku jej zdumieniu skręcił w lewo na dolne nabrzeże, a nie w prawo w stronę Bristolu.

Emma pchnęła drzwi i pobiegła do swojego samochodu. Gdy dojechała do bramy, spojrzała w lewo i w oddali zobaczyła samochód majora. Już miała za nim pojechać, kiedy wyprzedziła ją ciężarówka. Emma zaklęła, skręciła w lewo i wsunęła się za nią. Strumień pojazdów z przeciwnej strony nie pozwolił jej wysforować się do przodu. Przejechała kilkaset metrów, gdy wtem zauważyła samochód Fishera stojący przed pubem Pod Godłem Lorda Nelsona. Podjechała bliżej i ujrzała majora, który stał w budce telefonicznej przed pubem i wykręcał jakiś numer.

Jechała dalej za ciężarówką aż do chwili, kiedy budki telefonicznej nie było już widać we wstecznym lusterku. Wtedy zawróciła, a gdy ujrzała budkę telefoniczną, zjechała na bok, ale nie wyłączyła silnika. Niedługo major wyszedł z budki, wrócił do swojego samochodu i odjechał. Nie ruszyła, dopóki nie znikł jej z oczu. Przecież dobrze wiedziała, dokąd zmierza.

Wjeżdżając kilka minut później w bramę stoczni, nie zdziwiła się na widok samochodu majora zaparkowanego w tym co zwykle miejscu. Pojechała windą na czwarte piętro i poszła prosto do jadalni. Kilku członków rady nadzorczej, w tym Fisher, stało przy długim stole, dobierając sobie potrawy z bufetu. Emma chwyciła talerz i dołączyła do nich, a potem usiadła przy prezesie.

– Chciałeś zamienić słowo, Ross?
– Tak. Jest coś, o czym musimy dość pilnie porozmawiać.
– Nie teraz – powiedziała Emma, kiedy Fisher zajął miejsce naprzeciwko.

– Lepiej, żeby to było coś ważnego, pułkowniku, bo właśnie wyszedłem ze spotkania z przewodniczącym Izby Gmin.
– Martinez ma nowego szofera.
– I? – spytał sekretarz Gabinetu.
– On był rekieterem Liama Doherty'ego.
– Dowódcy IRA w Belfaście?
– Ni mniej, ni więcej.
– Jak się nazywa? – zapytał sir Alan, chwytając ołówek.
– W Irlandii Północnej – Kevin Rafferty.
– A w Anglii?
– Jim Croft.
– Przyda się panu jeszcze jeden człowiek w drużynie.

– Nigdy przedtem nie piłem herbaty w Sali Palmowej – powiedział Buchanan.

– Moja teściowa, Maisie Holcombe, pracowała kiedyś w hotelu Royal – tłumaczyła Emma. – Ale wtedy nie pozwalała Harry'emu ani mnie tu przychodzić. „To byłoby wysoce nieprofesjonalne" – mówiła.

– Jeszcze jedna kobieta, która wyprzedziła o lata swoje czasy – zauważył Ross.

– A to tylko niewielka część prawdy o niej – powiedziała Emma. – Ale o Maisie opowiem kiedy indziej. Przede wszystkim muszę przeprosić za to, że nie chciałam rozmawiać z tobą podczas lunchu, a przynajmniej wtedy, kiedy Fisher mógł nas podsłuchać.

– Z pewnością nie podejrzewasz, że on może mieć coś wspólnego z naszymi obecnymi kłopotami?

– Nie bezpośrednio. W gruncie rzeczy do dzisiejszego przedpołudnia zaczynałam już myśleć, że zaczął nowy rozdział.

– Ależ on jest bardzo pomocny podczas posiedzeń rady nadzorczej.

– Zgoda. Ale dopiero dzisiejszego przedpołudnia odkryłam, wobec kogo naprawdę jest lojalny.

– Nie rozumiem – rzekł Ross.

– Pamiętasz, jak pod koniec posiedzenia powiedziałeś, że chcesz ze mną porozmawiać, a ja musiałam wyjść?

– Tak, ale co to ma wspólnego z Fisherem?

– Pojechałam za nim i przekonałam się, że wyszedł, żeby gdzieś zatelefonować.

– Jak bez wątpienia uczyniło kilku innych członków rady nadzorczej.

– Bez wątpienia, ale oni telefonowali z naszego budynku. Fisher wyszedł stąd, pojechał do portu i zatelefonował z budki przed pubem Pod Godłem Lorda Nelsona.

– Nie mogę powiedzieć, że znam ten pub.

– Zapewne dlatego go wybrał. Rozmawiał nie dłużej niż dwie minuty i zdążył wrócić do naszego budynku na lunch, zanim ktokolwiek zauważył jego nieobecność.

– Ciekaw jestem, dlaczego robi taką tajemnicę z tego, do kogo dzwoni.
– Powodem było coś, co powiedział admirał, a co Fisher musiał natychmiast przekazać swojemu sponsorowi, nie ryzykując, że ktoś go usłyszy.
– Chyba nie uważasz, że Fisher może w jakiś sposób być związany z IRA?
– Fisher nie, ale Don Pedro Martinez tak.
– Jaki Don Pedro?
– Myślę, że czas, żeby ci opowiedzieć o człowieku, którego reprezentuje major Fisher, o tym, jak mój syn Sebastian się z nim zetknął, i o roli rzeźby Rodina *Myśliciel*. Wtedy zrozumiesz, jakiego mamy przeciwnika.

Trzech mężczyzn wsiadło późnym wieczorem w Heysham na prom do Belfastu. Jeden z nich niósł worek marynarski, drugi teczkę, a trzeci nie miał nic. Nie byli przyjaciółmi ani nawet znajomymi. Połączyły ich tylko szczególne umiejętności i przekonania.

Podróż do Belfastu zwykle trwa około ośmiu godzin i w tym czasie większość pasażerów próbuje trochę pospać – ale nie ci trzej. Wybrali się do baru, zamówili trzy guinnessy – to niemal jedyne, co mieli ze sobą wspólnego – i zajęli miejsca na górnym pokładzie.

Ustalili, że najlepsza pora na wykonanie roboty wypadnie około trzeciej nad ranem, kiedy pasażerowie albo będą pogrążeni we śnie, albo będą pijani lub zbyt zmęczeni, żeby cokolwiek ich obchodziło. O wyznaczonej godzinie jeden z nich odłączył się od grupy, przekroczył łańcuch z napisem „Tylko dla załogi" i stąpając bezszelestnie, dostał się zejściówką do ładowni. Znalazł się między wielkimi drewnianymi skrzyniami, ale bez trudu spostrzegł te cztery, których szukał. Były wyraźnie oznakowane: Harland i Wolff. Za pomocą młotka stolarskiego obluzował wszystkie gwoździe z niewidocznej strony czterech skrzyń, w sumie 116. Po czterdziestu minutach wrócił do swoich towarzyszy i oznajmił, że wszystko gotowe. Tamci dwaj bez słowa zeszli do ładowni.

Potężniejszy z dwóch mężczyzn, który z kalafiorowatymi uszami i złamanym nosem wyglądał na dawnego boksera wagi ciężkiej, może dlatego, że nim był, wyciągnął gwoździe z pierwszej skrzyni, a potem oderwał drewniane listwy, odsłaniając elektryczny panel, który zawierał setki wielokolorowych, czerwonych, zielonych i niebieskich przewodów. Miał się znaleźć na mostku MV *Buckinghama* i umożliwić kapitanowi kontakt z każdą częścią statku, od maszynowni po kambuz. Skonstruowanie tego niezwykle skomplikowanego urządzenia zajęło grupie wyspecjalizowanych inżynierów pięć miesięcy. Młodemu absolwentowi Queen's University w Belfaście, z doktoratem z fizyki i z kombinerkami w ręku, zdemontowanie urządzenia zajęło dwadzieścia siedem minut. Cofnął się o krok, podziwiając swoje dzieło, ale tylko przez chwilę, dopóki bokser nie umieścił listew z powrotem na miejscu. Po sprawdzeniu, czy wciąż są sami, zaczął majstrować przy drugiej skrzyni.

Znajdowały się w niej dwie śruby okrętowe z brązu, pieczołowicie wykonane przez ekipę rzemieślników w Durham. Ta robota zajęła im sześć tygodni i mieli prawo być dumni z jej efektów. Absolwent uniwersytetu w Belfaście otworzył teczkę, wyjął z niej butelkę z kwasem azotowym i wolno wsączył płyn w wyżłobienia. Kiedy kilka godzin później skrzynia zostanie otwarta, śruby okrętowe będą wyglądały tak, jakby się nadawały na złomowisko, a nie do instalacji.

To, co zawierała trzecia skrzynia, budziło największe zainteresowanie młodego doktora fizyki i gdy jego muskularny towarzysz odsłonił główną zdobycz, nie doznał on rozczarowania. Komputer nawigacyjny firmy Rolex był pierwszym tego rodzaju i miał być eksponowany we wszystkich materiałach promocyjnych Linii Żeglugowej Barringtona w celu przekonania potencjalnych pasażerów, dlaczego, ze względów bezpieczeństwa, powinni zrezygnować z wszystkich innych statków i wybrać

Buckinghama. Absolwent uniwersytetu w Belfaście w zaledwie dwanaście minut zamienił unikatowe cudo techniki w stary rupieć.

Ostatnia skrzynia pyszniła się wykonanym w Dorset okazałym kołem sterowym z drewna dębowego i mosiądzu; każdy kapitan z przyjemnością stanąłby przy nim na mostku kapitańskim. Młody człowiek uśmiechnął się. Ponieważ czas uciekał, a ster nie miał już zastosowania, zostawił go w całej jego krasie.

Kiedy osiłek uporał się z ostatnią drewnianą listwą, obydwaj wrócili na górny pokład. Gdyby jakiś pechowy śmiałek przeszkodził im podczas ostatniej godziny, toby się przekonał, dlaczego były bokser ma przezwisko Niszczyciel.

Gdy tylko pojawili się na górze, ich towarzysz zszedł spiralnymi schodami. Czas mu nie sprzyjał. Posługując się chustką do nosa i młotkiem, wbił dokładnie z powrotem każdy ze 116 gwoździ. Pracował przy ostatniej skrzyni, gdy usłyszał dwa sygnały syreny okrętowej.

Kiedy prom przybił do Donegall Quay w Belfaście, trzej mężczyźni wysiedli na ląd w odstępach piętnastominutowych; żaden z nich nie znał nazwisk pozostałych i los nie miał ich już nigdy zetknąć ze sobą.

11

– Zapewniam pana, majorze, że w żadnych okolicznościach nie wdałbym się w interesy z IRA – oświadczył Don Pedro. – To tylko banda zbrodniczych zbirów, i im szybciej pozamykają ich w więzieniu Crumlin Road, tym lepiej będzie dla nas wszystkich.

– Cieszę się, że to słyszę – powiedział Fisher – bo gdybym sądził, że pan za moimi plecami układa się z tymi kryminalistami, musiałbym natychmiast zrezygnować.

– A to ostatnia rzecz, jakiej bym sobie życzył – zaprotestował Martinez. – Proszę nie zapominać, że widzę pana na stanowisku następnego prezesa spółki Barringtona, i to w niezbyt odległej przyszłości.

– Ale Buchanan nie wybiera się na razie na emeryturę.

– Może to nastąpić szybciej, gdyby uznał, że musi zrezygnować.

– Dlaczego miałby to robić, skoro dopiero co zaangażował się w największy program inwestycyjny w historii firmy?

– Albo w największą klapę. Bo jeśli ta inwestycja okaże się nierozsądna, to po tym, jak rzucił na szalę swoją reputację, żeby tylko rada nadzorcza go poparła, nie będzie innego winnego poza człowiekiem, który ją zaproponował, jeśli pamiętać, że rodzina Barringtonów była przeciwna temu pomysłowi.

– Możliwe. Ale sytuacja musiałaby się o wiele bardziej pogorszyć, żeby pomyślał o rezygnacji.

– Jak jeszcze bardziej może się pogorszyć? – spytał Martinez, pchnąwszy „Daily Telegraph" przez blat biurka.

Fisher spojrzał na tytuł na pierwszej stronie: „Zdaniem policji sabotaż na promie z Heysham to robota IRA".

– To opóźnia budowę *Buckinghama* o dalsze sześć miesięcy i niech pan nie zapomina, że to wszystko się dzieje podczas wachty Buchanana. Co jeszcze musi pójść źle, żeby zaczął się zastanawiać nad swoją sytuacją? Mówię panu, jeśli kurs akcji jeszcze bardziej spadnie, wyleją go, zanim zdąży zrezygnować. Dlatego powinien pan poważnie myśleć o zajęciu jego miejsca. Taka okazja może się już panu nie trafić.

– Nawet gdyby Buchanan miał odejść, to oczywistym kandydatem na jego miejsce jest pani Clifton. Jej rodzina założyła tę firmę, nadal są właścicielami dwudziestu dwu procent udziałów, poza tym ona jest lubiana przez kolegów z rady nadzorczej.

– Nie wątpię, że jest faworytką, ale wiadomo, że faworyci padają przy pierwszej przeszkodzie. Radzę więc, żeby pan dalej lojalnie popierał obecnego prezesa, bo do niego może należeć rozstrzygający głos. – Martinez podniósł się zza biurka. – Przepraszam, że muszę pana pożegnać, ale jestem umówiony w moim banku na rozmowę właśnie w tej sprawie. Proszę zadzwonić do mnie wieczorem. Może będę miał dla pana interesującą informację.

Martinez usiadł z tyłu rolls-royce'a i szofer włączył się w poranny strumień pojazdów.

– Dzień dobry, Kevinie – powiedział Don Pedro. – Wasi chłopcy wykonali dobrą robotę na tym promie. Żałuję, że nie widziałem, jakie miny mieli ludzie u Harlanda i Wolffa, kiedy otworzyli skrzynie. To co teraz planujecie?

– Nic, dopóki pan nie zapłaci tych stu patyków, które jest pan nam jeszcze winien.

– Zajmę się tym dziś przed południem. To jeden z powodów, dla których wybieram się do banku.

– Cieszę się, że to słyszę – rzucił Rafferty. – Szkoda by było, gdyby miał pan stracić drugiego syna po niefortunnej śmierci Brunona.

– Przestań mi grozić! – krzyknął Martinez.

– To nie była groźba – rzekł Rafferty, zatrzymując samochód przed najbliższymi światłami. – I tylko dlatego, że pana lubię, pozwolę panu wybrać, który syn ma żyć.

Martinez opadł na oparcie i nie otworzył więcej ust podczas jazdy aż do Midland Bank na St James's.

Za każdym razem, gdy Martinez wstępował po schodach do banku, miał wrażenie, że wkracza do innego świata, gdzie dawano mu odczuć, że tu nie przynależy. Już wyciągał rękę do klamki, kiedy drzwi się otworzyły i stanął w nich młody człowiek.

– Dzień dobry panu, panie Martinez. Pan Ledbury oczekuje pana. – I bez dalszych słów młodzieniec zaprowadził jednego z najwyżej cenionych klientów banku prosto do biura dyrektora.

– Dzień dobry, Martinez – powiedział dyrektor do wchodzącego Don Pedra. – Przyjemną mamy pogodę, jak na tę porę roku.

Trochę trwało, zanim Martinez przyjął do wiadomości, że kiedy Anglik opuszcza słowo „pan" i zwraca się do ciebie tylko po nazwisku, jest to w gruncie rzeczy komplement, bo to znaczy, że traktuje cię jak równego sobie. Ale dopiero kiedy mówi ci po imieniu, znaczy to, że uważa cię za przyjaciela.

– Dzień dobry, Ledbury – rzekł Martinez. Nadal nie wiedział, jak zareagować na angielską obsesję na punkcie pogody.

– Czy napije się pan kawy?

– Nie, dziękuję. Mam następne spotkanie o dwunastej.

– Oczywiście. Nadal, zgodnie z pana poleceniem, skupujemy akcje Barringtona, kiedy pojawiają się na rynku. Teraz, kiedy pan jest w posiadaniu dwudziestu dwóch i pół procent udziałów spółki, ma pan prawo mianowania jeszcze dwóch członków rady nadzorczej oprócz majora Fishera. Jednak muszę podkreślić, że gdyby pański pakiet powiększył się do dwudziestu pięciu procent, wtedy bank miałby obowiązek poinformowania giełdy, że zamierza pan dokonać przejęcia całej spółki.

– To ostatnia rzecz, jaką chciałbym zrobić – powiedział Martinez. – Dwadzieścia dwa i pół procent to dość dla moich celów.

– Doskonale, wobec tego wystarczą mi nazwiska dwóch nowych członków, których pan wybrał do reprezentacji w radzie nadzorczej Barringtona.

Martinez wyjął z wewnętrznej kieszeni marynarki kopertę i podał ją dyrektorowi banku. Ledbury ją otworzył, wyjął formularz członkowski i spojrzał na nazwiska mianowanych. Choć był zdziwiony, nic nie powiedział. Zauważył tylko:
– Martinez, jako pański bankier muszę dodać, że mam nadzieję, że niefortunne komplikacje, jakich ostatnio doświadczała spółka, nie przysporzą panu kłopotów na dłuższą metę.
– Nigdy nie byłem spokojniejszy o przyszłość spółki, Ledbury.
– Cieszę się, że to słyszę, ponieważ zakup tylu udziałów poważnie uszczuplił pański kapitał. Miejmy nadzieję, że cena akcji nie spadnie więcej.
– Myślę, że spółka niedługo wyda oświadczenie, które zadowoli i udziałowców, i City.
– To naprawdę dobra wiadomość. Czy coś jeszcze mogę teraz dla pana zrobić?
– Tak – powiedział Martinez. – Chcę, żeby pan przelał sto tysięcy funtów na konto w Zurychu.

– Z przykrością muszę poinformować radę nadzorczą, że zdecydowałem się ustąpić ze stanowiska prezesa.
W pierwszej chwili koledzy Rossa Buchanana przyjęli jego słowa z osłupieniem i niedowierzaniem, ale prędko niemal jednogłośnie zaprotestowali. Jeden członek rady milczał: jedyny, którego nie zaskoczyła ta wypowiedź. Było jasne, że prawie nikt z obecnych nie chciał, żeby Buchanan ustąpił. Prezes czekał, aż wszyscy się uspokoją, i dopiero wtedy kontynuował swoją wypowiedź.
– Jestem wzruszony waszą lojalnością, ale mam obowiązek was poinformować, że główny udziałowiec wyraźnie dał mi poznać, że nie cieszę się już jego zaufaniem – powiedział, akcentując słowo „jego". – Przypomniał mi, całkiem słusznie, że rzuciłem na szalę cały swój autorytet, forsując budowę *Buckinghama*, co według niego okazało się w najlepszym razie nieprzemyślane, a w najgorszym nieodpowiedzialne. Nie dotrzy-

maliśmy już dwóch pierwszych terminów ukończenia budowy i nasze wydatki przekroczyły budżet o osiemnaście procent.

– Tym więcej powodów, żeby został pan na mostku kapitańskim – zareagował admirał. – Szyper powinien być ostatnim człowiekiem, który opuszcza statek, kiedy zanosi się na burzę.

– Myślę, że w tej sytuacji jedyną naszą nadzieją jest opuszczenie przeze mnie statku, admirale.

Kilka osób pochyliło głowy, a Emma pomyślała, że nic, co mogłaby powiedzieć, nie skłoni Buchanana do zmiany decyzji.

– Według mojego doświadczenia – ciągnął Buchanan – w okolicznościach, w jakich się obecnie znaleźliśmy, City oczekuje, że nowe kierownictwo rozwiąże problem, i zrobi to szybko. – Ross spojrzał na kolegów i dodał: – Wypada mi powiedzieć, że nie sądzę, abyście musieli szukać poza gronem obecnych odpowiedniej osoby, która zajmie moje miejsce.

– Może gdybyśmy wyznaczyli na zastępców prezesa panią Clifton i majora Fishera ex aequo – podsunął Anscott – to by uspokoiło naszych władców z Kwadratowej Mili.

– Obawiam się, że uznaliby to za krótkoterminowy kompromis, czym w istocie by to było. Jeżeli w jakimś momencie w przyszłości spółka Barringtona będzie musiała pożyczyć jeszcze więcej gotówki, nowy prezes powinien udać się do banków nie z czapką w ręku, ale z pewnością siebie – to najważniejszy termin w słowniku City.

– Ross – Emma po raz pierwszy podczas posiedzenia rady nadzorczej zwróciła się do prezesa po imieniu – czy byłoby pomocne, gdybym wyraźnie oświadczyła, że moja rodzina ma całkowite zaufanie do twojego przywództwa i życzy sobie, żebyś dalej był prezesem?

– Byłbym wzruszony, oczywiście, ale City nie zmieniłoby stanowiska i uznałoby, że to tylko gest. Jednak prywatnie, Emmo, jestem ci bardzo wdzięczny za poparcie.

– I może pan zawsze liczyć na moje poparcie – wtrącił Fisher. – Będę pana popierał do końca.

– W tym problem, majorze. Gdybym nie odszedł, to mógłby

być koniec, koniec tej wspaniałej firmy, jaką znamy, a z tym nie mógłbym się pogodzić. – Prezes rozejrzał się wokół, sprawdzając, czy ktoś jeszcze chce wyrazić opinię, ale wydawało się, że wszyscy uznali, że kości zostały rzucone.

– Dziś o piątej po południu, po zamknięciu giełdy, ogłoszę, że ze względów osobistych złożyłem rezygnację jako prezes rady nadzorczej Linii Żeglugowej Barringtona. Jednak, za waszą zgodą, będę nadal sprawował pieczę nad bieżącymi sprawami spółki do czasu powołania nowego prezesa.

Nikt nie zgłosił zastrzeżeń. Zebranie zakończyło się kilka minut później i Emma się nie zdziwiła, widząc, że Fisher prędko wychodzi z sali posiedzeń. Wrócił po dwudziestu minutach i dołączył do kolegów w jadalni.

– Będzie pan musiał wykorzystać swój atut – stwierdził Martinez, kiedy Fisher opowiedział mu szczegółowo, co się wydarzyło na posiedzeniu rady nadzorczej.

– Mianowicie?

– Jest pan mężczyzną, a nie ma w kraju spółki notowanej na giełdzie, której prezesem byłaby kobieta. Tylko nieliczne mają kobiety w radzie nadzorczej.

– Emma Clifton jest osobą, która przełamuje stereotypy – przypomniał Martinezowi Fisher.

– Być może, ale czy wśród pana kolegów w radzie nadzorczej nie ma kogoś, dla kogo wybór kobiety na stanowisko prezesa byłby nie do zaakceptowania?

– Nie, ale…

– Ale?

– Wiem, że Knowles i Anscott głosowali przeciwko dopuszczeniu kobiet do budynku klubowego Klubu Golfowego Royal Wyvern w dniach rozgrywek.

– To niech pan im powie, jak bardzo pan podziwia ich pryncypialne stanowisko i że postąpiłby pan tak samo, gdyby był pan członkiem klubu.

– Tak zrobiłem i jestem nim.

– No to już mamy dwa pewne głosy. A co z admirałem? Przecież to kawaler.
– Niewykluczone. Pamiętam, że wstrzymał się od głosu, kiedy pierwszy raz jej kandydaturę zgłoszono do rady.
– Więc potencjalny trzeci głos.
– Ale nawet gdyby oni mnie poparli, to wciąż są to tylko trzy głosy, a jestem niemal pewien, że pozostali czterej członkowie wypowiedzą się za panią Clifton.
– Niech pan nie zapomina, że powołam dwóch następnych członków rady nadzorczej w dniu przed posiedzeniem. To zapewni panu sześć głosów, aż nadto, żeby przeważyć szalę na pana korzyść.
– Nie, jeżeli Barringtonowie zajmą wszystkie pozostałe miejsca w radzie nadzorczej. Wówczas potrzebowałbym jeszcze jednego głosu, żeby zwyciężyć, bo gdyby doszło do remisu, to wtedy na pewno Buchanan odda rozstrzygający głos na panią Clifton.
– Wobec tego do następnego czwartku musimy mieć jeszcze jedną osobę w radzie.
Obaj mężczyźni umilkli, wreszcie odezwał się Martinez:
– Czy przychodzi panu na myśl ktoś, kto ma trochę wolnej gotówki, pamiętając, jak akcje są w tej chwili tanie, i kto absolutnie nie chciałby, żeby pani Clifton została następnym prezesem Linii Żeglugowej Barringtona?
– Tak – odparł Fisher bez wahania. – Znam kogoś, kto nienawidzi pani Clifton jeszcze bardziej niż pan, i niedawno ta kobieta otrzymała wysokie alimenty z tytułu rozwodu.

12

– Dzień dobry – powiedział Buchanan – i witam państwa na nadzwyczajnym walnym zebraniu akcjonariuszy. Dzisiejszy porządek dzienny zawiera tylko jeden punkt, mianowicie wyznaczenie nowego prezesa Spółki Żeglugowej Barringtona. Na początek chciałbym powiedzieć, jak wielkim zaszczytem było dla mnie pełnienie funkcji prezesa przez ostatnie pięć lat i jak mi smutno, że ustępuję z tego stanowiska. Jednak z powodów, których nie muszę ponownie roztrząsać, uważam, że to właściwy moment, aby odejść i pozwolić komuś innemu zająć moje miejsce.

Przede wszystkim – ciągnął Buchanan – mam obowiązek przedstawić tych udziałowców, którzy do nas dołączyli i którzy są uprawnieni do głosowania na nadzwyczajnym walnym zgromadzeniu, jak stanowi statut spółki. Jedna czy dwie osoby siedzące dokoła tego stołu są nieobce radzie, natomiast inne mogą nie być tak dobrze znane. Po mojej prawej stronie widzą państwo pana Davida Dixona, dyrektora naczelnego spółki, po lewej pana Philipa Webstera, głównego księgowego spółki. Na lewo od niego siedzi nasz dyrektor finansowy pan Michael Carrick. Obok niego siedzą kontradmirał Summers, potem pani Clifton, pan Anscott, pan Knowles, major Fisher i pan Dobbs, którzy nie uczestniczą w zarządzaniu. Dołączyli do nich dziś pojedynczy udziałowcy lub przedstawiciele spółek o dużych pakietach akcji Barringtona, jak pan Peter Maynard i pani Aleksowa Fisher, nominaci majora Fishera, który reprezentuje dwadzieścia dwa i pół procent udziałów spółki.

Maynard promiennie się uśmiechnął, natomiast Susan Fisher schyliła głowę i zarumieniła się, kiedy wszyscy się odwrócili, żeby na nią spojrzeć.

– Rodzinę Barringtonów i jej pakiet dwudziestu dwóch procent udziałów reprezentuje kawaler Krzyża Wojennego i członek parlamentu sir Giles Barrington oraz jego siostra doktor Grace Barrington. Dwie inne osoby, które są uprawnione do głosowania, to lady Virginia Fenwick – Virginia poklepała Fishera po plecach, nie pozwalając wątpić, kogo poprze – oraz – prezes zajrzał do notatek – pan Cedrick Hardcastle, który reprezentuje Farthings Bank, będący obecnie w posiadaniu siedmiu i pół procent udziałów spółki.

Wszyscy siedzący wokół stołu zwrócili spojrzenia ku jedynemu człowiekowi, z którym dotychczas się nie zetknęli. Mężczyzna miał na sobie popielaty garnitur z kamizelką, białą koszulę i znoszony krawat z niebieskiego jedwabiu. Nie mógł mieć dużo więcej niż metr pięćdziesiąt wzrostu i był prawie całkiem łysy, jeśli nie liczyć wianuszka rzadkich siwych włosów, ledwo sięgającego uszu. Ponieważ na nosie miał grube okulary w rogowej oprawie, trudno było odgadnąć jego wiek. Pięćdziesiąt? Sześćdziesiąt? Może nawet siedemdziesiąt lat? Pan Hardcastle zdjął okulary, odsłaniając stalowoszare oczy, i Emma pomyślała, że na pewno przedtem go widziała, ale nie pamiętała gdzie.

– Dzień dobry, panie prezesie – tylko tyle powiedział, ale te cztery słowa wyjawiły, z jakiego pochodzi hrabstwa.

– Przejdźmy do tego, co mamy załatwić – ciągnął Buchanan. – W nieprzekraczalnym terminie, który upływał wczoraj wieczorem o szóstej, dwie osoby wysunęły swoje kandydatury na stanowisko przyszłego prezesa: pani Emma Clifton, którą zaproponował sir Giles Barrington, a poparła doktor Grace Barrington, oraz major Alex Fisher, którego zaproponował pan Anscott, a poparł pan Knowles. Kandydaci obecnie przedstawią radzie nadzorczej swoje stanowisko i powiedzą, jak widzą przyszłość spółki. Wzywam majora Fishera, żeby otworzył obrady.

Fisher nie ruszył się z miejsca.

– Myślę, że kurtuazja nakazuje, aby dama mówiła pierwsza – powiedział, ciepło uśmiechając się do Emmy.

– To uprzejmie z pana strony, majorze – odparła Emma – ale ja chętnie zastosuję się do decyzji prezesa i pozwolę, żeby pan wystąpił pierwszy.

Fisher wydawał się zakłopotany, ale prędko odzyskał animusz. Przerzucił notatki, wstał, obrzucił spojrzeniem siedzących przy stole, po czym zaczął:

– Panie prezesie, członkowie rady nadzorczej. Uważam za wielki zaszczyt, że w ogóle wzięto pod uwagę moją kandydaturę na prezesa Spółki Żeglugowej Barringtona. Jako człowiek urodzony i wychowany w Bristolu przez cały czas żyłem ze świadomością wielkości tego przedsiębiorstwa, jego historii, tradycji oraz renomy, co stanowiło część wspaniałego morskiego dziedzictwa Bristolu. Sir Joshua Barrington był legendarną postacią, a sir Walter, którego miałem zaszczyt znać – Emma się zdumiała, być może „znać" jej dziadka znaczyło natknąć się na niego, kiedy wygłaszał przemówienie w szkole jakieś trzydzieści lat temu – wprowadził tę firmę na giełdę i zbudował jej reputację jako jednego z czołowych przedsiębiorstw żeglugowych, nie tylko w kraju, ale i na świecie. Niestety, to się zmieniło, częściowo dlatego, że syn sir Waltera, sir Hugo, nie sprostał zadaniu, i chociaż nasz obecny prezes zrobił bardzo dużo, żeby przywrócić firmie dobrą reputację, seria ostatnich wypadków, nie przez niego zawinionych, przyczyniła się do utraty zaufania niektórych naszych udziałowców. Dzisiaj wy, moi koledzy, członkowie rady nadzorczej, musicie zdecydować – rzekł Fisher, znowu obrzucając spojrzeniem zgromadzonych dokoła stołu – kto jest lepiej przygotowany do uporania się z kryzysem zaufania. Biorąc pod uwagę okoliczności, uważam, że powinienem wspomnieć o moich kwalifikacjach, gdy chodzi o walkę. Służyłem mojemu krajowi jako młody porucznik, walcząc pod Tobrukiem w bitwie uznanej przez Montgomery'ego za jedną z najkrwawszych w historii. Miałem szczęście, że przeżyłem to natarcie i zostałem odznaczony na polu bitwy.

Giles ukrył głowę w dłoniach. Chętnie by opowiedział członkom rady nadzorczej, co naprawdę się wydarzyło, kiedy nieprzyjaciel pojawił się na horyzoncie w Afryce Północnej, ale wiedział, że nie pomogłoby to zwyciężyć jego siostrze.

– Następną walkę stoczyłem, kiedy jako kandydat konserwatystów w ostatnich wyborach powszechnych rywalizowałem z sir Gilesem Barringtonem – Fisher zaakcentował słowo „konserwatystów", gdyż uważał, że jest nieprawdopodobne, aby ktoś przy tym stole, poza Gilesem, głosował kiedy na laburzystów – o pewny mandat laburzystowski z okręgu Bristol Docklands, przegrywając garstką głosów, i to po trzykrotnym liczeniu. – Tym razem Fisher obdarzył Gilesa uśmiechem.

Niewiele brakowało, żeby Giles się poderwał i starł pięścią ten uśmiech z twarzy Fishera, ale jakoś zdołał się powstrzymać.

– Myślę więc, że mogę z pewnym przekonaniem powiedzieć, że doświadczyłem zarówno triumfu, jak klęski i, żeby zacytować Kiplinga, potraktowałem tych dwoje oszustów na równi.

A teraz – ciągnął Fisher – pozwólcie, że poruszę niektóre z problemów, jakie przeżywa nasza znamienita firma w obecnym czasie. Podkreślam – w obecnym czasie. Ponad rok temu podjęliśmy ważną decyzję, i pragnę przypomnieć wam, że wtedy w pełni poparłem propozycję prezesa, żeby zbudować statek MV *Buckingham*. Jednak od tamtej pory nastąpił szereg katastrof, niektórych niespodziewanych, innych zaś takich, jakie powinniśmy przewidzieć, co sprawiło, że nie dotrzymaliśmy pierwotnego harmonogramu. W rezultacie pierwszy raz w historii tej firmy musieliśmy udać się po kredyty do banków, żeby pomogły nam przetrwać ten trudny czas. Gdyby mnie wybrano na prezesa, to powiem wam, że wprowadziłbym natychmiast trzy zmiany. Po pierwsze zaproponowałbym pani Clifton, żeby została moją zastępczynią, aby City nie miało wątpliwości, że rodzina Barringtonów w pełni angażuje się w przyszłość firmy, jak to się działo przez ponad sto lat.

„Proszę, proszę" – rozległo się kilka głosów osób siedzących dokoła stołu i Fisher uśmiechnął się do Emmy drugi raz od chwili, gdy dołączył do rady nadzorczej. Giles podziwiał tupet tego faceta, bo przecież musiał on wiedzieć, że Emma mu się nie odwzajemni, gdyż wierzy, że Fisher jest odpowiedzialny za obecne kłopoty spółki, i na pewno nigdy by się nie zgodziła zostać jego zastępczynią.

– Po drugie – ciągnął Fisher – jutro rano poleciałbym do Belfastu, usiadłbym przy stole z sir Frederickiem Rebbeckiem, prezesem firmy Harland i Wolff, i przystąpiłbym do renegocjacji naszego kontraktu, podkreślając, że jego firma uporczywie odmawiała brania odpowiedzialności za wszelkie niefortunne opóźnienia, do jakich doszło w trakcie budowy *Buckinghama*. I po trzecie, zatrudniłbym najlepszą firmę ochroniarską, żeby strzegła sprzętu wysyłanego w imieniu spółki Barringtona do Belfastu, aby żaden akt sabotażu, taki jak ten, który zdarzył się na promie z Heysham, nigdy więcej się nie powtórzył. Zarazem wykupiłbym polisy ubezpieczeniowe, które nie mają stron z bardzo małym druczkiem z klauzulami o karach umownych. Na koniec chcę dodać, że gdybym miał tyle szczęścia i zostałbym waszym prezesem, to zabrałbym się do roboty dziś po południu i bym nie spoczął, dopóki MV *Buckingham* by nie wypłynął na morza i oceany i nie zaczął przynosić spółce godziwego zysku z inwestycji.

Fisher usiadł nagrodzony brawami, uśmiechami i gestami aprobaty. Jeszcze zanim umilkły oklaski, Emma sobie uświadomiła, że popełniła błąd, pozwalając rywalowi wystąpić na początku. Omówił większość punktów, które sama chciała poruszyć, i teraz w najlepszym wypadku będzie wyglądało, jakby się z nim zgadzała, a w najgorszym, jakby nie miała własnych pomysłów. Dobrze pamiętała, jak Giles upokorzył tego człowieka w Colston Hall podczas ostatniej kampanii wyborczej. Ale tego ranka w Budynku Barringtona objawił się ktoś inny i jedno spojrzenie na jej brata potwierdziło, że on też był zaskoczony.

– Pani Clifton – powiedział prezes. – Czy zechciałaby pani podzielić się swoimi pomysłami z radą nadzorczą?

Emma podniosła się niepewnie i gdy Grace uniosła dłoń w geście poparcia, poczuła się jak niewolnik chrześcijański rzucony lwom na pożarcie.

– Panie prezesie, na początek powiem, że stoi dziś przed panem niechętna tej roli kandydatka, bo gdybym miała jakiś wybór, pozostałby pan prezesem tej spółki. Dopiero wtedy, gdy pan zdecydował, że nie ma pan innego wyjścia poza rezygnacją, pomyślałam o tym, żeby zająć pana miejsce i kontynuować tradycję długoletnich związków mojej rodziny z tą firmą. Pozwólcie państwo, że zacznę od zmierzenia się z tym, co niektórzy członkowie rady nadzorczej mogą uważać za moją największą słabość – mam na myśli moją płeć.

Ta uwaga wywołała wybuch śmiechu, u niektórych nerwowego, chociaż mina Susan Fisher wyrażała życzliwość.

– Doświadczam niewygody – ciągnęła Emma – bycia kobietą w świecie mężczyzn i szczerze mówiąc, nic nie mogę na to poradzić. Rozumiem, że rada nadzorcza będzie musiała wykazać się odwagą, żeby wybrać kobietę na prezesa spółki Barringtona, zwłaszcza w tych trudnych okolicznościach, w jakich ostatnio się znaleźliśmy. Ale właśnie odwagi i innowacji najbardziej potrzeba naszej firmie w obecnym czasie. Spółka Barringtona znalazła się na rozdrożu i kogokolwiek dzisiaj wskażecie, ten będzie musiał wybrać, jaką drogą podążyć. Jak wiecie, kiedy w zeszłym roku rada zdecydowała, że powinniśmy podjąć budowę *Buckinghama*, byłam przeciwna temu pomysłowi i dałam temu wyraz w głosowaniu. Zatem uczciwość wymaga, żebym powiadomiła radę, jakie jest moje obecne stanowisko w tej sprawie. Moim zdaniem nie możemy dokonać odwrotu, gdyż groziłoby to upokorzeniem, a może nawet unicestwieniem naszej firmy. Rada nadzorcza podjęła decyzję w dobrej wierze i nie możemy zawieść naszych udziałowców, zrezygnować i zrzucić winy na innych, ale powinniśmy zrobić wszystko, co w naszej mocy, żeby nadrobić stracony czas i zapewnić, że na dalszą metę odniesiemy sukces.

Emma spojrzała w swoje notatki, które powtarzały prawie

wszystko, co już powiedział jej rywal. Brnęła dalej z nadzieją, że jej wrodzony entuzjazm i energia przyćmią fakt, że koledzy wysłuchają takich samych pomysłów i opinii drugi raz.

Kiedy jednak wygłaszała ostatnie zdanie przemówienia, czuła, że zainteresowanie kolegów osłabło. Giles ją ostrzegł, że tego dnia może się zdarzyć coś nieoczekiwanego, i tak się stało. Fisher podniósł poziom rozgrywki na wyższy poziom.

– Czy mogę zakończyć, panie prezesie, stwierdzeniem, że byłoby wielkim zaszczytem dla mnie, potomkini Barringtonów, gdybym mogła dołączyć do moich znakomitych przodków i stanąć na czele rady, zwłaszcza w czasie, kiedy spółka przeżywa prawdziwe trudności? Wiem, że z waszą pomocą udałoby mi się je przezwyciężyć i odzyskać dobre imię firmy Barringtona, opinię doskonałości i rzetelności finansowej.

Emma usiadła z uczuciem, że na jej świadectwie mogłaby pojawić się uwaga: „Stać ją na więcej". Miała tylko nadzieję, że inna wypowiedź Gilesa też się okaże słuszna. Prawie wszyscy siedzący wokół tego stołu już na długo przed rozpoczęciem obrad zdecydowali, jak zagłosują.

Gdy oboje kandydaci przedstawili swoje argumenty, przyszła kolej na wygłoszenie opinii przez członków rady nadzorczej. Większość chciała się wypowiedzieć, ale w ciągu następnej godziny niewiele padło wnikliwych czy oryginalnych uwag, i mimo odmowy odpowiedzi na pytanie „Czy pani mianowałaby majora Fishera swoim zastępcą?" Emma czuła, że szanse na zwycięstwo są wyrównane. Tak było do chwili, gdy przemówiła lady Virginia.

– Chcę zrobić tylko jedną uwagę, panie prezesie – zagruchała, trzepocząc rzęsami. – Nie sądzę, żeby kobiety zostały stworzone, aby stać na czele rad nadzorczych, być przywódcami związków zawodowych, budować luksusowe statki pasażerskie albo pożyczać wielkie sumy pieniędzy u bankierów w londyńskim City. Chociaż bardzo podziwiam panią Clifton i jej osiągnięcia, będę popierała majora Fishera i mam nadzieję, że ona przyjmie wspaniałomyślną ofertę majora i będzie służyła jako jego zastępczyni. Przybyłam tutaj bez żadnych uprzedzeń, skłonna uznać jej racje, ale niestety zawiodła moje oczekiwania.

Emma musiała podziwiać tupet Virginii. Najwyraźniej wyuczyła się na pamięć każdego słowa tej tyrady na długo przed wejściem do sali posiedzeń, ćwicząc nawet dramatyczne pauzy, a jednak udało się jej sprawić wrażenie, że nie zamierzała się wtrącić aż do ostatniej chwili, kiedy nie miała wyboru i musiała wygłosić kilka zaimprowizowanych uwag. Emma była ciekawa, jak wielu z tych, którzy siedzieli wokół stołu posiedzeń, wywiodła w pole. Na pewno nie Gilesa, który miał taką minę, jakby chciał udusić byłą żonę.

Tylko dwie osoby nie wyraziły opinii do chwili, gdy lady Virginia zajęła swoje miejsce. Prezes, jak zwykle uprzejmy, powiedział:

– Zanim zarządzę głosowanie, zapytam, czy pani Fisher albo pan Hardcastle nie chcieliby czegoś dodać?

– Nie, dziękuję, panie prezesie – wyjąkała Susan Fisher i znów pochyliła głowę.

Prezes spojrzał na pana Hardcastle'a.

– To uprzejmie z pana strony, że pan pyta, prezesie – odparł Hardcastle – ale ja chcę tylko powiedzieć, że wysłuchałem z wielkim zainteresowaniem wszystkich wypowiedzi, a zwłaszcza wystąpień dwojga kandydatów, i że, jak lady Virginia, już zdecydowałem, kogo poprę.

Fisher uśmiechnął się do człowieka z Yorkshire.

– Dziękuję panu – rzekł prezes. – Jeżeli nikt więcej nie ma dalszych uwag, to czas, aby członkowie rady nadzorczej przystąpili do głosowania. – Zrobił krótką przerwę, ale nikt się nie odezwał. – Główny księgowy spółki wymieni teraz każde nazwisko po kolei. Proszę mu powiedzieć, którego kandydata popieracie.

– Zacznę od członków uczestniczących w zarządzaniu – oznajmił Webster – a potem poproszę pozostałych członków rady o głos. Pan Buchanan?

– Nie poprę żadnego z kandydatów – powiedział Buchanan. – Gdyby jednak głosowanie zakończyło się remisem, oddam mój głos, co jest przywilejem prezesa, na tę osobę, która według mojego przekonania powinna zostać następnym prezesem.

Ross przez kilka bezsennych nocy zmagał się z pytaniem, kto powinien zostać jego następcą, i w końcu zdecydował, że Emma. Ale spektakularna mowa Fishera i raczej nieprzekonująca odpowiedź Emmy skłoniły go do zrewidowania tej opinii. Wciąż nie mógł się zdobyć na poparcie Fishera, dlatego postanowił wstrzymać się od głosu i pozwolić kolegom podjąć decyzję. Jednak, jeżeli głosowanie zakończy się remisem, będzie musiał niechętnie wypowiedzieć się za Fisherem.

Emma nie mogła ukryć zaskoczenia i rozczarowania decyzją Rossa. Fisher uśmiechnął się i przekreślił nazwisko prezesa, które do tej pory miał zapisane pod nazwiskiem Clifton.

– Pan Dixon?
– Pani Clifton – powiedział dyrektor naczelny bez wahania.
– Pan Carrick?
– Major Fisher – powiedział dyrektor finansowy.
– Pan Anscott?
– Major Fisher.

Emma była rozczarowana, ale nie zdziwiona, ponieważ wiedziała, że to znaczy, że Knowles też będzie głosował przeciwko niej.

– Sir Giles Barrington?
– Pani Clifton.
– Doctor Grace Barrington?
– Pani Clifton.
– Pani Emma Clifton?
– Nie będę głosowała, prezesie – oznajmiła Emma. – Powstrzymam się od głosu.

Fisher skinął głową z aprobatą.

– Lady Virginia Fenwick?
– Major Fisher.

– Major Fisher?
– Oddaję głos na siebie, bo takie mam prawo – rzekł Fisher, uśmiechając się do Emmy przez stół.
Ile to razy Sebastian błagał matkę, żeby nie wstrzymała się od głosu, był bowiem pewien, że absolutnie nie ma szans, aby Fisher zachował się jak dżentelmen.
– Pani Fisher?
Susan podniosła wzrok na prezesa, wahała się przez chwilę, a potem nerwowo wyszeptała:
– Pani Clifton.
Alex obrócił się i spojrzał z osłupieniem na żonę. Ale tym razem Susan nie pochyliła głowy. Popatrzyła natomiast na Emmę i uśmiechnęła się. Emma, też zaskoczona, postawiła znaczek przy nazwisku Susan.
– Pan Knowles?
– Major Fisher – rzucił bez wahania.
– Pan Maynard?
– Major Fisher.
Emma policzyła ptaszki i krzyżyki w swoim bloczku. Fisher prowadził sześcioma głosami do pięciu.
– Admirał Summers? – spytał sekretarz władz spółki.
Nastąpiło milczenie, które zdało się Emmie trwać w nieskończoność, choć to było tylko kilka sekund.
– Pani Clifton – padła w końcu odpowiedź.
Emmę zamurowało.
Stary człowiek przechylił się i szepnął:
– Nigdy nie ufałem Fisherowi, ale kiedy oddał głos na siebie, wiedziałem, że cały czas miałem rację.
Emma nie wiedziała, czy się śmiać, czy ucałować admirała, ale głos głównego księgowego odwrócił jej uwagę.
– Pan Hardcastle?
I znów wszyscy w sali spojrzeli na jedynego człowieka, o którym nikt nic nie wiedział.
– Czy zechciałby pan być tak uprzejmy i powiedzieć, jaka jest pańska decyzja?

Fisher zmarszczył brwi. Po sześć dla każdego. Gdyby Susan na niego głosowała, głos Hardcastle'a byłby nieistotny, ale wciąż czuł, że człowiek z hrabstwa York poprze go.

Cedric Hardcastle wyjął chusteczkę z butonierki, zdjął okulary i przetarł je, po czym przemówił:

– Wstrzymam się od głosu, żeby prezes, który o wiele lepiej niż ja zna oboje kandydatów, zdecydował, kto jest właściwą osobą, która zajmie jego miejsce.

Susan Fisher odsunęła krzesło i cicho wyszła z sali posiedzeń, gdy nowo wybrana pani prezes zajęła miejsce u szczytu stołu.

Jak na razie wszystko szło dobrze. Jednak Susan wiedziała, że następna godzina będzie decydująca, jeśli chodzi o realizację jej planu. Alex nie zdobył się na słowo komentarza, kiedy rano zaproponowała, że zawiezie go na posiedzenie rady nadzorczej, żeby mógł się skupić na swoim wystąpieniu. Ale mu nie powiedziała, że nie odwiezie go z powrotem.

Już jakiś czas temu Susan pogodziła się z myślą, że ich małżeństwo jest fikcją, nawet nie pamiętała, kiedy ostatnio się kochali. Często się zastanawiała, dlaczego w ogóle zgodziła się poślubić Fishera. Nie pomogły ciągłe napomnienia matki: „Jeśli nie będziesz ostrożna, córeczko, to odstawią cię na półkę". No cóż, właśnie zamierzała oczyścić wszystkie półki.

Alex Fisher nie mógł się skupić na inauguracyjnym przemówieniu Emmy, bo wciąż się zastanawiał, jak wytłumaczy Martinezowi, że jego żona głosowała przeciwko niemu.

Martinez początkowo proponował, żeby Diego i Luis reprezentowali go w radzie nadzorczej, lecz Alex wytłumaczył mu, że jeśli jest coś, co bardziej przestraszy członków rady niż myśl o kobiecie na stanowisku prezesa, to perspektywa przejęcia spółki przez cudzoziemca.

Postanowił, że po prostu powie Martinezowi, że Emma wygrała głosowanie, i nie wspomni, że własna żona nie udzieliła mu poparcia. Wolał nie myśleć, co by się stało, gdyby Don Pedro kiedyś przeczytał protokół.

Susan Fisher zaparkowała samochód przed Arcadia Mansions, otworzyła swoim kluczem frontowe drzwi budynku, pojechała windą na trzecie piętro i weszła do mieszkania. Szybko powędrowała do sypialni, tam uklękła i wyciągnęła spod łóżka dwie walizki. Potem zaczęła opróżniać jedną z szaf, wyjęła sześć sukienek, dwa kostiumy, kilka spódnic i suknię balową – nie była pewna, czy ją jeszcze kiedyś włoży. Następnie przeszła do komody i szufladę po szufladzie opróżniła z pończoch, bielizny, bluzek i swetrów, co prawie zapełniło pierwszą walizkę.

Kiedy podniosła się z kolan, jej wzrok zatrzymał się na akwareli przedstawiającej Krainę Jezior, za którą Alex trochę przepłacił, kiedy byli w podróży poślubnej. Ucieszyła się, gdy się okazało, że obrazek idealnie się mieści na dnie drugiej walizki. Teraz udała się do łazienki i pozbierała wszystkie swoje przybory toaletowe, szlafrok i kilka ręczników, upychając to w drugiej walizce.

Nie miała dużo do zabrania z kuchni poza serwisem obiadowym Wedgwooda, prezentem ślubnym od matki Aleksa. Opakowała dokładnie każdą sztukę w strony wyrwane z gazety „Daily Telegraph" i umieściła wszystko w dwu torbach na zakupy, które znalazła pod zlewem.

Pogardziła zielonym zestawem do herbaty, którego nigdy naprawdę nie lubiła, szczególnie że był mocno wyszczerbiony, poza tym w drugiej walizce nie było już miejsca. „Pomocy!" – wykrzyknęła, kiedy sobie uzmysłowiła, że chce zabrać o wiele więcej rzeczy, ale obie walizki były pełne.

Susan wróciła do sypialni, weszła na krzesło i ściągnęła z szafy stary szkolny kufer Aleksa. Zaciągnęła go na korytarz, rozpięła pasy i kontynuowała swoją operację. Z półki nad kominkiem w salonie zgarnęła zegar podróżny, który według Aleksa był pamiątką rodzinną, oraz trzy fotografie w srebrnych ramkach. Wyjęła fotografie, podarła je i spakowała same ramki. Miała ochotę na telewizor, ale był za wielki, a zresztą matka by tego nie pochwaliła.

Kiedy główny księgowy spółki zamknął posiedzenie, Alex nie poszedł z kolegami na lunch. Szybko opuścił salę obrad, nie odezwawszy się do nikogo; Peter Maynard podążył za nim. Alex otrzymał dwie koperty od Don Pedra, w każdej było tysiąc funtów. Żona na pewno nie dostanie tych pięciu setek, które jej obiecał. Gdy znaleźli się w windzie, Alex wyjął z kieszeni jedną z kopert.

– Przynajmniej ty dotrzymałeś słowa – powiedział, wręczając ją Peterowi.

– Dziękuję – rzekł Peter. – Ale co napadło Susan? – dodał, kiedy drzwi windy otworzyły się na parterze.

Alex nie odpowiedział.

Gdy opuścili Budynek Barringtona, Alex zdziwił się, że jego samochodu nie ma tam gdzie zwykle, za to inny, nieznany mu samochód zajął jego miejsce na parkingu.

Przy drzwiach samochodu stał młody mężczyzna z walizeczką. Gdy zobaczył Aleksa, ruszył ku niemu.

Na koniec Susan, zmęczona wysiłkiem, weszła bez pukania do gabinetu Aleksa, nie spodziewając się, że znajdzie coś, co warto będzie dodać do łupów: ot, jeszcze dwie ramki, jedna srebrna, jedna ze skóry, srebrny nóż do listów, który dała mężowi na Boże Narodzenie. Ponieważ jednak był tylko posrebrzany, postanowiła, że mu go zostawi.

Czas uciekał i przypuszczała, że Alex niedługo wróci, ale kiedy już miała wyjść, spostrzegła grubą kopertę z wypisanym na niej jej imieniem. Rozerwała ją i nie mogła uwierzyć swoim oczom. W kopercie było pięćset funtów, które Alex obiecał jej dać, jeżeli przyjdzie na posiedzenie rady nadzorczej i na niego zagłosuje. Dotrzymała umowy, cóż, połowicznie, zatem wsunęła pieniądze do torebki i szeroko się uśmiechnęła pierwszy raz tego dnia.

Susan zamknęła drzwi gabinetu i szybko rozejrzała się jeszcze raz po mieszkaniu. O czymś zapomniała, ale co to było? A tak, oczywiście. Popędziła z powrotem do sypialni, otworzyła mniejszą szafę i znowu się uśmiechnęła na widok długich rzędów pantofli, które jej zostały z czasów, kiedy była modelką. Nie spiesząc się, umieściła wszystkie w kufrze. Kiedy już miała zamykać szafkę, jej wzrok spoczął na równo ustawionych czarnych skórkowych półbutach oraz tych brązowych z ozdobnymi dziurkami; były wypucowane jak na paradę. Wiedziała, że to duma i radość Aleksa. Wszystkie zostały ręcznie wykonane przez firmę Lobb na St James's i, jak mąż jej często przypominał, miały mu służyć do końca życia.

Susan wzięła po lewym bucie z każdej pary i wrzuciła wszystkie do starego szkolnego kufra Aleksa. Zabrała też prawy pantofel ranny męża, prawy kalosz i prawą tenisówkę, a potem usiadła na wieku kufra i zapięła pasy.

Na koniec zawlokła kufer, dwie walizy i dwie torby na zakupy na podest i zamknęła drzwi mieszkania, do którego nigdy nie miała wrócić.

– Major Alex Fisher?
– Tak.

Młody mężczyzna podał mu długą, żółtobrązową kopertę i powiedział:

– Polecono mi, żebym to panu wręczył. – Mężczyzna się odwrócił, poszedł do samochodu i odjechał. Całe spotkanie trwało niespełna minutę.

Zdeprymowany Alex nerwowo rozerwał kopertę i wyciągnął z niej kilkustronicowy dokument. Kiedy na stronie tytułowej ujrzał słowa: „Pozew rozwodowy: pani Susan Fisher przeciwko majorowi Aleksowi Fisherowi", nogi się pod nim ugięły i schwycił Maynarda za ramię.

– Co się stało, stary?

CEDRIC HARDCASTLE
1959

13

Podczas podróży powrotnej pociągiem do Londynu Cedric Hardcastle znów rozmyślał o tym, jak to się stało, że trafił na posiedzenie rady nadzorczej towarzystwa żeglugowego w Bristolu. Wszystko się zaczęło od złamanej nogi.

Przez blisko czterdzieści pięć lat Cedric wiódł życie, które nawet miejscowy pastor by nazwał nienagannym. Zdobył sobie w tym czasie reputację człowieka rzetelnego, prawego i rozumnego.

Po ukończeniu gimnazjum w Huddersfield w wieku piętnastu lat Cedric dołączył do ojca w Farthings Bank na rogu głównej ulicy, gdzie nie mogłeś założyć sobie konta, jeżeli się nie urodziłeś i nie wychowałeś w hrabstwie York. Każdy pracownik wpajał praktykantom od pierwszego dnia nadrzędną dewizę banku: „Zadbaj o pensy, a funty zadbają same o siebie".

W wieku trzydziestu dwóch lat Cedric został najmłodszym dyrektorem oddziału w historii banku, a jego ojciec, który wciąż był kasjerem, przeszedł na emeryturę w samą porę, by nie musieć zwracać się do syna „sir".

Cedric dostał zaproszenie do rady nadzorczej banku na kilka tygodni przed czterdziestymi urodzinami i wszyscy uważali, że wkrótce mały bank hrabstwa będzie dla niego za mały i że, jak Dick Whittington, skieruje się do londyńskiego City, ale to było niepodobne do Cedrica. Wszak on był przede wszystkim Yorkshirczykiem. Poślubił Beryl, dziewczynę z Batley, ich syn Arnold został poczęty podczas wakacji w Scarborough, a urodził się w Keighley. Przyjście na świat w hrabstwie było konieczne, jeżeli się chciało, aby syn pracował w banku.

Kiedy Bert Entwistle, prezes Farthings, zmarł na atak serca w wieku sześćdziesięciu trzech lat, nie trzeba było głosować, żeby wybrać następcę.

Po wojnie Farthings był jednym z banków, o którym dzienniki krajowe często pisały na kolumnach finansowych, że „dojrzał do przejęcia". Jednakże Cedric miał inne plany i mimo kilku ofert ze strony większych instytucji, które spotkały się z bezdyskusyjną odmową, nowy prezes przystąpił do rozbudowy banku i otwierania nowych oddziałów, toteż po kilku latach to Farthings dokonywał przejęć. Przez trzydzieści lat Cedric wydawał każdy grosz, wszystkie premie czy dywidendy na zakup udziałów banku i w swoje sześćdziesiąte urodziny był nie tylko prezesem, ale większościowym akcjonariuszem z pakietem pięćdziesięciu jeden procent udziałów Farthings Banku.

W wieku sześćdziesięciu lat, kiedy większość mężczyzn zaczyna myśleć o emeryturze, Cedric zarządzał jedenastoma oddziałami w Yorkshire, był liczącą się postacią w londyńskim City i z pewnością nie rozglądał się za kimś, kto by go zastąpił na stanowisku prezesa.

Jeżeli go ktoś rozczarował w życiu, to jego syn Arnold. Smarkacz dobrze sobie radził w liceum w Leeds, ale potem się zbuntował i wybrał Oksford, a nie stypendium na studia na uniwersytecie w Leeds. Co gorsza, chłopak nie chciał dołączyć do ojca w banku, wolał odbyć praktykę adwokacką – w Londynie. To znaczyło, że Cedric nie miał nikogo, komu mógłby przekazać bank.

Pierwszy raz w życiu zastanawiał się nad ofertą przejęcia przez Midland Bank. Proponowali mu sumę, dzięki której do końca życia mógłby grać w golfa na Costa del Sol, chodzić w kapciach, popijać napój słodowy Horlicks i o dziesiątej wieczór kłaść się spać. Lecz nikt oprócz jednej Beryl nie rozumiał, że bankowość nie tylko była zawodem Cedrica Hardcastle'a, ale i jego hobby, i dopóki miał udział większościowy w Farthings, to golf, kapcie i Horlicks mogły jeszcze parę lat poczekać. Powiedział żonie, że wolałby raczej wyciągnąć kopyta za biurkiem niż na osiemnastym polu.

Ale zdarzyło się, że o mało nie znalazł się na tamtym świecie w drodze powrotnej do Yorkshire. Nawet Cedric nie był w stanie przewidzieć, jak bardzo zmieni się jego życie po wypadku na A1, który zdarzył się pewnej piątkowej nocy. Był wyczerpany po kilku długich spotkaniach w siedzibie głównej banku w City i powinien zostać na noc w swoim londyńskim mieszkaniu. Lecz on zawsze wolał jechać do Huddersfield i spędzić weekend z Beryl. Zasnął przy kierownicy i potem obudził się w szpitalu z obiema nogami w gipsie; to jedyne, co miał wspólnego z młodym człowiekiem w sąsiednim łóżku.

Sebastian Clifton uosabiał wszystko to, czego Cedric nie pochwalał. Był zadzierającym nosa południowcem, nonszalanckim, niezdyscyplinowanym, na każdy temat miał swoje zdanie i, co gorsza, uważał, że życie powinno go rozpieszczać. Cedric natychmiast poprosił siostrę przełożoną o przeniesienie na inny oddział. Panna Puddicombe odmówiła jego prośbie, ale powiedziała, że są wolne dwa osobne pokoje. Cedric został na miejscu; nie chciał marnować forsy.

W miarę upływu tygodni, jakie nastąpiły po jego uwięzieniu w szpitalu, Cedric nie był pewien, który z nich wywierał większy wpływ na drugiego. Na początku niekończące się pytania chłopca o bankowość działały mu na nerwy, ale w końcu się poddał i niechętnie udzielał mu lekcji. Kiedy siostra przełożona go zagadnęła, musiał przyznać, że chłopak jest nie tylko nadzwyczaj inteligentny, ale nigdy nie trzeba mu nic powtarzać dwa razy.

– Nie cieszy się pan, że pana nie przeniosłam? – zażartowała.

– Hm, to za dużo powiedziane – odparł Cedric.

Występowanie w roli nauczyciela Sebastiana miało dwie dodatkowe zalety. Cedricowi dużą przyjemność sprawiały cotygodniowe wizyty jego matki i siostry, dwu interesujących kobiet, z których każda miała swoje problemy. Nie potrzebował dużo czasu, żeby dociec, że Jessica nie może być córką pani Clifton, i gdy Sebastian w końcu wtajemniczył go w całą historię, zauważył tylko:

– Czas, żeby ktoś jej powiedział.

Cedric domyślił się też, że pani Clifton stoi w obliczu jakiegoś kryzysu w rodzinnym biznesie. Za każdym razem, kiedy odwiedzała syna w szpitalu, Cedric się odwracał i udawał, że śpi, a tymczasem, z błogosławieństwem Sebastiana, przysłuchiwał się każdemu ich słowu.

Jessica często zbliżała się do jego łóżka i szkicowała portret nowego modela, więc Cedric musiał zamykać oczy.

Sporadyczne wizyty ojca Sebastiana, Harry'ego Cliftona, jego wujka Gilesa i ciotki Grace pomogły Cedricowi dodać więcej elementów do barwnej układanki, która powoli się zapełniała. Nietrudno było dociec, do czego zmierzali Martinez i Fisher, nawet jeżeli Cedric nie był pewien, jakie mieli motywy, częściowo dlatego, że Sebastian też nie znał odpowiedzi na to pytanie. Jednak gdy chodziło o głosowanie w sprawie budowy *Buckinghama*, Cedric uważał, że instynktowne przekonanie pani Clifton, czy też to, co kobiety nazywają intuicją, może się okazać słuszne. Zatem, sprawdziwszy statut spółki, podpowiedział Sebastianowi, że skoro jego matka kontroluje dwadzieścia dwa procent udziałów, to może mieć trzech przedstawicieli w radzie nadzorczej, co będzie aż nadto wystarczające, aby wstrzymać realizację projektu. Lecz pani Clifton nie posłuchała jego rady i przegrała jednym głosem.

Następnego dnia Cedric nabył dziesięć akcji Spółki Żeglugowej Barringtona, dzięki czemu mogli śledzić przebieg obrad rady nadzorczej. Już po kilku tygodniach Cedric się domyślił, że Fisher się szykuje na stanowisko następnego prezesa. Wspólną słabością Rossa Buchanana i pani Clifton była ich naiwna wiara, że wszyscy przestrzegają wyznawanych przez nich zasad moralnych. Niestety, tak się składało, że major Fisher nie miał żadnych zasad, a Martinez żadnego poczucia moralności.

Cedric regularnie wertował gazety „Financial Times" i „Economist", w poszukiwaniu informacji, dlaczego akcje spółki Barringtona dotknęła nagła bessa. Jeżeli, jak sugerował jeden z artykułów w „Daily Express", zamieszana była IRA, to łącznikiem musiał być Martinez. Cedric nie mógł zrozumieć, dlaczego Fisher tak chętnie mu się podporządkował. Czy aż tak bardzo potrzebował pieniędzy? Cedric sporządził Sebastianowi listę pytań, które miał zadać matce podczas jej cotygodniowych wizyt, i już wkrótce był równie dobrze poinformowany o codziennym funkcjonowaniu Spółki Żeglugowej Barringtona jak członek rady nadzorczej.

Jeszcze zanim Cedric wrócił do zdrowia i był na tyle sprawny, żeby wyjść ze szpitala i wrócić do pracy, podjął dwie decyzje. Bank zakupi siedem i pół procent udziałów spółki Barringtona, minimalny pakiet akcji pozwalający zająć miejsce w radzie nadzorczej i wziąć udział w głosowaniu, które zadecyduje, kto zostanie następnym prezesem spółki. Gdy dzień później zatelefonował do swojego maklera, zdziwił się, usłyszawszy, jak wielu ludzi skupuje akcje Barringtona, najwyraźniej w tym samym celu. W rezultacie Cedric musiał zapłacić trochę więcej, niż się spodziewał, i chociaż to się nie zgadzało z jego dotychczasową praktyką, musiał się zgodzić z Beryl, że sprawiło mu to wielką frajdę.

Po kilku miesiącach w roli obserwatora nie mógł się doczekać, kiedy zostanie przedstawiony Rossowi Buchananowi, pani Clifton, majorowi Fisherowi, admirałowi Summersowi i innym. Ale druga decyzja, jaką podjął, miała bardziej dalekosiężne skutki.

Tuż przed opuszczeniem szpitala przez Cedrica Sebastiana odwiedził jego opiekun naukowy w Cambridge. Pan Padgett oznajmił chłopakowi, że jeżeli sobie tego życzy, może zostać przyjęty do Peterhouse we wrześniu.

Jeden z pierwszych listów, które Cedric napisał po powrocie do biura w City, zawierał skierowaną do Sebastiana propozycję wakacyjnej pracy w Farthings Bank przed podjęciem przez niego studiów w Cambridge.

Ross Buchanan wysiadł z taksówki kilka minut przed spotkaniem z prezesem Farthings. We frontowym holu budynku numer 127 na Threadneedle Street czekał na niego asystent pana Hardcastle'a, który towarzyszył mu do biura prezesa na piątym piętrze.

Cedric wstał zza biurka, gdy Buchanan wszedł do pokoju. Mocno uścisnął gościowi rękę i poprosił, żeby usiadł na jednym z dwóch wygodnych foteli przy kominku. Człowiek z Yorkshire i Szkot prędko odkryli, że wiele ich łączy, a zwłaszcza obopólna troska o przyszłość firmy Barringtona.

– Widzę, że ostatnio cena akcji trochę wzrosła – rzekł Cedric. – Więc może sytuacja się uspokoiła.

– Na pewno IRA straciła zainteresowanie nękaniem spółki przy każdej możliwej okazji, co musiało sprawić Emmie wielką ulgę.

– Czy przypadkiem nie jest tak, że wyschło źródło funduszy? W końcu Martinez musiał zainwestować duże sumy w kupno dwudziestu dwu i pół procent udziałów spółki, a i tak nie udało mu się zdecydować o wyborze następnego prezesa.

– Jeśli tak, to dlaczego nie wycofa się z interesu i nie da sobie spokoju?

– Bo najwyraźniej Martinez to uparty gość, który nie przyzna się do przegranej, i nie sądzę, żeby to był taki typ, co to schowa się w kącie i będzie lizał swoje rany. Musimy założyć, że on po prostu czeka na właściwy moment. Ale czeka na ten moment, żeby co zrobić?

– Nie wiem – powiedział Ross. – Ten człowiek to nieodgadniona zagadka. Wiem tylko, że jeżeli chodzi o Barringtonów i Cliftonów, to sprawa osobista.

– To nie niespodzianka, ale może się skończyć jego klęską. Powinien pamiętać, jak brzmi maksyma mafii: jeśli chcesz załatwić rywala, traktuj to jak biznes, a nie jak sprawę osobistą.

– Nie kojarzyłem pana z mafią.

– Nie żartuj sobie, Ross. W Yorkshire mafia działała na długo przedtem, zanim Włosi wyruszyli do Nowego Jorku. My nie zabijamy naszych rywali, my tylko im nie pozwalamy przekroczyć granicy hrabstwa.

Ross się uśmiechnął.

– Kiedy natykam się na kogoś tak śliskiego jak Martinez – ciągnął Cedric, zmieniając ton na poważny – próbuję wejść w jego skórę i dowiedzieć się, co usiłuje osiągnąć. Ale w przypadku Martineza ciągle czegoś mi brak. Miałem nadzieję, że mógłbyś mi uzupełnić brakujące klocki tej układanki.

– Ja sam nie znam tej całej historii – przyznał Ross – ale to, co mi opowiedziała Emma Clifton, nadawałoby się na powieść Harry'ego Cliftona.

– Aż tyle niespodziewanych zwrotów akcji? – zainteresował się Cedric, który rozparł się w fotelu i nie przerywał, dopóki Ross nie opowiedział mu wszystkiego, co wiedział o aukcji u Sotheby's, o posągu Rodina, w którym ukryto osiem milionów funtów w fałszywych banknotach, i o wypadku samochodowym na A1, który nigdy nie został do końca wyjaśniony.

– Martinez mógł dokonać taktycznego odwrotu – zakończył Ross – ale nie sądzę, żeby opuścił pole bitwy.

– Gdybyśmy działali razem – zasugerował Cedric – to może stworzylibyśmy oparcie dla pani Clifton, co by jej pozwoliło popracować nad przywróceniem spółce jej pozycji i reputacji.

– Co masz na myśli? – zapytał Buchanan.

– Hm, na początek miałem nadzieję, że się zgodzisz wejść do rady nadzorczej Farthings jako członek nieuczestniczący w zarządzie.

– To mi pochlebia.

– Nie powinno. Wniesiesz do banku spore doświadczenie i znajomość wielu dziedzin, zwłaszcza transportu morskiego, i na pewno nie ma nikogo, kto by potrafił lepiej doglądać naszych inwestycji w spółkę Barringtona. Może byś się nad tym zastanowił i dał mi znać, kiedy podejmiesz decyzję?

– Nie muszę się zastanawiać – odparł Buchanan. – Członkostwo w twojej radzie nadzorczej to dla mnie zaszczyt. Zawsze miałem dużo szacunku dla twojego banku. „Zadbaj o pensy, a funty same o siebie zadbają" – z tej filozofii kilka innych instytucji, których nazw nie wymienię, odniosłoby korzyść.

Cedric się uśmiechnął.

– A zresztą – dodał Buchanan – uważam, że sprawa spółki Barringtona nie jest zakończona.

– Ja też tak myślę – powiedział Cedric. Wstał, przemierzył pokój i nacisnął przycisk pod biurkiem. – Czy chciałbyś zjeść ze mną lunch w Rules? Mógłbyś wtedy mi wyjaśnić, dlaczego w ostatniej chwili zmieniłeś zdanie i oddałeś głos na panią Clifton, skoro początkowo najwyraźniej zamierzałeś poprzeć Fishera.

Buchanan zamilkł zdumiony. Ciszę przerwało pukanie do drzwi. Podniósł głowę i zobaczył młodego człowieka, który przywitał go we frontowym holu.

– Ross, chyba nie znasz mojego osobistego asystenta?

14

Wszyscy wstali, kiedy pan Hardcastle wszedł do pokoju. Minęło trochę czasu, zanim Sebastian przyzwyczaił się do oznak szacunku, jakim najwyraźniej pracownicy Farthings darzyli swojego prezesa. Ale gdy przez kilka miesięcy spało się w sąsiednim łóżku obok faceta, którego widziało się nieogolonego, w piżamie, siusiającego do butelki i chrapiącego, trudno było traktować go z nabożną czcią, chociaż w ciągu kilku dni od pierwszego spotkania Sebastian zaczął odczuwać respekt dla bankiera z Huddersfield.

Pan Hardcastle dał znak obecnym, żeby usiedli, i zajął swoje miejsce u szczytu stołu.

– Dzień dobry, panowie – zaczął, obrzucając kolegów spojrzeniem. – Zwołałem to zebranie, ponieważ bankowi trafia się niezwykła okazja, która, jeżeli zostanie właściwie wykorzystana, może zapoczątkować nowy strumień dochodów, przynoszących bankowi korzyści przez wiele przyszłych lat.

Wzbudził zainteresowanie zgromadzonych.

– Niedawno do naszego banku zwrócił się założyciel i prezes japońskiej spółki przemysłowej Sony International, który ma nadzieję uzyskać krótkoterminowy kredyt o stałym oprocentowaniu w formie weksli na okaziciela w wysokości dziesięciu milionów funtów.

Cedric przerwał, żeby przyjrzeć się twarzom czternastu wyższych urzędników siedzących dokoła stołu. Ich miny wyrażały całą gamę uczuć, od nieskrywanej odrazy po zachwyt i prawie wszystko pomiędzy. Jednakże Cedric przygotował dalsze swoje wystąpienie z najwyższą starannością.

– Wojna się skończyła czternaście lat temu. Pomimo to niektórzy z was mogą wciąż uważać, tak jak to dzisiaj barwnie ujęto we wstępniaku w „Daily Mirror", że nigdy nie powinniśmy robić interesów z „Japońcami, tą bandą podżegaczy wojennych i łobuzów". Jednak ktoś z was mógł również odnotować sukces Westminster Bank, który został partnerem Deutsche Bank przy budowie nowej fabryki mercedesów w Dortmundzie. Zaoferowano nam podobną okazję. Chciałbym zatrzymać się na chwilę i poprosić, żeby każdy z was się zastanowił, jak będzie wyglądał biznes za piętnaście lat. Nie dziś i na pewno nie piętnaście lat temu. Czy nadal będziemy kierować się takimi samymi starymi uprzedzeniami, czy też pójdziemy do przodu i opowiemy się za nowym porządkiem, przyjmując do wiadomości, że jest teraz nowe pokolenie Japończyków, którego nie należy potępiać za przeszłość. Jeżeli ktoś w tym pokoju nie jest w stanie choćby pogodzić się z myślą o robieniu interesów z Japończykami, gdyż to otworzy stare rany, to teraz, w tej chwili, należy to wyraźnie powiedzieć, ponieważ bez waszego pełnego poparcia wspomniane przedsięwzięcie nie może się udać. Ostatnio wypowiedziałem te słowa w tysiąc dziewięćset czterdziestym siódmym roku, kiedy w końcu pozwoliłem człowiekowi z Lancashire otworzyć rachunek w Farthings.

Wybuch śmiechu, jaki wywołały te słowa, rozładował napięcie, aczkolwiek Cedric nie wątpił, że nadal będzie się natykał na sprzeciw wyższego personelu i że kilku bardziej konserwatywnych klientów może nawet przenieść się do innego banku.

– Mogę wam teraz tylko powiedzieć – ciągnął Cedric – że prezes Sony International z dwoma osobami z zarządu spółki zamierza odwiedzić Londyn za mniej więcej sześć tygodni. Wyraźnie dali do zrozumienia, że nie jesteśmy jedynym bankiem, do którego się zwracają, ale zarazem powiadomili mnie, że obecnie jesteśmy faworytami.

– Dlaczego Sony w ogóle bierze nas pod uwagę, prezesie, skoro jest kilka większych banków, które specjalizują się w tej dziedzinie? – zadał pytanie Adrian Sloane, dyrektor pionu obrotu walutowego.

– Możesz w to nie uwierzyć, Adrianie, ale w zeszłym roku przeprowadzono ze mną wywiad dla tygodnika „Economist" i na zdjęciu wykonanym w moim domu w Huddersfield widać w tle radio tranzystorowe marki Sony. Z takich kaprysów wyrastają fortuny.

– John Kenneth Galbraith – wyrwało się Sebastianowi.

Nagrodziły go oklaski paru osób z personelu, które normalnie nie odważyłyby się przerwać prezesowi, więc Sebastian oblał się rumieńcem, co mu się rzadko zdarzało.

– Dobrze wiedzieć, że mamy w tym pokoju przynajmniej jedną osobę wykształconą – zauważył prezes. – A zatem wracajmy do interesów. Jeżeli ktoś chce porozmawiać na ten temat na osobności, niech się nie zapowiada, tylko po prostu do mnie przyjdzie.

Gdy Cedric wrócił do biura, Sebastian prędko podążył za nim i natychmiast go przeprosił za tę spontaniczną uwagę.

– Nie przepraszaj, Seb. W gruncie rzeczy pomogłeś rozładować atmosferę i zarazem podniosłeś swój prestiż u starszego personelu. Miejmy nadzieję, że to zachęci innych, żeby w przyszłości stawić mi czoło. Ale pomówmy o ważniejszych sprawach. Mam dla ciebie robotę.

– Nareszcie – rzekł Sebastian, który miał już dosyć jazd windą w dół i w górę z cenionymi klientami banku tylko po to, żeby ujrzeć, jak drzwi zamykają mu się przed nosem w chwili, gdy znikali w gabinecie prezesa.

– Ile znasz języków?

– Pięć, jeśli wliczyć angielski. Ale już trochę zapomniałem hebrajskiego.

– Wobec tego masz sześć tygodni, żeby się nauczyć jako tako japońskiego.

– Kto to będzie oceniał?

– Prezes Sony International.

– A, to nie ma obawy.

– Jessica mi powiedziała, że podczas wakacji w willi rodzinnej w Toskanii podchwyciłeś włoski w trzy tygodnie.

– Podchwycić nie znaczy opanować – powiedział Sebastian. – Zresztą moja siostra lubi przesadzać – dodał, spoglądając na rysunek przedstawiający Cedrica w łóżku w Princess Alexandra Hospital, zatytułowany: "Portret umierającego mężczyzny".

— Nie mam na oku innego kandydata — oznajmił Cedric, wręczając Sebastianowi informator. — Uniwersytet Londyński obecnie prowadzi trzy kursy japońskiego — dla początkujących, średnio zaawansowanych i zaawansowanych. Będziesz więc mógł na każdy poświęcić dwa tygodnie. — Cedric miał przynajmniej tyle poczucia przyzwoitości, żeby się roześmiać.

Zadzwonił telefon na biurku prezesa. Cedric podjął słuchawkę, przez kilka chwil przysłuchiwał się rozmówcy, a potem powiedział:

— Jacob, miło, że mi oddzwaniasz. Chciałem z tobą zamienić parę słów o boliwijskim projekcie górniczym, bo wiem, że jesteś czołowym finansistą...

Sebastian wyszedł z pokoju, cicho zamykając za sobą drzwi.

— Kluczem do zrozumienia psychiki Japończyków jest etykieta — stwierdził profesor Marsh, spoglądając w górę na rzędy twarzy pełnych oczekiwania. — To w każdym calu tak ważne jak opanowanie języka.

Sebastian prędko odkrył, że zajęcia dla początkujących, średnio zaawansowanych i zaawansowanych odbywają się o różnych porach dnia, dzięki czemu mógł uczestniczyć w piętnastu lekcjach w tygodniu. To, łącznie z godzinami, które musiał poświęcić na studiowanie niezliczonych książek i przesłuchiwanie kilkunastu taśm magnetofonowych, prawie nie zostawiało mu czasu na jedzenie czy sen.

Profesor Marsh przywykł do widoku młodego człowieka, który siedział w pierwszym rzędzie na jego wykładach i z zapamiętaniem notował.

— Zacznijmy od ukłonu — powiedział profesor. — Ważne, aby zrozumieć, że ukłon u Japończyków wyjawia o wiele więcej niż uścisk ręki Brytyjczykom. Nie ma różnych stopni uścisku dłoni poza mocnym albo słabym, w efekcie uścisk ręki nie mówi nic o społecznej pozycji tych osób. U Japończyków istnieje za to cały kodeks dotyczący ukłonów. Zaczynając od góry, tylko cesarz nikomu się nie kłania. Jeżeli się spotyka kogoś o tej samej pozycji, obydwoje się kłaniają. – Profesor wykonał wyważony ruch głową. – Ale jeżeli na przykład prezes jakiejś spółki ma spotkanie z dyrektorem naczelnym, to prezes tylko skinie głową, podczas gdy dyrektor ukłoni się, zgiąwszy się w pasie. Gdyby robotnik spotkał prezesa, ukłoni się bardzo nisko, tak że nie spotkają się wzrokiem, a prezes może nawet nie zareagować, tylko przejść obok.

– A więc – powiedział Sebastian, kiedy wrócił do banku późnym popołudniem – gdybym był Japończykiem, a pan prezesem, ukłoniłbym się bardzo nisko, żeby pokazać, że znam swoje miejsce.

– Wolne żarty – zakpił Cedric.

– A pan – ciągnął Sebastian, nie reagując na tę uwagę – albo by skinął głową, albo po prostu mnie wyminął. Jak więc pierwszy raz zobaczy pan Moritę, a to spotkanie odbędzie się w naszym kraju, to pan pozwoli, żeby on pierwszy skłonił głowę, odpowie mu pan tym samym, a potem wymienicie panowie służbowe wizytówki. Gdyby pan naprawdę chciał zrobić na nim wrażenie, to pańska wizytówka po jednej stronie powinna mieć napisy angielskie, a po drugiej japońskie. Kiedy pan Morita przedstawi towarzyszącego mu dyrektora naczelnego, ten wykona głęboki ukłon, ale pan tylko lekko schyli głowę. A gdy Morita zaprezentuje trzecią osobę, ta ukłoni się jeszcze niżej, a pan znów wykona tylko lekki ruch głową.

– Czyli że mam tylko kiwać głową. Czy jest ktoś, komu powinienem złożyć ukłon?

– Tylko cesarz, ale nie sądzę, żeby akurat teraz oczekiwał krótkoterminowego kredytu. Pan Morita ujrzy, że stawia go pan wyżej od jego towarzyszy i, co równie ważne, ci towarzysze docenią szacunek, jaki okazał pan ich prezesowi.

– Uważam, że ta filozofia powinna zostać natychmiast wprowadzona do naszego banku – rzekł Cedric.

– I jest jeszcze delikatna sprawa etykiety podczas wspólnego obiadu – kontynuował Sebastian. – W restauracji pan Morita musi zamówić najpierw i być najpierw obsłużony, ale nie może zacząć jeść, zanim pan zacznie. Jego towarzysze nie mogą zacząć przed nim, ale muszą skończyć tuż przedtem, zanim on skończy.

— Wyobraź sobie, że jesteś na przyjęciu dla szesnastu osób i jesteś najmłodszy ze wszystkich obecnych...

— Dostałbym niestrawności – uznał Sebastian. – Jednak po zakończeniu posiłku pan Morita nie odejdzie od stolika, dopóki pan nie wstanie i nie poprosi, żeby do pana dołączył.

— A co z kobietami?

— To jest pole minowe – zawyrokował Sebastian. – Japończyk nie rozumie, dlaczego Anglik wstaje, kiedy kobieta wchodzi do pokoju, pozwala, żeby pierwsza została obsłużona, i nie podniesie noża i widelca, dopóki żona tego nie uczyni.

— Czy sugerujesz, że byłoby lepiej, gdyby Beryl została w Huddersfield?

— To byłoby rozsądne, zważywszy na okoliczności.

— A co, gdybyś ty jadł z nami obiad, Seb?

— Musiałbym zamówić jako ostatni, być obsłużony jako ostatni, zacząć jeść jako ostatni i jako ostatni wstać od stolika.

— Znów coś nowego – zauważył Cedric. – Przy okazji, kiedyś się tego wszystkiego wyuczył?

— Dziś przed południem – odparł Sebastian.

Sebastian zrezygnowałby z zajęć dla początkujących z końcem pierwszego tygodnia, gdyby nie pewna dystrakcja. Usiłował się skoncentrować na tym, co mówi profesor Marsh, ale co chwilę oglądał się za siebie i zerkał na tę kobietę. Co prawda była o wiele starsza od Sebastiana, miała trzydzieści, a może nawet trzydzieści pięć lat, lecz była bardzo atrakcyjna, a chłopcy w banku zapewniali go, że kobiety, które pracują w City, często wolą młodszych mężczyzn.

Sebastian znów się odwrócił i na nią spojrzał, ale ona słuchała uważnie każdego słowa profesora. Czy też udawała taką twardą sztukę? Był tylko jeden sposób, żeby się przekonać.

Kiedy wykład się skończył, Sebastian wyszedł za nią z sali i uznał, że jest tak samo atrakcyjna z tyłu. Wąska spódnica odsłaniała smukłe nogi i Sebastian z przyjemnością podążył za kobietą do baru studenckiego. Poczuł się pewniej, kiedy podeszła prosto do kontuaru, a barman od razu sięgnął po butelkę z białym winem. Sebastian usadowił się na stołku barowym koło kobiety.

– Spróbuję zgadnąć: lampkę chardonnay dla pani. A dla mnie piwo.

Uśmiechnęła się.

– Już podaję – powiedział barman.

– Mam na imię Seb.

– A ja Amy – odparła.

Zaskoczył go jej amerykański akcent. Czy będzie miał okazję się dowiedzieć, czy amerykańskie dziewczęta są takie łatwe, jak twierdzili faceci w banku?

– To czym się zajmujesz, gdy się nie uczysz japońskiego? – spytał Sebastian, kiedy barman postawił napitki na kontuarze.

– Należą się cztery szylingi.

Sebastian podał barmanowi dwie półkoronówki i powiedział:

– Proszę zatrzymać resztę.

– Niedawno przestałam pracować jako stewardesa.

Nie może być lepiej, pomyślał Sebastian.

– Dlaczego odeszłaś?

– Tam zawsze szukają młodszych.

– Ale ty nie masz więcej niż dwadzieścia pięć lat.

– Chciałabym – westchnęła, pociągnąwszy łyk wina. – A co ty robisz?

– Jestem na wysokim stanowisku w banku handlowym.

– To ekscytujące.

– No pewnie – powiedział Sebastian. – Dzisiaj zawarłem umowę z Jacobem Rothschildem na kupno kopalni cyny w Boliwii.

– Ho, ho! Przy tobie moje życie wydaje się szare. A dlaczego uczysz się japońskiego?

– Dyrektor oddziału Dalekiego Wschodu właśnie awansował i jestem kandydatem na jego miejsce.

– Czy nie jesteś trochę za młody na takie odpowiedzialne stanowisko?

– Bankowość to zajęcie dla młodych – powiedział Sebastian, gdy kobieta dopiła wino. – Postawić ci następne?

– Nie, dziękuję. Mam mnóstwo do powtórki, więc lepiej pójdę do domu, jeśli jutro mam się stawić na zajęcia.

– Może będę ci towarzyszył i razem będziemy powtarzać?

– To brzmi kusząco – powiedziała – ale pada deszcz, więc musimy złapać taksówkę.

– Zostaw to mnie – powiedział z ciepłym uśmiechem.

Sebastian prawie wybiegł z baru prosto w strumienie deszczu. Znalezienie taksówki zajęło mu trochę czasu i kiedy w końcu udało mu się zatrzymać jedną, pomyślał z nadzieją, że może Amy nie mieszka daleko, bo zostało mu tylko trochę drobnych. Spostrzegł, że ona stoi za oszklonymi drzwiami, i zamachał do niej.

– Dokąd, szefie?

– Nie jestem pewien, nie wiem, gdzie mieszka ta pani – odparł Sebastian, mrugnąwszy to taksówkarza. Odwrócił się i ujrzał, że Amy biegnie do taksówki, więc prędko otworzył tylne drzwi, żeby nie zmokła. Wśliznęła się do środka i właśnie chciał przy niej usiąść, kiedy głos z tyłu powiedział:

– Dziękuję, Clifton. To miło z twojej strony, że znalazłeś mojej żonie taksówkę w taką okropną pogodę. Do zobaczenia jutro – dodał profesor i zatrzasnął drzwi samochodu.

15

– Dzień dobry panu, panie Morita. Jak miło pana poznać – powiedział Cedric, zgrabnie skłoniwszy głowę.
– I mnie miło pana poznać, panie Hardcastle – odparł jego rozmówca, oddając ukłon. – Czy mogę przedstawić dyrektora naczelnego, pana Ueyamę? – Ten z kolei zrobił krok do przodu i ukłonił się z szacunkiem. Cedric znowu skinął głową. – I mojego osobistego sekretarza, pana Ono. – Ten ukłonił się jeszcze niżej, ale Cedric odpowiedział tylko nieznacznym ruchem głowy.
– Zechce pan usiąść, panie Morita – powiedział Cedric i czekał, aż gość zajmie miejsce, i dopiero wtedy usiadł za biurkiem. – Mam nadzieję, że miał pan przyjemny lot.
– Tak, dziękuję. Udało mi się złapać trochę snu między Hongkongiem a Londynem, i to nadzwyczaj uprzejme, że wysłał pan samochód i swojego sekretarza po nas na lotnisko.
– Cała przyjemność po mojej stronie. A czy pański hotel jest wygodny?
– Dziękuję, jestem bardzo zadowolony, poza tym stamtąd jest blisko do City.
– Cieszę się, że to słyszę. A więc, czy możemy teraz przystąpić do interesów?
– Nie, nie, nie! – zaprotestował Sebastian, podrywając się z miejsca. – Żaden japoński dżentelmen nie będzie rozmawiał o interesach, dopóki nie zostanie poczęstowany herbatą. W Tokio gejsza sprawowałaby ceremonię picia herbaty i trwałoby to co najmniej pół godziny albo więcej, w zależności od rangi gościa. Oczywiście on może nie przyjąć propozycji, mimo to będzie jej oczekiwał.
– Zapomniałem – przyznał Cedric. – Głupi błąd i nie po-

pełnię go w tym dniu. Dzięki Bogu będziesz tutaj i uratujesz mnie, gdybym to zrobił.
– Nic z tego – powiedział Sebastian. – Będę siedział z tyłu z panem Ono. Będziemy obaj sporządzać notatki z waszej rozmowy i żaden z nas nie odważy się przerwać panom i władcom.
– To kiedy będę mógł pomówić o interesach?
– Dopiero kiedy pan Morita pociągnie pierwszy łyk z drugiej filiżanki herbaty.
– Ale czy podczas pogawędki powinienem wspomnieć o mojej żonie i rodzinie?
– Tylko wtedy, kiedy on pierwszy podejmie ten temat. Od jedenastu lat są małżeństwem z Yoshiko, która czasem towarzyszy mu w podróżach zagranicznych.
– Mają dzieci?
– Trójkę: dwóch synków, sześcioletniego Hideo i czteroletniego Masao, oraz córeczkę Naoko, która ma tylko dwa lata.
– Czy mogę mu powiedzieć, że mój syn jest adwokatem i niedawno został radcą królewskim?
– Tylko jeśli pierwszy wspomni o swoich dzieciach, co jest mało prawdopodobne.
– Rozumiem – powiedział Cedric. – Przynajmniej tak mi się wydaje. Czy myślisz, że prezesi innych banków też będą się tak wysilać?
– Powinni, jeżeli tak jak panu zależy im na tym kontrakcie.
– Jestem ci bardzo wdzięczny, Seb. A jak ci idzie nauka japońskiego?
– Wszystko było dobrze, dopóki nie zrobiłem z siebie kompletnego głupka, podrywając żonę profesora.
Cedric nie mógł opanować śmiechu, kiedy Sebastian zdał mu szczegółową relację z wydarzeń z poprzedniego wieczoru.
– Przemokłeś, powiadasz?
– Do suchej nitki. Nie wiem, skąd mój problem z kobietami, bo chyba nie ciągną do mnie jak do innych chłopaków z banku.

– Coś ci powiem o tych chłopakach. Jak tylko wypiją dwa duże piwa, to zaraz odstawiają Jamesa Bonda. I wierz mi, w większości to tylko przechwałki.

– Czy miał pan taki sam problem, kiedy był pan w moim wieku?

– Na pewno nie – odparł Cedric. – Ale ja spotkałem Beryl, kiedy miałem sześć lat, i od tamtej pory nie obejrzałem się za inną kobietą.

– Sześć? – powiedział Sebastian. – Jest pan gorszy od mojej mamy. Ona się zakochała w moim tacie, kiedy miała dziesięć lat, i potem biedak nie miał już szans.

– Ani ja – przyznał Cedric. – Widzisz, Beryl była dyżurną od mleka w podstawówce w Huddersfield, a ja zawsze prosiłem o dolewkę... apodyktyczna smarkula. Właściwie wciąż jest taka. Ale ja nigdy nie chciałem nikogo innego.

– I nigdy nie spojrzał pan na inną kobietę?

– Owszem, spojrzałem, ale nic poza tym. Jak trafiłeś na złoto, to po co szukać mosiądzu?

Sebastian się uśmiechnął.

– To skąd będę wiedział, że trafiłem na złoto?

– Będziesz wiedział, mój chłopcze. Wierz mi, będziesz wiedział.

Sebastian przez dwa ostatnie tygodnie przed przylotem pana Mority uczęszczał na każdy wykład profesora Marsha, ale ani razu nie zerknął na jego żonę. Wieczorem wracał do domu wujka Gilesa na Smith Square i po lekkiej kolacji, podczas której nie korzystał z noża i widelca i posługiwał się pałeczkami, wracał do swojego pokoju, czytał, słuchał taśm i regularnie ćwiczył ukłony przed stojącym lustrem.

W wieczór poprzedzający premierę czuł, że jest gotów. No, może w połowie gotów.

Giles przyzwyczaił się do ukłonów składanych mu przez Sebastiana co rano, gdy wchodził do pokoju śniadaniowego.

– A ty powinieneś odpowiedzieć mi skinieniem głowy, bo inaczej nie będę mógł usiąść – powiedział Sebastian.

– Zaczyna mi się to podobać – przyznał Giles. Do pokoju weszła Gwyneth. – Dzień dobry, kochanie – powiedział. Obydwaj mężczyźni podnieśli się z miejsc.

– Przed frontowymi drzwiami stoi elegancki daimler – zauważyła Gwyneth, siadając naprzeciw Gilesa.

– Tak, mam nim pojechać na Lotnisko Londyńskie po pana Moritę.

– Ach, tak, oczywiście. Dzisiaj jest wielki dzień.

– Jasne – zgodził się Sebastian.

Dopił sok pomarańczowy, zerwał się z miejsca, wybiegł na korytarz i jeszcze raz przejrzał się w lustrze.

– Podoba mi się koszula – odezwała się Gwyneth, smarując grzankę – ale krawat jest trochę... konserwatywny. Myślę, że ten jedwabny niebieski, który miałeś na naszym ślubie, byłby bardziej stosowny.

– Masz rację – przyznał Sebastian i natychmiast pognał schodami na górę i zniknął w swojej sypialni.

– Powodzenia – rzucił Giles, kiedy siostrzeniec susami zbiegł po schodach.

– Dziękuję – krzyknął Sebastian przez ramię, wybiegając z domu.

Szofer pana Hardcastle'a stał przy tylnych drzwiach daimlera.

– Tom, chyba siądę koło ciebie z przodu, bo tu będę siedział w drodze powrotnej.

– Proszę bardzo – rzekł Tom, wchodząc do samochodu.

– Powiedz mi – zagadnął Sebastian, gdy samochód skręcił w prawo ze Smith Square na Embankment – jak byłeś młody...

– Bez przesady, chłopcze. Ja mam tylko trzydzieści cztery lata.

– Przepraszam. Spróbuję jeszcze raz. Jak byłeś kawalerem, to ile kobiet, no wiesz... zanim się ożeniłeś?

– Pieprzyłem? – rzucił Tom.

Sebastian mocno się zaczerwienił, ale wykrztusił:

– Tak.
– Nie wychodzi nam z panienkami, co?
– Aha.
– Hm, nie odpowiem na to pytanie, szefie, bo to by mnie postawiło w złym świetle.

Sebastian się roześmiał.

– Ale nie tyle, ile bym chciał, i nie tyle, ile nakłamałem kumplom.

Sebastian znowu się zaśmiał.

– A jak wygląda życie małżeńskie?
– W górę i w dół, jak Tower Bridge. Czemu o to pytasz, Seb? – spytał Tom, kiedy minęli Earl's Court. – Spotkałeś dziewczynę, która ci się spodobała?
– Gdyby tylko. Nie, po prostu jestem beznadziejny, gdy chodzi o kobiety. Jak spotkam dziewczynę, która mi się podoba, zawsze zawalę sprawę. Jakbym wysyłał niewłaściwe sygnały.
– Szkoda, bo przecież wszystko przemawia za tobą.
– Co masz na myśli?
– Przystojny z ciebie chłopak, choć trochę zadzierasz nosa, wykształcony, wygadany, pochodzisz z dobrej rodziny, to czego jeszcze ci trzeba?
– Jestem bez grosza.
– Możliwe. Ale masz potencjał, bracie, a dziewczyny to lubią. Zawsze myślą, że mogą to obrócić na swoją korzyść. Wierz mi, nie będziesz miał żadnych problemów w tej specjalności. Jak już się rozkręcisz, nie będziesz się oglądał za siebie.
– Marnujesz się, Tom. Powinieneś być filozofem.
– Nie pyskuj, chłopcze. Nie na mnie czeka miejsce w Cambridge. Powiem ci coś: gdyby tylko było można, zamieniłbym się z tobą miejscami.

Ta myśl nigdy nie przyszłaby Sebastianowi do głowy.

– Uważasz, ja się nie skarżę. Mam dobrą robotę, pan Hardcastle to brylant, Linda jest w porządku. Ale gdybym miał taki start w życiu jak ty, nie byłbym szoferem, to pewne.
– A kim byś był?

— Do tej pory miałbym już park samochodowy i byś mówił do mnie „sir".

Sebastian nagle poczuł się winny. Uważał, że tak wiele mu się należy, a nigdy nie myślał o tym, jak żyją inni ludzie, ani o tym, że mogą go uważać za uprzywilejowanego. Milczał już przez resztę podróży, do głębi świadom, że urodzenie to pierwszy bilet w loterii życia.

Tom przerwał milczenie, kiedy skręcił z Great West Road.

— Czy my naprawdę jedziemy po trzech Japońców?

— Zachowuj się przyzwoicie, Tom. Jedziemy po trzech japońskich dżentelmenów.

— Nie zrozum mnie źle. Nie mam nic przeciwko tym małym żółtym draniom. To się rozumie, że tylko dlatego poszli na wojnę, bo dostali taki rozkaz.

— Jesteś też historykiem, Tom — stwierdził Sebastian, gdy samochód zatrzymał się przed dworcem lotniczym. — Trzymaj tylne drzwi otwarte i włącz silnik, jak tylko mnie zobaczysz, bo ci trzej dżentelmeni są bardzo ważni dla pana Hardcastle'a.

— Nie ruszę się z miejsca. Będę stał na baczność — rzekł Tom. — Ćwiczyłem nawet ukłony, może nie?

— Bardzo niskie, czy tak? — powiedział Sebastian z szerokim uśmiechem.

Chociaż na tablicy przylotów pokazano, że samolot będzie o czasie, Sebastian był godzinę wcześniej. Kupił sobie letnią kawę w małej, zatłoczonej kafejce, wziął „Daily Mail" i przeczytał o dwóch małpach, które Amerykanie wysłali w przestrzeń kosmiczną i które właśnie wróciły bezpiecznie na Ziemię. Odwiedził dwukrotnie ubikację, trzykrotnie sprawdził w lustrze krawat — Gwyneth miała rację — i przemierzał tam i z powrotem hol, powtarzając tysięczny raz: „Dzień dobry panu, panie Morita, witam w Anglii" po japońsku, po czym nisko się kłaniał.

— Samolot Japońskich Linii Lotniczych z Tokio, lot numer

tysiąc dwadzieścia siedem, przed chwilą wylądował – zabrzmiał w głośniku afektowany głos.

Sebastian natychmiast wybrał miejsce przed wyjściem dla przylatujących, skąd miał dobry widok na pasażerów wychodzących po odprawie celnej. Nie przewidział, że tym samolotem przyleci wielu japońskich biznesmenów, a nie miał pojęcia, jak wyglądają pan Morita i jego koledzy.

Za każdym razem, kiedy przez bramkę wychodziło razem trzech pasażerów, Sebastian występował do przodu, nisko się kłaniał i przedstawiał się. Trafił dopiero za czwartym razem, ale był tak podenerwowany, że swoje krótkie powitanie wygłosił po angielsku.

– Dzień dobry panu, panie Morita, witam w Anglii – wyrecytował, zginając się w ukłonie. – Jestem osobistym asystentem pana Hardcastle'a i mam samochód, który czeka, żeby zawieźć pana do Savoyu.

– Dziękuję panu – powiedział pan Morita angielszczyzną, która była o wiele lepsza od japońszczyzny Sebastiana. – To było nadzwyczaj uprzejme ze strony pana Hardcastle'a, że zadał sobie tyle trudu.

Ponieważ pan Morita nawet nie próbował przedstawić swoich dwóch towarzyszy, Sebastian od razu poprowadził ich do wyjścia. Z ulgą stwierdził, że Tom stoi wyprostowany jak struna przy otwartych tylnych drzwiach samochodu.

– Dzień dobry, sir – powiedział Tom z niskim ukłonem, ale pan Morita i jego koledzy nie zareagowali i wsiedli do samochodu.

Sebastian usiadł z przodu i samochód włączył się w strumień pojazdów powoli zmierzających do Londynu. Nie odzywał się podczas jazdy do Savoyu, natomiast pan Morita cicho gawędził z kolegami w ojczystym języku. Czterdzieści minut później daimler zatrzymał się przed hotelem. Trzech portierów podbiegło do samochodu i zabrało się do wyładowywania bagaży.

Gdy pan Morita stanął na chodniku, Sebastian nisko się ukłonił.

— Wrócę o jedenastej trzydzieści — oznajmił po angielsku — tak żeby pan zdążył na spotkanie z panem Hardcastle'em o dwunastej.

Pan Morita skinął głową, a tymczasem dyrektor hotelu podszedł do niego i powiedział:

— Witam znowu w Savoyu, Morita-san. — Nisko się skłonił.

Sebastian wsiadł do samochodu dopiero wtedy, gdy pan Morita zniknął w obrotowych drzwiach hotelu.

— Musimy wracać do biura, i to piorunem.

— Ale mnie wydano polecenie, żeby nie ruszać się z miejsca — sprzeciwił się Tom — na wypadek, gdyby pan Morita chciał skorzystać z samochodu.

— Mam gdzieś te polecenia — powiedział Sebastian. — Wracamy do biura, i to natychmiast, pospiesz się.

— Na twoją odpowiedzialność — rzucił Tom, a potem wystrzelił do przodu niewłaściwą stroną drogi i wyjechał na Strand. Dwadzieścia dwie minuty później zajechali przed Farthings Bank.

— Obróć samochód i miej silnik włączony — powiedział Sebastian. — Wrócę najszybciej jak się da.

Wyskoczył z samochodu, wpadł do budynku, skierował się do najbliższej windy i gdy dotarł na piąte piętro, popędził korytarzem i wmaszerował do biura prezesa bez pukania. Adrian Sloane odwrócił się z miną pełną dezaprobaty do intruza, który bez ceregieli przerwał spotkanie z prezesem.

— Chyba ci poleciłem, żebyś został w Savoyu — powiedział Cedric.

— Coś się wydarzyło, panie prezesie, i mam tylko parę minut, żeby pana o tym poinformować.

Sloane był jeszcze bardziej niezadowolony, kiedy Hardcastle poprosił, żeby ich zostawił samych i wrócił za kilka minut.

— O co chodzi? — spytał Sebastiana, gdy zamknęły się drzwi.

— Pan Morita ma spotkanie w Westminster Bank dziś o trzeciej po południu i następne w Barclays Bank jutro o dziesiątej rano. On i jego doradcy niepokoją się, że Farthings nie udzielał wcześniej wielu kredytów spółkom, i musi ich pan przekonać, że jest pan w stanie przeprowadzić tak wielką transakcję. Poza tym oni wiedzą wszystko o panu, nawet to, że pan zostawił szkołę w wieku piętnastu lat.

– A więc on czyta po angielsku – skwitował Cedric. – Ale jak dowiedziałeś się tego wszystkiego, bo nie wierzę, żeby sami udzielili ci tych informacji.

– Nie, ale nie mieli pojęcia, że ja znam japoński.

– Więc dalej niech nie wiedzą – powiedział Cedric. – To może się przydać później. A teraz wracaj do Savoyu, i to szybko.

– Jeszcze jedno – odezwał się Sebastian, zmierzając do drzwi. – To nie pierwszy raz pan Morita zatrzymuje się w Savoyu. Dyrektor hotelu przywitał go, jakby był częstym gościem. Aha, i sobie przypomniałem, że oni by chcieli dostać trzy bilety na *My Fair Lady*, ale im powiedziano, że wszystko wyprzedane.

Prezes podjął słuchawkę telefonu i powiedział:

– Sprawdź, gdzie grają *My Fair Lady*, i połącz mnie z kasą biletową.

Sebastian wypadł z pokoju, przemknął korytarzem, w duchu zaklinając windę, żeby stała na najwyższym piętrze. Nie było jej tam i trwało to całą wieczność, zanim powróciła. Gdy wreszcie się zjawiła, stawała na każdym piętrze w drodze na parter. Sebastian wybiegł z budynku, wskoczył do samochodu, spojrzał na zegarek i powiedział:

– Mamy dwadzieścia sześć minut, żeby zdążyć do Savoyu.

Sebastian nie pamiętał, żeby ruch samochodowy był kiedy tak niemrawy. Wydawało się, że wszystkie światła zmieniają się na czerwone, kiedy się do nich zbliżali. I dlaczego przejścia dla pieszych były tak zatłoczone dzisiejszego przedpołudnia?

Tom zajechał na Savoy Place dwadzieścia siedem po jedenastej; przed hotelem stał cały szereg limuzyn, z których wysiadali pasażerowie. Sebastian nie mógł czekać, zatem, ze słowami profesora Marsha dźwięczącymi mu w uszach „Japończycy nigdy nie spóźniają się na spotkanie i uważają za zniewagę, jeżeli nie stawisz się na czas", wyskoczył z samochodu i puścił się biegiem ulicą do hotelu.

Dlaczego nie skorzystałem z telefonu hotelowego, zadał sobie pytanie na długo przedtem, zanim dotarł do frontowych drzwi. Śmignął koło portiera i wskoczył w obrotowe drzwi, wypchnąwszy jakąś kobietę na ulicę o wiele szybciej, niż zamierzała wyjść.

Spojrzał na zegar w foyer: 11.29. Podszedł prędko do wind, poprawił krawat w lustrze i głęboko odetchnął. Zegar wybił dwa uderzenia, drzwi windy się otworzyły i ukazał się pan Morita i jego dwóch towarzyszy. Obdarzył Sebastiana uśmiechem, ale wszak był przekonany, że młodzieniec stoi tutaj od półgodziny.

16

Sebastian otworzył drzwi, przepuszczając do gabinetu prezesa pana Moritę i jego towarzyszy.

Wychodząc im na powitanie, Cedric pierwszy raz w życiu czuł się wysoki. Już chciał się ukłonić, kiedy pan Morita wyciągnął do niego rękę.

– Cieszę się, że mogę pana poznać – rzekł Cedric, ściskając rękę Mority i szykując się do następnego ukłonu, ale Morita się odwrócił i powiedział: – Czy mogę panu przedstawić dyrektora naczelnego, pana Ueyamę. – Ten postąpił do przodu i też wymienił uścisk ręki z Cedrikiem. Prezes chciał podać rękę panu Ono, ale ten dzierżył w obu rękach duże pudełko.

– Zechciejcie panowie usiąść – poprosił Cedric, usiłując wrócić do przygotowanego tekstu.

– Dziękujemy – odparł Morita. – Ale najpierw, jak nakazuje zaszczytna japońska tradycja, należy wymienić prezenty z nowym przyjacielem.

Osobisty asystent wystąpił do przodu i podał pudełko panu Moricie, a ten wręczył je Cedricowi.

– To bardzo uprzejmie z pańskiej strony – powiedział Cedric z lekka zakłopotany, jako że trzej jego goście nadal stali, widać oczekując, że otworzy pudełko.

Nie spieszył się, najpierw zdjął niebieską wstążkę, starannie zawiązaną w kokardę, potem złoty papier, zastanawiając się, co mógłby ofiarować Moricie. Czy będzie musiał poświęcić swojego Henry'ego Moore'a? Zerknął na Sebastiana, raczej z nadzieją niż z oczekiwaniem, ale on był tak samo zakłopotany. O tradycyjnej wymianie podarunków prawdopodobnie mówiono na jednym z nielicznych wykładów, które opuścił.

Cedric zdjął z pudełka pokrywę i aż zaniemówił, ostrożnie unosząc piękną, delikatną wazę w kolorze turkusu i czerni.

Sebastian, który stał w głębi pokoju, zrobił krok do przodu, ale się nie odezwał.

– Wspaniała – powiedział Cedric. – Zdjął z biurka flakon z kwiatami i na jego miejsce postawił piękną owalną wazę. – Kiedykolwiek w przyszłości zajdzie pan, panie Morita, do mojego biura, zawsze ujrzy pan tę wazę na moim biurku.

– Jestem wielce zaszczycony – rzekł Morita i pierwszy raz się ukłonił.

Sebastian postąpił jeszcze o krok i zbliżył się do pana Mority. Zwrócił się do prezesa.

– Czy pozwoli mi pan zadać panu Moricie pytanie?

– Oczywiście – odparł Cedric, mając nadzieję, że Sebastian spieszy mu z odsieczą.

– Czy mógłbym poznać nazwisko garncarza, Morita-san?

– Shōji Hamada – odparł Morita z uśmiechem.

– To wielki honor otrzymać dar wykonany przez mistrza uznawanego za jednego z żyjących skarbów narodowych. Gdyby prezes wiedział, byłby ofiarował panu podobny prezent roboty jednego z naszych najdoskonalszych garncarzy, który napisał książkę o dziele pana Hamady. – Te wszystkie niezliczone godziny rozmów z Jessicą w końcu przyniosły pożytek.

– Pan Bernard Leach – powiedział Morita. – Mam to szczęście, że posiadam trzy okazy jego wyrobu w mojej kolekcji.

– Jednak nasz prezent, wybrany przez mojego prezesa, chociaż nie tak wartościowy, niemniej ofiarowany jest w tym samym duchu przyjaźni.

Cedric się uśmiechnął. Nie mógł się doczekać, kiedy się dowie, co to za prezent.

– Prezes nabył trzy bilety na wieczorne przedstawienie *My Fair Lady* w Teatrze Królewskim na Drury Lane. Jeśli panowie pozwolą, przyjdę po panów do hotelu o siódmej i zaprowadzę was do teatru na spektakl, który się zaczyna o wpół do ósmej.

– Trudno wymyślić milszy prezent – ucieszył się pan Morita. Zwrócił się do Cedrica i dodał: – Czuję się niegodny pańskiej troskliwości i wspaniałomyślności.

Cedric się ukłonił, ale wiedział, że nie może teraz powiadomić Sebastiana, że już dzwonił do teatru, gdzie mu powiedziano, że bilety są wyprzedane na następne dwa tygodnie. Apatyczny głos go poinformował: „Zawsze może pan stanąć w kolejce po zwroty". To będzie zajęcie Sebastiana na resztę dnia.

– Zechce pan usiąść – powiedział Cedric do Mority, próbując ochłonąć. – Może napije się pan herbaty?

– Nie, dziękuję, ale jeśli można, to poprosiłbym o kawę.

Cedric pomyślał z żalem o sześciu różnych mieszankach herbaty z Indii, Cejlonu i Malajów, które wybierał w Carwardine's na początku tygodnia, odrzuconych jednym zdaniem. Nacisnął przycisk telefonu i pomodlił się w duchu, żeby jego sekretarka piła kawę.

– Panno Clough, proszę podać kawę. – I odłożywszy telefon, zwrócił się do Mority: – Mam nadzieję, że miał pan przyjemny lot.

– Niestety, za dużo przerw w podróży. Nie mogę się doczekać dnia, kiedy będzie można latać z Tokio do Londynu non stop.

– Co za pomysł – powiedział Cedric. – I mam nadzieję, że pański hotel jest wygodny.

– Zawsze zatrzymuję się w Savoyu. Tak blisko stamtąd do City.

– Tak, oczywiście – zgodził się Cedric. Znowu został zaskoczony.

Pan Morita pochylił się do przodu, popatrzył na fotografie na biurku Cedrica i spytał:

– To pańska żona i syn?

– Tak – odparł Cedric, niepewny, czy powinien podać więcej szczegółów.

– Żona rozlewała mleko w szkole, syn jest radcą królewskim?

– Tak – powiedział nieporadnie Cedric.

– Moi synowie – oznajmił Morita, wyjął portfel z wewnętrznej kieszeni marynarki, wyciągnął dwie fotografie i położył je na biurku przed Cedrikiem. – Hideo i Masao chodzą do szkoły w Tokio.

Cedric obejrzał zdjęcia i zdał sobie sprawę, że czas odejść od przygotowanego tekstu.

– A pańska żona?

– Pani Morita nie mogła tym razem przyjechać do Anglii, bo nasza córeczka, Naoko, zachorowała na ospę.

– Przykro mi – powiedział Cedric.

W tym momencie delikatnie zapukano do drzwi i do pokoju weszła panna Clough, niosąc tacę z kawą i herbatnikami. Cedric podnosił filiżankę do ust i zastanawiał się, co by tu powiedzieć, kiedy Morita zasugerował:

– Może czas pomówić o interesach?

– Tak, oczywiście – zgodził się Cedric, odstawiając filiżankę. Otworzył teczkę leżącą na biurku, żeby przypomnieć sobie najważniejsze punkty, które podkreślił wczoraj wieczorem. – Chciałbym panu na początku powiedzieć, że krótkoterminowe pożyczki ze stałym oprocentowaniem to nie jest dziedzina, w której Farthings zdobył sobie renomę. Jednak, ponieważ pragniemy nawiązać długotrwałe stosunki z pańską znakomitą firmą, to mam nadzieję, że da nam pan okazję, abyśmy się sprawdzili.

Morita skinął głową.

– Biorąc pod uwagę, że kwota, jakiej sobie życzycie, wynosi dziesięć milionów funtów z krótkoterminowym, pięcioletnim okresem zwrotu przy stałym oprocentowaniu, po zapoznaniu się z waszymi ostatnimi danymi liczbowymi dotyczącymi przepływów gotówkowych i z bieżącym kursem dewizowym jena, uważamy, że realistyczny procent…

Teraz, znalazłszy się z powrotem na bezpiecznym gruncie, Cedric pierwszy raz się odprężył. W ciągu czterdziestu minut przedstawił swoje koncepcje i odpowiedział na każde pytanie pana Mority. Zdaniem Sebastiana, jego szef nie mógł się lepiej zaprezentować.

– Czy mogę zasugerować, żeby sporządził pan umowę, panie Hardcastle? Nie wątpiłem, na długo nim wyleciałem z Tokio, że to pan jest człowiekiem, z którym należy załatwiać te interesy. Teraz, po pańskiej prezentacji, jestem o tym jeszcze bardziej przekonany. Mam jeszcze dwa spotkania w innych bankach, ale to tylko po to, aby zapewnić moich udziałowców, że rozważam różne możliwości. Zadbaj o rina, a jen sam o siebie zadba.

Obaj mężczyźni się roześmiali.

– Jeżeli ma pan czas – powiedział Cedric – to może zechciałby pan zjeść ze mną lunch? W City otworzono niedawno japońską restaurację, która cieszy się doskonałą opinią, więc pomyślałem...

– Ależ proszę się zastanowić, panie Hardcastle. Przecież nie po to przeleciałem sześć tysięcy mil, żeby szukać restauracji japońskiej. Nie, zapraszam pana do Rules, gdzie uraczymy się pieczenią wołową i yorkshirskim puddingiem, potrawami odpowiednimi dla człowieka z Huddersfield, jak sądzę.

Obaj panowie znowu wybuchnęli śmiechem.

Kiedy kilka minut później wychodzili z biura, Cedric został w tyle i szepnął Sebastianowi do ucha:

– Dobra myśl, ale skoro nie ma już biletów na dzisiejsze przedstawienie *My Fair Lady*, będziesz musiał cały dzień stać w kolejce po zwroty. Miejmy tylko nadzieję, że nie będzie padało, bo znów byś zmókł – dodał i dołączył do pana Mority na korytarzu.

Sebastian nisko się skłonił, kiedy Cedric i jego goście wsiadali do windy, by zjechać na dół. Kilka minut kręcił się na piątym piętrze i nie przywoływał windy, dopóki nie był pewien, że tamci są już w drodze do restauracji.

Wyszedłszy z banku, Sebastian zatrzymał taksówkę.

– Teatr Królewski, Drury Lane – polecił.

Gdy dwadzieścia minut później zajechali pod teatr, pierwsze, co spostrzegł, to długą kolejkę po zwroty. Zapłacił taksówkarzowi, wszedł do teatru i skierował się prosto do kasy.

– Nie przypuszczam, żeby miała pani trzy bilety na dzisiejszy wieczór? – zagaił.

– To prawidłowe przypuszczenie, mój złociutki – odparła

kobieta w okienku. – Oczywiście może pan stanąć w kolejce po zwroty, ale tylko niewielu dostanie się do środka przed Bożym Narodzeniem.

– Nie dbam o koszty.

– Tak wszyscy mówią, mój złociutki. Stoją w kolejce tacy, co mówią, że to ich dwudzieste pierwsze urodziny albo że pięćdziesiąta rocznica ślubu... nawet jeden mi się oświadczył.

Sebastian wyszedł z teatru i stanął na chodniku. Ponownie popatrzył na kolejkę, która jeszcze urosła w ciągu tych kilku minut, i zaczął się zastanawiać, co robić. Nagle sobie przypomniał coś, o czym kiedyś przeczytał w jednej z powieści ojca. Zdecydował, że sprawdzi, czy mu się to uda, tak jak się udało Williamowi Warwickowi.

Zbiegł z góry w stronę Strandu, przemykając się między samochodami, i był pod Savoyem kilka minut później. Podszedł prosto do recepcji i zapytał recepcjonistkę o nazwisko głównego portiera.

– Albert Southgate – powiedziała.

Sebastian podziękował jej i powędrował do konsjerża, jakby był gościem hotelu.

– Czy jest Albert? – zapytał.

– Myślę, proszę pana, że już wyszedł na lunch, ale zaraz sprawdzę.

Mężczyzna zniknął w pomieszczeniu z tyłu.

– Bert, jakiś dżentelmen o ciebie pyta.

Sebastian nie musiał długo czekać na pojawienie się starszego mężczyzny w niebieskim płaszczu ze złotymi galonami na mankietach, błyszczącymi złotymi guzikami i dwoma rzędami medali za udział w wojnie, z których jeden rozpoznał. Mężczyzna rzucił Sebastianowi nieufne spojrzenie i spytał:

– W czym mogę panu pomóc?

– Mam pewien problem – rzekł Sebastian, wciąż niepewny, czy może zaryzykować. – Mój wuj, sir Giles Barrington, raz mi powiedział, że gdybym kiedyś się zatrzymał w Savoyu i czegoś potrzebował, to mam pogadać z Albertem.

– To ten dżentelmen, który zdobył Krzyż Wojenny pod Tobrukiem?
– Tak – odparł zaskoczony Sebastian.
– Niewielu tam przeżyło. Paskudna sprawa. Jak mogę pomóc?
– Sir Giles potrzebuje trzech biletów na *My Fair Lady*.
– Na kiedy?
– Na dziś wieczór.
– Chyba pan żartuje.
– I nie dba o to, ile to będzie kosztowało.
– Poczekaj pan. Zobaczę, co się da zrobić.
Sebastian patrzył, jak Albert wychodzi z hotelu, przechodzi na drugą stronę ulicy i kieruje się w stronę Teatru Królewskiego. Przemierzał hol tam i z powrotem, od czasu do czasu wyglądając z niepokojem na Strand, ale minęło pół godziny, zanim główny portier pojawił się znów, dzierżąc kopertę. Wkroczył do hotelu i podał kopertę Sebastianowi.
– Trzy miejsca, rząd F, środek parteru.
– Fantastycznie. Ile jestem winien?
– Nic.
– Nie rozumiem – powiedział Sebastian.
– Kierownik kasy poprosił, żeby pozdrowić sir Gilesa – jego brat, sierżant Harris, zginął pod Tobrukiem.
Sebastianowi zrobiło się wstyd.

– Dobra robota, Seb, uratowałeś sytuację. Masz na dziś jeszcze tylko jedno zadanie: musisz dopilnować, żeby daimler czekał przed Savoyem, dopóki nie będziemy wiedzieli, że pan Morita i jego koledzy znaleźli się w cieplutkim łóżku.
– Ale z hotelu do teatru jest tylko dwieście metrów.
– To długa droga, gdyby padało, jak miałeś się okazję przekonać podczas krótkiego spotkania z żoną profesora Marsha. Poza tym możesz być pewien, że jeżeli my się nie postaramy, ktoś inny zrobi to za nas.

Sebastian wysiadł z samochodu i o wpół do siódmej wkroczył do Savoyu. Skierował się prosto do wind i cierpliwie czekał. Tuż po siódmej pojawili się pan Morita i jego dwaj koledzy. Sebastian złożył głęboki ukłon i podał im kopertę z trzema biletami.

– Dziękuję, młody człowieku – powiedział pan Morita.

Mężczyźni przemierzyli hol, pchnęli obrotowe drzwi i wyszli na ulicę.

– Samochód prezesa zawiezie panów do teatru – oznajmił Sebastian, a Tom otworzył tylne drzwi daimlera.

– Nie, dziękuję – rzekł Morita. – Spacer dobrze nam zrobi.

Trzej mężczyźni wyruszyli w kierunku teatru. Sebastian ponownie się ukłonił, a potem usiadł obok Toma.

– Dlaczego nie idziesz do domu? – spytał Tom. – Nie musisz tu tkwić, a gdyby zaczęło padać, podjadę do teatru i ich zabiorę.

– Ale może oni po przedstawieniu będą chcieli pójść na kolację albo do klubu nocnego. Czy znasz jakieś nocne kluby?

– To zależy, czego szukają.

– Nie *tego*, podejrzewam. Tak czy owak, nie ruszę się z miejsca, dopóki, jak powiedział pan Hardcastle, nie znajdą się w cieplutkim łóżku.

Nie było deszczu, nie spadła ani kropla, i do dziesiątej wieczór Sebastian dowiedział się wszystkiego o życiu Toma, łącznie z tym, gdzie chodził do szkoły, gdzie był zakwaterowany w czasie wojny i gdzie pracował, zanim zatrudnił się jako szofer u pana Hardcastle'a. Tom właśnie opowiadał o żonie, która chce się wybrać na Marbellę w następne wakacje, kiedy Sebastianowi wyrwał się okrzyk:

– O, Boże!

Sebastian ześlizgnął się z fotela i skulił się, kiedy dwaj szykownie ubrani mężczyźni przeszli przed samochodem i wkroczyli do hotelu.

– Co ty robisz?

– Unikam kogoś, kogo nie chciałbym nigdy więcej widzieć.

– Wygląda na to, że przedstawienie się skończyło – zauważył

Tom na widok grup rozgadanych teatromanów wysypujących się na Strand.

Kilka minut później Sebastian spostrzegł trzech swoich podopiecznych powracających do hotelu. Gdy pan Morita był już przy wejściu, Sebastian wysiadł z samochodu i złożył głęboki ukłon.

– Mam nadzieję, że podobał się panu spektakl, Morita-san.

– Coś wspaniałego – odparł Morita. – Od wielu lat tak się nie śmiałem, a muzyka była fantastyczna. Podziękuję osobiście panu Hardcastle'owi, kiedy zobaczymy się rano. Proszę, niech pan wraca do domu, bo nie będę już tej nocy potrzebował samochodu. Przepraszam, że pana tyle wytrzymałem.

– Cała przyjemność po mojej stronie, Morita-san – powiedział Sebastian.

Stał na chodniku i patrzył, jak trzej Japończycy wchodzą do hotelu, przemierzają hol i kierują się do wind. Serce zaczęło mu bić szybciej, gdy ujrzał, jak dwaj mężczyźni występują do przodu, kłaniają się i witają się uściskiem rąk z panem Moritą. Sebastian stał w miejscu jak przykuty. Dwaj mężczyźni przez chwilę coś mówili do Mority, który odprawił kolegów i udał się w towarzystwie mężczyzn do baru amerykańskiego. Sebastian bardzo by chciał wejść do hotelu i zobaczyć, co się dzieje, ale wiedział, że nie może ryzykować. Wobec tego wrócił do samochodu.

– Dobrze się czujesz? – spytał Tom. – Jesteś blady jak ściana.

– O której godzinie pan Hardcastle chodzi spać?

– O jedenastej, wpół do dwunastej, to zależy. Ale zawsze można poznać, czy jeszcze czuwa, bo w gabinecie pali się światło.

Sebastian spojrzał na zegarek: za kwadrans jedenasta.

– To jedźmy i zobaczmy, czy jeszcze nie śpi.

Tom wyjechał ze Strandu, przeciął Trafalgar Square, potem przez Mall dojechał do Hyde Park Corner i przed budynkiem numer 37 na Cadogan Place stanął tuż po jedenastej. Światło w gabinecie prezesa wciąż się paliło. Niewątpliwie prezes któryś raz z rzędu sprawdzał kontrakt, który, jak się spodziewał, Japończyk podpisze jutro rano.

Sebastian powoli wysiadł z samochodu, wszedł po schodach i nacisnął dzwonek u frontowych drzwi. Kilka chwil później zapaliły się światła w holu i Cedric otworzył drzwi.

– Przepraszam, panie prezesie, że niepokoję o tak późnej porze, ale mamy problem.

17

– Przede wszystkim musisz powiedzieć swojemu wujkowi prawdę – rzekł Cedric. – I to całą prawdę.
– Powiem mu wszystko, jak tylko wrócę wieczorem.
– To ważne, żeby sir Giles wiedział, co zrobiłeś w jego imieniu, ponieważ zechce napisać i podziękować panu Harrisowi w Teatrze Królewskim, jak również głównemu portierowi w Savoyu.
– On się nazywa Albert Southgate.
– Ty też musisz napisać i im obu podziękować.
– Tak, oczywiście. I jeszcze raz pana przepraszam. Czuję, że pana zawiodłem, ponieważ to całe przedsięwzięcie okazało się stratą pańskiego czasu.
– Takie doświadczenia rzadko bywają całkowitą stratą czasu. Kiedy występujesz o nowy kontrakt, to nawet jeżeli ci się nie powiedzie, zawsze nauczysz się czegoś, co bardzo ci się przyda przy następnym.
– Czego ja się nauczyłem?
– Po pierwsze, języka japońskiego, nie wspominając o paru rzeczach, jakich się dowiedziałeś o sobie samym, z czego na pewno odniesiesz korzyść w przyszłości.
– Ale ten ogrom czasu, jaki pan i pański wyższy personel poświęciliście na ten projekt... i do tego sporo pieniędzy banku.
– Tego samego doświadczą w Barclays czy w Westminster. Jeżeli się powiedzie jeden na pięć takich projektów jak ten, uważa się to za normę – dodał Cedric, gdy na biurku zadzwonił telefon. Podniósł słuchawkę i po chwili powiedział: – Tak, przyślij go tu.
– Czy powinienem wyjść, proszę pana?
– Nie, zostań. Chcę, żebyś poznał mojego syna.

Otworzyły się drzwi i do środka wszedł mężczyzna, który mógł być tylko potomkiem Cedrica Hardcastle'a: może kilka centymetrów wyższy, ale ten sam ciepły uśmiech, szerokie ramiona i prawie całkiem łysa głowa, chociaż z nieco gęstszym półkolem włosów biegnącym od ucha do ucha, niczym u siedemnastowiecznego braciszka. I, jak Sebastian miał się przekonać, taki sam przenikliwy umysł.

– Dzień dobry, ojcze, dobrze cię widzieć.

I taki sam akcent typowy dla hrabstwa York.

– Arnoldzie, to jest Sebastian Clifton, który mi pomaga przy negocjacjach z Sony.

– Cieszę się, że mogę pana poznać – powiedział Sebastian, ściskając dłoń Arnolda.

– Jestem gorącym wielbicielem pana...

– Książek mojego ojca?

– Nie, nie czytałem żadnej. Mam dosyć detektywów w ciągu dnia, żeby jeszcze czytać o nich wieczorem.

– Więc mojej matki, pierwszej prezeski spółki akcyjnej?

– Nie, to pana siostra Jessica budzi mój podziw. Co za talent! – westchnął, wskazując głową rysunek na ścianie przedstawiający jego ojca. – Co ona teraz robi?

– Właśnie zapisała się do Slade w Bloomsbury i wkrótce zacznie studiować na pierwszym roku.

– To żal mi tych biedaków na jej roku.

– Dlaczego?

– Albo będą ją uwielbiać, albo nienawidzić, bo się przekonają, że nie dorastają jej do pięt. Ale wracajmy do bardziej przyziemnych spraw – powiedział Arnold, zwracając się do ojca. – Przygotowałem trzy egzemplarze umowy, jak uzgodniły obie strony, i kiedy ją podpiszesz, będziesz miał dziewięćdziesiąt dni na udzielenie dziesięciomilionowej pożyczki na okres pięciu lat na dwa i ćwierć procent. Te ćwierć to twoja prowizja od transakcji. Powinienem też wspomnieć...

– Nie zadawaj sobie trudu – rzucił Cedric – bo chyba nie mamy już szans na wygraną.

– Ale kiedy rozmawiałem z tobą, ojcze, wczoraj wieczorem, byłeś pełen optymizmu.

– Powiedzmy, że od tego czasu sytuacja się zmieniła, i nie wracajmy do tego – uciął Cedric.

– Przykro mi to słyszeć – powiedział Arnold. Pozbierał umowy i już chciał włożyć je z powrotem do teczki, kiedy spostrzegł ten przedmiot. – Nigdy nie uważałem cię, ojcze, za estetę, ale to jest po prostu przepiękne – zachwycił się, delikatnie biorąc do ręki japońską wazę. Przyjrzał się jej z bliska, a potem zajrzał na spód. – I to robota jednego z najwspanialszych japońskich artystów.

– Ty też? – zakpił Cedric.

– Shōji Hamada – powiedział Sebastian.

– Gdzieś to znalazł?

– To prezent od pana Mority.

– Hm, to jednak nie zostałeś z całkiem pustymi rękoma – zauważył Arnold, kiedy ktoś zapukał do drzwi.

– Proszę wejść – powiedział Cedric, zastanawiając się, czy to może być… otworzyły się drzwi i do pokoju wszedł Tom. – Zdaje się, że kazałem ci zostać pod Savoyem – upomniał go prezes.

– To nie miało sensu, proszę pana. Czekałem przed hotelem o wpół do dziesiątej według polecenia, ale pan Morita w ogóle się nie pokazał. A ponieważ jest dżentelmenem, który nigdy się nie spóźnia, postanowiłem pogadać z odźwiernym i on dał mi cynk, że trzej japońscy goście wymeldowali się z hotelu i odjechali taksówką tuż po dziewiątej.

– Nigdy bym nie pomyślał, że to możliwe – powiedział Cedric. – Chyba straciłem wyczucie.

– Nie zawsze można wygrywać, ojcze, jak mi często przypominasz – pocieszył go Arnold.

– Prawnicy wygrywają, nawet jak przegrywają – odparł mu ojciec.

– Wiem, co zrobię – rzucił Arnold. – Zrzeknę się mojego ogromnego honorarium w zamian za tę małą, niepokaźną błyskotkę.

— Spadaj.
— Wobec tego pójdę sobie, bo widać nie mam tu nic do roboty.

Arnold wkładał umowy do teczki, kiedy otworzyły się drzwi i do pokoju wszedł pan Morita z dwoma kolegami przy akompaniamencie dzwonów kilku kościołów na Kwadratowej Mili, które zaczęły wybijać jedenastą.

— Mam nadzieję, że się nie spóźniłem — zaczął pan Morita, ściskając dłoń Cedricowi.

— Przybył pan punktualnie co do minuty — rzekł Cedric.

— A pan — powiedział Morita, spojrzawszy na Arnolda — musi być niegodnym synem wielkiego ojca.

— Tak, proszę pana, to ja — potwierdził Arnold, ściskając dłoń Moricie.

— Przygotował pan umowy?
— Przygotowałem, proszę pana.

— Zatem potrzebny jest tylko mój podpis, potem pański ojciec może zająć się swoją pracą.

Arnold wyjął umowy z teczki i położył je na biurku.

— Zanim złożę podpis, chciałbym wręczyć prezent mojemu nowemu przyjacielowi, Sebastianowi Cliftonowi; to dlatego musiałem o tak wczesnej porze opuścić hotel.

Pan Ono wystąpił naprzód i podał małe pudełko Moricie, a ten z kolei podał je Sebastianowi.

— To nie zawsze dobry chłopiec, ale jak mówią Anglicy, serce ma po właściwej stronie.

Sebastian nic nie mówił, rozwiązując czerwoną wstążeczkę i zdejmując srebrny papier. Otworzył pudełko i wyjął z niego maleńką, szkarłatno-żółtą wazę. Nie mógł od niej oderwać oczu.

— Nie potrzebuje pan przypadkiem pomocy prawnika? — zapytał Arnold.

— Tylko jeśli poda pan nazwisko garncarza, nie patrząc na spód.

Sebastian podał wazę Arnoldowi, który nie spiesząc się, po-

dziwiał, jak czerwień pomarańczowymi smugami przechodzi w żółć, a dopiero potem zaryzykował:
– Bernard Leach?
– Ten pana syn jednak do czegoś się przydaje – rzucił Morita.

Obaj mężczyźni się roześmiali i Arnold oddał niezwykły okaz Sebastianowi, który powiedział:
– Nie wiem, jak mam panu dziękować.
– Jeśli to uczynisz, młody człowieku, to tylko w moim ojczystym języku.

Sebastian był tak zaskoczony, że omal nie upuścił wazy.
– Nie jestem pewien, czy pana zrozumiałem.
– Jasne, że zrozumiałeś, i jeżeli nie odpowiesz mi po japońsku, nie będę miał wyboru i ofiaruję wazę synowi Cedrica.

Wszyscy czekali, aż Sebastian się odezwie.
– *Arigatou gozaimasu. Taihenni kouei desu. Isshou taisetsuni itashimasu.*
– Wprost imponujące. Wymaga jeszcze pewnych subtelnych poprawek, inaczej niż prace pana siostry, ale tak czy owak imponujące.
– Ale jak, Morita-san, wpadł pan na to, że znam pański język, skoro nigdy nie powiedziałem w pana obecności słowa po japońsku?
– Założę się, że chodzi o te trzy bilety na *My Fair Lady* – odezwał się Cedric.
– Pan Hardcastle to bystry człowiek, zresztą dlatego wybrałem go, żeby mnie reprezentował.
– Ale jak? – powtórzył Sebastian.
– Te bilety to było coś więcej niż czysty przypadek – powiedział Morita. – Przemyśl to, Sebastianie, a tymczasem ja podpiszę umowę. – Wyjął z górnej kieszonki wieczne pióro i podał Cedricowi. – Musi pan podpisać pierwszy, bo inaczej bogowie nie pobłogosławią naszego przymierza.

Morita przyglądał się, jak Cedric stawia podpis na trzech egzemplarzach umowy, a potem sam je podpisał. Obaj mężczyźni ukłonili się sobie, a potem wymienili uścisk rąk.

– Muszę się spieszyć na lotnisko, żeby zdążyć na samolot do Paryża. Francuzi stwarzają mi wiele problemów.
– Jakich problemów? – zainteresował się Arnold.
– Niestety, nic takiego, w czym mógłby mi pan pomóc. Moje czterdzieści tysięcy radioodbiorników tranzystorowych leży w składzie celnym. Francuscy celnicy nie pozwalają na dostarczenie ich moim dostawcom, dopóki każde pudełko nie zostanie otwarte i skontrolowane. Obecnie udaje im się sprawdzić dwa pudełka w ciągu dnia. Chodzi o to, żeby przetrzymać mnie jak najdłużej, tak aby francuscy producenci mogli sprzedać swój gorszy towar zniecierpliwionym klientom. Ale mam plan, jak ich pokonać.
– Palę się z niecierpliwości, żeby go usłyszeć – rzucił Arnold.
– To naprawdę proste. Zbuduję we Francji fabrykę, zatrudnię miejscowych, a potem będę mógł rozprowadzać mój pierwszorzędny produkt, nie przejmując się urzędnikami celnymi.
– Francuzi odkryją pańskie zamiary.
– Jestem tego pewien, ale do tej pory każdy, tak jak Cedric, będzie chciał mieć radio marki Sony w swoim salonie. Nie mogę się spóźnić na samolot, ale najpierw chciałbym zamienić słowo na osobności z moim nowym partnerem.

Arnold uścisnął dłoń Moricie, po czym wraz z Sebastianem wyszedł z pokoju.

– Cedric – powiedział Morita, siadając z drugiej strony biurka prezesa. – Czy zetknąłeś się kiedyś z człowiekiem nazwiskiem Don Pedro Martinez? Przyszedł do mnie wczoraj wieczorem po przedstawieniu w towarzystwie majora Fishera.
– Znam Martineza tylko ze słyszenia. Jednakże poznałem majora Fishera, który reprezentuje go w radzie nadzorczej Spółki Żeglugowej Barringtona, gdzie ja też zasiadam.
– Moim zdaniem ten Martinez to wyjątkowo wredny typ, a Fisher to, jak podejrzewam, człowiek słaby i zależny od pieniędzy Martineza.
– Odkryłeś to tylko po jednym spotkaniu?
– Nie, po dwudziestu latach stykania się z takimi ludźmi. Ale

ten jest sprytny i przebiegły i nie powinieneś go nie doceniać. Podejrzewam, że dla Martineza nawet życie jest tanim towarem.

– Jestem ci wdzięczny, Akio, za to twoje spostrzeżenie, ale jeszcze bardziej za twoją troskę.

– Czy w zamian mogę cię prosić o drobną uprzejmość, zanim odlecę do Paryża?

– Czego tylko sobie życzysz.

– Chciałbym, żeby Sebastian pozostał łącznikiem między naszymi dwoma firmami. To nam oszczędzi mnóstwo czasu i kłopotów.

– Żałuję, że nie mogę spełnić twojej prośby – odpowiedział Cedric – ale chłopak wybiera się jesienią do Cambridge.

– Czy ty studiowałeś na uniwersytecie, Cedriku?

– Nie. Opuściłem szkołę jako piętnastolatek i po dwutygodniowych wakacjach zacząłem pracować w banku, jak mój ojciec.

Morita skinął głową.

– Nie każdy się nadaje na uniwersytet, a niektórym studia mogą nawet zaszkodzić. Myślę, że Sebastian znalazł swoje powołanie i z tobą jako mentorem mógłby się nawet okazać właściwą osobą, która w końcu zajmie twoje miejsce.

– On jest bardzo młody – zauważył Cedric.

– Tak jak wasza królowa, a ona wstąpiła na tron, mając dwadzieścia pięć lat. Cedric, żyjemy we wspaniałym nowym świecie.

GILES BARRINGTON
1963

18

– Jesteś pewien, że chcesz być przywódcą opozycji? – zapytał Harry.
– Nie – odparł Giles. – Chcę być premierem, ale przez pewien czas muszę być w opozycji, zanim będę mógł liczyć na to, że dostanę klucz do Downing Street Dziesięć.
– Co prawda utrzymałeś mandat w ostatnich wyborach – zauważyła Emma – ale twoja partia przegrała sromotnie w wyborach powszechnych. Zaczynam się zastanawiać, czy laburzyści mogą wygrać jeszcze jakieś wybory. Chyba są skazani na pozostanie partią opozycyjną.
– Wiem, że teraz tak to musi wyglądać – rzekł Giles – ale jestem przekonany, że do czasu następnych wyborów ludzie będą mieli dość torysów i pomyślą, że czas na zmianę.
– I na pewno nie pomogła afera Profumo – odezwała się Grace.
– Kto zadecyduje o tym, kto będzie następnym liderem partii?
– Dobre pytanie, Sebastianie – powiedział Giles. – Tylko moi wybrani koledzy w Izbie Gmin, razem dwieście pięćdziesiąt osiem osób.
– To maleńki elektorat – zauważył Harry.
– Prawda, ale większość z nich wybada opinie, kogo szeregowi członkowie woleliby na przywódcę partii, a kiedy idzie o deputowanych powiązanych ze związkami zawodowymi, to oni oddadzą głos na faceta, którego popiera ich związek. Tak więc wszyscy członkowie związków portowców z takich okręgów wyborczych, jak Tyneside, Belfast, Glasgow, Clydesdale i Liverpool powinni mnie poprzeć.
– Na faceta – powiedziała Emma. – Czy to znaczy, że spośród dwustu pięćdziesięciu ośmiu członków Partii Pracy nie

ma choćby jednej kobiety, która mogłaby mieć nadzieję na kierowanie partią?

— Barbara Castle może się zdecydować na kandydowanie, ale szczerze mówiąc, nie ma cienia szans. Spójrzmy prawdzie w oczy, Emmo — więcej kobiet siedzi na ławach laburzystowskich niż po konserwatywnej stronie Izby, zatem jeżeli jakaś kobieta kiedyś dotrze na Downing Street, to założę się, że będzie to socjalistka.

— Ale dlaczego ktoś miałby chcieć zostać liderem Partii Pracy? To musi być jedno z najbardziej niewdzięcznych zajęć w kraju.

— A zarazem jedno z najbardziej ekscytujących — sprzeciwił się Giles. — Jak wiele osób ma szansę dokonać prawdziwej zmiany, poprawić ludziom życie i zostawić godne dziedzictwo następnemu pokoleniu? Nie zapominaj, że ja jestem z tych, co się urodzili w czepku, więc może pora zwrócić dług?

— Ho, ho! — powiedziała Emma. — Oddam na ciebie głos.

— Oczywiście, wszyscy cię poprzemy — zapewnił Gilesa Harry. — Ale nie jestem pewien, jak moglibyśmy wpłynąć na dwustu pięćdziesięciu siedmiu posłów, których nigdy nie spotkaliśmy i prawdopodobnie nie spotkamy.

— Nie takiego poparcia oczekuję. Chodzi o sprawy bardziej osobiste, bo wszystkich was, którzy siedzą przy tym stole, muszę uprzedzić, że prasa znowu zacznie grzebać w waszym życiu prywatnym. Możecie uważać, że macie już tego dość, i nie mam wam tego za złe.

— Dopóki będziemy mówić jednym głosem — zareagowała Grace — i ograniczymy się tylko do słów, że cieszymy się, że Giles kandyduje na lidera swojej partii, gdyż wiemy, że jest właściwym człowiekiem do tego zadania, i jesteśmy przekonani, że zwycięży, to z pewnością dziennikarze się znudzą i dadzą nam spokój?

— Właśnie wtedy zaczną szperać, żeby odkryć coś nowego — odparł Giles. — Jeżeli więc ktoś chce się przyznać do czegoś poważniejszego niż mandat za parkowanie, to teraz ma okazję.

– Mam nadzieję, że moja nowa książka trafi na pierwsze miejsce listy bestsellerów „New York Timesa" – powiedział Harry – i może powinienem cię uprzedzić, że William Warwick będzie miał romans z żoną nadkomisarza policji. Jeżeli sądzisz, że to mogłoby ci zaszkodzić, to zawsze mogę wstrzymać publikację książki do czasu zakończenia wyborów.

Wszyscy się roześmiali.

– Szczerze mówiąc, kochanie – skomentowała Emma – William Warwick powinien mieć romans z żoną burmistrza Nowego Jorku, bo wtedy miałbyś o wiele większą szansę na pierwsze miejsce w Stanach.

– Niezły pomysł – przyznał Harry.

– A mówiąc bardziej serio – rzuciła Emma – może czas powiadomić was, że spółka Barringtona ledwo utrzymuje się na powierzchni i sprawy wcale się nie poprawią w ciągu najbliższych dwunastu miesięcy.

– Jak zła jest sytuacja? – zapytał Giles.

– Budowa *Buckinghama* jest opóźniona prawie o rok i chociaż ostatnio nie mieliśmy żadnych poważnych przestojów, to musieliśmy zaciągnąć duże pożyczki w bankach. Gdyby się okazało, że nasz debet przekracza wartość aktywów, banki mogłyby zażądać zwrotu pożyczek i wtedy moglibyśmy upaść. To najgorszy scenariusz, chociaż nie jest niemożliwy.

– A kiedy mogłoby to się stać?

– Nie w bliskiej przyszłości – stwierdziła Emma – chyba że Fisher uzna, że publiczne pranie brudnej bielizny przyniesie mu korzyść.

– Martinez nie pozwoli mu na to, skoro ma tak duży pakiet akcji spółki – odezwał się Sebastian. – Ale to nie znaczy, że będzie stał z boku i się przyglądał, jeżeli zdecydujesz się wejść na ring.

– Zgadzam się – przytaknęła Grace. – I on nie jest jedyną osobą, która z wielką chęcią rzuci cię na deski.

– Kogo masz na myśli? – spytał Giles.

– Po pierwsze, lady Virginię Fenwick. Ta kobieta z radością

będzie przypominać każdemu posłowi, na którego się natknie, że jesteś rozwodnikiem i że zostawiłeś ją dla innej kobiety.

– Virginia zna tylko torysów, a oni już mają premiera, który jest rozwiedziony. I nie zapominaj – dodał Giles, ujmując rękę Gwyneth – że jestem szczęśliwie ożeniony z tą inną kobietą.

– Jeśli mam być szczery – powiedział Harry – to uważam, że powinieneś bardziej się obawiać Martineza niż Virginii, bo on wyraźnie szuka każdego pretekstu, żeby zaszkodzić naszej rodzinie, o czym Sebastian się przekonał, kiedy pierwszy raz podjął pracę w Farthings Bank. I, Giles, ty byłbyś dużo większym łupem niż Sebastian, więc założę się, że Martinez zrobi wszystko, co w jego mocy, żebyś nigdy nie został premierem.

– Jeżeli zdecyduję się kandydować – rzekł Giles – nie będę przez całe życie oglądał się za siebie, zastanawiając się, co mi szykuje Martinez. W tej chwili muszę się skupić na niektórych rywalach na moim własnym boisku.

– Kto jest twoim największym rywalem? – spytał Harry.

– Harold Wilson jest ulubieńcem bukmacherów.

– Pan Hardcastle chce, żeby wygrał – wtrącił Sebastian.

– Na Boga, dlaczego? – zapytał Giles.

– To nie ma nic wspólnego z Panem Bogiem – odparł Sebastian – tylko ze wspólnym boiskiem. Obaj urodzili się w Huddersfield.

– Czasem coś, co wydaje się błahostką, może skłonić człowieka, żeby albo cię poparł, albo był ci przeciwny – westchnął Giles.

– Może Harold Wilson ma jakieś szkielety w szafie, które wzbudzą zainteresowanie prasy – zasugerowała Emma.

– O niczym takim nie wiem – powiedział Giles – chyba że podciągniesz pod to dyplom ukończenia studiów w Oksfordzie z najwyższą oceną, a potem zdobycie najwyższej oceny na egzaminie ze służby cywilnej.

– Ale on nie walczył na wojnie – zauważył Harry. – Więc twój Krzyż Wojenny może być atutem.

– Denis Healey również zdobył Krzyż Wojenny i on też może wystartować.

– On jest o wiele za sprytny, żeby przewodzić Partii Pracy – powiedział Harry.

– Cóż, to z pewnością nie będzie twój problem, Giles – rzuciła Grace.

Giles uśmiechnął się krzywo do siostry i cała rodzina wybuchnęła śmiechem.

– Myślę, że jest pewien problem, któremu Giles może będzie musiał stawić czoło... – Wszyscy spojrzeli na Gwyneth, która do tej pory się nie odzywała. – Jestem w tym pokoju kimś z zewnątrz – powiedziała – kimś, kto wszedł do rodziny przez małżeństwo, więc może patrzę na rzeczy z innej perspektywy.

– Dlatego twoje opinie są tym bardziej ważne – stwierdziła Emma – więc nie wahaj się i powiedz, co cię niepokoi.

– Boję się otworzyć zapiekłą ranę.

– Niech to ci nie przeszkodzi powiedzieć nam, co masz na myśli – rzekł Giles, ująwszy jej rękę.

– Jest inny członek rodziny, nieobecny w tym pokoju, który jest moim zdaniem chodzącą bombą zegarową.

Zapanowało długie milczenie, które w końcu przerwała Grace:

– Masz rację, Gwyneth, bo gdyby jakiś dziennikarz wykrył, że dziewczynka adoptowana przez Harry'ego i Emmę jest siostrą przyrodnią Gilesa i ciotką Sebastiana i że jej ojca zabiła jej matka po tym, jak okradł ją z biżuterii i potem porzucił, to prasa miałaby używanie.

– I nie zapominaj, że potem jej matka popełniła samobójstwo – cicho dodała Emma.

– Przynajmniej możecie tej kruszynce powiedzieć prawdę – zauważyła Grace. – W końcu ona teraz studiuje w Akademii i jest samodzielna, więc nie byłoby trudno dziennikarzom ją znaleźć, a gdyby to się stało, zanim jej powiecie...

– To nie jest takie proste – rzekł Harry. – Jak wszyscy wiemy aż za dobrze, Jessica miewa napady depresji i mimo niewątpliwego talentu często traci wiarę w siebie. A ponieważ za kilka tygodni czekają ją egzaminy w środku semestru, to nie jest idealny moment.

Giles postanowił nie przypominać szwagrowi, że już dziesięć lat temu ostrzegł go, że nigdy nie będzie idealnego momentu.

– Ja zawsze mogę z nią porozmawiać – zaofiarował się Sebastian.

– Nie – powiedział zdecydowanie Harry. – Jeśli ktoś ma to zrobić, muszę to być ja.

– I to jak najszybciej – rzuciła Grace.

– Proszę, daj mi znać, gdy to zrobisz – powiedział Giles i dodał: – Czy są jeszcze jakieś inne zapalne problemy, na które waszym zdaniem powinienem być przygotowany? – Nastało długie milczenie, po czym Giles znów podjął: – Wobec tego dziękuję wam, że poświęciliście mi tyle czasu. Powiadomię was o mojej ostatecznej decyzji do końca tygodnia. Muszę teraz was pożegnać, bo powinienem wracać do Izby. To tam są wyborcy. Jeżeli zdecyduję się kandydować, nie będziemy się często widywać w najbliższych tygodniach, bo będę werbować wyborców, wygłaszać niekończące się przemówienia, odwiedzać dalekie okręgi wyborcze i spędzać wszystkie wolne wieczory, stawiając napitki posłom Partii Pracy w Annie's Bar.

– Annie's Bar? – zainteresował się Harry.

– To najpopularniejsza knajpa w Izbie Gmin, uczęszczana głównie przez posłów laburzystowskich, i tam właśnie teraz się wybieram.

– Powodzenia – rzekł Harry.

Rodzina wstała jak jeden mąż i pożegnała Gilesa oklaskami, kiedy wychodził z pokoju.

– Czy on ma jakąś szansę na wygraną?

– O, tak – powiedział Fisher. – Jest bardzo popularny wśród szeregowych członków partii w okręgach wyborczych, chociaż Harold Wilson jest bardziej lubiany przez posłów obecnej kadencji, a tylko oni głosują.

– Wobec tego trzeba wysłać Wilsonowi dużą sumę na jego fundusz wyborczy, w gotówce, jeśli to konieczne.
– To ostatnia rzecz, jaką powinniśmy zrobić – powiedział Fisher.
– Dlaczego? – spytał Diego.
– Bo odesłałby pieniądze z powrotem.
– Czemu miałby to zrobić? – spytał Don Pedro.
– Ponieważ tu nie jest Argentyna i gdyby prasa odkryła, że jakiś cudzoziemiec popiera kampanię Wilsona, to nie dość, że by przegrał, to jeszcze byłby zmuszony wycofać się z walki. I nie tylko by zwrócił pieniądze, ale ogłosił, że to zrobił.
– Jak można wygrać wybory bez pieniędzy?
– Nie są potrzebne wielkie sumy, jeżeli elektorat to tylko dwustu pięćdziesięciu ośmiu członków parlamentu, z których większość przebywa cały czas w tym samym budynku. Wystarczy kupić trochę znaczków, wykonać kilka telefonów, postawić od czasu do czasu kolejkę w Annie's Bar, żeby nawiązać kontakt prawie ze wszystkimi swoimi wyborcami.
– Skoro nie możemy pomóc wygrać Wilsonowi, to co możemy zrobić, żeby Barrington przegrał? – zapytał Luis.
– Jeżeli jest dwustu pięćdziesięciu ośmiu głosujących, to na pewno damy radę przekupić część z nich – stwierdził Diego.
– Nie pieniędzmi – powiedział Fisher. – Jedyne, na czym zależy temu towarzystwu, to dostać fory.
– Fory? – powtórzył Diego. – Jakie fory, do diabła?
– Jeśli chodzi o młodszych posłów, to kandydat może im napomknąć, że dostaną szansę na dobre miejsce na przedniej ławie, z kolei starszym, którzy odejdą z pola gry po następnych wyborach, zasugerować, że ich doświadczenie i mądrość zostaną docenione w Izbie Lordów. A dla tych, którzy nie mogą mieć nadziei na jakieś stanowisko, ale zostaną po następnych wyborach, przywódca partii zawsze ma wakaty do zagospodarowania. Znałem jednego posła, który chciał być ni mniej, ni więcej tylko prezesem Komitetu Gastronomicznego Izby Lordów, ponieważ tam się dobiera wino do potraw.

– No dobrze, skoro nie możemy dać Wilsonowi forsy ani przekupić wyborców, to przynajmniej możemy ponownie wywlec brudy rodziny Barringtonów – zasugerował Diego.

– To nie ma sensu, bo prasa i tak chętnie to zrobi bez naszej pomocy – powiedział Fisher. – Zresztą dziennikarze znudzą się po kilku dniach, jeżeli nie podrzucimy im nowego kąska na pożarcie. Nie, musimy wymyślić coś takiego, co znajdzie się na pierwszych stronach gazet i zarazem powali go jednym ciosem.

– Widać, majorze, że pan dużo uwagi poświęcił tej sprawie – zauważył Don Pedro.

– Tak, przyznaję – rzekł Fisher, który wyglądał na zadowolonego z siebie. – I sądzę, że obmyśliłem coś, co raz na zawsze załatwi Barringtona.

– To wyduś pan to z siebie.

– Jest takie jedno potknięcie, po którym polityk nigdy się nie podniesie. Ale jeżeli mam wrobić Barringtona, to muszę zgrać mały zespół i perfekcyjnie wybrać odpowiedni moment.

19

Griff Haskins, przedstawiciel Partii Pracy w okręgu Bristol Docklands, doszedł do wniosku, że musi przestać pić, jeżeli Giles ma mieć jakąś szansę na stanowisko lidera partii. Griff zawsze odstawiał alkohol miesiąc przed wyborami i szedł w tango przynajmniej miesiąc po nich, zależnie od zwycięstwa lub przegranej. A od kiedy deputowany z okręgu Bristol Docklands powrócił ze zwiększoną przewagą na zielone ławy, Griff uważał, że może sobie od czasu do czasu pozwolić na nocną bibkę.

To nie był dobry moment, kiedy Giles zadzwonił do swojego asystenta rankiem po pijaństwie, żeby go zawiadomić, że zamierza się ubiegać o stanowisko lidera. Ponieważ Griff akurat leczył kaca, więc oddzwonił po godzinie, żeby się upewnić, czy dobrze słyszał. Okazało się, że tak.

Griff od razu zatelefonował do swojej sekretarki Penny, która spędzała wakacje w Kornwalii, i do panny Parish, najbardziej doświadczonej aktywistki partyjnej, która przyznała, że się potwornie nudzi i ożywa tylko podczas kampanii wyborczej. Polecił im czekać o wpół do piątej na peronie siódmym na stacji Temple Meads, jeżeli chcą działać na rzecz przyszłego premiera.

O piątej cała trójka siedziała w wagonie trzeciej klasy pociągu jadącego do Paddington. Do południa następnego dnia Griff zdążył założyć biuro w Izbie Gmin i drugie w domu Gilesa na Smith Square. Brakowało mu jeszcze jednego wolontariusza do zespołu.

Sebastian powiedział Griffowi, że chętnie zrezygnuje z dwutygodniowego urlopu, żeby pomóc wujkowi Gilesowi wygrać wybory, Cedric zaś zgodził się przedłużyć urlop do miesiąca, bo wprawdzie sir Giles nie był jego faworytem, ale uznał, że chłopak może tylko skorzystać z tego doświadczenia.

Pierwszym zadaniem Sebastiana było wykonanie planszy,

na której widniały nazwiska wszystkich dwustu pięćdziesięciu ośmiu posłów Partii Pracy uprawnionych do głosowania, a potem postawienie znaczka przy każdym nazwisku, wskazującego, do jakiej kategorii należą: czerwonego przy deputowanych, którzy na pewno oddadzą głos na Gilesa, niebieskiego przy zwolennikach innego kandydata i zielonego przy najważniejszej kategorii – niezdecydowanych. Wprawdzie na pomysł zrobienia planszy wpadł Sebastian, ale wykonaniem zajęła się Jessica.

Przy pierwszym liczeniu Harold Wilson miał 86 pewnych głosów, George Brown 57, Giles 54 i James Callaghan 19, przy 42 rozstrzygających niezdecydowanych. Giles się zorientował, że jego pierwszym zadaniem będzie wyeliminowanie Callaghana, a potem wyprzedzenie Browna, bo gdyby deputowany z Belper się wycofał, to Griff oceniał, że większość jego wyborców poparłaby Gilesa.

Po tygodniu werbowania wyborców stało się jasne, że Gilesa i Browna dzieli tylko jeden punkt procentowy i chociaż Wilson wyraźnie prowadził, wszyscy spece od polityki się zgadzali, że jeżeli Brown albo Barrington się wycofa, walka będzie zacięta.

Griff nieustannie przemierzał korytarze władzy, chętnie aranżując prywatne spotkania posłów, którzy twierdzili, że są niezdecydowani, z kandydatem. Kilku z nich trwało w tym stanie do ostatniej chwili, jako że nigdy w życiu nie przyciągali tyle uwagi, a także im zależało, żeby poprzeć zwycięzcę. Panna Parish nie odstępowała telefonu, a Sebastian pełnił rolę oczu i uszu Gilesa, nieustannie kursując między Izbą Gmin a Smith Square i przekazując wszystkim aktualne informacje.

Giles w pierwszym tygodniu kampanii wygłosił dwadzieścia trzy przemówienia, chociaż rzadko następnego dnia gazety poświęcały im więcej niż skromną notatkę, a nigdy artykułu na czołówce numeru. Na dwa tygodnie przed wyborami Giles zdecydował, że czas odejść od linii partii i zaryzykować. Nawet Griff był zaskoczony reakcją prasy następnego ranka, kiedy Giles znalazł się na czołówkach wszystkich gazet, łącznie z „Daily Telegraph".

„Jest za dużo ludzi w tym kraju, którzy nie palą się do roboty – powiedział Giles na spotkaniu z przywódcami związków zawodowych. – Jeżeli ktoś jest sprawny i zdrowy i odrzucił w ciągu sześciu miesięcy trzy propozycje pracy, powinien automatycznie stracić zasiłek dla bezrobotnych".

Słowa te nie zostały przyjęte entuzjastycznymi brawami i początkowa reakcja kolegów Gilesa w Izbie Gmin nie była przychylna; jego rywale mówili, że strzelił sobie w stopę. Ale z upływem dni coraz więcej dziennikarzy zaczynało sugerować, że Partia Pracy w końcu znalazła potencjalnego przywódcę, który żyje w realnym świecie i wyraźnie chce, żeby jego partia objęła rządy, a nie była skazana na wieczną opozycję.

Wszyscy posłowie laburzystowscy w liczbie dwustu pięćdziesięciu ośmiu wrócili podczas weekendu do swoich okręgów i szybko odkryli rosnące poparcie dla deputowanego z okręgu Bristol Docklands. Potwierdziło to w poniedziałek badanie opinii publicznej, plasując Barringtona zaledwie dwa punkty za Wilsonem, przy słabym trzecim miejscu Browna i czwartym Jamesa Callaghana. We wtorek Callaghan odpadł z wyścigu i oznajmił swoim zwolennikom, że będzie głosował na Barringtona.

Kiedy tego wieczoru Sebastian naniósł na plansze aktualne wyniki, Wilson miał 122 pewne głosy, Giles 107 przy 29 wciąż niezdecydowanych. Griffowi i pannie Parish zajęło tylko dwadzieścia cztery godziny zidentyfikowanie posłów, którzy z takiej czy innej przyczyny jeszcze się wahali. Wśród nich znajdowali się członkowie wpływowej grupy Fabian, stanowiącej jedenaście decydujących głosów. Tony Crosland, przewodniczący grupy, poprosił o prywatne spotkanie z obydwoma głównymi kandydatami, ogłaszając, że interesują go ich poglądy na sprawy Europy.

Giles czuł, że jego spotkanie z Croslandem było udane, ale ilekroć sprawdzał planszę, Wilson nadal był na pierwszej pozycji. Jednak w ostatnim tygodniu rywalizacji nagłówki w gazetach zaczęły używać określenia „łeb w łeb". Giles wiedział, że aby wyprzedzić Wilsona w ostatnich kilku dniach, potrzebny mu będzie uśmiech losu. Pojawił się on w formie telegramu, który przyniesiono mu do biura w poniedziałek w ostatnim dniu kampanii.

Europejska Wspólnota Gospodarcza zaprosiła Gilesa do wygłoszenia przemówienia programowego na dorocznej konferencji w Brukseli na trzy dni przed wyborami przywódcy partii. W zaproszeniu nie wspomniano, że Charles de Gaulle wycofał się w ostatniej chwili.

— To twoja szansa — orzekł Griff — żeby nie tylko zabłysnąć na scenie międzynarodowej, ale zyskać tych jedenaście głosów Towarzystwa Fabiańskiego. To wszystko zmieni.

Temat przemówienia brzmiał: „Czy Brytania jest gotowa przystąpić do Wspólnego Rynku?". Giles dokładnie wiedział, jakie jest jego stanowisko w tej sprawie.

— Ale kiedy zdążę napisać takie ważne przemówienie?

— W czasie, kiedy ostatni poseł laburzystowski pójdzie spać, a pierwszy wstanie następnego ranka.

Giles miał ochotę się roześmiać, ale wiedział, że Griff mówi poważnie.

— A kiedy będę spał?

— W samolocie, kiedy będziesz wracał z Brukseli.

Griff zaproponował, żeby Sebastian towarzyszył Gilesowi w Brukseli, natomiast on i panna Parish mieli zostać w Westminsterze, bacząc na niezdecydowanych posłów.

— Twój samolot odlatuje z Lotniska Londyńskiego dwadzieścia po drugiej — powiedział Griff — ale nie zapominaj, że w Brukseli jest godzina do przodu, więc wylądujesz nie wcześniej niż dziesięć po czwartej, co ci da aż za dużo czasu, żeby dotrzeć na konferencję.

— Czy to aby nie zbyt napięty program?

— Wiem, ale nie mogę dopuścić do tego, żebyś się pałętał na lotnisku, jeżeli nie ma na nim tłumu deputowanych, którzy się jeszcze nie zdecydowali. Sesja, podczas której wygłaszasz przemówienie, powinna trwać około godziny, czyli że zakończy się około siódmej, więc akurat zdążysz na samolot odlatujący za dwadzieścia dziesiąta do Londynu, gdzie różnica czasu będzie dla ciebie korzystna. Złap taksówkę, jak tylko wylądujesz, bo chcę, żebyś był w Izbie, kiedy o dziesiątej zostanie ogłoszony podział w sprawie projektu ustawy o emeryturach.

– To co teraz mam robić?
– Pracuj nad swoją mową. Wszystko od tego zależy.

Giles spędzał każdą wolną chwilę, doskonaląc przemówienie, pokazując wczesne wersje ludziom ze swojego zespołu i głównym zwolennikom, i kiedy pierwszy raz wygłosił je w swoim domu na Smith Square tuż po północy wobec jednoosobowej publiczności, Griff oznajmił, że jest bardzo zadowolony. Nie szczędził Gilesowi pochwał.

– Jutro rano wręczę teksty przemówienia z zastrzeżonym terminem publikacji przedstawicielom prasy za potwierdzeniem. To powinno dać im dość czasu na przygotowanie artykułów wstępnych i napisanie szerszych omówień do publikacji w prasie na następny dzień. I myślę, że byłoby mądrze dać Tony'emu Croslandowi do przejrzenia pierwszy szkic, żeby czuł, że zna sedno sprawy. A dla leniwych dziennikarzy, którzy tylko pobieżnie przejrzą mowę, zaznaczyłem fragment, który najpewniej trafi na czołówki gazet.

Giles przewrócił dwie strony przemówienia, aż trafił na zakreślony przez Griffa fragment.

„Nie chcę, żeby Brytania została wciągnięta w następną wojnę europejską. Krew najlepszej młodzieży zbyt wielu krajów wsiąkła w ziemię Europy, i to nie tylko w ciągu minionych pięćdziesięciu lat, ale podczas tysiąca. Musimy wspólnie sprawić, żeby wojny europejskie rozgrywały się tylko na stronach książek historycznych, gdzie nasze dzieci i wnuki będą czytać o popełnionych przez nas błędach i nie powtarzać ich więcej".

– Dlaczego akurat ten fragment? – zapytał Giles.
– Bo niektóre gazety nie tylko wydrukują go słowo w słowo, ale nie będą mogły oprzeć się pokusie, by wytknąć, że twój rywal nigdy nie był pod ogniem.

Giles ucieszył się, kiedy nazajutrz otrzymał odręcznie napisaną wiadomość od Tony'ego Croslanda o tym, jak bardzo podobało mu się przemówienie i że nie może się doczekać reakcji prasy następnego ranka.

Kiedy po południu Giles wszedł na pokład samolotu linii lotniczych BEA kierującego się do Brukseli, po raz pierwszy pomyślał, że niewykluczone, że zostanie następnym liderem Partii Pracy.

20

Gdy samolot wylądował na brukselskim lotnisku, Gilesa zaskoczył widok sir Johna Nichollsa, ambasadora brytyjskiego, stojącego przy schodkach obok rolls-royce'a.

– Czytałem pana przemówienie, sir Giles – oświadczył ambasador, kiedy wyjechali z lotniska, zanim nawet jakiś pasażer dotarł do stanowiska kontroli paszportowej – i wprawdzie dyplomaci nie powinni wyrażać opinii, ale muszę powiedzieć, że czułem się tak, jakbym zaczerpnął świeżego powietrza. Chociaż nie jestem pewien, jak przyjmą to członkowie pańskiej partii.

– Mam nadzieję, że jedenastu odbierze to tak samo jak pan.

– A, to oni są adresatami – rzekł sir John. – Ależ ja wolno myślę.

Druga niespodzianka spotkała Gilesa, kiedy zajechali przed Parlament Europejski i ujrzał tam tłum wysokich urzędników, dziennikarzy i fotoreporterów, czekających, żeby powitać głównego mówcę. Sebastian wyskoczył z samochodu i otworzył tylne drzwi Gilesowi, czego nigdy do tej pory nie robił.

Przewodniczący Parlamentu Europejskiego, Gaetano Martino, wystąpił naprzód i uścisnął dłoń Gilesowi, a potem przedstawił mu swój zespół. W drodze do sali konferencyjnej Giles spotkał kilku innych ważnych polityków europejskich; wszyscy życzyli mu powodzenia – i wcale nie mieli na myśli jego mowy.

– Jeżeli zechce pan tutaj poczekać – rzekł przewodniczący, kiedy weszli na scenę – powiem na początek kilka słów, a potem oddam panu głos.

Giles przejrzał jeszcze raz swoje przemówienie w samolocie, wprowadzając tylko kilka drobnych poprawek, a kiedy w końcu oddał je Sebastianowi, prawie znał je na pamięć. Teraz zerknął przez szparę w długiej czarnej zasłonie, żeby ujrzeć tysiąc wybitnych Europejczyków, czekających na jego wypowiedź. Jego ostatniej mowie w Bristolu podczas kampanii do wyborów powszechnych przysłuchiwała się publiczność składająca się z trzydziestu siedmiu osób, wliczając Griffa, Gwyneth, Penny, pannę Parish i jej cocker spaniela.

Giles stał spięty za kulisami, słuchając, jak pan Martino określa go jako jednego z tych rzadkich polityków, którzy nie tylko mówią to, co myślą, ale też nie traktują ostatnich badań opinii publicznej jako swej busoli moralnej. Niemal słyszał, jak Griff mówi tonem dezaprobaty: „Proszę, proszę".

– ...za chwilę przemówi do nas przyszły premier Wielkiej Brytanii. Panie i panowie, sir Giles Barrington.

Sebastian zjawił się przy Gilesie, wręczył mu tekst jego przemówienia i szepnął:

– Powodzenia, sir.

Giles wyszedł na środek podium wśród niemilknących braw. W ciągu lat przywykł do błyskających fleszy pełnych entuzjazmu fotografów i nawet do szumu kamer telewizyjnych, ale nigdy nie doświadczył czegoś podobnego. Umieścił kartki z przemówieniem na mównicy, odstąpił o krok i czekał, aż publiczność ucichnie.

– Jest niewiele takich momentów w historii – zaczął – które ważą na przeznaczeniu narodu, i decyzja Wielkiej Brytanii, żeby wystąpić o członkostwo we Wspólnym Rynku, z pewnością do nich należy. Oczywiście Zjednoczone Królestwo będzie nadal odgrywać swoją rolę na światowej scenie, ale musi to być rola realistyczna, wyrażająca się w pogodzeniu z faktem, że nie władamy już imperium, nad którym nigdy nie zachodzi słońce. Sugeruję, że czas, aby Brytania podjęła wyzwanie, przyjmując tę nową rolę wraz z nowymi partnerami, współpracując z nimi jak z przyjaciółmi i odrzucając dawne urazy do lamusa historii. Nie chcę, żeby Brytania została wciągnięta w kolejną wojnę europejską. Krew najlepszej młodzieży zbyt wielu krajów wsiąkła w ziemię Europy, i to nie tylko w ciągu minionych pięćdziesięciu lat, ale podczas tysiąca. Musimy wspólnie sprawić, żeby wojny europejskie rozgrywały się tylko na stronach książek historycznych, gdzie nasze dzieci i wnuki będą czytać o błędach, które popełnialiśmy, i nie powtarzać ich więcej.

Z każdą falą oklasków Giles bardziej się rozluźniał i gdy zbliżał się do podsumowania, czuł, że panuje nad salą.

– Kiedy byłem dzieckiem, Winston Churchill, szczery Europejczyk, odwiedził moją szkołę z okazji rozdania nagród. Nie zdobyłem żadnej, to jedyne, co mam wspólnego z tym wielkim człowiekiem – to wyznanie przyjęto gromkim śmiechem – ale to na skutek jego mowy zaangażowałem się w politykę, a ze względu na moje przeżycia wojenne wstąpiłem do Partii Pracy. Sir Winston wypowiedział te słowa: „Nasz naród stoi dziś przed jednym z tych wielkich momentów w historii, kiedy Brytyjczycy jeszcze raz mogą zostać poproszeni, żeby zdecydować o losie wolnego świata". Sir Winston i ja możemy być z różnych partii, ale w tym niewątpliwie się zgadzamy.

Giles podniósł oczy na tłumne zgromadzenie, a jego głos potężniał z każdym zdaniem:

– My dziś w tej sali możemy być z różnych krajów, ale już czas, żebyśmy działali jak jeden mąż, nie w naszym egoistycznym interesie, ale w interesie przyszłych pokoleń. Pozwolę sobie na koniec stwierdzić, że niezależnie od tego, co mi przyniesie przyszłość, bądźcie pewni, że poświęcę się tej sprawie.

Giles odstąpił o krok do tyłu, wszyscy na sali wstali z miejsc i minęło kilka minut, zanim mógł opuścić scenę, i nawet kiedy wychodził z sali, otoczyli go parlamentarzyści, wysocy urzędnicy i sympatycy.

– Na lotnisku mamy być mniej więcej za godzinę – powiedział Sebastian, usiłując zachować spokój. – Czy chciałbyś, żebym coś jeszcze zrobił?

– Poszukaj telefonu, żebyśmy mogli zadzwonić do Griffa i sprawdzić, czy są w kraju jakieś pierwsze reakcje na przemówienie. Chcę być pewien, że to wszystko nie jest mirażem – odparł Giles, zarazem wymieniając uściski rąk i dziękując ludziom za ich życzenia. Od czasu do czasu nawet składał autograf. Znowu pierwsze doświadczenie.

– Po drugiej stronie ulicy jest Palace Hotel – powiedział Sebastian. – Możemy stamtąd zadzwonić do biura.

Giles skinął głową, powoli torując sobie drogę. Upłynęło dalsze dwadzieścia minut, zanim znów się znalazł na schodach parlamentu i pożegnał z przewodniczącym.

Wraz z Sebastianem szybko przecięli szeroki bulwar i schronili się we względnej ciszy hotelu. Sebastian podał numer recepcjonistce, która zatelefonowała do Londynu i gdy usłyszała głos w słuchawce, powiedziała:

– Proszę, łączę pana.

Giles podjął słuchawkę i usłyszał Griffa.

– Właśnie oglądam wiadomości BBC o szóstej – powiedział. – Jesteś tematem dnia. Telefon dzwoni bez przerwy z żądaniem informacji na twój temat. Kiedy przylecisz do Londynu, na lotnisku będzie czekał na ciebie samochód, żeby cię przewieźć prosto do studia ITV, gdzie Sandy Gall przeprowadzi z tobą wywiad w późnych wieczornych wiadomościach, ale nie marudź, bo BBC chce, żebyś rozmawiał z Richardem Dimbleyem w *Panoramie* o wpół do jedenastej. Outsider, który wyskakuje w ostatniej chwili, to ulubieniec prasy. Gdzie teraz jesteś?

– Zaraz jadę na lotnisko.

– To doskonale. Zadzwoń, jak tylko wylądujesz.

Giles odłożył słuchawkę i uśmiechnął się do Sebastiana.

– Potrzebna nam taksówka – powiedział.

– Nie sądzę – odparł Sebastian. – Właśnie przyjechał samochód ambasadora i czeka przed hotelem, żeby zawieźć nas na lotnisko.

Kiedy obaj przemierzali hol hotelowy, jakiś mężczyzna wyciągnął rękę i powiedział:

– Gratuluję, sir Giles. Brawurowe wystąpienie. Miejmy nadzieję, że przechyli szalę.

– Dziękuję – rzekł Giles, spojrzawszy na ambasadora stojącego przy samochodzie.

– Nazywam się Pierre Bouchard. Jestem wiceprzewodniczącym Europejskiej Wspólnoty Gospodarczej.

– Oczywiście – powiedział Giles, zatrzymując się, żeby uścisnąć mężczyźnie dłoń. – Wiem, monsieur Bouchard, o pańskich niestrudzonych wysiłkach, żeby pomóc Brytanii przy jej staraniach o pełne członkostwo EWG.
– Jestem poruszony – rzekł Bouchard. – Czy może mi pan poświęcić chwilę, żebyśmy mogli pomówić na osobności?
Giles spojrzał na Sebastiana, który zerknął na zegarek.
– Dziesięć minut, nie więcej. Pójdę i poinformuję ambasadora.
– Myślę, że zna pan mojego dobrego przyjaciela, Tony'ego Croslanda – powiedział Bouchard, kiedy zmierzali do baru.
– Oczywiście. Wczoraj przekazałem mu egzemplarz wstępny mojego przemówienia.
– Jestem pewien, że przypadło mu do gustu. Zawiera wszystko, w co wierzy Towarzystwo Fabiańskie. Czego się pan napije? – spytał Bouchard, kiedy znaleźli się przy barze.
– Proszę szkocką jednosłodową, dużo wody.
Buchard skinął na barmana i powiedział:
– Dla mnie to samo.
Giles usiadł na wysokim stołku, rozejrzał się wokół i spostrzegł siedzącą w kącie grupkę pismaków politycznych, pochylonych nad egzemplarzami przemówienia. Jeden z nich przytknął palce do czoła w geście pozdrowienia. Giles się uśmiechnął.
– Trzeba zdawać sobie sprawę – powiedział Bouchard – że de Gaulle zrobi wszystko, żeby Brytania nie została członkiem Wspólnego Rynku.
– Po moim trupie, jeżeli dobrze pamiętam jego słowa – zauważył Giles, biorąc do ręki szklaneczkę z whisky.
– Miejmy nadzieję, że nie będziemy musieli tak długo czekać.
– To niemal tak, jakby generał nie wybaczył Brytyjczykom, że wygrali wojnę.
– Pańskie zdrowie – rzekł Bouchard, wychylając whisky.
– Na zdrowie! – powiedział Giles.
– Nie wolno zapominać, że de Gaulle ma własne problemy, a zwłaszcza…

Nagle Gilesowi zrobiło się słabo. Schwycił się kontuaru, żeby się czegoś przytrzymać, ale sala wirowała mu przed oczami. Upuścił szklaneczkę, osunął się ze stołka i upadł na podłogę.

– Drogi kolego – powiedział Bouchard, klęknąwszy przy nim. – Czy dobrze się pan czuje? – Podniósł wzrok, kiedy mężczyzna, który siedział w kącie sali, podbiegł do nich.

– Jestem lekarzem – oznajmił. Schylił się, rozluźnił Gilesowi krawat i rozpiął kołnierzyk koszuli. Przyłożył dwa palce do szyi Gilesa, a potem powiedział nagląco do barmana: – Proszę wezwać karetkę, on ma atak serca.

Kilku dziennikarzy zbliżyło się pospiesznie do baru. Jeden z nich zaczął notować, gdy barman podjął słuchawkę telefonu i szybko wykręcił trzy numery.

– Tak – odezwał się głos.

– Potrzebna karetka. Prędko. Jeden z naszych klientów miał atak serca.

Bouchard wstał.

– Doktorze – powiedział, zwracając się do mężczyzny klęczącego przy Gilesie. – Ja wyjdę na zewnątrz i będę czekał na karetkę, i powiadomię sanitariuszy, gdzie mają iść.

– Czy pan wie, jak ten mężczyzna się nazywa? – zapytał jeden z dziennikarzy, kiedy Bouchard wyszedł.

– Nie mam pojęcia – odparł barman.

Pierwszy fotograf wpadł do baru kilka minut przed przyjazdem karetki i Gilesa znowu oślepiły błyski fleszy, chociaż nie był w pełni świadom, co się dzieje. Gdy wiadomość się rozeszła, kilku innych dziennikarzy, którzy znajdowali się w centrum konferencyjnym, przekazując materiał o dobrze przyjętym przemówieniu sir Gilesa Barringtona, zostawiło telefony i pobiegło do Palace Hotel.

Sebastian gawędził z ambasadorem, gdy usłyszał syrenę, ale nie zwrócił na nią uwagi, dopóki karetka nie zatrzymała się przed hotelem i nie wyskoczyło z niej dwóch sanitariuszy w szykownych uniformach, którzy z noszami wbiegli do środka.

– Nie sądzi pan – zaczął sir John, ale Sebastian już był na schodach i wbiegał do hotelu.

Przystanął, gdy zobaczył, że sanitariusze niosą nosze w jego stronę. Wystarczyło jedno spojrzenie na pacjenta, żeby potwierdziły się jego najgorsze obawy. Kiedy wsuwali nosze do tyłu karetki, Sebastian wskoczył do środka, krzycząc:

– To jest mój szef!

Jeden z sanitariuszy skinął głową, drugi zatrzasnął drzwi.

Sir John pojechał rolls-royce'em za karetką. Gdy dotarł do szpitala, przedstawił się i spytał recepcjonistę, czy lekarz oglądał sir Gilesa Barringtona.

– Tak, pacjent jest na oddziale nagłych przypadków i bada go doktor Clairbert. Proszę usiąść, wasza ekscelencjo. Jestem pewien, że lekarz przyjdzie i poinformuje pana o stanie pacjenta, gdy tylko skończy badanie.

Griff włączył telewizor, żeby zobaczyć wiadomości o siódmej w BBC z nadzieją, że przemówienie Gilesa nadal jest głównym tematem.

Giles wciąż był tematem dnia, ale do Griffa dopiero po pewnym czasie dotarło, kim jest mężczyzna na noszach. Opadł na krzesło. Za długo parał się polityką, żeby nie wiedzieć, że sir Giles Barrington nie jest już kandydatem na przywódcę Partii Pracy.

Mężczyzna, który spędził noc w pokoju numer 437 w Palace Hotel, oddał klucz w recepcji, wymeldował się i zapłacił rachunek gotówką. Pojechał taksówką na lotnisko i godzinę później wsiadł do samolotu, którym miał lecieć sir Giles. Na Lotnisku Londyńskim ustawił się w kolejce do taksówek, a kiedy dotarł do przodu, usiadł z tyłu i rzucił:

– Eaton Square czterdzieści cztery.

– Jestem zaskoczony, panie ambasadorze – powiedział doktor Clairbert po ponownym zbadaniu pacjenta. – Z sercem sir Gilesa nie dzieje się nic złego. W gruncie rzeczy jest on w doskonałej formie jak na swój wiek. Jednakże tylko wtedy będę miał całkowitą pewność, kiedy otrzymam z laboratorium wyniki wszystkich badań, a to znaczy, że muszę go zostawić do rana w szpitalu.

Nazajutrz Giles znalazł się na czołówkach krajowych gazet, jak na to liczył Griff.

Jednakże tytuły w pierwszych wydaniach, które głosiły: „Łeb w łeb" („Express"), „Pewniak" („Mirror"), „Narodziny męża stanu?" („The Times"), prędko zostały zmienione. Nowa pierwsza strona „Daily Mail" zawierała zwięzłe podsumowanie: „Atak serca niweczy szanse Barringtona na przywództwo Partii Pracy".

Wszystkie gazety niedzielne zamieściły obszerne życiorysy nowego lidera opozycji.

Zdjęcie Harolda Wilsona w wieku ośmiu lat stojącego przed Downing Street Dziesięć w niedzielnym ubranku i w czapce z daszkiem zdobiło większość czołówek gazet.

Giles przyleciał do Londynu w poniedziałek rano, towarzyszyli mu Gwyneth i Sebastian.

Kiedy samolot wylądował na Lotnisku Londyńskim, nie było tam ani jednego dziennikarza, fotografa czy kamerzysty; przestarzała sensacja. Gwyneth zawiozła ich na Smith Square.

– Co ci zalecił doktor po powrocie do domu? – spytał Griff.

– Nic mi nie zalecił – odparł Giles. – On wciąż się zastanawia, dlaczego w ogóle trafiłem do szpitala.

To Sebastian zwrócił wujkowi uwagę na artykuł na jedenastej stronie dziennika „The Times", napisany przez jednego z dziennikarzy, którzy byli obecni w barze hotelu, kiedy Giles stracił przytomność.

Matthew Castle postanowił zostać w Brukseli kilka dni i przeprowadzić dalsze dochodzenie, ponieważ nie był całkowicie przekonany, że sir Giles dostał ataku serca, chociaż cały ten incydent rozegrał się na jego oczach.

Donosił: po pierwsze, Pierre Bouchard, wiceprzewodniczący EWG, nie był w Brukseli, żeby wysłuchać przemówienia sir Gilesa, ponieważ uczestniczył w pogrzebie swojego starego przyjaciela w Marsylii; po drugie, barman, który zadzwonił po karetkę, wybrał tylko trzy numery i nie podał osobie, która odebrała telefon, adresu, na który należało przyjechać; po trzecie, w St Jean Hospital nie odnotowano, aby ktoś z Palace Hotel wzywał karetkę, i nie zdołano zidentyfikować dwóch sanitariuszy, którzy wtoczyli sir Gilesa na noszach; po czwarte, mężczyzna, który opuścił bar, żeby czekać na karetkę, nigdy nie wrócił i nikt nie zapłacił za dwa drinki; po piąte, mężczyzna w barze, który oznajmił, że jest lekarzem, i stwierdził, że sir Giles dostał ataku serca, zniknął bez śladu; i po szóste, barman nie zgłosił się do pracy następnego dnia.

Może to był tylko szereg zbiegów okoliczności, sugerował dziennikarz, ale jeśli nie, to czy Partia Pracy nie miałaby teraz innego przywódcy?

Griff nazajutrz wrócił do Bristolu, a ponieważ nie spodziewano się wyborów przynajmniej przez następny rok, spędził cały miesiąc na popijawie.

JESSICA CLIFTON
1964

21

– Czy spodziewasz się, że zrozumiem, co to przedstawia? – zapytała Emma, przyglądając się bliżej obrazowi.
– Mamo, tu nie ma nic do rozumienia – odparł Seb. – Nie o to chodzi.
– Więc o co chodzi, bo pamiętam, że kiedyś Jessica rysowała ludzi. Ludzi, których rozpoznawałam.
– Mamo, ona ma to już za sobą; teraz wchodzi w okres abstrakcyjny.
– Obawiam się, że to mi wygląda po prostu na plamy.
– To dlatego, że nie patrzysz bez uprzedzeń. Ona już nie chce być jak Constable czy Turner.
– To kim chce być?
– Jessicą Clifton.
– Jeżeli nawet masz rację, Seb – odezwał się Harry, przyglądając się obrazowi zatytułowanemu *Plama numer jeden* – to wszyscy artyści, nawet Picasso, przyznawali się do wpływów z zewnątrz. Więc pod czyim wpływem jest Jessica?
– Petera Blake'a, Francisa Bacona i zachwyca się Amerykaninem o nazwisku Rothko.
– Nie słyszałam o żadnym z nich – przyznała Emma.
– A oni prawdopodobnie nie słyszeli o Edith Evans, Joan Sutherland i Evelynie Waughu, których wy oboje tak podziwiacie.
– Harold Guinzburg ma w biurze obraz Rothki – powiedział Harry. – Mówił, że kosztował go dziesięć tysięcy dolarów, więc mu wytknąłem, że to więcej niż moja ostatnia zaliczka.
– Nie powinieneś tak myśleć – rzekł Sebastian. – Dzieło sztuki jest tyle warte, ile ktoś za nie zapłaci. Jeżeli to się odnosi do twojej książki, to dlaczego nie mogłoby się stosować do obrazu?
– Podejście bankiera – zauważyła Emma. – Nie będę ci przy-

pominać, co Oscar Wilde powiedział na temat ceny i wartości, bo się boję, że powiesz, że jestem staroświecka.
— Mamo, ty nie jesteś staroświecka — powiedział Sebastian, obejmując ją.
Emma się uśmiechnęła.
— Jesteś wprost prehistoryczna.
— Przyznaję się do czterdziestki — zaprotestowała Emma, spoglądając na syna, który nie przestawał się śmiać. — Ale czy to naprawdę najlepsze, co może wykrzesać z siebie Jessica? — zapytała, znowu zwróciwszy uwagę na obraz.
— To jej praca dyplomowa, która zdecyduje, czy dostanie się na studia podyplomowe w Akademii Królewskiej we wrześniu. I może jej nawet przynieść parę funtów.
— Te obrazy są na sprzedaż? — spytał Harry.
— O, tak. Wystawa dyplomowa to dla wielu młodych artystów pierwsza okazja, żeby pokazać swoje prace publiczności.
— Ciekaw jestem, kto kupuje tego rodzaju rzeczy? — powiedział Harry, rozglądając się po pokoju, którego ściany pokrywały obrazy olejne, akwarele i rysunki.
— Kochający rodzice, jak podejrzewam — rzuciła Emma. — Więc my musimy kupić jeden obraz Jessiki, ty też, Seb.
— Nie musisz mnie mamo przekonywać. Wrócę tu o siódmej na otwarcie wystawy, z książeczką czekową w pogotowiu. Już wybrałem obraz, który chcę kupić — *Plama numer jeden*.
— To wspaniałomyślne z twojej strony.
— Mamo, ty po prostu tego nie rozumiesz.
— Więc gdzie jest następczyni Picassa? — spytała Emma, nie zwracając uwagi na syna i rozglądając się wokół.
— Pewno ze swoim chłopakiem.
— Nie wiedziałem, że Jessica ma chłopaka — powiedział Harry.
— Myślę, że ona chce go wam przedstawić dziś wieczór.
— I co on robi?
— Też jest artystą.
— Jest młodszy czy starszy od Jessiki? — zapytała Emma.

– Ma tyle lat co ona. Jest w tej samej klasie, ale szczerze mówiąc, daleko mu do jej klasy.
– Zabawne – rzekł Harry. – Czy on się jakoś nazywa?
– Clive Bingham.
– Poznałeś go?
– Tak, oni rzadko się rozstają i wiem, że on się jej oświadcza przynajmniej raz w tygodniu.
– Ale ona jest o wiele za młoda, żeby myśleć o zamążpójściu – powiedziała Emma.
– Mamo, nie trzeba być absolwentem matematyki w Cambridge, żeby obliczyć, że skoro masz czterdzieści trzy lata, a ja dwadzieścia cztery, to musiałaś mieć dziewiętnaście, kiedy ja się urodziłem.
– Ale wtedy było inaczej.
– Ciekawe, czy dziadek Walter zgadzał się z tobą.
– Tak, owszem – powiedziała Emma, biorąc Harry'ego pod rękę. – Dziadek przepadał za twoim ojcem.
– A wy polubicie Clive'a. To naprawdę miły facet i to nie jego wina, że nie jest dobrym artystą, jak sami możecie się przekonać – powiedział Sebastian, prowadząc rodziców na drugą stronę sali, żeby zobaczyli prace Clive'a.

Harry przez pewien czas przyglądał się *Autoportretowi*, zanim wyraził opinię:
– Rozumiem, dlaczego uważasz, że Jessica jest dobra, bo nie wierzę, żeby ktoś to kupił.
– Na szczęście on ma bogatych rodziców, więc to nie powinien być problem.
– Ale skoro Jessice nigdy nie zależało na pieniądzach, a on chyba nie ma za grosz talentu, to co ona w nim widzi?
– Skoro w ostatnich trzech latach prawie każda studentka malowała Clive'a, to jasne, że nie tylko Jessica uważa go za przystojniaka.
– Jeżeli wygląda tak jak tu – to nie – zauważyła Emma, przyjrzawszy się *Autoportretowi*.
Sebastian się roześmiał.

– Poczekaj i zobacz, zanim wydasz wyrok. Chociaż ostrzegam, mamo, że przy twoich wymaganiach możesz uznać, że on jest trochę niezorganizowany, a nawet nijaki. Ale jak dobrze wiemy, Jess zawsze chce się opiekować wszystkimi zbłąkanymi owieczkami, które spotka, może dlatego, że sama jest sierotą.

– Czy Clive wie, że jest adoptowana?

– Oczywiście – odparł Sebastian. – Jessica nigdy tego nie ukrywa. Mówi to każdemu, kto pyta. W szkole artystycznej to zaleta, niemal odznaka honorowa.

– Czy oni żyją ze sobą? – szepnęła Emma.

– Oboje są studentami szkoły artystycznej, więc myślę, że to możliwe.

Harry się roześmiał, ale Emma wyglądała na zaszokowaną.

– Mamo, może to dla ciebie niespodzianka, ale Jess ma dwadzieścia jeden lat, jest piękna i utalentowana, i mogę ci powiedzieć, że Clive to nie jedyny facet, który myśli, że to wyjątkowa dziewczyna.

– No cóż, nie mogę się doczekać, żeby go poznać – powiedziała Emma. – I jeżeli nie mamy się spóźnić na wręczenie nagrody, powinniśmy pójść się przebrać.

– Mamo, skoro o tym mówimy, proszę, nie pokazuj się dziś wieczorem w stylu pani prezes Spółki Żeglugowej Barringtona, która ma przewodniczyć zebraniu rady nadzorczej, bo to wprawi Jessicę w zakłopotanie.

– Ale ja jestem prezeską Barringtona.

– Nie dziś wieczór, mamo. Dziś jesteś matką Jessiki. Jeśli więc masz jakieś dżinsy, najlepiej stare i spłowiałe, to będą się nadawać.

– Ale ja nie mam dżinsów, starych i spłowiałych!

– To włóż jakiś ciuch, który chcesz oddać do kościoła na wyprzedaż.

– A co myślisz o moim komplecie do pracy w ogrodzie? – zagadnęła Emma, nie kryjąc sarkazmu.

– Idealny. I najstarszy sweter, jaki wpadnie ci w ręce, najlepiej z dziurami na łokciach.

– A jak twój ojciec powinien się ubrać na tę okazję?
– Z tatą żaden kłopot – orzekł Sebastian. – On zawsze wygląda jak bałaganiarski, bezrobotny pisarz, więc będzie tam na miejscu.
– Chcę ci przypomnieć, Sebastianie, że twój ojciec jest jednym z najbardziej szanowanych autorów...
– Mamo, kocham was oboje. Podziwiam. Ale ten wieczór należy do Jessiki, więc proszę, nie zepsujcie go jej.
– On ma rację – powiedział Harry. – Ja bardziej się przejmowałem tym, jaki moja matka włoży kapelusz na doroczne wręczenie nagród, niż tym, czy zdobędę nagrodę za łacinę.
– Ale mówiłeś mi, tato, że to pan Deakins zawsze zdobywał nagrodę za łacinę.
– Racja – rzekł Harry. – Deakins, twój wujek Giles i ja byliśmy w tej samej klasie, ale Deakins, tak jak Jessica Clive'a, przerastał nas swoją klasą.

– Wujku, chciałabym ci przedstawić mojego chłopaka, Clive'a Binghama.
– Cześć, Clive – powiedział Giles, który zdjął krawat i rozpiął koszulę w chwilę po wejściu na salę.
– To pan jest ten poseł na topie, czy tak? – zagadnął Clive, gdy uścisnęli sobie ręce.
Gilesowi zabrakło słów, gdy spojrzał na młodego człowieka w rozpiętej pod szyją żółtej koszuli w groszki z olbrzymim miękkim kołnierzem i w dżinsach-rurach. Niesforna blond czupryna, intensywnie niebieskie oczy i urzekający uśmiech sprawiły jednak, że zrozumiał, dlaczego Jessica nie była jedyną kobietą w tej sali, która zerkała w stronę Clive'a.
– On jest najwspanialszy – powiedziała Jessica, uścisnąwszy serdecznie Gilesa – i powinien zostać liderem Partii Pracy.
– Jessico – rzekł Giles – zanim zdecyduję, który z twoich obrazów...
– Za późno – wtrącił Clive. – Ale może pan jeszcze mieć jakiś mój.

— Lecz ja chcę mieć w swojej kolekcji obraz Jessiki Clifton.
— To się pan rozczaruje. Wystawa zaczęła się o siódmej i wszystkie obrazy Jessiki zostały rozchwytane w ciągu kilku minut.

— Nie wiem, Jessico, czy mam się cieszyć twoim sukcesem, czy złościć na siebie, że nie przyszedłem wcześniej – powiedział Giles, ściskając dziewczynę. – Gratulacje.

— Dziękuję. Ale musisz obejrzeć prace Clive'a. Są naprawdę dobre.

— To dlatego ani jednej nie sprzedałem. Prawdę mówiąc, nawet moja rodzina ich już nie kupuje – dodał Clive, gdy Emma, Harry i Sebastian weszli do sali i od razu skierowali się do nich.

Giles nigdy nie widział, żeby jego siostra nie była modnie ubrana, ale tego wieczoru wyglądała, jakby dopiero co wyszła z szopy w ogrodzie. Harry przy niej robił wręcz wrażenie eleganta. I czy możliwe, że w jej swetrze była dziura? Ubranie to jedna z niewielu kobiecych broni, powiedziała mu raz Emma. Ale nie dziś wieczór… i nagle do niego dotarło.

— Poczciwa dziewczyna – szepnął.

Sebastian przedstawił rodzicom Clive'a i Emma musiała przyznać, że w niczym nie przypominał swojego autoportretu. Seksowny, pomyślała, chociaż uścisk jego ręki był raczej słaby. Skupiła uwagę na obrazach Jessiki.

— Czy te wszystkie czerwone kropki oznaczają…?

— Że sprzedane – powiedział Clive. – Ale jak już wyjaśniłem sir Gilesowi, ja nie mam takiego problemu.

— To nie ma już żadnej pracy Jessiki do kupienia?

— Ani jednej – powiedział Sebastian. – Uprzedzałem cię, mamo.

Ktoś stukał w szklankę na drugim końcu sali. Wszyscy rozejrzeli się wokół i zobaczyli brodatego mężczyznę na wózku inwalidzkim, próbującego zwrócić uwagę obecnych. Był niechlujnie odziany w brązową sztruksową marynarkę i zielone spodnie. Uśmiechnął się do zgromadzonych.

– Panie i panowie – zaczął. – Proszę o chwilę uwagi.

Wszyscy przestali rozmawiać i zwrócili się w stronę mówcy.

– Dobry wieczór i witam państwa na dorocznej wystawie absolwentów Slade School of Fine Art. Nazywam się Ruskin Spear i moim pierwszym zadaniem jako przewodniczącego jury jest ogłosić zwycięzców w każdej kategorii: rysunek, akwarela i malarstwo olejne. Po raz pierwszy w historii Slade ta sama osoba zwyciężyła we wszystkich trzech kategoriach.

Emma była zaintrygowana, kim jest ten wybitny młody artysta, ponieważ chciałaby porównać jego prace z malarstwem Jessiki.

– Doprawdy, nikt nie będzie zaskoczony z wyjątkiem być może samej zwyciężczyni, że najlepszą uczennicą w tym roku jest Jessica Clifton.

Emma nie posiadała się z dumy, kiedy wszyscy w sali bili brawo, Jessica zaś pochyliła głowę i przylgnęła do Clive'a. Tylko Sebastian naprawdę wiedział, co ona przeżywa. Te moje demony, jak mówiła. Jessica nigdy nie przestawała paplać, kiedy byli sami, ale gdy stawała się obiektem zainteresowania, to niczym żółw ukrywała się w swojej skorupie, licząc, że nikt jej nie zauważy.

– Gdyby Jessica zechciała tu podejść, przekażę jej czek na trzydzieści funtów i Puchar Munningsa.

Clive lekko ją pchnął i wszyscy bili brawo, kiedy z ociąganiem szła do przewodniczącego jury, z każdym krokiem mocniej zarumieniona. Kiedy pan Spear wręczył jej czek i puchar, jedno stało się oczywiste: że nie będzie żadnego dziękczynnego przemówienia. Jessica pospiesznie wróciła do Clive'a, który miał tak zadowoloną minę, jakby to on dostał nagrodę.

– Ogłaszam też, że Jessica została przyjęta do Akademii Królewskiej na dalsze studia od września i wiem, że moi koledzy w Akademii nie mogą się doczekać, kiedy dołączy do nas.

– Mam nadzieję, że te wszystkie pochlebstwa nie zawrócą jej w głowie – szepnęła Emma Sebastianowi, widząc, jak córka ściska rękę Clive'a.

– Nie ma obawy, mamo. Ona jest chyba jedyną osobą w tej sali, która nie zdaje sobie sprawy, jak wielki ma talent.

W tej chwili przy Emmie pojawił się szykowny mężczyzna w czerwonej jedwabnej muszce i w modnym dwurzędowym garniturze.

– Pozwoli pani, że się przedstawię.

Emma uśmiechnęła się do nieznajomego, ciekawa, czy to może ojciec Clive'a.

– Nazywam się Julian Agnew. Jestem marszandem i chciałem powiedzieć, jak bardzo podziwiam prace pani córki.

– Jak to miło z pańskiej strony. Czy udało się panu kupić jakiś obraz Jessiki?

– Zakupiłem wszystkie, proszę pani. Kiedy ostatnio to zrobiłem, był to młody artysta o nazwisku David Hockney.

Emma nie chciała przyznać, że nigdy nie słyszała o Davidzie Hockneyu, a Sebastian słyszał o nim tylko dlatego, że Cedric miał kilkanaście jego obrazów na ścianie w biurze, Hockney wszak pochodził z hrabstwa York. Co prawda Sebastian nie zwracał specjalnej uwagi na pana Agnew, bo był myślami gdzie indziej.

– Czy to znaczy, że będziemy mieli inną okazję, żeby kupić obraz mojej córki? – spytał Harry.

– Z całą pewnością – powiedział Agnew – gdyż wiosną zamierzam urządzić indywidualną wystawę prac Jessiki i mam nadzieję, że do tej pory namaluje więcej obrazów. Oczywiście wyślę państwu zaproszenie na wernisaż.

– Dziękuję – rzekł Harry. – Tym razem się nie spóźnimy.

Pan Agnew lekko się skłonił, a potem się odwrócił i skierował do drzwi, wyraźnie niezainteresowany żadnym z artystów, których prace oblepiały ściany. Emma zerknęła na Sebastiana i spostrzegła, że odprowadza wzrokiem pana Agnew. Potem zauważyła u boku marszanda młodą kobietę i zrozumiała, dlaczego syn oniemiał.

– Zamknij usta, Seb.

Sebastian był wyraźnie speszony; widok, który rzadko cieszył Emmę.

– Cóż, lepiej chodźmy i obejrzyjmy obrazy Clive'a – zaproponował Harry. – Może przy okazji poznamy jego rodziców.
– Oni nie zadają sobie trudu, żeby się pojawić – powiedział Sebastian. – Jess mi mówiła, że nigdy nie przychodzą, aby obejrzeć jego prace.
– To dziwne – zauważył Harry.
– To smutne – powiedziała Emma.

22

– Podobają mi się twoi rodzice – oznajmił Clive – a twój wujek Giles to fajny gość. Nawet mógłbym na niego głosować, chociaż moi rodzice by tego nie pochwalili.
– Czemu?
– Oboje są zatwardziałymi torysami. Matka by nie wpuściła socjalisty do domu.
– Przykro mi, że nie przyszli na wystawę. Byliby tacy z ciebie dumni.
– Nie sądzę. Przede wszystkim mama nie była zadowolona, że wybieram się do szkoły plastycznej. Chciała, żebym studiował w Oksfordzie albo w Cambridge, i nie przyjmowała do wiadomości, że się nie nadaję.
– Więc oni pewno mnie nie zaakceptują.
– Jak mogliby ciebie nie zaakceptować? – spytał Clive, obracając się, żeby spojrzeć jej w twarz. – Zdobyłaś wszystkie nagrody, jak nigdy jeszcze żaden uczeń Slade, i zaproponowano ci miejsce w Akademii Królewskiej, na co ja nie mam szans. Twój ojciec jest autorem bestsellerów, twoja matka prezeską spółki akcyjnej, a twój wujek jest w gabinecie cieni. Tymczasem mój ojciec jest prezesem firmy produkującej pastę rybną i ma nadzieję, że zostanie następnym szeryfem hrabstwa Lincoln, a to tylko dlatego, że dziadek zbił majątek na paście rybnej.
– Ale przynajmniej wiesz, kto był twoim dziadkiem – powiedziała Jessica, położywszy mu głowę na ramieniu. – Harry i Emma nie są moimi prawdziwymi rodzicami, chociaż zawsze traktowali mnie jak swoją córkę, a ponieważ chyba jestem podobna do Emmy, ludzie przypuszczają, że to moja matka. A Seb to najlepszy brat, jakiego może mieć dziewczyna. Ale prawda jest taka, że jestem sierotą i nie mam pojęcia, kim byli moi rodzice.
– Czy próbowałaś kiedyś się dowiedzieć?

– Tak, ale mi powiedziano, że u Doktora Barnardo ściśle przestrzega się zasady nieudzielania informacji o rodzicach biologicznych bez ich zgody.
– Dlaczego nie zapytasz wujka Gilesa? On na pewno wie.
– Nawet jeżeli wie, to może moja rodzina ma powody, żeby mi nie mówić?
– A może twój ojciec zginął na wojnie i został odznaczony na polu bitwy za bohaterski czyn, a twoja matka umarła na atak serca?
– A ty, panie Bingham, jesteś niepoprawnym romantykiem, który powinien przestać zaczytywać się Bigglesem i zainteresować się książką *Na Zachodzie bez zmian*.
– Jak zostaniesz sławną artystką, to będziesz się nazywać Jessica Clifton czy Jessica Bingham?
– Clive, czy ty przypadkiem znowu mi się nie oświadczasz? Bo to już trzeci raz w tym tygodniu.
– Zauważyłaś. Tak i mam nadzieję, że pojedziesz ze mną na weekend do Lincolnshire i poznasz moich rodziców, tak że będzie to oficjalne.
– Marzę o tym – powiedziała Jessica i zarzuciła mu ręce na szyję.
– Jest ktoś, komu muszę złożyć wizytę, zanim będziesz mogła przyjechać do Lincolnshire, więc jeszcze nie pakuj walizki.

– To miło z pańskiej strony, że zechciał pan się ze mną spotkać tak szybko.
Harry był pod wrażeniem. Zauważył, że młody człowiek zadał sobie dużo trudu. Zjawił się punktualnie, był w marynarce i krawacie, a buty miał tak wypucowane, jakby się wybierał na defiladę. Widać było, że jest zdenerwowany, więc Harry próbował go uspokoić.
– W swoim liście napisałeś, że chcesz się ze mną widzieć w ważnej sprawie, więc może chodzić o jedno.
– To naprawdę proste, proszę pana – rzekł Clive. – Przyszedłem prosić o rękę pańskiej córki.

– To zabrzmiało zachwycająco staroświecko.
– Tego by się po mnie spodziewała Jessica.
– Czy nie uważasz, że jesteście oboje trochę za młodzi, żeby myśleć o małżeństwie? Może powinniście poczekać, przynajmniej do czasu, aż Jessica skończy Akademię?
– Z całym szacunkiem, proszę pana, ale Sebastian mówi, że jestem starszy, niż pan był, kiedy oświadczył się pani Clifton.
– Prawda, ale to było w czasie wojny.
– Mam nadzieję, że nie będę musiał iść na wojnę, żeby udowodnić, jak bardzo kocham pańską córkę.
Harry roześmiał się.
– Hm, myślę, że jako twój przyszły teść powinienem zapytać, jakie masz widoki na przyszłość. Jessica mi powiedziała, że nie dostałeś się na Akademię.
– Jestem pewien, że to pana nie zaskoczyło.
Harry się uśmiechnął.
– To czym się zajmujesz po skończeniu Slade?
– Pracuję w agencji reklamowej Curtis Bell and Getty w dziale projektowania.
– Czy to jest dobrze płatne?
– Nie, proszę pana. Zarabiam czterysta funtów rocznie, ale od ojca dostaję jeszcze tysiąc i rodzice w prezencie na dwudzieste pierwsze urodziny wydzierżawili mi mieszkanie w Chelsea. Będziemy więc mieli aż dość.
– Zdajesz sobie sprawę, że malarstwo jest i zawsze będzie pierwszą miłością Jessiki. Ona nigdy nie pozwoli, żeby coś przeszkodziło jej w powołaniu, o czym nasza rodzina mogła się przekonać w dniu, kiedy wkroczyła w nasze życie.
– Dobrze o tym wiem, proszę pana, i zrobię wszystko, co w mojej mocy, żeby mogła spełnić swoje ambicje. Zarzucić je byłoby szaleństwem przy takim talencie.
– Cieszę się, że tak uważasz – rzekł Harry. – Jednakże mimo wielkiego talentu brakuje jej pewności siebie, z czym będziesz musiał czasami się uporać, okazując jej współczucie i zrozumienie.

– Z tego też dobrze sobie zdaję sprawę i z radością jej pomagam. Wtedy czuję się szczególnie jej bliski.
– Czy mogę spytać, co myślą twoi rodzice o twoich zamiarach wobec mojej córki?
– Moja matka jest pana wielką wielbicielką i podziwia pana żonę.
– Czy oni zdają sobie sprawę, że nie jesteśmy rodzicami Jessiki?
– Tak, ale jak mówi mój tata, to nie jej wina.
– A czy im powiedziałeś, że chcesz poślubić Jessicę?
– Nie, proszę pana, ale w ten weekend jedziemy do Louth, gdzie zamierzam to zrobić, chociaż nie wyobrażam sobie, żeby to ich specjalnie zaskoczyło.
– Wobec tego pozostaje mi tylko życzyć wam dużo szczęścia. Jeżeli jest na świecie lepsza, bardziej kochająca dziewczyna, to ja takiej jeszcze nie spotkałem. Ale może każdy ojciec tak uważa.
– Dobrze wiem, że nigdy nie będę jej wart, ale przysięgam, że jej nie zawiodę.
– Jestem tego pewien – rzekł Harry. – Muszę cię jednak przestrzec, że jest druga strona tej monety. To wrażliwa młoda kobieta i gdybyś kiedyś utracił jej zaufanie, tobyś ją stracił.
– Nigdy bym na to nie pozwolił, proszę mi wierzyć.
– Jestem pewien, że mówisz szczerze. Więc zadzwoń do mnie, gdy ona powie ci tak.
– Na pewno zadzwonię – powiedział Clive, kiedy Harry wstał z krzesła. – Jeżeli nie odezwę się do niedzieli wieczór, to będzie znaczyło, że mi odmówiła. Znowu.
– Znowu? – spytał Harry.
– Tak. Oświadczałem się Jess kilkakrotnie – przyznał Clive – i ona za każdym razem dawała mi kosza. Mam wrażenie, że jest coś, co ją martwi i o czym nie chce mówić. Przypuszczam, że nie o mnie chodzi, i miałem nadzieję, że może pan rzuci na to światło.
Harry wahał się przez chwilę, a potem powiedział:
– Jutro jem lunch z Jessicą, czy zatem mogę zaproponować,

żebyś z nią pomówił, zanim pojedziecie do Lincolnshire i na pewno przed oznajmieniem nowiny swoim rodzicom?

– Jeżeli uważa pan to za konieczne, to tak zrobię.

– Myślę, że to byłoby rozsądne w tej sytuacji – powiedział Harry.

W tym momencie do pokoju weszła Emma.

– Czy mam rozumieć, że czas na gratulacje? – zapytała, co Harry'emu nasunęło podejrzenie, że żona wysłuchała ich rozmowy. – Jeżeli tak, to jestem zachwycona.

– Jeszcze nie, proszę pani. Ale miejmy nadzieję, że ogłosimy to oficjalnie podczas tego weekendu. Jeśli tak, będę się starał zasłużyć na zaufanie pani i pani męża. – Zwracając się do Harry'ego, Clive powiedział: – Dziękuję, że zechciał się pan ze mną zobaczyć.

Mężczyźni uścisnęli sobie ręce.

– Jedź ostrożnie – poprosił Harry, jakby mówił do własnego syna.

Stał wraz z Emmą przy oknie i oboje patrzyli, jak Clive wsiada do samochodu.

– Więc w końcu postanowiłeś powiedzieć Jessice, kto jest jej ojcem?

– Clive nie zostawił mi wyboru – odparł Harry, patrząc, jak samochód znika z podjazdu i wyjeżdża za bramę Manor House. – I Bóg wie, jak ten młody człowiek zareaguje, kiedy dowie się prawdy.

– O wiele bardziej się martwię, jak zareaguje Jessica – powiedziała Emma.

23

– Nienawidzę tej A1 – powiedziała Jessica. – Ta droga zawsze przywołuje tyle złych wspomnień.
– Czy oni doszli do tego, co się naprawdę stało tamtego dnia? – spytał Clive, wyprzedziwszy ciężarówkę. Jessica zerknęła na lewo, a potem obejrzała się do tyłu. – Co ty robisz?
– Tylko sprawdzam – odparła. – Koroner uznał, że to była przypadkowa śmierć. Ale wiem, że Seb wciąż się obwinia za śmierć Brunona.
– To niesprawiedliwe, jak wiemy oboje.
– Powiedz to Sebastianowi – rzuciła Jessica.
– Gdzie ojciec zabrał cię wczoraj na lunch? – zagadnął Clive, chcąc zmienić temat.
– Musiałam w ostatniej chwili odwołać lunch. Mój opiekun chciał porozmawiać o tym, jakie obrazy powinnam zgłosić na letnią wystawę w Akademii Królewskiej. Więc tata zaprosi mnie na lunch w poniedziałek, chociaż muszę przyznać, że był rozczarowany.
– Może jest coś szczególnego, o czym chciał porozmawiać.
– Nic takiego, co nie może poczekać do poniedziałku.
– To jaki obraz wybraliście?
– *Smog numer dwa*.
– Dobry wybór!
– Pan Dunstan wydaje się pewien, że Akademia weźmie ten obraz pod uwagę.
– Czy to ten obraz, który widziałem w mieszkaniu oparty o ścianę, kiedy wychodziliśmy?
– Tak. Zamierzałam dać go w prezencie twojej matce podczas tego weekendu, ale niestety wszystkie prace na wystawę muszą być oddane do następnego czwartku.

– Będzie dumna, jeżeli zobaczy obraz swojej przyszłej synowej wystawiony z obrazami członków Akademii.

– Co roku zostaje zgłoszonych do Akademii Królewskiej dziesięć tysięcy prac, z czego wybiera się tylko kilkaset, więc jeszcze nie wysyłaj zaproszeń. – Jessica spojrzała w lewo i znowu do tyłu, kiedy Clive przejeżdżał koło następnej ciężarówki. – Czy twoi rodzice domyślają się, dlaczego przyjeżdżamy w ten weekend?

– Nie mogłem im dać wyraźniej do zrozumienia, że chcę, aby poznali dziewczynę, z którą pragnę spędzić resztę życia.

– A co, jeśli mnie nie polubią?

– Będą cię uwielbiać, a zresztą, kto by się martwił, gdyby nie? Ja nie mógłbym cię kochać bardziej niż teraz.

– Jesteś słodki – powiedziała Jessica. Przechyliła się i pocałowała go w policzek. – Ale ja bym się martwiła, gdyby twoi rodzice nie byli przekonani. Przecież jesteś ich jedynym synem, więc muszą się o ciebie troszczyć, a może nawet trochę się denerwować.

– Mojej matki nic nie może zdenerwować, a taty nie trzeba będzie przekonywać, jak cię pozna.

– Żałuję, że nie mam pewności siebie twojej matki.

– Już taka ona jest, moja droga mama. Chodziła do Roedean, gdzie uczą tylko, jak zostać narzeczoną arystokraty, a ponieważ wyszła za mąż za króla pasty rybnej, będzie podekscytowana myślą, że twoja rodzina połączy się z naszą.

– Czy twojemu ojcu zależy na takich rzeczach?

– Skądże. Robotnicy mówią mu Bob, czego matka nie pochwala. Zrobili go prezesem wszystkich instytucji w promieniu trzydziestu kilometrów od domu, począwszy od Klubu Snookera w Louth po Towarzystwo Chóralne w Cleethorpes, a biedak jest daltonistą i całkiem nie ma słuchu.

– Nie mogę się doczekać, kiedy go poznam – powiedziała Jessica, kiedy Clive zjechał z A1 i skierował się w stronę Mablethorpe.

Wprawdzie Clive nadal gawędził, ale czuł, że Jessica z każdym kilometrem coraz bardziej się denerwuje, a w chwili, gdy wjechali w bramę Mablethorpe Hall, całkiem umilkła.

– O, Boże – w końcu westchnęła, gdy okrążali szeroki podjazd, po którego obu stronach jak daleko sięgał wzrok pyszniły się wysokie, szlachetne wiązy. – Nie mówiłeś mi, że mieszkasz w zamku.

– Tata kupił tę posiadłość tylko dlatego, że jej właścicielem był hrabia Mablethorpe, który na początku wieku usiłował wyeliminować mojego dziadka z biznesu, chociaż podejrzewam, że tata chciał zrobić wrażenie na mojej matce.

– Cóż, ja jestem pod wrażeniem – powiedziała Jessica, kiedy wyłonił się przed nimi trzypiętrowy palladiański pałac.

– Tak, muszę przyznać, że trzeba sprzedać trochę puszek pasty rybnej, żeby kupić takie gmaszysko.

Jessica się roześmiała, ale przestała się śmiać, kiedy otwarły się frontowe drzwi i zjawił się kamerdyner, a za nim dwaj lokaje, którzy zbiegli ze schodów, żeby otworzyć bagażnik i wyjąć walizki.

– Ja nie mam bagażu nawet na pół lokaja – szepnęła Jessica.

Clive otworzył drzwi pasażera, ale ona nie ruszyła się z miejsca. Więc schwycił ją za rękę i poprowadził po schodach i przez drzwi do holu, gdzie czekali państwo Bingham.

Pod Jessicą z wrażenia ugięły się nogi, kiedy ujrzała matkę Clive'a; tak elegancką, wyrafinowaną, pewną siebie. Pani Bingham wystąpiła do przodu z przyjaznym uśmiechem.

– Jak cudownie wreszcie cię poznać – powiedziała wylewnie, całując Jessicę w oba policzki. – Clive tyle nam o tobie opowiadał.

Ojciec Clive'a uścisnął serdecznie jej rękę i powiedział:

– Clive nie przesadzał, jesteś śliczna jak obrazek.

Clive wybuchnął śmiechem.

– Mam nadzieję, że nie, tatusiu. Ostatni obraz Jessiki ma nazwę *Smog numer dwa*.

Jessica trzymała kurczowo rękę Clive'a, kiedy gospodarze prowadzili ich do salonu, i odprężyła się trochę dopiero wtedy,

gdy zobaczyła wiszący nad kominkiem portret Clive'a, który namalowała na jego urodziny, niedługo potem, jak się poznali.
– Mam nadzieję, że namalujesz mój portret pewnego dnia.
– Jessica już nie maluje takich rzeczy, tatusiu.
– Z największą przyjemnością, proszę pana.

Gdy Jessica usiadła obok Clive'a na sofie, otwarto drzwi salonu i pojawił się ponownie kamerdyner, a za nim pokojówka, niosąc wielką srebrną tacę ze srebrnym dzbankiem z herbatą i dwoma wielkimi talerzami pełnymi kanapek.
– Z ogórkiem, pomidorem i serem, proszę pani – oznajmił kamerdyner.
– Ale zauważ, że bez pasty rybnej – szepnął Clive.

Jessica nerwowo jadła wszystko, czym ją częstowano, a pani Bingham opowiadała, jak jest zajęta i że nigdy nie ma wolnej chwili. Zdawała się nie zwracać uwagi na to, że Jessica zaczęła na drugiej stronie serwetki szkicować twarz ojca Clive'a, żeby skończyć rysunek, kiedy będzie sama w sypialni.
– Dziś wieczorem zjemy kolację tylko w rodzinnym gronie – oznajmiła pani Bingham, proponując Jessice jeszcze jedną kanapkę. – Ale jutro planuję uroczysty obiad – dla paru przyjaciół, którzy bardzo chcą cię poznać.

Clive ścisnął rękę Jessiki, wiedząc, że dziewczyna nie cierpi być ośrodkiem zainteresowania.
– To bardzo uprzejme z pani strony, że zadaje sobie pani tyle trudu.
– Proszę, mów mi Priscilla. My nie robimy ceregieli w tym domu.
– A moi przyjaciele mówią do mnie Bob – powiedział pan Bingham, podając Jessice kawałek ciasta biszkoptowego przełożonego dżemem.

Kiedy godzinę później Jessicę zaprowadzono do jej pokoju, zastanawiała się, dlaczego się martwiła. Dopiero gdy zobaczyła, że jej ubrania rozpakowano i powieszono w szafie, wpadła w panikę.
– Co za problem, Jess?

– Na kolację to jeszcze mam się w co przebrać, ale na jutrzejszy uroczysty obiad nie mam żadnego stroju.

– Ja bym się tym nie martwił, bo czuję, że mama zamierza jutro rano zabrać cię na zakupy.

– Ale ja nie mogę pozwolić, żeby ona coś mi kupiła, kiedy nie dałam jej żadnego prezentu.

– Wierz mi, mama chce się przed tobą pokazać i jej sprawi to o wiele więcej przyjemności niż tobie. Po prostu myśl o tym jak o skrzynce pełnej puszek pasty rybnej.

Jessica się roześmiała i kiedy po kolacji wybierali się spać, czuła się już tak swobodnie, że bez przerwy szczebiotała.

– I co, czy było tak źle? – spytał Clive, podążając za nią do sypialni.

– Chyba nie mogło być lepiej – odparła. – Twojego ojca po prostu uwielbiam, a twoja matka robiła, co mogła, żebym się poczuła jak w domu.

– Czy spałaś kiedy w łożu z baldachimem? – zagadnął, obejmując ją.

– Nie, nie spałam – powiedziała i odepchnęła go. – A ty gdzie będziesz spał?

– W pokoju obok. Ale jak widzisz, są połączone drzwiami, bo tu sypiała kochanka hrabiego; więc przyjdę do ciebie później.

– Nie, nie przyjdziesz – zakpiła Jessica – chociaż podobałoby mi się być kochanką hrabiego.

– Nic z tego – rzekł Clive, przyklękając na jedno kolano. – Musi ci wystarczyć, że będziesz panią Bingham, księżniczką pasty rybnej.

– Czyżbyś znowu mi się oświadczał, Clive?

– Jessico Clifton, ubóstwiam cię i chcę z tobą spędzić całe życie, i mam nadzieję, że zrobisz mi zaszczyt i zostaniesz moją żoną.

– Pewno, że tak – powiedziała Jessica, klękając i obejmując go.

– Powinnaś się zawahać i pomyśleć przez chwilę.

– O niczym innym tyle nie myślałam przez ostatnie sześć miesięcy.

– Ale ja sądziłem...
– To nie chodziło o ciebie, głuptasie. Nie mogłabym kochać cię bardziej, gdybym chciała. To tylko...
– Co tylko?
– Jak jesteś sierotą, to musisz się zastanawiać...
– Jess, czasem jesteś taka niemądra. Zakochałem się w tobie i nic mnie nie obchodzi, kim są czy byli twoi rodzice. A teraz puść mnie, bo mam dla ciebie małą niespodziankę.

Jessica wypuściła narzeczonego z objęć, a on wyjął z kieszonki czerwone skórzane pudełeczko. Otworzyła je i roześmiała się na widok słoiczka Pasty Rybnej Binghama. „Pasty, którą jedzą nawet rybacy".

– Zajrzyj do środka – podsunął.

Jessica odkręciła wieczko i wetknęła palec w pastę.

– Fuj – rzuciła, po czym wyjęła piękny wiktoriański pierścionek zaręczynowy z szafirem i brylantami. – O, założę się, że nie znajdzie się takiego w każdym słoiku. Jest cudowny – powiedziała, wylizawszy go do czysta.

– Należał do mojej babki. Betsy była dziewczyną stąd, z Grimsby, z którą dziadek się ożenił, kiedy pracował na statku rybackim, zanim jeszcze dorobił się majątku.

Jessica wciąż wpatrywała się w pierścionek.

– Jest o wiele za dobry dla mnie – uznała.
– Betsy tak by nie myślała.
– A twoja matka? Jak ona będzie się czuła, kiedy go zobaczy?
– To był jej pomysł – rzekł Clive. – Zejdźmy na dół i ogłośmy im nowinę.
– Jeszcze nie – powiedziała Jessica, obejmując go ramionami.

24

Następnego dnia po śniadaniu Clive wybrał się z narzeczoną na spacer wokół posiadłości, ale zdążyli tylko zajść do ogrodu i nad jezioro, gdyż matka Clive'a zabrała Jessicę na zakupy w Louth.

– Pamiętaj, za każdym razem, gdy zabrzęczy kasa sklepowa, pomyśl, że to kolejna skrzynka z pastą rybną – powiedział Clive, kiedy Jessica usiadła z tyłu samochodu obok Priscilli.

Kiedy obydwie wróciły do Mablethorpe Hall na późny lunch, Jessica dźwigała torby i pudełka zawierające dwie sukienki, kaszmirowy szal, parę butów i malutką czarną wieczorową torebkę.

– Na wieczorny obiad – wyjaśniła Priscilla.

Jessica mogła tylko się zastanawiać, ile trzeba było sprzedać skrzynek pasty rybnej, żeby pokryć rachunki. W istocie była bardzo wdzięczna Priscilli za jej hojność, ale kiedy znalazła się w pokoju sama z Clive'em, oznajmiła mu stanowczo:

– To nie jest styl życia, jakiemu chciałabym się oddawać dłużej niż dwa dni.

Po lunchu Clive zabrał ją na dalszy spacer po posiadłości, tak że wrócili akurat w porę podwieczorku.

– Czy twoja rodzina przestaje kiedy jeść? – spytała Jessica. – Nie wiem, jakim cudem twoja matka zachowuje taką szczupłą figurę.

– Ona nie je, tylko skubie potrawy. Nie zauważyłaś?

– Przejrzymy listę gości, którzy będą na obiedzie? – zaproponowała Priscilla, kiedy podano podwieczorek. – Biskup Grimsby i jego żona Maureen. – Podniosła wzrok. – Oczywiście mamy nadzieję, że biskup odprawi ceremonię.

– A co to za ceremonia, moja droga? – spytał Bob, mrugnąwszy do Jessiki.

– Mógłbyś przestać mówić do mnie „moja droga" – powiedziała Priscilla. – To takie pospolite – dodała, a potem wróciła do listy gości. – Burmistrz Louth, radny Pat Smith. Jestem bardzo przeciwna skracaniu imion. Gdy mój mąż zostanie szeryfem hrabstwa w przyszłym roku, będę nalegać, żeby wszyscy mówili do niego Robert. I na koniec moja szkolna przyjaciółka, lady Virginia Fenwick, córka hrabiego Fenwick. Wiecie, w tym samym roku byłyśmy debiutantkami.

Jessica schwyciła rękę Clive'a, żeby opanować drżenie. Nie odezwała się słowem, dopóki nie znaleźli się w zaciszu jej pokoju.

– O co chodzi, Jess? – spytał Clive.

– Czy twoja matka nie zdaje sobie sprawy, że lady Virginia była pierwszą żoną wujka Gilesa?

– Pewno, że tak. Ale to było tak dawno temu. Kogo to obchodzi? Nawet się dziwię, że ją pamiętasz.

– Spotkałam ją tylko raz, w dniu pogrzebu babki Elizabeth, i pamiętam jedynie, że nalegała, by mówić do niej lady Virginio.

– Wciąż to robi – rzekł Clive, bagatelizując. – Ale myślę, że przekonasz się, że trochę złagodniała z upływem lat, chociaż przyznaję, że bardzo źle wpływa na moją drogą matkę. Wiem na pewno, że tata jej nie cierpi, więc się nie dziw, że znajduje jakąś wymówkę, by się wymknąć, gdy one są razem.

– Lubię twojego tatę – rzekła Jessica.

– A on cię uwielbia.

– Na jakiej podstawie tak mówisz?

– Nie dopominaj się o komplementy. Ale muszę przyznać, że powtórzył tę starą śpiewkę: „Mój chłopcze, gdybym był dwadzieścia lat młodszy, nie miałbyś cienia szans".

– To uprzejme z jego strony.

– To żadna uprzejmość, on mówił serio.

– Lepiej się przebiorę, bo się spóźnię na uroczysty obiad – powiedziała Jessica. – Wciąż nie jestem pewna, którą sukienkę włożyć – dodała, kiedy Clive wychodził do swojego pokoju.

Przymierzyła obie sukienki, długo wpatrując się w lustro, ale nadal nie mogła się zdecydować, kiedy wrócił Clive i poprosił, żeby pomogła mu zawiązać muszkę.

– Którą sukienkę mam włożyć? – zapytała bezradnie.
– Niebieską – rzucił Clive, wracając do swojego pokoju.
Jessica jeszcze raz przejrzała się w lustrze i pomyślała, czy będzie jeszcze jakaś okazja, żeby wystąpić w którejś z tych sukienek. Na pewno nie na balu studentów malarstwa.
– Wyglądasz fantastycznie – powiedział Clive, kiedy wreszcie wyszedł z łazienki. – Co za suknia!
– Twoja matka ją wybrała – oznajmiła Jessica, okręcając się wkoło.
– Lepiej już chodźmy. Chyba słyszałem samochód na podjeździe.
Jessica schwyciła kaszmirowy szal, ułożyła go na ramionach, jeszcze raz spojrzała w lustro, a potem oboje zeszli po schodach, trzymając się za ręce. Wkroczyli do salonu w chwili, gdy ktoś zapukał do frontowych drzwi.
– O, bosko wyglądasz w tej sukni – zauważyła Priscilla – a szal jest wprost idealny. Czy zgadzasz się, Robercie?
– Tak, wprost idealny, moja droga – rzekł Bob.
Priscilla zmarszczyła brwi, a tymczasem kamerdyner otworzył drzwi i zaanonsował:
– Biskup Grimsby i pani Hadley.
– Ekscelencjo – powiedziała Priscilla – jak cudownie, że ekscelencja z małżonką mogli przybyć. Pozwolę sobie przedstawić pannę Jessicę Clifton, która właśnie zaręczyła się z moim synem.
– Szczęśliwy Clive – rzekł biskup, ale Jessica myślała tylko o tym, jak bardzo chciałaby go namalować w tym długim czarnym surducie, fioletowej koszuli i lśniącej koloratce.
Kilka minut później przybył burmistrz Louth. Priscilla upierała się, żeby go przedstawić jako radnego Patricka Smitha. Gdy Priscilla wyszła z pokoju, żeby przywitać ostatniego gościa, burmistrz szepnął do Jessiki:
– Tylko moja matka i Priscilla mówią do mnie Patrick. Mam nadzieję, że ty będziesz mi mówiła Pat.
I wtedy Jessica usłyszała głos, którego nie mogła zapomnieć.
– Priscillo, kochanie, zbyt długo się nie widziałyśmy.

– Tak, kochanie, stanowczo za długo.
– Zbyt rzadko wybieram się na północ, a mamy sobie tyle do opowiedzenia – mówiła Virginia, idąc z gospodynią do salonu.

Przedstawiwszy Virginię biskupowi i burmistrzowi, Priscilla poprowadziła przyjaciółkę na drugą stronę pokoju do Jessiki.

– Przedstawiam ci pannę Jessicę Clifton, która właśnie zaręczyła się z Clive'em.

– Dobry wieczór, lady Virginio. Nie sądzę, żeby mnie pani pamiętała.

– Jak mogłabym zapomnieć, chociaż musiałaś wtedy mieć siedem albo osiem lat. Tylko spojrzę – powiedziała, cofając się o krok. – Wyrosłaś na piękną młodą kobietę. Wiesz, tak bardzo mi przypominasz swoją drogą matkę.

Jessice zbrakło słów, ale to zdawało się nie mieć znaczenia.

– I słyszałam takie wspaniałe opinie o twoich dokonaniach w Slade. Jak dumni muszą być twoi rodzice.

Dopiero później, dużo później, Jessica zaczęła się zastanawiać, skąd lady Virginia mogła słyszeć o jej malarstwie. Ale zwiodły ją komplementy: „Co za przepiękna suknia" i „Jaki cudowny pierścionek" oraz „Czyż Clive nie jest szczęśliwym młodym człowiekiem?".

– Jeszcze jeden mit prysł – zauważył Clive, kiedy weszli pod rękę do salonu.

Jessica nie była do końca przekonana i z ulgą stwierdziła, że posadzono ją pomiędzy burmistrzem i biskupem, podczas gdy lady Virginia siedziała z prawej strony pana Binghama, na drugim końcu stołu, na tyle daleko, że Jessica nie musiała z nią rozmawiać. Kiedy sprzątnięto po głównym daniu – a było więcej służących niż gości – pan Bingham postukał łyżeczką w kieliszek i wstał ze swojego miejsca u szczytu stołu.

– Dzisiaj – zaczął – witamy nowego członka naszej rodziny, wyjątkową młodą damę, która zaszczyciła mojego syna, zgadzając się zostać jego żoną. Drodzy przyjaciele – powiedział, wznosząc kieliszek – za Jessicę i Clive'a!

Wszyscy wstali i powtórzyli:

– Za Jessicę i Clive'a!
Nawet Virginia uniosła swój kieliszek.
Jessica pomyślała, że chyba nie można doznać większego szczęścia.

Po kolejnych toastach wznoszonych szampanem w salonie po obiedzie biskup przeprosił, tłumacząc, że rano musi odprawić nabożeństwo i powinien jeszcze raz przejrzeć kazanie. Priscilla odprowadziła go i jego małżonkę do drzwi, a potem, kilka minut później, burmistrz podziękował gospodarzowi i gospodyni i jeszcze raz złożył gratulacje szczęśliwej parze.

– Dobrej nocy, Pat – powiedziała Jessica.

Burmistrz nagrodził ją szerokim uśmiechem.

Po wyjściu burmistrza pan Bingham wrócił do salonu i oznajmił żonie:

– Zamierzam teraz zabrać psy na wieczorny spacer i zostawiam was obie. Podejrzewam, że macie sobie dużo do opowiadania, bo nie widziałyście się tak długi czas.

– Myślę, że to znak, że my też powinniśmy sobie pójść – powiedział Clive, który złożył matce i lady Virginii życzenia dobrej nocy, a potem udał się z Jessicą do jej pokoju.

– Jaki sukces – rzekł Clive, zamykając drzwi sypialni. – Wydaje się, że nawet lady Virginię udało się pozyskać. Wiesz, w tej sukience wyglądasz urzekająco.

– To tylko dzięki hojności twojej matki – zauważyła Jessica i jeszcze raz przejrzała się w lustrze.

– Nie zapominaj o paście rybnej mojego dziadka.

– Ale gdzie jest mój piękny szal, ten, który podarowała mi twoja matka? – Jessica rozejrzała się po pokoju. – Musiałam zostawić go w salonie. Zejdę na dół i go przyniosę.

– Czy to nie może zaczekać do rana?

– Na pewno nie – odparła Jessica. – Nie powinnam nigdy spuścić go z oka.

– Tylko nie wdaj się w pogawędkę z tymi dwiema, bo one już prawdopodobnie planują szczegóły naszego ślubu.

– Zaraz wracam – powiedziała Jessica i wyszła z pokoju,

nucąc pod nosem. Zbiegła po schodach i dzieliło ją tylko kilka kroków od drzwi salonu, które były lekko uchylone, kiedy usłyszała słowo „morderczyni" i zamarła.

– Koroner zawyrokował, że to była śmierć na skutek nieszczęśliwego wypadku, mimo że ciało sir Hugona znaleziono w kałuży krwi z nożem do papieru sterczącym z szyi.

– I mówisz, że są powody, aby przypuszczać, że sir Hugo Barrington był jej ojcem?

– Nie ma wątpliwości. Prawdę mówiąc, jego śmierć była dobrodziejstwem dla rodziny, gdyż czekał go proces o oszustwo. Gdyby do tego doszło, firma bez wątpienia by upadła.

– Nie miałam o tym pojęcia.

– A to tylko połowa sprawy, kochanie, ponieważ matka Jessiki popełniła potem samobójstwo, żeby nie oskarżono jej o zamordowanie sir Hugona.

– Po prostu nie mogę w to uwierzyć. Wydaje się, że to taka przyzwoita dziewczyna.

– Obawiam się, że nie można nic lepszego powiedzieć, jeśli chodzi o rodzinę ze strony Cliftonów. Matka Harry'ego Cliftona była znaną prostytutką, więc on nie może być pewien, kto był jego ojcem. W zwykłych okolicznościach nie wspominałabym o tym – ciągnęła Virginia – ale po co wam skandal w tym szczególnym momencie.

– W tym szczególnym momencie? – spytała Priscilla.

– Tak, słyszałam z pewnego źródła, że premier rozważa nadanie tytułu szlacheckiego Robertowi, co oczywiście znaczy, że zostałabyś lady Bingham.

Priscilla przez chwilę myślała o tym, a potem powiedziała:

– Czy uważasz, że Jessica zna prawdę o swoich rodzicach? Clive nigdy nawet nie napomknął o czymś, co by świadczyło o skandalu.

– Oczywiście, że zna, ale nigdy nie zamierzała mówić o tym tobie czy Clive'owi. Ta mała lafirynda liczy na to, że będzie miała złotą obrączkę na palcu, zanim to się rozniesie. Czy nie zauważyłaś, jak owinęła sobie Roberta dokoła małego palca?

Obietnica, że namaluje jego portret, była mistrzowskim posunięciem.

Jessica stłumiła szloch, odwróciła się i szybko pobiegła z powrotem na górę.

– Co się stało, u licha, Jess? – spytał Clive, kiedy wpadła do sypialni.

– Lady Virginia opowiada twojej matce, że jestem córką morderczyni... która zabiła mojego ojca... – mówiła głosem przerywanym łkaniem. – Że moja babka była prostytutką i że ja chcę tylko dorwać się do twoich pieniędzy.

Clive objął ją i próbował uspokoić, ale była niepocieszona.

– Zostaw to mnie – oznajmił, wypuszczając ją z objęć i wkładając szlafrok. – Powiem matce, że nie dbam o to, co myśli lady Virginia, bo nic mnie nie powstrzyma przed poślubieniem ciebie.

Znów wziął ją w ramiona, a potem wyszedł z sypialni i prosto ze schodów wmaszerował do salonu.

– Co to za stek kłamstw pani rozgłasza o mojej narzeczonej? – zapytał, patrząc na lady Virginię.

– To tylko prawda – odpowiedziała chłodno Virginia. – Pomyślałam, że lepiej, żeby twoja matka dowiedziała się o tym, zanim weźmiecie ślub, a nie potem, kiedy będzie za późno...

– Ale sugerować, że matka Jessiki była morderczynią...

– Nie tak trudno to sprawdzić.

– A babka prostytutką?

– Obawiam się, że wszyscy w Bristolu o tym wiedzą.

– Nic mnie to nie obchodzi – rzekł Clive. – Uwielbiam Jess i do diabła z konsekwencjami, bo powiadam pani, lady Virginio, że nie przeszkodzi mi pani jej poślubić.

– Clive, kochany – spokojnie powiedziała matka. – Na twoim miejscu zastanowiłabym się przez chwilę, zanimbym podjęła tak pochopną decyzję.

– Nie muszę się zastanawiać, czy poślubić najdoskonalszą istotę na świecie.

– Ale jeżeli ożenisz się z tą kobietą, to z czego będziecie żyli?
– Tysiąc czterysta funtów rocznie będzie aż nadto.
– Ale z tego tysiąc funtów miało być od ojca, a jak on usłyszy...
– Zatem będziemy musieli wyżyć z mojej pensji. Innym ludziom to wystarcza.
– Clive, czy nigdy nie przyszło ci do głowy, skąd dostajesz te czterysta funtów?
– Tak, z agencji Curtis Bell i Getty, i ciężko na to pracuję.
– Czy naprawdę uważasz, że ta agencja by cię zatrudniła, jeśliby nie miała w swoim portfelu kontraktów z firmą Binghama?

Clive na chwilę umilkł.

– Wobec tego będę musiał znaleźć sobie inną pracę – w końcu powiedział.
– A gdzie będziesz mieszkał?
– Oczywiście w moim mieszkaniu.
– Ale jak długo? Powinieneś zdawać sobie sprawę, że dzierżawa na Glebe Place wygasa we wrześniu. Wiem, że ojciec zamierzał ją odnowić, ale w tej sytuacji...
– Możesz sobie zatrzymać to cholerne mieszkanie, matko. Nie staniesz między mną i Jess.

Odwrócił się do obu kobiet plecami, wyszedł z pokoju i cicho zamknął za sobą drzwi. Pobiegł na górę, pragnąc zapewnić Jessicę, że nic się nie zmieniło, i zaproponować, żeby natychmiast pojechali do Londynu. Zajrzał do jednej i drugiej sypialni, ale nigdzie nie było śladu dziewczyny. Na jej łóżku leżały obydwie sukienki, torebka wieczorowa, para butów, pierścionek zaręczynowy i rysunek przedstawiający jego ojca. Clive zbiegł na dół i spotkał ojca, który kipiał z gniewu.

– Widziałeś Jess?
– Tak. Ale niestety, nic, co mówiłem, nie mogło jej powstrzymać przed wyjazdem. Powiedziała mi, co ta straszna kobieta nagadała, i nie można winić biednej dziewczyny, że nie chciała spędzić jeszcze jednej nocy pod tym dachem. Popro-

siłem Burrowsa, żeby zawiózł ją na stację. Ubierz się i jedź za nią, Clive. Nie strać jej, bo nigdy nie znajdziesz kogoś takiego jak ona.

Clive pobiegł z powrotem na górę, a jego ojciec skierował się do salonu.

– Robercie, czy słyszałeś nowiny Virginii? – zapytała Priscilla, kiedy wszedł do pokoju.

– Z całą pewnością – powiedział, zwracając się do Virginii. – Słuchaj uważnie, Virginio. Natychmiast opuścisz mój dom.

– Ależ Robercie, ja chciałam tylko pomóc mojej drogiej przyjaciółce.

– To nieprawda i dobrze o tym wiesz. Przyjechałaś tutaj tylko po to, żeby zrujnować życie tej młodej dziewczynie.

– Ale Robercie, kochanie, Virginia jest moją najstarszą przyjaciółką...

– Tylko wtedy, kiedy jej to odpowiada. Nawet nie myśl o obronie tej kobiety, w przeciwnym razie możesz sobie z nią pójść, a wtedy szybko się przekonasz, jaka z niej przyjaciółka.

Virginia wstała z krzesła i skierowała się powoli do drzwi.

– Przykro mi, Priscillo, ale już więcej cię nie odwiedzę.

– Więc przynajmniej wyszło z tego coś dobrego – rzekł Robert.

– Nikt nigdy do mnie w ten sposób nie mówił – rzuciła Virginia, odwracając się ku swojemu adwersarzowi.

– Wobec tego proponuję, żebyś ponownie przeczytała testament Elizabeth Barrington, bo ona na pewno dobrze cię osądziła. A teraz wynoś się, zanim cię wyrzucę.

Kamerdyner ledwo zdążył na czas otworzyć drzwi, żeby lady Virginia mogła przez nie wybiec.

Clive zostawił samochód przed stacją i pobiegł mostem na peron trzeci. Usłyszał gwizdek i gdy zbiegł ze schodów, pociąg już ruszał. Popędził za nim, jakby brał udział w finałowym biegu na sto metrów, i zaczynał go doganiać, ale pociąg przyspieszył w chwili, gdy Clive wybiegł poza peron. Clive się pochylił, położył dłonie na kolanach i usiłował złapać oddech. Kiedy ostatni wagon rozpłynął się w dali, odwrócił się i pomaszerował wzdłuż peronu. Podjął decyzję, zanim dotarł do samochodu. Usiadł za kierownicą, włączył silnik i pojechał do końca drogi. Gdyby skręcił w prawo, toby wrócił do Mablethorpe Hall. Ale skręcił w lewo, przyspieszył i pojechał, kierując się znakami, w stronę A1. Wiedział, że pierwszy poranny pociąg przystaje na prawie każdej stacji pomiędzy Louth i Londynem, więc przy odrobinie szczęścia znajdzie się w mieszkaniu przed jej przyjazdem.

Sforsowanie zamka we frontowych drzwiach nie stanowiło dla nieproszonego gościa problemu i chociaż był to modny budynek mieszkalny, nie był jednak na tyle okazały, żeby zatrudnić nocnego portiera. Intruz ostrożnie wchodził po schodach, które czasem skrzypnęły, ale nie na tyle głośno, żeby kogoś obudzić o wpół do trzeciej nad ranem.

Kiedy dotarł na podest drugiego piętra, szybko odszukał mieszkanie numer cztery. Rozejrzał się po korytarzu: pusto. Tym razem sforsowanie dwóch zamków trwało trochę dłużej. Gdy dostał się do środka, cicho zamknął za sobą drzwi i włączył światło, gdyż nie bał się, że ktoś mu przeszkodzi. Wiedział, gdzie ona spędza weekend.

Obszedł małe mieszkanie, niespiesznie rozglądając się za obrazami: siedem znajdowało się we frontowym pokoju, trzy w sypialni, jeden w kuchni i, dodatkowa nagroda, duży olej oparty o ścianę obok drzwi, z naklejką: „Smog numer dwa, dostarczyć do Akademii Królewskiej w czwartek". Przeniósł wszystkie obrazy do saloniku i ustawił jeden obok drugiego. Nie były złe. Wahał się przez chwilę, a potem wyjął z kieszeni nóż sprężynowy i wykonał polecenie ojca.

Pociąg zajechał na stację St Pancras tuż po drugiej czterdzieści i do tego czasu Jessica zdecydowała, co ma zrobić. Pojedzie tak-

sówką do mieszkania Clive'a, spakuje swoje rzeczy i zatelefonuje do Seba, żeby go spytać, czy mogłaby się u niego zatrzymać na parę dni i w tym czasie rozejrzeć się za innym lokum.
– Czy dobrze się pani czuje, kochaniutka? – zapytał kierowca, gdy usiadła z tyłu taksówki.
– Tak, dziękuję. Glebe Place dwanaście, Chelsea – wydusiła z trudem. Wypłakała już wszystkie łzy.
Kiedy taksówka zatrzymała się przed domem, Jessica podała taksówkarzowi banknot dziesięcioszylingowy, cały swój majątek, i powiedziała:
– Czy mógłby pan poczekać? Postaram się jak najszybciej wrócić.
– No pewnie, kochaniutka.

Prawie skończył robotę, która sprawiała mu przyjemność, kiedy mu się wydało, że słyszy samochód zatrzymujący się na ulicy.
Położył nóż na stoliku, podszedł do okna i lekko odchylił zasłonę. Patrzył, jak ona wysiada z taksówki i coś mówi do kierowcy. Szybko się cofnął, zgasił światło i otworzył drzwi; znów omiótł spojrzeniem korytarz; wciąż pusto.
Zbiegł po schodach i kiedy otworzył frontowe drzwi, ujrzał Jessicę zbliżającą się dróżką ku niemu. Wyjmowała klucz z torebki, gdy przemykał obok. Rzuciła okiem na niego, ale nie poznała go, co ją zaskoczyło, bo myślała, że zna wszystkich, którzy mieszkają w tym domu.
Weszła do środka i zaczęła się wspinać po schodach. Poczuła się słabo, gdy dotarła na drugie piętro i otworzyła drzwi mieszkania numer cztery. Pierwsze, co musi zrobić, to zadzwonić do Seba i powiedzieć mu, co się wydarzyło. Zapaliła światło i skierowała się do telefonu na drugą stronę pokoju. I wtedy zobaczyła obrazy.

Clive zajechał na Glebe Place dwadzieścia minut później, cały czas mając nadzieję, że dotrze tam przed nią. Spojrzał w górę i zobaczył światło w sypialni. Ona musi tam być, pomyślał i poczuł ogromną ulgę.

Zaparkował samochód za taksówką, która miała włączony silnik. Czy czekała na nią? Miał nadzieję, że nie. Otworzył drzwi budynku i popędził schodami: drzwi do mieszkania były szeroko otwarte, wszystkie światła zapalone. Wszedł do środka i w chwili, gdy ujrzał ten widok, upadł na kolana i zwymiotował. Wpatrywał się w rozrzucone szczątki. Wszystkie rysunki, akwarele, oleje Jessiki wyglądały, jakby wielokrotnie dźgano je nożem, tylko *Smog numer dwa* miał w środku płótna wyciętą wielką, poszarpaną dziurę. Co ją skłoniło do tak irracjonalnego czynu?

– Jess! – krzyknął, ale nie było odpowiedzi.

Podniósł się i wolno skierował do sypialni, ale nie było tam śladu Jessiki. Nagle usłyszał cieknący kran i gdy się obrócił, ujrzał strumyczek wody wypływający spod drzwi łazienki. Podbiegł tam, otworzył drzwi i z niedowierzaniem wbił wzrok w swoją ukochaną Jess. Jej głowa unosiła się na wodzie, ale przegub z dwoma głębokimi nacięciami, z których już nie płynęła krew, spoczywał bezwładnie na brzegu wanny. A potem Clive ujrzał nóż sprężynowy na podłodze obok.

Wyjął delikatnie jej martwe ciało z wody i trzymając je w ramionach, upadł na podłogę. Zaniósł się niepohamowanym płaczem. Tylko jedna myśl huczała mu w głowie. Gdyby nie pobiegł na górę, żeby się ubrać, tylko pojechał prosto na stację, Jessica by żyła.

Ostatnie, co pamiętał, to moment, kiedy wyjął z kieszeni pierścionek zaręczynowy i wsunął jej z powrotem na palec.

25

Biskup Bristolu spojrzał z ambony na tłum zgromadzonych wiernych w kościele Najświętszej Marii Panny na Redcliffe, świadczący o tym, na jak wielu ludzi wywarła wpływ Jessica Clifton w swoim krótkim życiu. Wszak rysunek przedstawiający go jako dziekana Truro wisiał na korytarzu pałacu biskupiego. Rzucił okiem w notatki.

– Kiedy ktoś ukochany umiera w wieku siedemdziesięciu czy osiemdziesięciu lat – zaczął – gromadzimy się, żeby go opłakiwać. Wspominamy jego długie życie z tkliwością, szacunkiem i wdzięcznością, wymieniając anegdoty i dobre wspomnienia. Uronimy łzę, pewno, że tak, ale zarazem godzimy się, że to naturalna kolej rzeczy. Kiedy umiera piękna młoda kobieta obdarzona tak rzadkim talentem, przed którym chylą czoła starsi od niej, na pewno wypłaczemy więcej łez, bo możemy tylko się zastanawiać, co mogłoby się wydarzyć.

Emma wypłakała tyle łez od czasu, gdy usłyszała wiadomość, że była psychicznie i fizycznie u kresu sił. Mogła tylko rozmyślać, czy była w stanie coś uczynić, żeby zapobiec okrutnej i niepotrzebnej śmierci ukochanej córki. Oczywiście, że tak. Powinna była powiedzieć jej prawdę. Emma czuła, że równie dobrze mogła to być jej wina.

Harry, który siedział obok niej w pierwszej ławce, przez tydzień postarzał się o dziesięć lat i nie miał żadnych wątpliwości, czyja to wina. Śmierć Jessiki będzie mu nieustannie przypominać, że powinien był powiedzieć jej przed laty, dlaczego ją zaadoptowali. Gdyby to zrobił, na pewno dziś by żyła.

Giles siedział między siostrami, pierwszy raz od lat trzymając je za ręce. Czy też to one go trzymały? Grace, która nie pochwalała publicznego okazywania emocji, płakała przez całe nabożeństwo.

Sebastian, który siedział po drugiej stronie ojca, nie słuchał kazania biskupa. Nie wierzył już we wszechopiekuńcze, rozumiejące, współczujące bóstwo, które jedną ręką daje, a potem drugą odbiera. Stracił swoją najlepszą przyjaciółkę, którą uwielbiał i której miejsca nikt nigdy nie zajmie.

Harold Guinzburg siedział cicho z tyłu kościoła. Kiedy zatelefonował do Harry'ego, nie zdawał sobie sprawy, że jego życie załamało się w jednej chwili. Chciał tylko podzielić się z nim wspaniałą wiadomością, że jego ostatnia powieść zajęła pierwsze miejsce na liście bestsellerów „New York Timesa".

Harolda musiał zaskoczyć brak reakcji autora, ale skąd miał wiedzieć, że Harry'emu nie zależało już na takich błahostkach i byłby szczęśliwy, gdyby nie sprzedano ani jednej książki, ale żeby Jessica stała przy nim, a nie była chowana przedwcześnie w grobie.

Po skończonym pogrzebie, kiedy wszyscy inni się rozeszli, żeby zająć się własnym życiem, Harry ukląkł i został przy mogile. Niełatwo przyjdzie mu odpokutować swój grzech. Już się pogodził z tym, że nie będzie dnia, a może godziny, kiedy Jessica nie będzie obecna w jego myślach, śmiejąc się, gawędząc, przekomarzając się. Tak jak biskup, on też mógł się tylko zastanawiać, co mogłoby się wydarzyć. Czyby poślubiła Clive'a? Jakie byłyby jego wnuki? Czy dożyłby chwili, kiedy by została członkiem Akademii Królewskiej? Jak by chciał, żeby to ona klęczała przy jego grobie i go opłakiwała.

– Przebacz mi – powiedział na głos.

Co gorsza, wiedział, że by to uczyniła.

CEDRIC HARDCASTLE
1964

26

– Przez całe życie wszyscy wokół uważali mnie za ostrożnego, nudnego, drętwego faceta. Często słyszałem, jak ludzie mówili, że na mnie można polegać. „Z Hardcastle'em nie zbłądzisz na manowce". Zawsze tak było. W szkole zwykle byłem wystawiany za łapaczem, a nigdy na pozycji pałkarza inaugurującego mecz. W szkolnym teatrze zawsze grałem giermka, nigdy króla, a jeśli chodzi o egzaminy, to zdawałem wszystkie, ale nigdy nie byłem wśród najlepszych trzech. Gdy inni byliby dotknięci czy nawet obrażeni takimi epitetami, ja czułem się pochlebiony. Jeżeli ktoś pragnie być człowiekiem powołanym, aby opiekować się pieniędzmi innych ludzi, to moim zdaniem właśnie takich cech należy od niego oczekiwać.

W miarę jak się starzeję, staję się bardziej ostrożny, nudniejszy i naprawdę z taką reputacją chcę zejść z tego świata, kiedy w końcu stanę przed moim Stwórcą. Zatem ci, którzy siedzą dokoła tego stołu, mogą doznać szoku, kiedy powiem, że zamierzam odstąpić od wszystkich zasad, na których opierałem całe swoje życie, i poczują się jeszcze bardziej zaskoczeni, gdy zachęcę ich, żeby postąpili tak samo.

Sześć osób siedzących wokół stołu nie przerywało, ale słuchało uważnie każdego słowa Cedrica Hardcastle'a.

– Mając to na uwadze, zamierzam poprosić każdego z was o pomoc w zniszczeniu złego, zdeprawowanego, pozbawionego skrupułów człowieka, aby tak go złamać, żeby nigdy więcej nie zdołał nikogo skrzywdzić. Z daleka patrzyłem, jak Don Pedro Martinez systematycznie niszczy dwie przyzwoite rodziny, z którymi się zbliżyłem. I muszę wam powiedzieć, że nie chcę dłużej stać bezczynnie i jak Poncjusz Piłat umywać rąk i zostawiać innym wykonania brudnej roboty.

Po drugiej stronie ostrożnej, drętwej, nudnej monety wyryta

jest postać o reputacji wyrobionej w londyńskim City przez całe życie. Mam zamiar teraz zrobić użytek z tej reputacji, wykorzystując oddane przysługi i zobowiązania, jakich zapas gromadziłem przez dziesięciolecia niczym wiewiórka. Z tą myślą ostatnio poświęciłem sporo czasu na opracowanie planu zniszczenia Martineza i jego rodziny, ale nie mogę mieć nadziei na sukces, jeśli będę działał sam.

Wciąż nikt z osób siedzących wokół stołu ani przez chwilę nie pomyślał, żeby przerwać prezesowi Farthings Bank.

– Podczas kilku ostatnich lat byłem świadkiem, jak daleko ten człowiek może się posunąć, żeby unicestwić rodziny Cliftonów i Barringtonów, które są tu dziś reprezentowane. Byłem świadkiem, jak próbował wywrzeć wpływ na potencjalnego klienta tego banku, pana Moritę z firmy Sony International, i usunąć Farthings z listy przetargowej o poważny kontrakt tylko dlatego, że Sebastian Clifton jest moim osobistym asystentem. Zdobyliśmy ten kontrakt, bo pan Morita miał odwagę przeciwstawić się Martinezowi, kiedy ja nie zrobiłem nic. Kilka miesięcy temu przeczytałem artykuł w „The Times" na temat tajemniczego Pierre'a Boucharda i ataku serca, który wprawdzie nigdy się nie zdarzył, ale jednak sprawił, że sir Giles Barrington wycofał swoją kandydaturę na lidera Partii Pracy. I nadal nic nie zrobiłem. Całkiem niedawno byłem na pogrzebie niewinnej, wybitnie utalentowanej młodej kobiety – portret jej autorstwa widzicie na ścianie nad moim biurkiem. To w czasie nabożeństwa żałobnego podjąłem decyzję, że nie mogę dłużej być drętwym i nudnym facetem, i jeżeli to oznacza zerwanie ze zwyczajami całego życia, niechaj tak będzie.

Przez kilka ostatnich tygodni, bez wiedzy Don Pedra Martineza o moich zamiarach, rozmawiałem w tajemnicy z jego bankierami, maklerami i doradcami finansowymi. Wszyscy oni sądzili, że mają do czynienia z tym nudnym facetem z Farthings, który nigdy by nie wykroczył poza swoje uprawnienia, a co dopiero przekroczył dopuszczalną granicę. Odkryłem, że w ciągu lat Martinez, który jest cwaniakiem, podejmował kilkakrotnie ryzyko, zarazem niezbyt przejmując się prawem. Jeżeli mój plan ma się powieść, dowcip będzie polegał na tym, żeby trafić na moment, kiedy podejmie o jedno ryzyko za dużo. I nawet wtedy, jeżeli mamy go pokonać jego własną bronią, będziemy musieli czasem sami zaryzykować.

Jak zauważyliście, zaprosiłem na nasze spotkanie dodatkowo jedną osobę, której ten człowiek nie skrzywdził. Mój syn Arnold jest adwokatem – rzekł Cedric, wskazując ruchem głowy swoją młodszą kopię, siedzącą po jego prawej stronie – i też uważany jest za człowieka, na którym można polegać, więc dlatego poprosiłem go, żeby pełnił rolę mojego sumienia i przewodnika. Bo skoro pierwszy raz w życiu zamierzam nagiąć prawo do ostateczności, to będę potrzebował kogoś, kto będzie mnie reprezentował i kto potrafi być obiektywny, bezstronny i niezaangażowany. Krótko mówiąc, syn będzie moim kompasem moralnym. Teraz go poproszę, aby wyjawił, co zamyślam, żebyście nie mieli wątpliwości, jakie podejmujecie ryzyko, jeżeli zdecydujecie się wraz ze mną na ten krok. Arnoldzie.

– Panie i panowie, nazywam się Arnold Hardcastle i ku wielkiemu rozczarowaniu ojca postanowiłem zostać prawnikiem, nie bankierem. Kiedy powiada, że tak jak na nim i na mnie można polegać, uważam to za komplement, bo jeżeli ta operacja ma się powieść, jeden z nas musi być człowiekiem godnym zaufania. Po przestudiowaniu ostatniego rządowego projektu ustawy skarbowej uważam, że znalazłem sposób na urzeczywistnienie planu ojca, który co prawda nie naruszy litery prawa, ale z pewnością nie będzie zgodny z jego duchem. Nawet z tym zastrzeżeniem przyznaję, że stanąłem przed przeszkodą, która może się okazać nie do pokonania. Musimy mianowicie znaleźć kogoś, kogo nikt z osób siedzących przy tym stole nigdy nie spotkał, ale kto równie gorąco jak wy wszyscy pragnie postawić Don Pedra Martineza przed obliczem sprawiedliwości.

Wprawdzie nikt się nie odezwał, ale wszyscy spojrzeli na prawnika z niedowierzaniem.

– Gdybyśmy nie znaleźli takiego mężczyzny czy kobiety –

ciągnął Arnold Hardcastle – to poradziłem ojcu, żeby zarzucił cały ten pomysł i zostawił was własnemu losowi, świadom, że być może do końca swoich dni będziecie musieli oglądać się za siebie, niepewni, kiedy i gdzie Martinez znów uderzy. – Prawnik zamknął swoją teczkę. – Jeżeli macie państwo jakieś pytania, spróbuję na nie odpowiedzieć.

– Ja nie mam pytania – odezwał się Harry – ale nie widzę, jak byłoby możliwe znaleźć taką osobę w tej sytuacji. Wszyscy moi znajomi, którzy się zetknęli z Martinezem, nienawidzą go tak jak ja, i podejrzewam, że to uczucie podzielają wszyscy przy tym stole.

– Owszem – powiedziała Grace. – Właściwie chętnie bym się zgodziła, żeby ciągnąć zapałki, by zdecydować, kto z nas ma go zabić. Nie miałabym nic przeciwko spędzeniu kilku lat w więzieniu, gdybyśmy tylko mogli się uwolnić od tej kreatury.

– Nie mógłbym w tym wam pomóc – rzekł Arnold. – Specjalizuję się w prawie o spółkach, nie w prawie karnym, więc musielibyście znaleźć innego adwokata. Gdybyście jednak zdecydowali się na ten wybór, to jest kilka nazwisk, które mógłbym polecić.

Emma roześmiała się pierwszy raz od czasu śmierci Jessiki, ale Arnold Hardcastle miał poważną minę.

– Założyłbym się, że w Argentynie jest co najmniej tuzin ludzi, którzy by spełnili te wymagania – powiedział Sebastian. – Ale jak mamy ich znaleźć, skoro nawet nie wiemy, kim oni są?

– A jakbyście ich znaleźli – stwierdził Arnold – to udaremnilibyście zamysł mojego ojca, bo gdyby sprawa trafiła do sądu, nie moglibyście twierdzić, że nie wiedzieliście o ich istnieniu.

Nastało znów długie milczenie, które w końcu przerwał milczący do tej pory Giles.

– Myślę, że natknąłem się na takiego człowieka – rzucił.

Tym jednym zdaniem skupił na sobie uwagę wszystkich siedzących wokół stołu.

– Skoro tak, sir Gilesie, to muszę zadać panu kilka pytań na temat tego szczególnego dżentelmena – powiedział Arnold – i jedyna odpowiedź dopuszczalna prawnie powinna brzmieć – nie. Jeżeli odpowie pan nawet na jedno moje pytanie twierdząco, to dżentelmen, o którym pan myśli, nie kwalifikuje się do realizacji planu mojego ojca. Czy to jasne?

Giles skinął potakująco głową, adwokat znów otworzył swoją teczkę, Emma zaś zacisnęła pięści.

– Czy spotkał się pan kiedyś z tym człowiekiem?
– Nie.
– Czy przeprowadzał pan z nim kiedyś transakcje handlowe albo we własnym imieniu, albo za pośrednictwem osób trzecich?
– Nie.
– Czy rozmawiał pan z nim kiedy przez telefon?
– Nie.
– Pisał pan do niego?
– Nie.
– Czy by go pan poznał, gdyby przeszedł koło pana na ulicy?
– Nie.
– I na koniec, sir Gilesie, czy on kiedyś kontaktował się z panem jako posłem?
– Nie.
– Dziękuję, sir Gilesie. Zdał pan celująco pierwszą część egzaminu, ale teraz muszę panu zadać następną serię pytań, równie ważnych, ale tym razem jedyną dopuszczalną odpowiedzią będzie – tak.
– Rozumiem – powiedział Giles.
– Czy ten człowiek ma ważny powód, żeby nie cierpieć Don Pedra Martineza tak bardzo jak pan?
– Uważam, że tak.
– Czy jest tak bogaty jak Martinez?
– Z całą pewnością.
– Czy ma opinię człowieka uczciwego i rzetelnego?
– O ile wiem, to tak.
– I wreszcie, co chyba najważniejsze, czy myśli pan, że byłby skłonny podjąć poważne ryzyko?
– Niewątpliwie.

– Sir Gilesie, ponieważ odpowiedział pan zadowalająco na wszystkie moje pytania, czy byłby pan łaskaw napisać na bloczku, który leży przed panem, nazwisko tego dżentelmena, tak aby nikt z obecnych go nie widział.

Giles zapisał nazwisko, wyrwał kartkę z bloczku, złożył ją i podał prawnikowi, który z kolei przekazał ją ojcu.

Cedric Hardcastle rozwinął karteluszek, modląc się w duchu, żeby nigdy wcześniej nie spotkał tego człowieka.

– Ojcze, czy znasz tego człowieka?

– Tylko ze słyszenia – odrzekł Cedric.

– Doskonale. Jeśli zatem zgodzi się spełnić twój plan, nikt z siedzących przy tym stole nie naruszy prawa. Ale, sir Gilesie – powiedział, zwracając się do wielce szanownego deputowanego z okręgu Bristol Docklands – nie wolno panu kontaktować się z tym człowiekiem i nie może pan wyjawić jego nazwiska nikomu z rodziny Cliftonów ani Barringtonów, zwłaszcza jeżeli są udziałowcami Spółki Żeglugowej Barringtona. Gdyby pan to uczynił, sąd mógłby uznać, że był pan w zmowie z osobami trzecimi, a zatem, że złamał pan prawo. Czy to zrozumiałe?

– Tak – odparł Giles.

– Dziękuję panu – powiedział prawnik, zbierając swoje papiery. – Powodzenia, tato – szepnął, zamknął teczkę i wyszedł z pokoju bez dalszych słów.

– Giles, jak możesz być tak pewien, że człowiek, którego nigdy nawet nie spotkałeś, zgodzi się na plan pana Hardcastle'a? – spytała Emma, kiedy za prawnikiem zamknęły się drzwi.

– Kiedy pochowano Jessicę, zapytałem jednego z żałobników, który niósł trumnę, kim jest mężczyzna, który płakał podczas nabożeństwa, jakby utracił własną córkę i który potem odszedł pośpiesznie. To nazwisko mi podał.

– Nie ma żadnego dowodu, że Luis Martinez zabił tę dziewczynę – powiedział sir Alan – tylko że splugawił obrazy.

– Ale jego odciski palców były na rękojeści noża sprężynowego – zauważył pułkownik. – Dla mnie to wystarczający dowód.

– Są też odciski palców Jessiki, więc byle adwokat go wybroni.
– Obaj wiemy, że Martinez jest odpowiedzialny za jej śmierć.
– Możliwe. Ale to nie to samo dla sądu.
– Zatem mówisz mi, że nie mogę wydać rozkazu, żeby go zabić?
– Jeszcze nie – odparł sekretarz Gabinetu.
Pułkownik pociągnął łyk piwa i zmienił temat.
– Widzę, że Martinez wyrzucił swojego szofera.
– Nie wyrzuca się Kevina Rafferty'ego. Sam odchodzi, kiedy robota jest skończona albo kiedy mu nie zapłacono.
– To co było tym razem?
– Pewno robota została skończona. W przeciwnym wypadku nie musiałbyś zawracać sobie głowy zabijaniem Martineza, bo Rafferty zrobiłby to za ciebie.
– Czy możliwe, że Martinezowi przestało zależeć na zniszczeniu Barringtonów?
– Nie. Dopóki Fisher zasiada w radzie nadzorczej, to możesz być pewny, że Martinez wciąż chce się zemścić na każdym członku tej rodziny. Wierz mi.
– To jaką rolę odgrywa w tym wszystkim lady Virginia?
– Ona wciąż nie darowała sir Gilesowi, że poparł swojego przyjaciela Harry'ego Cliftona podczas sporu o testament jego matki, kiedy lady Barrington porównała synową do swojej kotki syjamskiej Kleopatry, nazywając ją „pięknym, wypielęgnowanym, próżnym, przebiegłym, intryganckim drapieżnikiem". Godne zapamiętania.
– Czy pan chce, żebym na nią też miał oko?
– Nie, lady Virginia nie naruszy prawa. Nakłoni kogoś innego, żeby to za nią zrobił.
– Czyli z tego wynika, że w tej chwili nie mogę nic zrobić poza ścisłą obserwacją Martineza i składaniem panu meldunków.
– Cierpliwości, pułkowniku. Może być pan pewien, że on popełni następny błąd, a kiedy do tego dojdzie, z chęcią zrobię użytek ze szczególnych umiejętności pańskich kolegów.

Sir Alan dopił dżin z tonikiem, wstał i wymknął się z pubu bez uścisku rąk i bez pożegnania. Przeciął szybko Whitehall, wszedł na Downing Street i pięć minut później siedział już za swoim biurkiem, wykonując codzienne zajęcia.

Cedric Hardcastle znalazł numer, a potem zadzwonił. Nie chciał, żeby sekretarka wiedziała, do kogo telefonuje. Usłyszał sygnał i czekał.

– Pasta Rybna Binghama. W czym mogę pomóc?
– Czy mogę mówić z panem Binghamem?
– Kto dzwoni?
– Cedric Hardcastle z Farthings Bank.
– Proszę czekać.

Usłyszał brzęk i po chwili głos o akcencie niemal tak wyraźnym jak jego własny powiedział:
– Zadbaj o pensy, a funty same zadbają o siebie.
– To mi pochlebia, panie Bingham.
– A nie powinno. Kieruje pan cholernie dobrym bankiem. Szkoda, że jest pan po drugiej stronie Humber.
– Panie Bingham, muszę...
– Bob. Nikt się do mnie nie zwraca per pan poza poborcą podatkowym i kelnerami, którzy spodziewają się dużego napiwku.
– Bob, muszę się z tobą widzieć w sprawie prywatnej i chętnie wybiorę się do Grimsby.
– To musi być coś poważnego, bo niewielu ludzi chętnie wybiera się do Grimsby – powiedział Bob. – Skoro, jak rozumiem, nie chcesz otworzyć rachunku mojej firmy, to czy mogę zapytać, o co chodzi?

Drętwy, nudny Cedric powiedziałby, że woli omówić sprawę osobiście, nie przez telefon. Nowy, niebojący się ryzyka Cedric rzucił:
– Bob, co byś dał, żeby upokorzyć lady Virginię Fenwick i nie ponieść żadnych konsekwencji?
– Połowę majątku.

MAJOR ALEX FISHER
1964

27

> Barclays Bank
> Halton Road
> Bristol
> 16 czerwca 1964

Szanowny Panie Majorze,
dziś rano zaakceptowaliśmy dwa czeki i stałe zlecenie płatne z pańskiego rachunku osobistego. Pierwszy czek, opiewający na 12 funtów 11 szylingów i 6 pensów, wpłynął z Oszczędnościowej Kasy Mieszkaniowej West Country, drugi z firmy win Harveya na 3 funty 4 szylingi i 4 pensy oraz stałe zlecenie płatnicze w wysokości 1 funta na rzecz Towarzystwa Absolwentów Szkoły Świętego Bedy. Te płatności przekroczyły pański dopuszczalny debet wynoszący 500 funtów szterlingów, zatem musimy Panu zalecić, żeby nie wystawiał Pan dalszych czeków, dopóki nie napłyną wystarczające fundusze.

Fisher spojrzał na poranną pocztę na swoim biurku i głęboko westchnął. Było tam więcej szarych niż białych kopert, kilka od dostawców z przypomnieniem, że „płatność jest wymagana w ciągu 30 dni", i jedna z ubolewaniem, że sprawa została przekazana w ręce adwokata. W dodatku Susan nie chciała mu zwrócić jego cennego jaguara, dopóki nie zapłaci jej zaległych alimentów, a ponieważ nie mógł funkcjonować bez samochodu, musiał kupić używanego hillmana minx, co stanowiło kolejny wydatek.

Odsunął na bok cienkie szare koperty i przystąpił do otwierania białych: zaproszenie od kolegów oficerów Pułku z Wessex na przyjęcie, ze smokingiem jako obowiązującym strojem, w kasynie oficerskim, gdzie będzie przemawiał marszałek polny sir Claude Auchinleck – na to odpowie odwrotną pocztą; list od

Petera Maynarda, przewodniczącego lokalnego Stowarzyszenia Konserwatywnego, z zapytaniem, czy zechciałby kandydować w wyborach do rady hrabstwa. Niezliczone godziny poświęcone na pozyskiwanie głosów, wysłuchiwanie kolegów przemawiających we własnym interesie, wydatki zawsze kwestionowane i jedyny zaszczyt to tytuł radnego. Nie, dziękuję. Wyśle uprzejmą odpowiedź, że ma obecnie zbyt wiele innych zobowiązań.

Otwierał ostatnią kopertę, kiedy zadzwonił telefon.

– Major Fisher.

– Alex – zamruczał głos, którego nie mógł zapomnieć.

– Lady Virginia, co za miła niespodzianka.

– Virginia – powiedziała nalegającym tonem, co znaczyło, że czegoś potrzebuje. – Ciekawa jestem, czy zamierzasz być w Londynie w ciągu dwóch najbliższych tygodni?

– Przyjadę do Londynu w czwartek na spotkanie z… Jestem umówiony na Eaton Square o dziesiątej.

– Jak wiesz, mieszkam tuż obok, na Cadogan Gardens, więc może byś wpadł na drinka? Powiedzmy koło południa? Jest coś, co może służyć naszym obopólnym interesom i co może ci się spodobać.

– Czwartek, dwunasta w południe. Do zobaczenia… Virginio.

– Czy możesz wytłumaczyć, dlaczego akcje spółki wciąż idą w górę w ostatnim miesiącu? – zapytał Martinez.

– Rezerwacja miejsc na *Buckinghama* przebiega w początkowym okresie o wiele lepiej, niż oczekiwano – powiedział Fisher – i podobno na dziewiczy rejs prawie wszystkie są już wyprzedane.

– To dobra wiadomość, majorze, bo nie chcę, żeby na tym statku została jakaś wolna kabina, kiedy będzie wypływał w podróż do Nowego Jorku.

Fisher chciał spytać dlaczego, kiedy Martinez dodał:

– A czy wszystko jest gotowe na ceremonię chrztu statku?

– Tak, jak tylko Harland i Wolff zakończy próby morskie

i statek zostanie oficjalnie przekazany, ogłoszą datę ceremonii chrztu statku. Właściwie w tej chwili sprawy spółki nie mogą układać się lepiej.

– Ale nie za długo – zapewnił go Martinez. – Jednak powinien pan nadal lojalnie popierać panią prezes, żeby, kiedy się zrobi gorąco, nikt pana nie podejrzewał.

Fisher zaśmiał się nerwowo.

– I niech pan koniecznie do mnie zatelefonuje, kiedy skończy się najbliższe posiedzenie rady nadzorczej, bo nie mogę zrobić następnego ruchu, dopóki nie będę znał daty ceremonii.

– Czemu to takie ważne? – spytał Fisher.

– Wszystko we właściwym czasie, majorze. Jak będę miał wszystko przygotowane, pan pierwszy się dowie.

Rozległo się pukanie do drzwi i do pokoju wszedł Diego.

– Czy mam przyjść później? – zapytał.

– Nie, major właśnie wychodzi. Coś jeszcze, Alex?

– Nie, nic – rzekł Fisher, zastanawiając się, czy powinien powiedzieć Martinezowi o swoim spotkaniu z lady Virginią. Uznał, że nie. W końcu to mogło nie mieć nic wspólnego z Barringtonami czy Cliftonami. – Zadzwonię, kiedy będę znał datę.

– Niech pan nie zapomni, majorze.

– Czy on się domyśla, co planujesz? – spytał Diego, gdy za Fisherem zamknęły się drzwi.

– Nie ma pojęcia i chcę, żeby tak było dalej. Wątpię, żeby był tak chętny do współpracy, jak się dowie, że straci pracę. Co ważniejsze, czy załatwiłeś mi te dodatkowe pieniądze, których potrzebuję?

– Tak, ale nie za darmo. Bank zgodził się podwyższyć ci debet o kolejne trzysta tysięcy, ale domagają się większego zabezpieczenia, ponieważ stopy procentowe są tak wysokie.

– Czy moje udziały nie są dostatecznym zabezpieczeniem? Przecież są warte prawie tyle, ile za nie płaciłem.

– Nie zapominaj, że musiałeś opłacić szofera, co się okazało o wiele kosztowniejsze, niż się spodziewaliśmy.

– Dranie – mruknął Martinez, który nigdy nie wspomniał żadnemu z synów, czym mu groził Kevin Rafferty, gdyby mu się nie wypłacił na czas. – Ale mam wciąż pół miliona w sejfie na wszelki wypadek.

– Kiedy ostatnio sprawdzałem, było tam trochę powyżej trzystu tysięcy. Zaczynam się nawet zastanawiać, czy warto prowadzić tę wojnę przeciwko Barringtonom i Cliftonom, kiedy możemy zapłacić za to bankructwem.

– Nie ma obawy – powiedział Don Pedro. – To towarzystwo nie odważy się stawić mi czoła, kiedy przyjdzie do ostatecznej rozgrywki, i nie zapominaj, żeśmy uderzyli już dwa razy. – Uśmiechnął się. – Jessica Clifton to była superdywidenda, a kiedy sprzedam wszystkie swoje akcje, będę mógł zrujnować panią Clifton z resztą jej drogocennej rodziny. To tylko kwestia wyboru odpowiedniego momentu, a ja – rzekł Don Pedro – będę trzymał stoper.

– Alex, jak to dobrze, że wpadłeś. Tyle czasu się nie widzieliśmy. Pozwól, że podam ci coś do picia – powiedziała Virginia, zmierzając do barku. – To, co lubisz najbardziej, potrójny dżin i tonik, jeżeli dobrze pamiętam.

Alex był pod wrażeniem; pamiętała, mimo że nie widzieli się od czasu, kiedy sprawiła, że stracił miejsce w radzie nadzorczej dziewięć lat temu. On natomiast pamiętał ostatnie słowa, jakie wypowiedziała, zanim się rozstali: „a gdy mówię żegnam, to wiem, co mówię".

– I jak się powodzi rodzinie Barringtonów teraz, kiedy jesteś z powrotem w radzie nadzorczej?

– Spółka ma już prawie za sobą najgorsze kłopoty i pierwszy okres rezerwacji kabin na *Buckinghamie* jest nadzwyczaj udany.

– Myślałam, żeby sobie zarezerwować apartament na dziewiczy rejs do Nowego Jorku. To by im dało do myślenia.

– Jeżelibyś to zrobiła, to nie wyobrażam sobie, żeby cię zaprosili to stołu kapitana – powiedział Fisher, któremu spodobał się ten pomysł.

– Zanimbyśmy dopłynęli do Nowego Jorku, mój miły, wszyscy by chcieli siadać tylko przy moim stoliku.
Fisher się roześmiał.
– Czy w tej sprawie chciałaś się ze mną zobaczyć?
– Nie, to coś o wiele ważniejszego – powiedziała Virginia i klepnęła sofę. – Chodź, usiądź koło mnie. Potrzebuję twojej pomocy przy drobnym projekcie, jaki opracowuję, a ty, majorze, ze swoim wojskowym i biznesowym doświadczeniem, jesteś idealną osobą do jego realizacji.
Alex popijał dżin z tonikiem i z niedowierzaniem słuchał tego, co proponowała Virginia. Już chciał odmówić, kiedy ona otworzyła torebkę, wyjęła czek na dwieście pięćdziesiąt funtów i mu podała. Przed oczami pojawiła mu się sterta szarych kopert.
– Nie sądzę...
– I po skończonej robocie dostaniesz następne dwieście pięćdziesiąt.
Aleksowi przyszło do głowy rozwiązanie.
– Nie, dziękuję, Virginio – powiedział stanowczo. – Chcę z góry całą sumę. Może zapomniałaś, co się wydarzyło ostatnim razem, kiedy zawarliśmy podobny układ.
Virginia przedarła czek i choć Alex rozpaczliwie potrzebował pieniędzy, poczuł ulgę. Ona jednak ku jego zdumieniu ponownie otwarła torebkę, wyjęła książeczkę czekową i napisała: „Wypłacić majorowi A. Fisherowi pięćset funtów". Podpisała czek i wręczyła go Aleksowi.

W drodze powrotnej do Bristolu Alex myślał, żeby podrzeć czek, ale wciąż przed oczami stawały mu niezapłacone rachunki, w tym jeden grożący drogą sądową, zaległe alimenty i nieotwarte szare koperty czekające na biurku.
Z chwilą gdy zrealizował czek i opłacił rachunki, uznał, że nie ma odwrotu. Następne dwa dni poświęcił na zaplanowanie operacji, jakby to była akcja wojskowa.
Dzień pierwszy, rekonesans, Bath.
Dzień drugi, przygotowanie, Bristol.

Dzień trzeci, wykonanie, Bath.

W niedzielę już żałował, że zgodził się w to uwikłać, ale wolał nie myśleć o zemście Virginii, gdyby w ostatniej chwili ją zawiódł, a potem nie zdołał jej oddać pieniędzy.

W poniedziałek rano przejechał samochodem prawie dwadzieścia kilometrów do Bath. Zaparkował na miejskim parkingu, przekroczył most, minął plac zabaw i znalazł się w śródmieściu. Nie potrzebował planu miasta, bo podczas weekendu wyuczył się na pamięć przebiegu każdej ulicy, tak że mógłby przejść tę trasę z zawiązanymi oczyma. Czas poświęcony na przygotowanie rzadko bywa stracony, jak mawiał jego dawny dowódca.

Zaczął poszukiwania od głównej ulicy, zatrzymując się tylko przed sklepem spożywczym albo jednym z nowych supermarketów. Kiedy znalazł się w środku, dokładnie sprawdzał półki i jeśli produkt, którego szukał, był w sprzedaży, kupował pół tuzina sztuk. Po zakończeniu pierwszej części operacji musiał odwiedzić jeszcze jedną instytucję, mianowicie Angel Hotel, gdzie sprawdził usytuowanie kabin telefonicznych. Zadowolony udał się w drogę powrotną przez most na parking, umieścił dwie torby z zakupami w bagażniku samochodu i ruszył z powrotem do Bristolu.

Po przybyciu do domu zaparkował samochód w garażu i wyjął torby z bagażnika. Jedząc kolację składającą się z zupy pomidorowej Heinza i krokieta z mięsem, przepowiadał sobie w kółko, co musi zrobić następnego dnia. Budził się kilka razy w nocy.

Po śniadaniu Alex usiadł przy biurku i przeczytał protokół z ostatniego posiedzenia rady nadzorczej, bez przerwy sobie powtarzając, że nie da rady tego zrobić.

O wpół do jedenastej wszedł do kuchni, wziął z parapetu pustą butelkę po mleku i ją umył. Owinął butelkę w ścierkę do naczyń i włożył ją do zlewu, a potem z górnej szuflady wyjął mały młotek. Zaczął rozbijać butelkę na kawałki, potem na okruchy, z których w końcu usypał talerzyk szklanego proszku.

Gdy zakończył tę czynność, poczuł się wyczerpany i jak każdy szanujący się fachowiec, zrobił przerwę. Nalał sobie piwa, zrobił kanapkę z serem i pomidorem i usiadł z poranną gazetą w ręku. Watykan domagał się zakazania pigułki antykoncepcyjnej. Czterdzieści minut później major wrócił do swego zadania. Ustawił dwie torby z zakupami na blacie, wyjął trzydzieści sześć słoiczków i ustawił je porządnie w trzech szeregach, jak żołnierzy na defiladzie. Odkręcił pokrywkę pierwszego słoika i posypał na wierzch, niczym przyprawę, trochę szklanego proszku. Zakręcił mocno pokrywkę i powtórzył tę czynność trzydzieści pięć razy, a potem włożył słoiki z powrotem do toreb i umieścił je w szafce pod zlewem.

Poświęcił trochę czasu na spłukanie w zlewie reszty szklanego proszku i upewnił się, czy nic nie zostało. Wyszedł z domu, powędrował na koniec ulicy, wpadł do lokalnego oddziału Barclays Banku i wymienił banknot funtowy na dwadzieścia monet jednoszylingowych. W drodze powrotnej kupił „Bristol Evening News". Znalazłszy się w domu, nalał sobie filiżankę herbaty. Zabrał ją do gabinetu, usiadł przy biurku i zadzwonił do informacji telefonicznej. Poprosił o podanie pięciu numerów w Londynie i jednego w Bath.

Nazajutrz Alex umieścił z powrotem dwie torby w bagażniku i znowu wyruszył do Bath. Zostawił samochód w odległym kącie miejskiego parkingu, wziął torby i powędrował do centrum miasta, odwiedził wszystkie sklepy, gdzie kupił słoiki, i – inaczej niż złodziejaszek – odstawił je z powrotem na półki. Kiedy zwrócił trzydziesty piąty słoik w ostatnim sklepie, postawił trzydziesty szósty na ladzie i poprosił o kierownika sklepu.

– Jakiś problem, proszę pana?

– Nie chciałbym robić z tego hecy, stary – rzekł Alex – ale niedawno kupiłem ten słoiczek Pasty Rybnej Binghama, mojej ulubionej, a gdy dotarłem do domu, znalazłem w niej okruchy szkła.

Kierownik sklepu wyglądał na zaszokowanego, kiedy Alex odkręcił pokrywkę i poprosił go o zbadanie zawartości. Jeszcze bardziej był zbulwersowany, gdy palec, który wsadził do pasty, wyjął zakrwawiony.

– Ja nie lubię składać reklamacji – powiedział Alex – ale może byłoby rozsądnie skontrolować resztę pańskich zapasów i poinformować dostawcę.

– Zrobię to natychmiast, proszę pana. – Zawahał się. – Czy chce pan zgłosić oficjalne zażalenie? – zapytał nerwowo.

– Nie, nie – odparł Alex. – Jestem pewien, że to pojedynczy przypadek, i nie chciałbym pakować pana w kłopoty.

Uścisnął rękę wdzięcznemu kierownikowi sklepu i już miał wyjść, kiedy tamten powiedział:

– Możemy przynajmniej zwrócić panu pieniądze.

Alex nie chciał tam tkwić z obawy, że ktoś mógłby go zapamiętać, ale zdał sobie sprawę, że jeśli wyjdzie i nie odbierze pieniędzy, kierownik sklepu może nabrać podejrzeń. Zawrócił, a mężczyzna otworzył kasę, wyjął szylinga i podał klientowi.

– Dziękuję – rzekł Alex, schował monetę i skierował się do drzwi.

– Pan wybaczy, ale chciałbym prosić, żeby podpisał pan pokwitowanie.

Alex niechętnie zawrócił po raz drugi, nabazgrał na linii kropkowanej „Samuel Oakshott", pierwsze nazwisko, jakie przyszło mu do głowy, a potem prędko wyszedł. Kiedy wreszcie się wyrwał ze sklepu, do Angel Hotel ruszył okrężną drogą, nie tak, jak pierwotnie planował. Wszedł do hotelu, skierował się prosto do kabiny telefonicznej i na półeczce ułożył dwadzieścia jeden monet jednoszylingowych. Wyjął kartkę z kieszeni i wykręcił pierwszy numer z listy.

– „Daily News" – odezwał się głos. – Wiadomości czy ogłoszenia?

– Wiadomości – odparł Alex.

Poproszono go, żeby poczekał na połączenie z reporterką w dziale wiadomości.

Rozmawiał z kobietą o niefortunnym incydencie z Pastą Rybną Binghama, jego ulubioną marką, kilka minut.

– Czy poda ich pan do sądu? – zapytała reporterka.
– Jeszcze się nie zdecydowałem, ale na pewno poradzę się adwokata.
– A jak się pan nazywa, proszę pana?
– Samuel Oakshott – powiedział, uśmiechając się na myśl, jak bardzo by się na to krzywił jego dawny dyrektor szkoły.
Potem Alex zatelefonował do kolejnych gazet: „Daily Express", „News Chronicle", „Daily Telegraph" i, na dokładkę, do „Bath Echo". Zadzwonił jeszcze przed powrotem do Bristolu do lady Virginii, która powiedziała:
– Wiedziałam, że mogę na panu polegać, majorze. Naprawdę musimy niedługo się zobaczyć. To taka przyjemność spotkać się z panem.
Alex schował do kieszeni dwie ostatnie monety, wyszedł z hotelu i powędrował z powrotem na parking. W drodze do Bristolu doszedł do wniosku, że mądrze byłoby nie odwiedzać Bath w najbliższej przyszłości.

Nazajutrz Virginia posłała po wszystkie poranne gazety z wyjątkiem dziennika „Daily Worker".
Była zachwycona nagłośnieniem „Skandalu z Pastą Rybną Binghama" („Daily Mail"). „Pan Robert Bingham, prezes firmy, wydał oświadczenie potwierdzające, że cały zapas pasty rybnej usunięto ze sklepów i nie będzie nowej dostawy, dopóki nie zostanie przeprowadzone wyczerpujące śledztwo" („The Times").
„Podsekretarz stanu w Ministerstwie Rolnictwa, Rybołówstwa i Żywności zapewnił obywateli, że wkrótce zostanie przeprowadzona inspekcja fabryki Binghama w Grimsby przez przedstawicieli Inspektoratu Zdrowia i Bezpieczeństwa Pracy" („Daily Express"). „Ceny akcji spółki Binghama na początku notowań spadły o pięć szylingów" („Financial Times").
Gdy Virginia przeczytała wszystkie gazety, pomyślała z satysfakcją, że być może Robert Bingham domyśli się, kto zaplanował całą operację. Jakże byłaby szczęśliwa, gdyby tego ranka mogła jeść śniadanie w Mablethorpe Hall i słyszeć opinie Priscilli

o niefortunnym incydencie. Spojrzała na zegarek i przekonana, że Robert wyszedł do fabryki, zatelefonowała do Lincolnshire.

– Najdroższa Priscillo – zakwiliła – dzwonię, żeby powiedzieć, jak strasznie mi było przykro czytać o tym nieprzyjemnym zdarzeniu w Bath. Co za pech.

– Jak miło, że zadzwoniłaś, kochanie – powiedziała Priscilla. – W takich momentach człowiek się może przekonać, kto jest przyjacielem.

– Cóż, bądź pewna, że zawsze cię wysłucham, jeśli będziesz mnie kiedy potrzebowała, i proszę, przekaż moje wyrazy współczucia i najlepsze życzenia Robertowi. Mam nadzieję, że nie będzie zbyt rozczarowany, że nie otrzyma tytułu szlacheckiego.

28

Wszyscy wstali, kiedy Emma zajęła miejsce u szczytu stołu w sali posiedzeń rady nadzorczej. Od pewnego czasu czekała na tę chwilę.

– Panowie, pozwolę sobie zacząć to spotkanie od poinformowania rady, że wczoraj notowania akcji naszej spółki wróciły do wysokiego poziomu i nasi udziałowcy dostaną dywidendę pierwszy raz od trzech lat.

Rozległ się szmer głosów wyrażających zadowolenie, a na twarzach członków rady, z wyjątkiem jednego, pojawiły się uśmiechy.

– A teraz, skoro przeszłość zostawiliśmy za sobą, przejdźmy do przyszłości. Wczoraj dostałam z Ministerstwa Transportu wstępny raport dotyczący zdolności do żeglugi *Buckinghama*. Po wprowadzeniu kilku drobnych zmian i po zakończeniu prób nawigacyjnych ministerstwo powinno wydać do końca miesiąca certyfikat morski. Kiedy go otrzymamy, statek opuści Belfast i popłynie do Avonmouth. Zamierzam, panowie, poprowadzić następne posiedzenie rady nadzorczej na mostku kapitańskim *Buckinghama*, tak abyśmy wszyscy odbyli wycieczkę statkiem i przekonali się na własne oczy, na co wydaliśmy pieniądze naszych udziałowców.

Wiem, że radę nadzorczą tak samo ucieszy wiadomość – mówiła dalej – że główny księgowy spółki na początku tygodnia otrzymał telefon z Clarence House z wiadomością, że Jej Królewska Mość Elżbieta Królowa Matka zgodziła się dokonać ceremonii chrztu statku dwudziestego pierwszego września. Nie będzie przesadą, panowie, jeżeli powiem, że następne trzy miesiące będą należeć do najtrudniejszych w historii firmy, gdyż – mimo że pierwszy okres rezerwacji okazał się spektakularnym sukcesem i tylko nieliczne kabiny na dziewiczy rejs są jeszcze wolne – to dopiero sytuacja na dalszą metę zdecyduje o przyszłości spółki. Chętnie odpowiem na każde pytanie na ten temat. Admirale?

– Pani prezes, czy mogę jako pierwszy pogratulować pani i powiedzieć, że wprawdzie musimy się jeszcze postarać, zanim dotrzemy na spokojne wody, lecz dzisiejszy dzień jest niewątpliwie najbardziej satysfakcjonujący w ciągu dwudziestu dwóch lat, od kiedy zasiadam w tej radzie. Pozwoli pani, że przejdę do tego, co w marynarce zwiemy gotowością wyjścia w morze. Czy wybraliście już kapitana spośród trzech kandydatów zaaprobowanych przez radę?

– Tak, admirale. Zdecydowaliśmy się na kapitana Nicholasa Turnbulla z Królewskiej Marynarki Wojennej, który do niedawna był pierwszym oficerem na *Queen Mary*. Mieliśmy dużo szczęścia, że udało się nam zapewnić usługi tak doświadczonego oficera, i może pomogło to, że się urodził i wychował w Bristolu. Mamy też komplet oficerów, z których wielu służyło pod kapitanem Turnbullem albo w marynarce, albo ostatnio u Cunarda.

– A co z resztą załogi? – zapytał Anscott. – W końcu to jest statek służący krążeniu po morzach, a nie jakiś krążownik.

– Trafna uwaga, panie Anscott. Myślę, że uzna pan, że mamy zadowalającą załogę, od maszynowni do restauracji serwującej dania z grilla. Jest jeszcze kilka nieobsadzonych stanowisk, ale ponieważ na każde przypada co najmniej dziesięć zgłoszeń, mamy w czym wybierać.

– Jaka jest proporcja pasażerów do załogi? – spytał Dobbs.

Pierwszy raz Emma musiała zajrzeć do leżącej przed nią teczki z notatkami.

– Załoga składa się z dwudziestu pięciu oficerów, dwustu pięćdziesięciu marynarzy, trzystu stewardów i pracowników personelu gastronomicznego oraz lekarza i pielęgniarki. Statek ma trzy klasy: pierwszą, drugą i turystyczną. Dla pasażerów pierwszej klasy mamy sto dwa miejsca przy cenie za kabinę od czterdziestu pięciu funtów do sześćdziesięciu funtów za luksusowy apartament nad górnym pokładem na dziewiczy rejs do Nowego Jorku; dwieście czterdzieści dwa w drugiej klasie przy cenie około trzydziestu funtów i trzysta sześćdziesiąt w klasie turystycznej po dziesięć funtów za trzyosobową kabinę. Jeżeli interesują pana, panie Dobbs, dalsze szczegóły, to znajdzie pan wszystko w części drugiej w pańskiej niebieskiej teczce.

– Z pewnością duże zainteresowanie prasy wzbudzi ceremonia chrztu statku dwudziestego pierwszego września, jak również dziewiczy rejs do Nowego Jorku w następnym miesiącu – powiedział Fisher. – Kto zatem będzie kierował naszym biurem informacyjnym?

– Zatrudniliśmy J. Waltera Thompsona, który wystąpił z najlepszą prezentacją – odparła Emma. – Zaprosił już ekipę filmową BBC na pokład statku podczas jednej z prób morskich i umieścił artykuł w „Sunday Times" przedstawiający sylwetkę kapitana Turnbulla.

– Za moich czasów nigdy nie robiło się takich rzeczy – prychnął admirał.

– Były po temu powody. Nikt nie chciał, żeby wróg wiedział, gdzie jesteście, natomiast my nie tylko chcemy, żeby nasi pasażerowie wiedzieli, gdzie jesteśmy, ale żeby również czuli, że znajdują się w naprawdę dobrych rękach.

– Jaki będzie wymagany odsetek zajęcia kabin, żebyśmy osiągnęli próg rentowności? – spytał Cedric Hardcastle, wyraźnie zainteresowany nie reklamą, lecz ostatecznym wynikiem finansowym.

– Sześćdziesiąt procent, biorąc pod uwagę tylko koszty eksploatacji. Ale jeżeli mamy zwrócić sobie nakłady inwestycyjne w ciągu dziesięciu lat, jak zakładał Ross Buchanan, kiedy był prezesem, powinniśmy mieć w tym okresie osiemdziesiąt sześć procent. Nie należy więc popadać w samozadowolenie, panie Hardcastle.

Alex zanotował daty i liczby, które mogłyby zainteresować Don Pedra, chociaż wciąż nie miał pojęcia, dlaczego to takie ważne i co Don Pedro miał na myśli, mówiąc: „jak zrobi się gorąco".

Emma odpowiadała na pytania jeszcze przez następną godzinę i Alex z przykrością musiał przyznać, choć nigdy by o tym nie wspomniał w obecności Don Pedra, że niewątpliwie zaprezentowała najwyższe kompetencje.

Kiedy zakończyła zebranie słowami: „Spotkamy się wszyscy dwudziestego czwartego sierpnia na dorocznym walnym zgromadzeniu akcjonariuszy", Alex szybko opuścił salę posiedzeń i wyszedł z budynku. Emma obserwowała z okna na najwyższym piętrze, jak wyjeżdża za bramę, co jej tylko przypomniało, że musi bezustannie mieć się na baczności.

Alex zaparkował przy pubie Pod Godłem Lorda Nelsona i skierował się do budki telefonicznej, ściskając w dłoni cztery monety jednopensowe.

– Królowa Matka dokona chrztu statku dwudziestego pierwszego września, a wypłynięcie w dziewiczy rejs do Nowego Jorku jest zaplanowane na dwudziesty dziewiąty października.

– Do zobaczenia u mnie w biurze jutro o dziesiątej rano – rzucił Don Pedro i zakończył rozmowę.

Alex chciałby mu powiedzieć chociaż raz: „Żałuję, stary, ale nie dam rady. Mam w tym czasie o wiele ważniejsze spotkanie", ale wiedział, że jutro minutę przed dziesiątą będzie stał przed domem numer 44 przy Eaton Square.

Arcadia Mansions 24
Bridge Street
Bristol

Szanowna Pani,
z wielkim żalem muszę złożyć rezygnację z członkostwa w radzie nadzorczej Spółki Żeglugowej Barringtona. W czasie gdy moi koledzy, członkowie rady nadzorczej, głosowali za budową Buckinghama, Pani była zdecydowanie przeciwna temu zamiarowi i nawet głosowała przeciw. Teraz widzę, co prawda po czasie, że Pani opinia była rozsądna. Jak Pani wtedy zauważyła, zaryzykowanie tak znacznego procentu rezerw firmy na jedno przedsięwzięcie mogło się okazać decyzją, której wszyscy będziemy żałować.

Muszę przyznać, że od czasu, kiedy po kilku opóźnieniach Ross Buchanan uznał, że powinien zrezygnować – słusznie, moim zdaniem – i Pani zajęła jego miejsce, walczyła Pani mężnie, aby firma była wypłacalna. Jednak gdy w zeszłym tygodniu poinformowała Pani radę, że jeśli w ciągu najbliższych dziesięciu lat popyt na kabiny nie utrzyma się na poziomie osiemdziesięciu sześciu procent, to nie będzie szans na zwrot nakładów inwestycyjnych, zdałem sobie sprawę, że to przedsięwzięcie czeka zguba i, obawiam się, że naszą spółkę wraz z nim.

Naturalnie mam nadzieję, że się mylę, gdyż byłoby mi przykro być świadkiem schyłku tak świetnej firmy, a nawet, nie daj Boże, jej bankructwa. Skoro jednak istnieje poważna taka możliwość, przede wszystkim poczuwam się do odpowiedzialności przed udziałowcami, a zatem nie mam wyboru i muszę zrezygnować.

Z poważaniem
Alex Fisher
(major w stanie spoczynku)

– I pan oczekuje, że ja wyślę ten list do pani Clifton dwudziestego pierwszego sierpnia, zaledwie trzy dni przed dorocznym walnym zgromadzeniem akcjonariuszy?
– Tak, właśnie tego od pana oczekuję – powiedział Martinez.
– Jeśli to zrobię, cena akcji spadnie na łeb na szyję. To może nawet spowodować upadek firmy.
– Szybko pan kojarzy, majorze.
– Ale pan zainwestował w spółkę Barringtona ponad dwa miliony funtów. Straci pan fortunę.
– Nie stracę, jeżeli sprzedam wszystkie akcje na kilka dni przedtem, zanim pan opublikuje list w prasie.
Aleksa zamurowało.
– Aa – rzucił Martinez. – Nareszcie dotarło. Teraz widzę, że dla pana osobiście, majorze, to nie jest dobra wiadomość, bo nie tylko straci pan swoje jedyne źródło dochodów, ale w pańskim wieku może panu nie być łatwo znaleźć inną pracę.
– To mało powiedziane – rzekł Alex. – Jeśli to wyślę – dodał,

wymachując listem przed nosem Don Pedra – żadna firma nigdy nie zaprosi mnie do rady nadzorczej i nie będę mógł mieć o to pretensji.

– Uznałem więc – ciągnął Don Pedro, ignorując wybuch majora – że należy pana odpowiednio wynagrodzić za pańską lojalność, zwłaszcza że miał pan taki kosztowny rozwód. Biorąc to pod uwagę, majorze, zamierzam wypłacić panu pięć tysięcy funtów gotówką, o czym ani pana żona, ani urząd podatkowy nigdy się nie dowiedzą.

– To bardzo wspaniałomyślnie z pana strony – powiedział Alex.

– Zgadzam się. Wszakże zależy to od tego, czy doręczy pan ten list pani prezes w piątek przed dorocznym walnym zgromadzeniem akcjonariuszy, gdyż jak wiem, sobotnie i niedzielne gazety chętnie rozdmuchają tę sprawę. Musi pan też w piątek być do dyspozycji dziennikarzy, żeby wyrazić zaniepokojenie co do przyszłości spółki Barringtona, tak aby, kiedy pani Clifton otworzy doroczne walne zgromadzenie w poniedziałek rano, na ustach wszystkich dziennikarzy było tylko jedno pytanie.

– Jak długo firma może mieć nadzieję przetrwać? – dopowiedział Alex. – Ale, Don Pedro, zważywszy na sytuację, czy byłby pan gotów dać mi z góry dwa tysiące funtów i wypłacić resztę, kiedy wyślę list i udzielę wywiadów dziennikarzom?

– Nic z tego, majorze. Wciąż jest mi pan winien tysiąc za głos swojej żony.

– Pan zdaje sobie sprawę, panie Martinez, jak to zaszkodzi Spółce Żeglugowej Barringtona?

– Panie Ledbury, ja nie płacę panu za udzielanie mi rad, tylko za wykonywanie moich poleceń. Jeżeli nie zdoła pan tego zrobić, to znajdę kogoś innego.

– Ale jest bardzo prawdopodobne, że gdybym wypełnił to polecenie co do joty, wtedy straciłby pan mnóstwo pieniędzy.

– To moje pieniądze, a zresztą notowania akcji Barringtona są obecnie wyższe od ceny, jaką za nie zapłaciłem, więc jestem pewien, że odzyskam większość forsy. W najgorszym razie mogę stracić parę funtów.

– Gdyby pan mi pozwolił sprzedawać akcje przez dłuższy czas, powiedzmy przez sześć tygodni, a nawet przez dwa miesiące, miałbym większą pewność, że uda się zwrócić pańskie początkowe nakłady, a może nawet osiągnąć niewielki zysk.

– Wydaję moje pieniądze, jak mi się podoba.

– Jednak moim fiducjarnym obowiązkiem jest ochrona interesów banku, szczególnie jeśli się pamięta, że obecnie ma pan debet w wysokości jednego miliona siedmiuset trzydziestu pięciu tysięcy funtów.

– Co pokrywa wartość udziałów, które przy obecnej cenie dadzą mi więcej niż dwa miliony.

– Wobec tego proszę mi przynajmniej pozwolić porozumieć się z rodziną Barringtonów i zapytać, czy oni…

– W żadnym wypadku nie będzie się pan kontaktował z nikim z rodziny Barringtonów ani Cliftonów! – wrzasnął Don Pedro. – Rzuci pan wszystkie moje akcje na rynek z chwilą otwarcia giełdy w poniedziałek siedemnastego sierpnia i zaakceptuje pan taką cenę, jaka będzie wtedy oferowana. Moje polecenie nie może być wyraźniejsze.

– Gdzie pan będzie, w razie gdybym musiał się z panem skontaktować?

– Dokładnie tam, gdzie, jak się można spodziewać, dżentelmen poluje na kuropatwy w Szkocji. Nie będzie żadnej możliwości skontaktowania się ze mną i dlatego wybrałem to miejsce. Jest tak odludne, że nawet nie dostarczają tam porannych gazet.

– Skoro takie są pańskie polecenia, panie Martinez, to przygotuję odpowiedni list, żeby potem nie było nieporozumień. Wyślę go po południu przez posłańca na Eaton Square panu do podpisu.

– Chętnie go podpiszę.

– A po zakończeniu tej transakcji, panie Martinez, może zechce pan zastanowić się nad przeniesieniem rachunku do innego banku.

– Zrobię to, jeśli wciąż będzie pan na tym stanowisku.

29

Susan zaparkowała samochód w bocznej uliczce i czekała. Wiedziała, że na kolację pułkową proszono na wpół do ósmej, żeby zasiąść do stołu o ósmej, a skoro gościem honorowym miał być marszałek polny, to była pewna, że Alex się nie spóźni.

Taksówka zajechała pod jej dawny dom dziesięć po siódmej, a chwilę później ukazał się Alex. Był w smokingu, na jego piersi widniały trzy medale za udział w wojnie. Susan zauważyła, że ma przekrzywioną muszkę, przy koszuli smokingowej brakowało mu jednej spinki, a gdy na jego nogach zobaczyła mokasyny, które na pewno nie będę mu służyły do końca życia, nie mogła powstrzymać się od śmiechu. Alex usiadł z tyłu samochodu, który odjechał w stronę Wellington Road.

Susan odczekała kilka minut, a potem przejechała na drugą stronę jezdni, wysiadła z samochodu i otworzyła drzwi do garażu. Następnie zaparkowała w środku jaguara mark II. Sąd orzekł w wyroku rozwodowym, że ma zwrócić dumę i radość Aleksa, ale ona odmawiała, dopóki nie otrzymała comiesięcznej płatności. Zrealizowała jego ostatni czek tego ranka, zastanawiając się, skąd wytrzasnął te pieniądze. Adwokat Aleksa zasugerował, żeby zwróciła samochód w czasie, kiedy on będzie na przyjęciu. To była jedna z nielicznych spraw, co do których obie strony zdołały się zgodzić.

Susan wysiadła z samochodu, otworzyła bagażnik i wyjęła stamtąd nóż do tapet i puszkę z farbą. Postawiła puszkę na podłodze, podeszła do przodu samochodu i wbiła nóż w jedną z opon. Odstąpiła o krok i czekała, aż skończy się syczenie, a potem podeszła do drugiej. Kiedy z wszystkich czterech opon uszło powietrze, zajęła się puszką z farbą.

Podważyła pokrywkę, stanęła na palcach i powoli wylała

gęsty płyn na dach samochodu. Kiedy się przekonała, że nie zostało ani kropli, odsunęła się i delektowała się widokiem farby wolno ściekającej na obie strony i na przednią i tylną szybę. Farba powinna wyschnąć na długo przed powrotem Aleksa z kolacji. Susan spędziła sporo czasu, wybierając kolor, który by współgrał z ciemnozielonym, „oficjalnym" kolorem brytyjskich kierowców wyścigowych, i ostatecznie zdecydowała się na liliowy. Rezultat przeszedł jej oczekiwania.

To matka Susan całymi godzinami ślęczała nad adnotacjami drobnym druczkiem w wyroku rozwodowym i zwróciła jej uwagę, że zgodziła się oddać samochód, ale bez podania, w jakim ma być stanie.

Minęło trochę czasu, zanim Susan wreszcie wyszła z garażu i udała się na trzecie piętro, żeby zostawić kluczyki do samochodu na biurku w gabinecie Aleksa. Żałowała tylko, że nie zobaczy miny Aleksa, kiedy rano otworzy drzwi garażu.

Starym kluczem otworzyła drzwi mieszkania, zadowolona, że Alex nie zmienił zamka. Wkroczyła do gabinetu i rzuciła kluczyki na biurko. Już chciała wyjść, kiedy spostrzegła leżący na podkładce list pisany jego ręką. Ogarnęła ją ciekawość. Pochyliła się i prędko przeczytała poufny list, a potem usiadła i przeczytała go wolniej drugi raz. Nie mogła uwierzyć, że Alex by się wyrzekł członkostwa w radzie nadzorczej Barringtona w imię zasad. W końcu Alex nie miał żadnych zasad, a ponieważ to było jego jedyne źródło dochodu oprócz śmiechu wartej emerytury wojskowej, to z czego on będzie żył? Co ważniejsze, jak będzie mógł jej wypłacać miesięczne alimenty, nie dysponując regularnym wynagrodzeniem członka rady nadzorczej?

Susan po raz trzeci przeczytała list, zastanawiając się, czy czegoś nie przeoczyła. Nie mogła zrozumieć, dlaczego nosi datę dwudziestego pierwszego sierpnia. Jeżeli się zamierza zrezygnować w imię zasad, to po co czekać dwa tygodnie z przedstawieniem swojego stanowiska?

Kiedy Susan powróciła do Burnham-on-Sea, Alex wciąż zanudzał wynurzeniami marszałka polnego, ale ona nadal nie rozumiała sensu listu.

Sebastian szedł wolno Bond Street, podziwiając różnorodne towary na wystawach i zastanawiając się, czy kiedyś będzie mógł sobie pozwolić na kupno jakiegoś z nich.

Pan Hardcastle dał mu ostatnio podwyżkę. Zarabiał teraz dwadzieścia funtów tygodniowo i był jednym z tych, o których mówiono w londyńskim City „tyra za tysiąc funtów rocznie". Miał też nowy stopień służbowy, dyrektor – członek zarządu, chociaż takie tytuły nic nie znaczą w świecie bankowości, jeśli nie jest się prezesem rady nadzorczej.

Z daleka ujrzał łopoczący na wietrze znak: „Agnew's, handel dziełami sztuki, założono w 1817". Sebastian nigdy przedtem nie odwiedził prywatnej galerii sztuki i nie był nawet pewien, czy są one powszechnie dostępne. Był w Akademii Królewskiej, Tate i National Gallery z Jessicą, a ona nie przestawała mówić, kiedy go ciągnęła z sali do sali. Czasem doprowadzała go do szału. Jak bardzo by chciał, żeby teraz była obok niego i doprowadzała go do szału. Nie było dnia ani godziny, żeby za nią nie tęsknił.

Pchnął drzwi galerii i wkroczył do środka. Przez chwilę stał bez ruchu, rozglądając się po rozległym pomieszczeniu, którego ściany pokrywały wspaniałe obrazy olejne. Niektórych artystów rozpoznawał – Constable, Munnings i Stubbs. Nagle, po prostu znikąd, zjawiła się ona, jeszcze piękniejsza niż wtedy, kiedy ją widział podczas wieczoru w Slade, kiedy Jessica zgarnęła wszystkie nagrody na uroczystości wręczenia dyplomów.

Kiedy się do niego zbliżała, zaschło mu w gardle. Jak trzeba się zwracać do bogini? Była w żółtej sukience, prostej, ale eleganckiej, a jej włosy miały ten odcień naturalnego blondu, za jakiego odtworzenie nawet Szwedki oddałyby fortunę, i wiele się starało. Dziś były upięte, nie opadały na nagie ramiona, jak ostatnio, kiedy ją widział. Chciał jej powiedzieć, że nie przyszedł oglądać obrazów, tylko zobaczyć ją. Co za słaba odzywka na podryw, i w dodatku to nieprawda.

– W czym mogę pomóc? – zapytała.

Nie spodziewał się, że jest Amerykanką – to zaś znaczyło, że nie była córką pana Agnew, jak początkowo przypuszczał.

– Tak, proszę – odparł. – Ciekaw jestem, czy macie tutaj obrazy artystki o nazwisku Jessica Clifton?

Wyglądała na zaskoczoną, ale się uśmiechnęła i odparła:

– Tak, mamy. Czy zechce pan pójść ze mną?

Na koniec świata. Jeszcze bardziej żałosna odzywka, na szczęście tego nie powiedział. Niektórzy mężczyźni uważają, że kobieta jest równie piękna, kiedy się idzie za nią. Jemu było wszystko jedno, kiedy podążał za nią w dół schodami do innego wielkiego pomieszczenia, gdzie wisiały równie fascynujące płótna. Dzięki Jessice rozpoznał Maneta, Tissota i Berthe Morisot. Nic nie wstrzymałoby potoku wymowy Jessiki.

Bogini otworzyła drzwi, których nie zauważył; prowadziły do mniejszej bocznej sali. Wszedł tam i przekonał się, że salę wypełniały rzędy wysuwanych ekranów. Wybrała jeden i wysunęła go, odsłaniając stronę, która była poświęcona olejom pędzla Jessiki. Objął wzrokiem wszystkie dziewięć jej nagrodzonych prac z wystawy dyplomowej oraz kilkanaście rysunków i akwarel, których wcześniej nie widział, ale równie atrakcyjnych. Na moment ogarnęło go uniesienie, nagle jednak ugięły się pod nim nogi. Uchwycił się ekranu, żeby nie upaść.

– Czy dobrze się pan czuje? – spytała, jej oficjalny głos zabrzmiał teraz miękko.

– Bardzo przepraszam.

– Dlaczego pan nie usiądzie? – poradziła i podsunęła mu krzesło.

Gdy usiadł, wzięła go za rękę, jakby był starym człowiekiem, a on pragnął tylko tak przy niej trwać. Dlaczego mężczyźni załamują się tak szybko, tak beznadziejnie, podczas gdy kobiety są o wiele bardziej ostrożne i rozsądne, pomyślał.

253

– Przyniosę panu wody – powiedziała i zanim mógł odpowiedzieć, odeszła.

Popatrzył znowu na obrazy Jessiki, próbując się zdecydować, który najbardziej mu się podoba, i pomyślał, że jeśli jakiś wybierze, to czy będzie go na niego stać. Po chwili ona powróciła ze szklanką wody i w towarzystwie starszego pana, którego pamiętał z wieczoru w Slade.

– Witam pana, panie Agnew – powiedział Sebastian, wstając z krzesła.

Właściciel galerii zdziwił się, widać nie mógł skojarzyć młodego człowieka.

– Widzieliśmy się w Slade, dokąd pan przyszedł na uroczystość wręczenia dyplomów.

Agnew wciąż wyglądał na zaskoczonego, ale po chwili powiedział:

– Ach, tak, teraz sobie przypominam. Pan jest bratem Jessiki.

Sebastian czuł się jak skończony głupiec, kiedy znów opadł na krzesło i ukrył głowę w dłoniach. Dziewczyna podeszła do niego i położyła mu rękę na ramieniu.

– Jessica była jedną z najmilszych osób, jakie spotkałam – powiedziała. – Tak mi przykro.

– A mnie jest przykro, że zrobiłem z siebie takiego głupca. Chciałem tylko się dowiedzieć, czy są tu jakieś jej obrazy na sprzedaż.

– Wszystko w tej galerii jest na sprzedaż – rzucił Agnew, próbując wprowadzić lżejszy nastrój.

– Ile kosztują?
– Wszystkie?
– Wszystkie.

– Jeszcze nie ustaliłem ceny, gdyż mieliśmy nadzieję, że Jessica będzie stale wystawiać w tej galerii, ale niestety... Wiem, ile mnie kosztowały: pięćdziesiąt osiem funtów.

– A ile są warte?
– Tyle, ile ktoś za nie zapłaci – odparł Agnew.
– Oddałbym każdego pensa, żeby je mieć.

Pan Agnew zrobił minę pełną nadziei.

– A ile ma pan tych pensów, panie Clifton?

– Dziś rano sprawdziłem stan konta, bo wiedziałem, że tu się wybiorę.

Oboje wbili w niego wzrok.

– Mam czterdzieści sześć funtów, dwanaście szylingów i sześć pensów na rachunku bieżącym, ale ponieważ pracuję w banku, nie wolno mi przekroczyć stanu konta.

– Wobec tego, panie Clifton, niech będzie czterdzieści sześć funtów, dwanaście szylingów i sześć pensów.

Jeżeli ktoś wyglądał na jeszcze bardziej zaskoczonego niż Sebastian, to była to sprzedawczyni, która nigdy nie widziała, żeby pan Agnew sprzedał jakiś obraz taniej, niż za niego zapłacił.

– Ale pod jednym warunkiem.

Sebastian pomyślał, że może Agnew zmienił zdanie.

– Jaki to warunek, proszę pana?

– Jeżeli kiedyś zdecyduje się pan sprzedać jakiś obraz pańskiej siostry, musi pan wpierw zaproponować go mnie za taką samą cenę, za jaką pan go kupił.

– Umowa stoi, proszę pana – powiedział Sebastian. Obaj mężczyźni uścisnęli sobie dłonie. – Ale ja nigdy ich nie sprzedam – dodał. – Nigdy.

– Wobec tego poproszę pannę Sullivan, żeby wystawiła fakturę na czterdzieści sześć funtów, dwanaście szylingów i sześć pensów.

Dziewczyna lekko skinęła głową i wyszła z pokoju.

– Młody człowieku, nie chciałbym pana znowu doprowadzić do łez, ale muszę powiedzieć, że w moim zawodzie człowiek ma szczęście, jeśli taki talent jak Jessica spotka dwa, może trzy razy w życiu.

– To uprzejme, że pan to mówi – rzekł Sebastian, gdy panna Sullivan powróciła z księgą faktur.

– Proszę wybaczyć, ale muszę już iść – powiedział pan Agnew. – W przyszłym tygodniu otwieram ważną wystawę, a jeszcze nie skończyłem oznaczania cen.

Sebastian usiadł i wypisał czek na czterdzieści sześć funtów, dwanaście szylingów i sześć pensów, oderwał go i podał sprzedawczyni.

– Gdybym miała te czterdzieści sześć funtów, dwanaście szylingów i sześć pensów – powiedziała – też bym je kupiła. Och, przepraszam – prędko dodała, widząc, że Sebastian pochylił głowę. – Czy zabierze je pan teraz, czy wróci po nie później?

– Przyjdę jutro, to znaczy, jeżeli galeria jest otwarta w sobotę.

– Tak, jest otwarta – powiedziała – ale ja mam kilka dni wolnych, więc poproszę panią Clark, żeby pana obsłużyła.

– A kiedy pani tu wraca?

– W czwartek.

– Wobec tego przyjdę w czwartek rano.

Uśmiechnęła się, ale innym uśmiechem, a potem poprowadziła Sebastiana schodami w górę. To wtedy pierwszy raz zauważył posąg, który stał w odległym kącie galerii.

– *Myśliciel* – powiedział.

Potaknęła skinieniem głowy.

– Niektórzy mówią, że to największe dzieło Rodina. Czy pani wiedziała, że najpierw nazywał się *Poeta*?

Wydawała się zdziwiona.

– I jeśli dobrze pamiętam, to jest odlew wykonany za życia artysty, czyli przez Alexisa Rudiera.

– Teraz pan się popisuje.

– Przyznaję się do winy – rzekł Sebastian. – Ale mam szczególny powód, żeby pamiętać akurat to dzieło.

– Jessica?

– Tym razem nie. Czy mogę spytać, jaki jest numer odlewu?

– Piąty, z dziewięciu.

Sebastian starał się zachować spokój, ponieważ zależało mu na odpowiedzi na kilka innych pytań, ale nie chciał wzbudzić podejrzliwości dziewczyny.

– Kto był poprzednim właścicielem? – zagadnął.

– Nie mam pojęcia. W katalogu rzeźba figuruje jako własność pewnego dżentelmena.

– Co to znaczy?
– Że ten dżentelmen nie chce, żeby wiedziano, że pozbywa się swojej kolekcji. Mamy mnóstwo takich klientów: powody to śmierć, rozwód i długi. Ale muszę pana ostrzec, że nie skłoni pan pana Agnew do sprzedaży *Myśliciela* za czterdzieści sześć funtów, dwanaście szylingów i sześć pensów.

Sebastian się roześmiał.

– Ile to kosztuje? – zapytał, dotknąwszy zgiętego prawego ramienia posągu.

– Pan Agnew jeszcze nie zakończył wyceniania kolekcji, ale jeśli pan sobie życzy, mogę dać panu katalog i zaproszenie na prywatny pokaz siedemnastego sierpnia.

– Dziękuję – powiedział Sebastian, gdy wręczyła mu katalog. – Nie będę się mógł doczekać, żeby panią zobaczyć w czwartek.

Uśmiechnęła się.

– Chyba że... – zawahał się, ale ona mu nie pomogła – chyba że zjadłaby pani ze mną kolację jutro wieczorem?

– To nęcąca propozycja – powiedziała – ale lepiej, żebym ja wybrała restaurację.

– Dlaczego?

– Bo wiem, ile panu zostało na koncie.

30

– Dlaczego chciałby sprzedać swoją kolekcję? – spytał Cedric.
– Musi potrzebować pieniędzy.
– To jest oczywiste, Seb, ale mnie interesuje, po co potrzebuje tych pieniędzy. – Cedric przerzucał strony katalogu, gdy jednak dotarł do ilustracji na końcu, przedstawiającej *Targ pod pustelnią w pobliżu Pontoise* Camille'a Pissarro, nadal nic nie rozumiał. – Chyba czas poprosić o przysługę.
– Co pan ma na myśli?
– Kogo, nie co – odparł Cedric. – Pana Stephena Ledbury'ego, dyrektora Midland Bank na St James's.
– A czym on się wyróżnia?
– To dyrektor banku Martineza.
– Skąd pan to wie?
– Kiedy się siedzi obok majora Fishera na posiedzeniach rady nadzorczej przez ponad pięć lat, to zadziwiające, ile można się dowiedzieć, jeśli jest się cierpliwym i chętnym słuchaczem samotnego człowieka. – Cedric zadzwonił do sekretarki. – Czy możesz mnie połączyć ze Stephenem Ledburym z Midland? – Obrócił się do Sebastiana. – Odkąd odkryłem, że to dyrektor banku Martineza, od czasu do czasu podrzucam mu jakiś smakowity gnat. Może pora, żeby mi się odwzajemnił.

Na biurku Cedrica zadzwonił telefon.

– Łączę z panem Ledburym.
– Dziękuję – powiedział Cedric, a gdy usłyszał pstryknięcie, włączył głośnik. – Dzień dobry, Stephenie.
– Dzień dobry, Cedricu. Co mogę dla ciebie zrobić?
– Myślę, że to raczej ja mogę coś zrobić dla ciebie, stary.
– Znowu jakiś cynk? – spytał Ledbury z nadzieją w głosie.
– To raczej wiadomość z rodzaju „kryj własny tyłek". Słyszałem, że jeden z twoich niezbyt porządnych klientów całą

swoją kolekcję sztuki wystawił na sprzedaż w galerii Agnew's na Bond Street. Ponieważ katalog określa kolekcję jako „własność dżentelmena", co jest w tym wypadku absolutnie niewłaściwym określeniem, to przypuszczam, że z jakichś powodów on nie chce, żebyś się o tym dowiedział.

– Dlaczego myślisz, że ten właśnie dżentelmen ma rachunek w oddziale głównym naszego banku na West Endzie?

– Siedzę obok jego przedstawiciela w radzie nadzorczej Spółki Żeglugowej Barringtona.

Zapadło długie milczenie, w końcu Ledbury powiedział:

– Ach, i powiadasz, że wystawił całą swoją kolekcję na sprzedaż w galerii Agnew's?

– Od Maneta do Rodina. W tej chwili mam przed sobą katalog i aż trudno mi uwierzyć, że na ścianach domu na Eaton Square nic nie zostało. Czy chcesz, żebym ci przesłał katalog?

– Nie, nie zawracaj sobie głowy, Cedricu. Do tej galerii mam tylko dwieście metrów, więc zajrzę tam i sam go wezmę. To bardzo uprzejmie, że dałeś mi znać, i znowu mam wobec ciebie dług wdzięczności. Gdybym kiedyś mógł coś dla ciebie zrobić…

– O, skoro o tym wspomniałeś, Stephenie, to czy mogę cię prosić o drobną przysługę przy sposobności?

– Tylko powiedz, o co chodzi.

– Gdyby kiedyś ten twój „dżentelmen" zdecydował się sprzedać udziały Spółki Żeglugowej Barringtona, to mam klienta, który mógłby być zainteresowany.

Nastało długie milczenie, wreszcie Ledbury zapytał:

– Czy ten klient nie jest przypadkiem kimś z rodziny Barringtonów albo Cliftonów?

– Nie, ja ich nie reprezentuję. Ich bank to Barclays w Bristolu, natomiast mój klient mieszka na północy Anglii.

Kolejne długie milczenie.

– Gdzie będziesz w poniedziałek siedemnastego sierpnia o dziewiątej rano?

– Przy moim biurku.

– Dobrze. Mogę do ciebie zadzwonić minutę po dziewiątej tego ranka i może zdołam ci się odwdzięczyć za kilka twoich przysług.

– To uprzejme z twojej strony, Stephenie, ale przechodząc do ważniejszych spraw, czyli do golfa – jaki masz handicap?

– Nadal jedenaście, ale czuję, że na początku następnego sezonu będzie dwanaście. Nie jestem coraz młodszy.

– Nikt z nas nie jest – powiedział Cedric. – Życzę ci udanej gry podczas weekendu i będę czekał na twój telefon – spojrzał w kalendarz – za dziesięć dni. – Wcisnął przycisk z boku telefonu i rzucił spojrzenie przez biurko na najmłodszego członka zarządu. – Powiedz mi, Seb, czego się z tego dowiedziałeś?

– Że Martinez prawdopodobnie rzuci wszystkie swoje akcje Barringtona na rynek siedemnastego sierpnia o dziewiątej.

– Dokładnie tydzień przed dorocznym walnym zgromadzeniem akcjonariuszy, któremu będzie przewodniczyć twoja matka.

– O, do licha – powiedział Sebastian.

– Cieszę się, że odgadłeś, co zamierza Martinez. Ale, Seb, nigdy nie zapominaj, że w każdej rozmowie jest coś, co wydaje się całkiem w tym momencie nieważne, a co zdradza informację, jakiej szukasz. Pan Ledbury uprzejmie dostarczył mi dwie takie perełki.

– Jaka była ta pierwsza?

Cedric spojrzał na bloczek i przeczytał:

– „Nie zawracaj sobie głowy, Cedricu. Do tej galerii mam tylko dwieście metrów, więc zajrzę tam i sam go wezmę". Co nam to mówi?

– Że nie zdawał sobie sprawy, że kolekcja Martineza jest wystawiona na sprzedaż.

– Tak, to na pewno, ale co ważniejsze, wynika z tego, że z jakiegoś powodu martwi go fakt, że ma być sprzedana, gdyż w przeciwnym wypadku wysłałby kogoś z personelu po katalog, ale nie „sam go wziął".

– A ta druga rzecz?

– Zapytał, czy mój bank reprezentuje rodzinę Cliftonów albo Barringtonów.

– Dlaczego to jest ważne?
– Bo gdybym powiedział, że tak, to rozmowa by się na tym zakończyła. Jestem pewien, że Ledbury dostał polecenie sprzedaży akcji siedemnastego, ale nie członkowi tej rodziny.
– Czemu to jest ważne?
– Martinez wyraźnie nie chce, żeby rodzina wiedziała o jego zamiarach. Najwidoczniej liczy na odzyskanie większości środków, jakie zainwestował w Spółkę Żeglugową Barringtona, przed dorocznym walnym zgromadzeniem akcjonariuszy, i wydaje się pewien, że do tej pory kurs akcji spadnie, on zaś nie straci zbyt wiele pieniędzy. Jeżeli dobrze wybierze moment, każdy makler będzie się starał pozbyć akcji Barringtona, i w rezultacie walne zgromadzenie zostanie zdominowane przez dziennikarzy chcących się dowiedzieć, czy spółkę czeka bankructwo. A w takim razie to nie wiadomość o chrzcie *Buckinghama* przez Królową Matkę zdominuje czołówki gazet następnego dnia.
– Czy możemy coś zrobić, żeby temu zapobiec? – spytał Sebastian.
– Tak, ale musimy się postarać, żeby wszystko zsynchronizować lepiej niż Martinez.
– Coś mi tu nie gra. Jeżeli Martinez prawdopodobnie odzyska większość pieniędzy po sprzedaży akcji, to dlaczego sprzedaje też swoją kolekcję sztuki?
– Zgadzam się, że to zagadka. I mam wrażenie, że jeśli ją rozwikłamy, to wszystko ułoży się w logiczną całość. Możliwe też, że jeśli tej młodej damie, która cię zabiera jutro na kolację, zadasz odpowiednie pytanie, to zbliżymy się do rozwiązania tej łamigłówki. Ale pamiętaj o tym, co przed chwilą powiedziałem: słowa wypowiedziane w chwili nieuwagi często są równie cenne jak odpowiedź na pytanie wprost. Przy okazji, jak ta młoda dama ma na imię?
– Nie wiem – odparł Sebastian.

Susan Fisher siedziała w piątym rzędzie wypełnionej po brzegi sali i z uwagą słuchała słów Emmy Clifton, przemawiającej na dorocznym spotkaniu Towarzystwa Absolwentek Red Maids', o jej życiu jako prezeski ważnej spółki żeglugowej. Wprawdzie Emma wciąż była piękną kobietą, ale Susan zauważyła drobne zmarszczki, które zaczęły się pojawiać dokoła jej oczu, a gęstym czarnym włosom, których kiedyś zazdrościły jej koleżanki z klasy, potrzeba było teraz lekkiego retuszu, żeby zachowały naturalny ciemny połysk i nie zdradziły skutków zgryzoty i stresu.

Susan zawsze uczestniczyła w zjazdach koleżeńskich i z niecierpliwością czekała na ten dzisiejszy, gdyż bardzo podziwiała Emmę Barrington, jak ją zapamiętała. Była przewodniczącą samorządu szkolnego, dostała się na studia w Oksfordzie i została pierwszą kobietą-prezesem spółki akcyjnej.

Kiedy jednak przysłuchiwała się przemówieniu Emmy, zastanowiła ją jedna rzecz. Z listu Aleksa, w którym zgłaszał rezygnację, wynikało, że na skutek całej serii błędnych decyzji spółce może grozić bankructwo, natomiast Emma w swoim wystąpieniu powiedziała, że ponieważ pierwszy okres rezerwacji kabin na *Buckinghamie* okazał się absolutnym sukcesem, spółka Barringtona może się spodziewać świetlanej przyszłości.

W trakcie przyjęcia wydanego po przemówieniu nie sposób było zbliżyć się do Emmy, którą otaczało grono starych przyjaciółek i nowych admiratorek. Susan nie miała ochoty czekać w kolejce i zdecydowała, że porozmawia ze swoimi rówieśniczkami. Za każdym razem, kiedy ktoś pytał o Aleksa, starała się uchylić od odpowiedzi. Po godzinie postanowiła wyjść, gdyż obiecała matce, że wróci do Burnham-on-Sea, żeby jej przyrządzić kolację. Właśnie wychodziła z holu szkoły, kiedy ktoś z tyłu powiedział:

– Cześć, Susan.

Odwróciła się i zdziwiła na widok Emmy Clifton idącej w jej kierunku.

– Nie mogłabym wygłosić tej mowy, gdyby nie ty. To było bardzo odważne, bo mogę sobie wyobrazić, co powiedział Alex, kiedy wrócił do domu tego popołudnia.

– Nie czekałam na niego – powiedziała Susan – bo już wcześniej zdecydowałam, że od niego odejdę. A teraz, gdy wiem, że firmie dobrze się powodzi, jeszcze bardziej się cieszę, że cię poparłam.

– Mamy przed sobą jeszcze sześć trudnych miesięcy – przyznała Emma – ale jeśli przez nie przebrniemy, będę się czuła dużo pewniej.

– Jestem o tym przekonana – rzekła Susan. – Tylko mi przykro, że Alex myśli o rezygnacji w tak ważnym momencie historii firmy.

Emma zatrzymała się, gdy już miała wsiąść do samochodu, i odwróciła się do Susan.

– Alex myśli o rezygnacji?

– Przypuszczałam, że wiesz o tym.

– Nie miałam pojęcia. Kiedy ci to powiedział?

– Nie mówił mi. Przypadkiem zobaczyłam na jego biurku list, w którym pisze, że rezygnuje z członkostwa w radzie nadzorczej, co mnie zdziwiło, bo wiem, jak bardzo jest zadowolony, że tam zasiada. Ale ponieważ list nosi datę dwudziestego pierwszego sierpnia, to może Alex jeszcze się nie zdecydował.

– Lepiej z nim porozmawiam.

– Nie, nie rób tego – poprosiła Susan. – Ten list nie był przeznaczony dla moich oczu.

– Więc ani słowem o nim nie wspomnę. Czy pamiętasz, jaki podał powód?

– Nie pamiętam dokładnie, ale było tam coś o jego obowiązku wobec udziałowców i że w imię zasad ktoś musi ich zawiadomić, że spółce może grozić bankructwo. Teraz, gdy wysłuchałam twojego przemówienia, widzę, że to po prostu nie trzyma się kupy.

– Kiedy znowu zobaczysz Aleksa?

– Mam nadzieję, że nigdy – powiedziała Susan.

– Czy wobec tego możemy to zachować między sobą?

– Tak, proszę. Nie chciałabym, żeby się dowiedział, że mówiłam ci o tym liście.

– Ja też bym nie chciała – powiedziała Emma.

– Gdzie będziesz w poniedziałek siedemnastego o dziewiątej rano?
– Tam, gdzie jestem każdego rana o dziewiątej, pilnując dwóch tysięcy słoików z pastą rybną schodzących co godzina z taśmy. A gdzie chciałbyś, żebym był?
– Blisko telefonu, bo będę dzwonił z radą, żebyś zainwestował znaczne środki w pewną spółkę żeglugową.
– Więc twój plan nabiera kształtu?
– Niezupełnie – odparł Cedric. – Trzeba go jeszcze precyzyjnie dopracować i nawet wtedy będę musiał bezbłędnie wszystko zsynchronizować.
– Czy lady Virginia będzie wtedy zła?
– Będzie po prostu wściekła, mój drogi.
Bingham się roześmiał.
– Wobec tego w poniedziałek – spojrzał w terminarz – siedemnastego sierpnia będę stał przy telefonie już za minutę dziewiąta.

– Czy dlatego wybrałeś najtańsze dania, że ja płacę rachunek?
– Nie, skądże – odparł Sebastian. – Zawsze przepadałem za zupą pomidorową i zieloną sałatą.
– Wobec tego spróbuję zgadnąć, co jeszcze lubisz – powiedziała Samantha i spojrzawszy na kelnera, dodała: – Oboje prosimy o San Daniele z melonem i dwa befsztyki.
– Jaki befsztyk pani lubi?
– Średnio wysmażony.
– A pan?
– Jaki befsztyk ja lubię, proszę pani? – spytał z szelmowskim uśmiechem Sebastian.
– Dla pana też średnio wysmażony, proszę.
– Więc...
– Jak...
– Nie, ty pierwszy – powiedziała.
– Więc co sprowadza Amerykankę do Londynu?
– Mój ojciec jest w służbie dyplomatycznej i ostatnio objął

tu stanowisko, więc pomyślałam, że byłoby fajnie spędzić rok w Londynie.
– A co robi twoja matka, Samantho?
– Sam, wszyscy poza moją matką nazywają mnie Sam. Ojciec miał nadzieję, że urodzi się chłopak.
– Hm, poniósł efektowną porażkę.
– Ależ z ciebie flirciarz.
– A twoja matka? – powtórzył Sebastian.
– Ona jest staroświecka, dba o mojego ojca.
– Szukam kogoś takiego.
– Życzę szczęścia.
– Dlaczego galeria sztuki?
– Studiowałam historię sztuki w Georgetown, a potem postanowiłam zrobić sobie rok przerwy.
– I jakie masz plany na potem?
– Zacznę pisać pracę doktorską we wrześniu.
– Jaki będzie temat?
– Rubens: artysta czy dyplomata?
– Czy nie był jednym i drugim?
– Musisz poczekać dwa lata, żeby się dowiedzieć.
– Jaki uniwersytet? – spytał Sebastian z nadzieją, że dziewczyna nie wyjedzie za kilka tygodni do Ameryki.
– Londyński albo Princeton. Proponują mi miejsce w jednym i drugim, ale jeszcze się nie zdecydowałam. A ty?
– Nie dostałem się ani do jednego, ani do drugiego.
– Nie, głuptasie. Co robisz?
– Podjąłem pracę w banku po rocznej przerwie – powiedział, gdy wrócił kelner i postawił przed nimi talerze z szynką i melonem.
– Więc nie poszedłeś na uniwersytet?
– To długa historia – rzekł Sebastian. – Może innym razem – dodał, czekając, aż ona weźmie do ręki nóż i widelec.
– Ach, to jesteś pewien, że będzie inny raz?
– Oczywiście. Muszę wpaść do galerii w czwartek, żeby zabrać obrazy Jess, a w następny poniedziałek zaprosiłaś mnie

na pokaz kolekcji sztuki tego nieznanego dżentelmena. Czy już wiadomo, kto to taki?

– Nie, tylko pan Agnew to wie. Mogę ci jedynie powiedzieć, że on nie przyjdzie na tę uroczystość.

– Wyraźnie nie chce, żeby ktoś się dowiedział, kim on jest.

– Albo gdzie jest – powiedziała Sam. – Nie będziemy mogli nawet się z nim porozumieć, żeby go poinformować, jak się udało otwarcie wystawy, bo wyjeżdża na kilka dni na polowanie do Szkocji.

– To intrygujące – zauważył Sebastian, gdy kelner sprzątnął puste talerze.

– A czym zajmuje się twój ojciec?

– Lubi opowiadać bajki.

– Jak większość mężczyzn?

– Ale jemu za to płacą.

– To musi mieć wielkie powodzenie.

– Jest na pierwszym miejscu listy bestsellerów „New York Timesa" – oznajmił z dumą Sebastian.

– No przecież, Harry Clifton!

– Czytałaś książki mojego ojca?

– Nie, muszę przyznać, że nie czytałam, ale moja matka je pochłania. Podarowałam jej na Boże Narodzenie *Williama Warwicka* i *Broń obosieczną* – powiedziała, kiedy postawiono przed nimi dwa befsztyki. – Cholera – rzuciła. – Zapomniałam o winie.

– Wystarczy woda – powiedział Sebastian.

Sam zignorowała go.

– Pół butelki fleurie – poleciła kelnerowi.

– Aleś ty apodyktyczna.

– Czemu o kobiecie zawsze się mówi, że jest apodyktyczna, a jeżeli mężczyzna robi to samo, to uważa się go za stanowczego, zdecydowanego i obdarzonego cechami przywódcy?

– Ty jesteś feministką!

– A dlaczego nie, po tym, co wyście wyprawiali przez ostatnie tysiąc lat? – zagadnęła Samantha.

– Czy czytałaś *Poskromienie złośnicy?* – spytał Sebastian z szerokim uśmiechem.

– Napisane przez mężczyznę czterysta lat temu, kiedy kobiecie nie wolno było nawet grać głównej roli? Gdyby Kasia żyła dzisiaj, prawdopodobnie byłaby premierem.

Sebastian roześmiał się.

– Powinnaś poznać moją matkę, Samantho. Ona jest tak samo jak ty apodyktyczna, przepraszam, stanowcza.

– Mówiłam ci, tylko matka nazywa mnie Samanthą i ojciec, kiedy jest na mnie zły.

– Podoba mi się twoja matka.

– A twoja matka?

– Uwielbiam ją.

– Nie, głupku, co ona robi?

– Pracuje w spółce żeglugowej.

– To interesujące. Jaka to praca?

– W biurze prezesa – rzucił, gdy Samantha próbowała wino.

– Właśnie takiego chciał – powiedziała kelnerowi, który nalał dwa kieliszki. Podniosła swój. – Jak mówią Anglicy?

– Na zdrowie! – rzekł Sebastian. – A Amerykanie?

– Twoje zdrowie, mała.

– Jeśli to ma być naśladowanie Humphreya Bogarta, to wypada kiepsko.

– Opowiedz mi o Jessice. Czy zawsze było wiadomo, jak bardzo jest utalentowana?

– Nie, właściwie nie, bo przede wszystkim nie było jej z kim porównać. W każdym razie dopóki nie dostała się do Slade.

– Nie sądzę, żeby to się nawet wtedy zmieniło – zauważyła Sam.

– Czy zawsze interesowała cię sztuka?

– Na początku chciałam być artystką, ale bogowie postanowili inaczej. A ty zawsze chciałeś być bankierem?

– Nie. Zamierzałem pracować w dyplomacji, jak twój ojciec, ale to nie wyszło.

Do stolika wrócił kelner.

– Czy ma pani ochotę na deser? – spytał, zabierając puste talerze.
– Nie, dziękuję – powiedział Sebastian. – Jej na to nie stać.
– Ale ja bym tylko chciała…
– Ona by chciała dostać rachunek – powiedział Sebastian.
– Tak, proszę pana.
– Kto jest teraz apodyktyczny? – spytała Samantha.
– Czy nie uważasz, że rozmowy na pierwszych randkach są cudaczne?
– A czy to jest pierwsza randka?
– Mam nadzieję – powiedział Sebastian, zastanawiając się, czy ośmieli się dotknąć jej ręki.

Samantha tak ciepło się do niego uśmiechnęła, że nabrał odwagi, by powiedzieć:
– Czy mogę zadać ci osobiste pytanie?
– Tak, oczywiście, Seb.
– Czy masz chłopaka?
– Tak, mam – odparła całkiem poważnie.

Sebastian nie był w stanie ukryć rozczarowania.
– Opowiedz mi o nim – wyjąkał, kiedy kelner wrócił z rachunkiem.
– Przyjdzie do galerii w czwartek, żeby zabrać obrazy, i zaprosiłam go na otwarcie pokazu kolekcji Tajemniczego Pana w przyszły poniedziałek. Mam nadzieję – mówiła, sprawdzając rachunek – że do tej pory będzie miał dość pieniędzy na koncie, żeby zabrać mnie na kolację.

Sebastian się zarumienił, kiedy dziewczyna podała kelnerowi dwa funty i powiedziała:
– Proszę zatrzymać resztę.
– To mi się zdarza pierwszy raz – przyznał Sebastian.

Samantha uśmiechnęła się, przechyliła się przez stół i wzięła go za rękę.
– Mnie też – powiedziała.

SEBASTIAN CLIFTON
1964

31

Sobota wieczór
Cedric objął stół spojrzeniem, ale nie odezwał się, dopóki wszyscy się nie usadowili.

– Przepraszam, że was ściągnąłem tu tak nagle, ale Martinez nie zostawił mi wyboru.

Wszyscy nagle nadstawili uszu.

– Mam powody, aby przypuszczać – kontynuował – że Martinez zamierza się pozbyć całego swojego pakietu akcji Barringtona w chwili otwarcia giełdy za tydzień od jutra. Liczy na to, że skoro kurs akcji stoi wysoko, odzyska tak dużo początkowych nakładów, jak to będzie możliwe, i równocześnie powali spółkę na kolana. Zrobi to dokładnie na tydzień przed dorocznym walnym zgromadzeniem akcjonariuszy, akurat wtedy, kiedy najbardziej będzie nam zależało, żeby ludzie mieli do nas zaufanie. Gdyby to mu się udało, bankructwo Spółki Barringtona byłoby kwestią dni.

– Czy to jest legalne? – zapytał Harry.

Cedric odwrócił się do syna, który siedział z jego prawej strony.

– Tylko wtedy by złamał prawo – powiedział Arnold – gdyby zamierzał odkupić akcje po niższej cenie, a to wyraźnie nie jest jego plan gry.

– Czy kurs akcji naprawdę tak bardzo by spadł? W końcu to tylko jedna osoba rzuci swoje akcje na rynek.

– Jeżeli jakiś udziałowiec, którego reprezentant zasiada w radzie nadzorczej, rzuci na rynek ponad milion akcji bez ostrzeżenia czy wyjaśnienia, w City będzie się podejrzewać najgorsze i wszyscy w popłochu zaczną się pozbywać udziałów. Kurs akcji spadnie o połowę w ciągu kilku godzin, nawet minut. – Cedric odczekał, aż znaczenie jego słów dotrze do wszystkich, a potem dodał: – Jednakże jeszcze nie jesteśmy przegrani, bo mamy jeden atut.

– Co takiego? – zapytała Emma, usiłując zachować spokój.

– Dokładnie wiemy, co planuje, więc możemy go pokonać jego własną bronią. Ale jeżeli mamy to zrobić, to będziemy musieli działać szybko i nie możemy liczyć na sukces, o ile wszyscy, którzy siedzą przy tym stole, nie zaakceptują moich zaleceń i ryzyka, jakie mogą one nieść.

– Zanim nam powiesz, co zamyślasz – powiedziała Emma – powinnam cię ostrzec, że to nie jedyny numer, jaki Martinez zaplanował na ten tydzień.

Cedric poprawił się na krześle.

– Alex Fisher zamierza zrezygnować z członkostwa w radzie nadzorczej w piątek, akurat trzy dni przed dorocznym walnym zgromadzeniem akcjonariuszy.

– Czy to źle? – spytał Giles. – Przecież Fisher nigdy naprawdę nie popierał ciebie i firmy.

– W normalnych okolicznościach bym się z tobą zgodziła, ale w liście, którego jeszcze nie dostałam, chociaż wiem, że nosi datę piątkową, Fisher twierdzi, że nie ma wyboru i musi złożyć rezygnację, ponieważ uważa, że spółka stoi w obliczu bankructwa, a jego jedynym obowiązkiem jest obrona interesów udziałowców.

– To coś nowego – zauważył Giles. – Tak czy owak, to nieprawda i powinno być łatwo to odeprzeć.

– Tak by się wydawało – powiedziała Emma. – Ale ilu twoich kolegów w Izbie Gmin nadal wierzy, że miałeś w Brukseli atak serca, chociaż zaprzeczałeś temu tysiąc razy?

Giles nie odpowiedział.

– Skąd wiesz, że Fisher zamierza zrezygnować, skoro nie dostałaś tego listu? – spytał Cedric.

– Nie mogę odpowiedzieć na to pytanie, ale mogę cię zapewnić, że dowiedziałam się o tym z absolutnie uczciwego źródła.

– Zatem Martinez planuje uderzyć w nas od poniedziałku za

tydzień, kiedy rzuci na rynek swoje akcje – powiedział Cedric – a potem w piątek zadać ponowny cios za sprawą rezygnacji Fishera.

– Wtedy nie miałabym innego wyjścia, jak tylko przełożyć ceremonię chrztu statku przez Królową Matkę, nie mówiąc o dacie wyruszenia w dziewiczy rejs – powiedziała Emma.

– Gem, set i mecz dla Martineza – rzucił Sebastian.

– Jak radzisz, Cedricu, co powinniśmy zrobić? – spytała Emma, ignorując uwagę syna.

– Kopnąć go w jaja, najlepiej, kiedy nie widzi – podsunął Giles.

– Nie mógłbym tego ująć lepiej – powiedział Cedric – i prawdę mówiąc, dokładnie to mam na myśli. Załóżmy, że Martinez chce wystawić na sprzedaż wszystkie swoje udziały za osiem dni, a cztery dni później ogłosić rezygnację Fishera, i liczy, że ten podwójny cios spowoduje upadek spółki i zmusi Emmę do rezygnacji. Żeby temu przeciwdziałać, my powinniśmy zadać pierwsze uderzenie i to uderzenie znienacka, wymierzone, kiedy się go najmniej spodziewa. Z tą myślą zamierzam sprzedać wszystkie moje akcje, trzysta osiemdziesiąt tysięcy, w ten piątek, za tyle, ile dostanę.

– Jak to może pomóc? – zapytał Giles.

– Mam nadzieję, że w ten sposób doprowadzę do takiego spadku notowań do następnego poniedziałku, że kiedy o dziewiątej rano w tym dniu na rynek trafią akcje Martineza, to czeka go ryzyko utraty fortuny. I wtedy zamierzam dać mu kopa w jaja, bo mam już kupca, który tylko czeka, żeby nabyć ten milion akcji po nowym, niskim kursie, tak że nie powinny być na rynku dłużej niż kilka minut.

– Czy to ten człowiek, którego nikt z nas nie zna, ale który nie cierpi Martineza tak mocno jak my? – spytał Harry.

Arnold Hardcastle położył dłoń na ramieniu ojca i szepnął:

– Tato, nie odpowiadaj na to pytanie.

– Nawet jeśli się to panu uda – zauważyła Emma – ja i tak tydzień później będę musiała wytłumaczyć dziennikarzom i udziałowcom na dorocznym walnym zgromadzeniu akcjonariuszy, dlaczego spadły notowania.

– Nie, jeśli ja się włączę w chwili, kiedy akcje Martineza zostaną rozchwytane, i zacznę agresywnie skupować i dopiero wtedy przestanę, kiedy kurs wróci do obecnego poziomu.

– Ale mówiłeś nam, że to sprzeczne z prawem.

– Gdy mówiłem „ja", miałem na myśli...

– Tato, ani słowa więcej – powiedział stanowczo Arnold.

– Jeżeli Martinez odkryje, co pan chce zrobić... – zaczęła Emma.

– Nie pozwolimy mu – odparł Cedric – bo wszyscy będziemy działać zgodnie z jego programem, jak to wyjaśni Seb.

Sebastian podniósł się z miejsca i stanął przed najbardziej wymagającą premierową publicznością na West Endzie.

– Martinez planuje podczas weekendu wyjazd do Szkocji na polowanie na kuropatwy i nie wróci do Londynu przed wtorkiem rano.

– Jak możesz być tego pewien, Seb? – spytał go ojciec.

– Cała jego kolekcja sztuki zostanie wystawiona na sprzedaż w galerii Agnew's w poniedziałek wieczorem, a on zapowiedział właścicielowi galerii, że nie przyjdzie, bo nie będzie go wtedy w Londynie.

– Wydaje mi się dziwne, że nie chce być obecny tego dnia, kiedy będzie się pozbywał wszystkich akcji i sprzedawał kolekcję sztuki – zauważyła Emma.

– To łatwo wytłumaczyć – powiedział Cedric. – Kiedy będzie wyglądało na to, że Spółka Żeglugowa Barringtona ma kłopoty, on zechce być jak najdalej, najlepiej gdzieś, gdzie nikt nie zdoła się z nim skontaktować, pozostawiając panią na pastwę ujadającej prasy i wzburzonych udziałowców.

– Czy wiemy, gdzie on się zatrzyma w Szkocji? – spytał Giles.

– W tej chwili nie – odparł Cedric – ale wczoraj wieczorem zatelefonowałem do Rossa Buchanana. On sam jest pierwszorzędnym strzelcem i mówi, że na północ od granicy jest tylko sześć hoteli i domków myśliwskich, które Martinez uzna za odpowiednie, żeby święcić otwarcie sezonu łowieckiego. Ross odwiedzi wszystkie w dwóch najbliższych dniach i dowie się, gdzie on zarezerwował miejsca.

– Czy możemy coś zrobić, żeby pomóc? – zapytał Harry.

– Po prostu zachowujcie się normalnie. Zwłaszcza ty, Emmo. Niech wygląda na to, że przygotowujesz się do dorocznego walnego zgromadzenia akcjonariuszy i do wodowania *Buckinghama*. Pozostaw Sebowi i mnie precyzyjne dostrojenie operacji.

– Nawet jeśli uda się panu ten wyczyn z akcjami – odezwał się Giles – to wciąż nie rozwiąże to kłopotu z rezygnacją Fishera.

– Ja już mam plan, jak rozprawić się z Fisherem.

Wszyscy czekali z nadzieją.

– Nie powiesz nam, co wykoncypowałeś, prawda? – odezwała się w końcu Emma.

– Nie – odparł Cedric. – Mój prawnik – dodał, dotykając ręki syna – mi odradził.

32

Wtorek po południu

Cedric podniósł słuchawkę telefonu i od razu rozpoznał charakterystyczne szkockie „r".

– Martinez ma rezerwację w Glenleven Lodge od piątku czternastego sierpnia do poniedziałku siedemnastego.

– To chyba gdzieś bardzo daleko.

– W środku głuszy.

– Czego jeszcze się dowiedziałeś?

– On i jego dwaj synowie odwiedzają Glenleven dwa razy w roku, w marcu i w sierpniu. Zawsze zamawiają te same trzy pokoje na drugim piętrze i wszystkie posiłki jedzą w apartamencie Don Pedra, nigdy w sali restauracyjnej.

– Czy się dowiedziałeś, kiedy są spodziewani?

– Tak. W następny czwartek wieczorem wsiądą do pociągu sypialnego do Edynburga, skąd następnego dnia o wpół do szóstej rano zabierze ich kierowca hotelowy i zawiezie prosto do Glenleven na śniadanie. Martinez lubi wędzone śledzie, tosty z razowca i dżem pomarańczowy.

– Zaimponowałeś mi. Ile starań cię to kosztowało?

– Prawie pięćset kilometrów jazdy samochodem przez Pogórze Szkockie i sprawdzenie kilku hoteli i schronisk. Po paru kieliszeczkach w barze w Glenleven wiedziałem nawet, jaki jest jego ulubiony koktajl.

– Zatem przy odrobinie szczęścia będę miał swobodę ruchu od momentu, kiedy kierowca Glenleven Lodge zabierze ich w piątek rano, do ich powrotu do Londynu we wtorek wieczorem.

– Jeżeli nie wydarzy się coś nieprzewidzianego.

– Zawsze się zdarza i nie ma powodu przypuszczać, że tym razem będzie inaczej.

– Na pewno masz rację – powiedział Ross. – Dlatego będę na stacji Waverley w piątek rano i zadzwonię, gdy cała trójka wyruszy do Glenleven. Wtedy musisz tylko poczekać na otwarcie giełdy o dziewiątej rano i przystąpić do transakcji.

– Czy wracasz do Glenleven?

– Tak. Zarezerwowałem pokój w hotelu, ale wprowadzimy się tam z Jean dopiero w piątek po południu, żeby, jak mam nadzieję, spędzić spokojny weekend na Pogórzu Szkockim. Zadzwonię do ciebie tylko w razie pilnej potrzeby. W przeciwnym razie odezwę się nie wcześniej niż we wtorek rano, i to dopiero, gdy zobaczę, że wszyscy trzej wsiadają do pociągu do Londynu.

– A wtedy będzie za późno, żeby Martinez mógł coś zrobić.

– Hm, to plan A.

Środa rano

– Pomyślmy przez chwilę, co mogłoby pójść źle – powiedział Diego, spoglądając na ojca.

– O czym myślisz? – spytał Don Pedro.

– Że tamci jakimś sposobem odkryli, co planujemy, i tylko czekają, aż się zaszyjemy w Szkocji, żeby wykorzystać naszą nieobecność.

– Ale my zawsze trzymamy wszystko w rodzinie – odezwał się Luis.

– Ledbury nie należy do rodziny, a on wie, że sprzedajemy nasze akcje w poniedziałek rano. Fisher też nie należy do rodziny i kiedy wręczy list z rezygnacją, nie będzie się czuł wobec nas zobowiązany.

– Czy jesteś pewien, że nie przesadzasz? – zapytał Don Pedro.

– Możliwe, ale jednak wolałbym dołączyć do was w Glenleven dzień później. Dzięki temu będę znał kurs akcji Barringtona w chwili zamknięcia giełdy w piątek wieczorem. Jeżeli wciąż będzie wyższy od tego, po jakim je kupiliśmy, będę spokojniejszy, kiedy ponad milion naszych akcji trafi na rynek w poniedziałek rano.

– Stracisz jeden dzień polowania.
– Wolę to niż stratę dwóch milionów funtów.
– Masz rację. Każę szoferowi odebrać cię ze stacji Waverley w sobotę rano.
– Czemu nie mielibyśmy zabezpieczyć się na wszystkie strony – powiedział Diego – żeby nikt nas nie przechytrzył?
– To co radzisz?
– Zatelefonuj do banku i powiedz Ledbury'emu, że zmieniłeś zdanie i nie będziesz sprzedawał akcji w poniedziałek.
– Ale ja nie mam wyboru, jeżeli mój plan ma wypalić.
– I tak sprzedamy te akcje. Zlecę to innemu maklerowi tuż przed moim wyjazdem do Szkocji w piątek wieczór, i to tylko jeżeli akcje utrzymają swój kurs. W ten sposób nic nie stracimy.

Czwartek rano
Tom zaparkował daimlera przed galerią Agnew's na Bond Street.
Cedric zwolnił Sebastiana na godzinę, żeby mógł zabrać obrazy Jessiki, i nawet pozwolił mu skorzystać ze swojego samochodu, aby szybko wrócił do biura. Sebastian prawie wbiegł do galerii.
– Dzień dobry panu.
– Dzień dobry panu? Czy nie z tobą jadłem kolację w sobotni wieczór?
– Tak, ale w galerii przestrzega się takich zasad – szepnęła Sam. – Pan Agnew nie zgadza się, żeby personel spoufalał się z klientami.
– Dzień dobry, panno Sullivan. Przyszedłem zabrać moje obrazy – powiedział Sebastian, przybierając ton klienta.
– Tak, oczywiście. Proszę za mną.
Podążył za nią schodami i nie odezwał się więcej, dopóki nie otworzyła drzwi do magazynu, gdzie stało kilka starannie zapakowanych paczek opartych o ścianę. Sam podniosła dwie, Sebastian wziął trzy. Zanieśli je na górę, a potem na zewnątrz

umieścili je w bagażniku samochodu. Kiedy wrócili, pan Agnew wyszedł z biura.

– Dzień dobry panu.
– Dzień dobry. Przyszedłem po moje obrazy.

Agnew skinął głową i Sebastian zszedł po schodach za Samanthą. Gdy ją dogonił, niosła już następne dwa pakunki. Zostały jeszcze dwa, ale Sebastian zabrał tylko jeden, bo potrzebna mu była wymówka, żeby znów zejść z dziewczyną na dół. Kiedy znalazł się na parterze, nigdzie nie było widać pana Agnew.

– Nie mogłeś zabrać ostatnich dwóch? – spytała Sam. – Jesteś taki słaby.

– Nie, zostawiłem jeden – odparł Sebastian z szerokim uśmiechem.

– Lepiej pójdę i go wezmę.
– Ja też pójdę i ci pomogę.
– Jaki pan uprzejmy.
– Cała przyjemność po mojej stronie, panno Sullivan.

Gdy znaleźli się w magazynie, Sebastian zamknął drzwi.

– Możesz wieczorem zjeść ze mną kolację?
– Tak, ale musisz tu po mnie przyjść. Nie zdążyliśmy jeszcze rozwiesić wszystkich obrazów na poniedziałkową wystawę, więc nie będę mogła wyjść stąd przed ósmą.

– Będę stał przed drzwiami o ósmej – obiecał, objął ją w pasie i pochylił się…

– Panno Sullivan?
– Tak, proszę pana – odpowiedziała Sam. Szybko otworzyła drzwi i pobiegła na górę.

Sebastian poszedł za nią z nonszalancką miną, ale nagle sobie przypomniał, że nie zabrał ostatniego obrazu. Popędził na dół, schwycił obraz i wrócił na górę, gdzie zastał pana Agnew rozmawiającego z Sam. Nie spojrzała na niego, kiedy ich mijał.

– Może przejrzymy listę, kiedy załatwi pani swojego klienta.
– Tak, proszę pana.

Tom wkładał ostatni obraz do bagażnika, kiedy Samantha podeszła do Sebastiana, który stał na chodniku.

– Podoba mi się samochód – powiedziała. – I szofer do kompletu. Nieźle jak na faceta, którego nie stać na zaproszenie dziewczyny na kolację.

Tom pokazał zęby w uśmiechu i pozdrowił ją, przytknąwszy dwa palce do czapki, a potem usiadł za kierownicą.

– Niestety, samochód nie jest mój, szofera też nie ja zatrudniam. Samochód należy do mojego szefa i on zgodził się mi go pożyczyć, kiedy mu oznajmiłem, że mam schadzkę z piękną młodą kobietą.

– To mi dopiero schadzka.

– Wieczorem bardziej się postaram.

– Będę czekać z utęsknieniem, proszę pana.

– Chciałbym, żeby to było prędzej, ale ten tydzień... – nie dokończył, zamykając bagażnik. – Dziękuję za pomoc, panno Sullivan.

– Miło mi, proszę pana. Mam nadzieję, że znowu pan nas odwiedzi.

Czwartek po południu

– Cedric, tu Stephen Ledbury z Midland.

– Dzień dobry, Stephen.

– Przed chwilą miałem telefon od znanego nam dżentelmena, który oznajmił, że zmienił zdanie. Nie będzie sprzedawał akcji Barringtona.

– Podał jakiś powód? – zapytał Cedric.

– Powiedział, że teraz wierzy w przyszłość spółki i woli zachować swoje udziały.

– Dziękuję ci, Stephenie. Proszę, daj mi znać, gdyby coś się zmieniło.

– Na pewno to zrobię, bo wciąż nie spłaciłem ci długu wdzięczności.

– Ależ tak, spłaciłeś go – powiedział Cedric bez wyjaśnienia, co ma na myśli. Odłożył słuchawkę i zanotował tych kilka słów, które powiedziały mu wszystko, co chciał wiedzieć.

Czwartek wieczór

Sebastian przybył na stację King's Cross tuż po siódmej. Wszedł schodami na pierwszy poziom i stanął w cieniu wielkiego, czworobocznego zegara, skąd doskonale widział pociąg sypialny „The Night Scotsman" stojący na peronie piątym i czekający na stu trzydziestu pasażerów, których miał zawieźć do Edynburga.

Cedric mu oznajmił, że musi być pewien, że wszyscy trzej wsiedli do pociągu, zanim zaryzykuje sprzedaż własnych akcji. Sebastian patrzył, jak Don Pedro Martinez z pewnością siebie godną krezusa z Bliskiego Wschodu oraz jego syn Luis wkroczyli na peron kilka minut przed odjazdem pociągu. Poszli na sam koniec i wsiedli do wagonu pierwszej klasy. Dlaczego nie było z nimi Diega?

Kilka minut później kierownik pociągu dwa razy zagwizdał i zamaszyście machnął zieloną chorągiewką, po czym „The Night Scotsman" ruszył w podróż na północ z dwoma tylko Martinezami w środku. Gdy pióropusz białego dymu snujący się nad pociągiem nie był już widoczny, Sebastian pobiegł do najbliższej budki telefonicznej i wybrał prywatny numer pana Hardcastle'a.

– Diego nie wsiadł do pociągu.

– Drugi jego błąd – skomentował Cedric. – Wracaj natychmiast do biura. Wydarzyło się coś innego.

Sebastian chciał powiedzieć Cedricowi, że ma randkę z piękną młodą kobietą, ale to nie był czas na wynurzenia, że ma jakieś życie prywatne. Wykręcił numer galerii, wrzucił do otworu cztery pensy, wcisnął przycisk A i czekał, aż usłyszał charakterystyczny głos pana Agnew.

– Czy mogę mówić z panną Sullivan?

– Panna Sullivan już tutaj nie pracuje.

Czwartek wieczór

Sebastian tylko jedno miał w głowie, gdy Tom wiózł go z powrotem do banku. Co znaczyły słowa pana Agnew, że

„panna Sullivan już tutaj nie pracuje"? Dlaczego Sam miałaby zrezygnować z pracy, którą tak lubi? Przecież na pewno nie została wyrzucona? Może jest chora... ale była tam rano. Tom zajechał pod bank, a Sebastian nadal nie umiał rozwikłać tej zagadki. Co gorsza, nie było sposobu, żeby się z Samanthą skontaktować.

Sebastian wjechał windą na najwyższe piętro i skierował się prosto do gabinetu prezesa. Zapukał do drzwi i wszedł do pokoju, gdzie trwało spotkanie.

– Przepraszam, ja...

– Nie, wejdź, Seb – powiedział Cedric. – Pamiętasz mojego syna – dodał, gdy Arnold Hardcastle podszedł do niego zdecydowanym krokiem.

Kiedy wymienili uścisk rąk, Arnold szepnął:

– Odpowiadaj tylko na postawione ci pytania, sam nic nie mów.

Sebastian spojrzał na dwóch innych mężczyzn w pokoju. Nigdy żadnego z nich nie widział. Nie wyciągnęli ręki na powitanie.

– Arnold jest tutaj, żeby cię reprezentować – rzekł Cedric. – Ja już powiedziałem inspektorowi, że jestem pewien, że musi być jakieś proste wytłumaczenie.

Sebastian nie miał pojęcia, o czym mówi Cedric.

Starszy nieznajomy zrobił krok do przodu.

– Inspektor policji Rossindale – przedstawił się. – Jestem z posterunku policji na Savile Row i mam do pana kilka pytań.

Sebastian wiedział z powieści ojca, że inspektorzy policji nie zajmują się drobnymi przestępstwami. Skinął głową, ale posłuchał wskazówek Arnolda i nie odezwał się.

– Czy był pan dzisiaj w galerii Agnew's na Bond Street?

– Tak, byłem.

– W jakim celu?

– Żeby zabrać obrazy, które kupiłem w zeszłym tygodniu.

– Czy pomagała panu panna Sullivan?

– Tak.

– I gdzie są teraz te obrazy?
– W bagażniku samochodu pana Hardcastle'a. Zamierzałem zabrać je do mojego mieszkania dziś późnym wieczorem.
– Czyżby? A gdzie jest teraz ten samochód?
– Stoi przed bankiem.
Inspektor zwrócił się do Cedrica Hardcastle'a:
– Czy mogę pożyczyć pańskie kluczyki?
Cedric spojrzał na Arnolda, który skinął głową.
– Mój szofer je ma. On jest na dole i czeka, żeby zawieźć mnie do domu – rzekł Cedric.
– Za pańskim pozwoleniem pójdę i sprawdzę, czy obrazy są tam, gdzie twierdzi pan Clifton.
– Nie mamy nic przeciwko temu – powiedział Arnold.
– Sierżancie Webber, niech pan zostanie tutaj – polecił Rossindale – i dopilnuje, żeby pan Clifton nie opuścił tego pokoju.
Młody policjant skinął głową.
– Co, do diabła, tu się dzieje? – spytał Sebastian, kiedy inspektor wyszedł z pokoju.
– Dobrze sobie radzisz – rzucił Arnold. – Ale myślę, że byłoby mądrze, gdybyś w tych okolicznościach nic więcej nie mówił – dodał, patrząc na młodego policjanta.
– Jednakże – powiedział Cedric, stając pomiędzy Sebastianem a policjantem – chciałbym poprosić mojego mistrza oszustów, żeby potwierdził, czy tylko dwóch ludzi wsiadło do pociągu.
– Tak. Don Pedro i Luis. Nie było śladu Diega.
– Oni po prostu idą nam na rękę – powiedział Cedric.
Tymczasem do pokoju wszedł Rossindale z trzema pakunkami, a za nim sierżant i posterunkowy, którzy nieśli pozostałe sześć. Oparli wszystkie o ścianę.
– Czy to jest te dziewięć paczek, które zabrał pan z galerii z pomocą panny Sullivan? – zapytał inspektor policji.
– Tak – odparł bez wahania Sebastian.
– Czy pozwoli mi je pan rozpakować?
– Tak, oczywiście.

Trzej policjanci zabrali się do usuwania szarego papieru, w który owinięte były obrazy. Nagle Sebastian wydał cichy okrzyk i pokazując jeden obraz, powiedział:
— Moja siostra tego nie namalowała.
— Jest wspaniały — zauważył Arnold.
— Nie znam się na tym, proszę pana — rzekł Rossindale — ale mogę potwierdzić — dodał, patrząc na nalepkę z tyłu — że obraz nie został namalowany przez Jessicę Clifton, tylko przez kogoś o nazwisku Rafael i jest wart co najmniej sto tysięcy funtów.
Sebastian się speszył, ale nic nie powiedział.
— I mam powody, żeby uważać — ciągnął Rossindale, utkwiwszy wzrok w Sebastianie — że pan, do spółki z panną Sullivan, skorzystał z pretekstu zabrania obrazów siostry, żeby ukraść to wartościowe dzieło sztuki.
— Ale to nie ma najmniejszego sensu — rzucił Arnold, zanim Sebastian zdołał zareagować.
— Słucham pana?
— Proszę się zastanowić, panie inspektorze. Gdyby, jak pan sugeruje, mój klient z pomocą panny Sullivan ukradł Rafaela z galerii, to czy spodziewałby się pan znaleźć go w bagażniku samochodu jego pracodawcy kilka godzin później? Czy też pan sugeruje, że szofer prezesa też maczał w tym palce, a może i sam prezes?
— Pan Clifton — powiedział Rossindale, zajrzawszy do notesu — przyznał, że zamierzał zabrać obrazy do swojego mieszkania później wieczorem.
— Czy nie wydaje się możliwe, że Rafael mógłby wyglądać cokolwiek nie na miejscu w kawalerskim mieszkanku na Fulham?
— To nie jest temat do żartów, proszę pana. Pan Agnew, który zgłosił kradzież, jest wielce szanowanym marszandem z West Endu i...
— To nie kradzież, panie inspektorze, jeśli nie zostanie udowodnione, że czynu dokonano z zamiarem pozbawienia kogoś jego własności. A ponieważ pan nawet nie zapytał mojego

klienta o jego wersję wydarzeń, to nie rozumiem, jak pan mógł dojść do takiego wniosku.

Policjant zwrócił się do Sebastiana, który liczył obrazy.

– Jestem winny – rzekł Sebastian.

Policjant się uśmiechnął.

– Nie kradzieży, tylko zauroczenia.

– Może by pan to wytłumaczył?

– Było dziewięć obrazów mojej siostry, Jessiki Clifton, na pokazie dyplomowym w Slade, a tutaj jest ich tylko osiem. Jeżeli więc jeszcze jeden jest wciąż w galerii, to, mea culpa, zabrałem nie ten co trzeba i przepraszam za to, co jest tylko zwykłą pomyłką.

– Pomyłka o wartości stu tysięcy funtów – zauważył Rossindale.

– Panie inspektorze, czy mogę zasugerować – odezwał się Arnold – nie narażając się na zarzut braku powagi, że nie jest zwyczajną rzeczą, aby zawodowy przestępca zostawiał na miejscu przestępstwa dowód wskazujący wprost na niego.

– Nie wiemy, czy tak jest w tym przypadku, proszę pana.

– Wobec tego proponuję, abyśmy wszyscy udali się do galerii i zobaczyli, czy brakujący obraz Jessiki Clifton, własność mojego klienta, nadal tam jest.

– Trzeba mi będzie czegoś więcej, żeby mnie przekonać o jego niewinności – powiedział Rossindale. Wziął Sebastiana mocno pod rękę, wyprowadził go z pokoju i nie wypuścił, dopóki chłopak nie usiadł z tyłu samochodu policyjnego obok krzepkiego posterunkowego.

Sebastian myślał tylko o tym, co musi przeżywać Samantha. W drodze do galerii spytał inspektora policji, czy ona tam będzie.

– Panna Sullivan jest obecnie na posterunku na Savile Row, gdzie przesłuchuje ją jeden z moich ludzi.

– Ale ona jest niewinna – powiedział Sebastian. – Jeżeli kogoś trzeba obwiniać, to tylko mnie.

– Muszę panu przypomnieć, że zginął obraz wart sto tysięcy

funtów z galerii, w której ona była sprzedawczynią, że został teraz odzyskany z bagażnika samochodu, gdzie pan go umieścił.

Sebastian przypomniał sobie radę Arnolda i więcej się nie odezwał. Dwadzieścia minut później samochód policyjny zatrzymał się przed galerią Agnew's. Niedaleko za nim zaparkował samochód prezesa z Cedrikiem i Arnoldem w środku.

Inspektor policji wysiadł z samochodu, dzierżąc obraz Rafaela, a inny policjant nacisnął dzwonek. Pan Agnew zjawił się prędko, otworzył drzwi i spojrzał czule na arcydzieło, jakby odnalazł zaginione dziecko.

Gdy Sebastian wytłumaczył, co prawdopodobnie się stało, Agnew powiedział:

– Tak czy owak, to nie powinno być trudne do udowodnienia.

Poprowadził wszystkich na dół do podziemia i otworzył drzwi magazynu, gdzie czekało na odbiór kilka zapakowanych obrazów.

Sebastian wstrzymał oddech, gdy pan Agnew dokładnie odczytywał każdą nalepkę i na koniec dotarł do obrazu z nazwiskiem Jessiki Clifton.

– Czy może pan go rozpakować? – zapytał Rossindale.

– Oczywiście – odparł pan Agnew. Starannie zdjął papier i oczom wszystkich ukazał się rysunek przedstawiający Sebastiana.

Arnold nie mógł powstrzymać się od śmiechu.

– Niewątpliwie zatytułowany *Portret mistrza oszustów* – skomentował.

Nawet inspektor policji pozwolił sobie na krzywy uśmiech, ale przypomniał Arnoldowi:

– Nie możemy zapominać, że pan Agnew wniósł oskarżenie.

– I oczywiście je wycofam, skoro teraz widzę, że nie było zamiaru kradzieży. Właściwie – powiedział, zwracając się do Sebastiana – jestem winien przeprosiny Samancie i panu.

– Czy to znaczy, że ona może wrócić tu do pracy?

– Na pewno nie – rzekł stanowczo Agnew. – Zgadzam się,

że nie popełniła przestępstwa, ale jest winna albo karygodnego niedbalstwa, albo głupoty, a obaj wiemy, że nie jest głupia.

– Ale to ja wziąłem niewłaściwy obraz.

– Lecz ona pozwoliła panu zabrać go z galerii.

Sebastian zmarszczył brwi.

– Panie Rossindale, czy mógłbym wrócić z panem na posterunek? Miałem dziś wieczór zabrać Samanthę na kolację.

– Czemu nie?

– Dziękuję za pomoc, Arnoldzie. – Sebastian uścisnął dłoń radcy królewskiego. Odwrócił się do Cedrica i dodał: – Przepraszam, że sprawiłem panu tyle kłopotu.

– Koniecznie bądź jutro o siódmej rano w biurze, bo pamiętasz, że dla nas wszystkich jest to ważny dzień. I muszę powiedzieć, że mogłeś wybrać sobie lepszy tydzień na kradzież Rafaela.

Wszyscy się roześmiali oprócz pana Agnew, który wciąż przyciskał arcydzieło do piersi. Odstawił obraz do magazynu, zamknął drzwi na dwa spusty i poprowadził wszystkich na górę.

– Wielkie dzięki, panie inspektorze – powiedział do wychodzącego z galerii Rossindale'a.

– Cała przyjemność po mojej stronie, proszę pana. Cieszę się, że tak dobrze się to skończyło.

Kiedy Sebastian usiadł z tyłu policyjnego samochodu, inspektor policji oznajmił:

– Młody człowieku, powiem ci, dlaczego byłem tak przekonany, że ukradłeś ten obraz. Twoja dziewczyna wzięła winę na siebie, a one zwykle kogoś chronią.

– Nie jestem pewien, czy jeszcze będzie moją dziewczyną po tym, co przeze mnie przeżyła.

– Zwolnię ją tak szybko, jak się da – rzekł Rossindale. – Tylko ta papierkowa robota – dodał z westchnieniem.

Samochód zajechał pod posterunek i Sebastian wszedł za policjantem do budynku.

Młody sierżant poprowadził Sebastiana niżej, otworzył drzwi celi i usunął się na bok, żeby mógł wejść. Samantha skulona, z kolanami pod brodą, przycupnęła na cienkim materacu.

– Seb! Czy ciebie też aresztowali?
– Nie – powiedział, biorąc ją pierwszy raz w ramiona. – Nie sądzę, żeby pozwolili nam siedzieć w jednej celi, gdyby myśleli, że jesteśmy londyńską wersją Bonnie i Clyde'a. Kiedy pan Agnew znalazł obraz Jessiki w magazynie, wycofał oskarżenie. Ale boję się, że straciłaś pracę, a to była moja wina.
– Nie mam do niego pretensji – rzekła Samantha. – Powinnam uważać, a nie flirtować. Ale zaczynam się zastanawiać, jak daleko byś się posunął, żeby nie zaprosić mnie na kolację.

Sebastian wypuścił ją z objęć, spojrzał jej w oczy i delikatnie ją pocałował.

– Podobno dziewczyna zawsze pamięta pierwszy pocałunek z mężczyzną, którego pokochała, i muszę przyznać, że ten pocałunek trudno mi będzie zapomnieć – powiedziała, gdy drzwi celi z rozmachem się otworzyły.

– Jest pani wolna – oznajmił młody sierżant. – Przepraszamy za nieporozumienie.

– To nie wasza wina – stwierdziła Samantha.

Sierżant zaprowadził ich na górę i otworzył drzwi posterunku. Sebastian wyszedł na ulicę i wziął Samanthę za rękę. W tej chwili granatowy cadillac zatrzymał się przed budynkiem.

– Do licha – powiedziała Samantha. – Zapomniałam. Policja pozwoliła mi wykonać jeden telefon i zadzwoniłam do ambasady. Tam mnie poinformowali, że rodzice poszli do opery, ale że w przerwie ich wywołają. Do licha! – powtórzyła, gdy z samochodu wysiedli pan i pani Sullivan.

– Co się właściwie stało, Samantho? – spytał pan Sullivan, całując córkę w policzek. – Strasznie się z twoją matką martwiliśmy.

– Przykro mi – powiedziała Sam. – To było okropne nieporozumienie.

– Co za ulga – westchnęła matka i spojrzawszy na Sebastiana, który trzymał jej córkę za rękę, zapytała: – A kto to taki?

– A, to Sebastian Clifton. Mężczyzna, którego poślubię.

33

Piątek rano

– Miałeś rację. Diego wsiądzie do sleepingu na King's Cross dziś wieczorem i dołączy do ojca i Luisa w Glenleven Lodge jutro rano.

– Skąd możesz być taki pewien?

– Recepcjonistka powiedziała mojej żonie, że rano pojedzie po niego samochód i przywiezie go tutaj prosto na śniadanie. Mogę jutro rano pojechać do Edynburga i jeszcze sprawdzić.

– Nie ma potrzeby. Seb wybiera się wieczorem na King's Cross, żeby się upewnić, czy on wsiądzie do pociągu. To znaczy, jeżeli go nie zamkną za kradzież obrazu Rafaela.

– Czy ja się nie przesłyszałem? – spytał Ross.

– Kiedy indziej ci opowiem, bo wciąż próbuję wykombinować, jaki jest plan B.

– Hm, nie możesz ryzykować i sprzedawać swoich akcji, dopóki Diego jest w Londynie, bo gdyby nastąpił nagły spadek kursu, Don Pedro by się domyślił, co planujesz, i nie rzuciłby swoich akcji na rynek.

– Wobec tego jestem przegrany, bo nie ma sensu kupować akcji Martineza po pełnej cenie. Bardzo by mu to odpowiadało.

– Jeszcze nie przegraliśmy. Mam dwa pomysły do rozważenia – to znaczy, jeśli nadal masz ochotę poważnie zaryzykować.

– Słucham – rzucił Cedric, chwytając za pióro i otwierając notes.

– W poniedziałek o ósmej rano, godzinę przed otwarciem giełdy, mógłbyś się skontaktować z wszystkimi głównymi maklerami w City i dać im znać, że skupujesz akcje Barringtona. Gdy milion z hakiem akcji Martineza pojawi się na rynku o dziewiątej, będziesz pierwszą osobą, do której zatelefonują, bo prowizja od tak wielkiej transakcji będzie olbrzymia.

– Ale jeżeli notowania będą wciąż tak wysokie, jedyną osobą, która na tym skorzysta będzie Martinez.
– Mówiłem, że mam dwa pomysły – rzekł Ross.
– Przepraszam – powiedział Cedric.
– To, że giełda zamyka się w piątek o czwartej po południu, nie znaczy, że nie możesz dalej dokonywać transakcji. Giełda nowojorska będzie jeszcze otwarta przez pięć godzin, a ta w Los Angeles przez osiem. A jakbyś się nie pozbył w tym czasie wszystkich akcji, to giełda w Sydney otwiera się w niedzielę o północy. I gdyby jeszcze trochę ci zostało, to w Hongkongu chętnie ci opchną resztę. Kiedy więc giełda w Londynie otworzy się w poniedziałek rano, to założę się, że kurs akcji Barringtona będzie o połowę niższy niż dzisiejszy kurs zamknięcia.
– Znakomicie – rzekł Cedric. – Tyle że nie znam żadnych maklerów w Nowym Jorku, Los Angeles, Sydney i Hongkongu.
– Potrzebujesz tylko jednego – powiedział Ross. – To Abe Cohen ze spółki Cohen, Cohen i Yablon. Jak Sinatra, pracuje tylko nocami. Po prostu mu powiedz, że masz trzysta osiemdziesiąt tysięcy akcji Barringtona, których chcesz się pozbyć do poniedziałku rano czasu londyńskiego, i wierz mi, on nie zmruży oka przez cały weekend, żeby zarobić prowizję. Ale pamiętaj, że gdyby Martinez wywąchał, co kombinujesz, i nie rzucił na rynek swojego miliona z hakiem w poniedziałek rano, to ty stracisz fortunę, a on zapisze na swoim koncie kolejne zwycięstwo.
– Wiem, że zamierza wystawić akcje na sprzedaż w poniedziałek – powiedział Cedric – bo mówił Stephenowi Ledbury'emu, że nie chce ich sprzedać, bo teraz „wierzy w przyszłość spółki", a mam absolutną pewność, że to nieprawda.
– To nie jest ryzyko, na jakie by się zdecydował szanujący się Szkot.
– Ale ostrożny, nudny, drętwy Yorkshirczyk decyduje się je podjąć.

Piątek w nocy
Sebastian nie był nawet pewien, czy go pozna. W końcu minęło ponad siedem lat, odkąd spotkał Diega w Buenos Aires. Pamiętał, że był co najmniej pięć centymetrów wyższy niż Bruno i na pewno szczuplejszy niż Luis, którego widział nie tak dawno temu. Diego był elegantem, nosił dwurzędowe garnitury z Savile Row, szerokie kolorowe jedwabne krawaty i miał czarną, wystylizowaną brylantyną czuprynę.

Seb zjawił się na King's Cross godzinę przed odjazdem pociągu i znów zajął pozycję w cieniu wielkiego, czworobocznego zegara.

„The Night Scotsman" stał na peronie i czekał na nocnych pasażerów. Część już przybyła, bardzo nieliczni, ci podróżni, co wolą przyjść wcześniej, niż ryzykować, że się spóźnią. Diego, jak podejrzewał Sebastian, był typem, który zjawia się w ostatnim momencie, bo nie chce się pałętać i tracić czasu.

Kiedy Sebastian czekał, zaczął myśleć o Sam i o najszczęśliwszym tygodniu swojego życia. Skąd naraz tyle szczęścia? Uśmiechał się, ilekroć o niej pomyślał. Wybrali się tamtego wieczoru na kolację i znów nie on płacił rachunek; to była elegancka restauracja w Mayfair, U Scotta, gdzie w menu dla gości nie było cen. Ale widać pan i pani Sullivan chcieli poznać mężczyznę, którego ich córka, jak powiedziała, pragnie poślubić, nawet jeżeli to mówiła żartem.

Na początku Sebastian był spięty. W końcu to z jego powodu w ciągu niecałego tygodnia Samantha została aresztowana i wyrzucona z pracy. Jednakże do czasu, gdy podano pudding – a przy tej okazji nawet trochę go skosztował – całe to „nieporozumienie", jak je zwano, z patetycznego melodramatu zamieniło się w zwykłą farsę.

Sebastian poczuł się swobodniej, gdy pani Sullivan mu powiedziała, jak bardzo chce odwiedzić Bristol, żeby poznać miasto, gdzie pracuje sierżant William Warwick. Sebastian obiecał, że pokaże jej Szlak Warwicka, a gdy wieczór dobiegł końca, był pewien, że pani Sullivan dużo lepiej niż on zna książki jego ojca. Pożegnawszy się z rodzicami Sam, powędrowali we dwoje do jej mieszkania w Pimlico, jak zakochani, którzy nie chcą, żeby wieczór się skończył.

Sebastian stał w cieniu wielkiego zegara, który zaczął wybijać godzinę.

– Pociąg bezpośredni do Edynburga stoi na trzecim peronie. Odjazd godzina dwudziesta druga trzydzieści pięć – obwieścił zduszony głos, który brzmiał, jakby jego właściciel brał udział w przesłuchaniu do czytania wiadomości w BBC. – Wagony pierwszej klasy znajdują się z przodu, wagony trzeciej klasy na końcu, a wagon restauracyjny w środku.

Sebastian nie miał cienia wątpliwości, którą klasą pojedzie Diego.

Usiłował przestać myśleć o Sam i skupić się; nie było to łatwe. Minęło pięć, dziesięć, piętnaście minut i chociaż pasażerowie podążali teraz na peron trzeci nieprzerwanym strumieniem, wciąż nie było śladu Diega. Sebastian wiedział, że Cedric tkwi za biurkiem, niecierpliwie czekając na telefon z potwierdzeniem, że Diego wsiadł do sleepingu. Dopiero wtedy będzie mógł dać Abe'owi Cohenowi sygnał do rozpoczęcia operacji.

Jeśliby Diego się nie pojawił, to Cedric już postanowił, że w takim wypadku gra nie będzie warta świeczki, żeby zacytować Sherlocka Holmesa. Nie mógł zaryzykować i rzucić wszystkich swoich akcji na rynek, gdyby Diego został w Londynie, bo wtedy Martinez zdmuchnąłby tę świeczkę.

Minęło dwadzieścia minut i chociaż na platformie zaroiło się teraz od spóźnialskich, u których boku bagażowi pchali wózki z ciężkimi walizkami, wciąż nie było śladu Diega Martineza. Sebastian już zwątpił, gdy zobaczył kierownika pociągu wychodzącego z ostatniego wagonu z zieloną chorągiewką w jednej ręce i z gwizdkiem w drugiej. Seb spojrzał w górę na olbrzymią czarną wskazówkę zegara, która przesuwała się co sześćdziesiąt sekund. 10.22. Czy cała robota Cedrica miała pójść na marne? Powiedział kiedyś Sebastianowi, że gdy się przystępuje do jakiegoś przedsięwzięcia, zawsze powinno się przyjmować, że szansa na sukces wynosi jak jeden do pięciu. Czy to będzie się mieściło w pozostałych czterech punktach? Pomyślał o Rossie Buchananie; czy czeka w Glenleven Lodge na kogoś, kto się nie pojawi? Potem pomyślał o swojej matce, która miała więcej do stracenia niż ktokolwiek z nich.

Nagle na peronie pokazał się mężczyzna, który przykuł jego wzrok. Niósł walizkę, ale Sebastian nie był pewny, czy to Diego, ponieważ twarz mu zasłaniał stylowy brązowy kapelusz i podniesiony aksamitny kołnierz długiego czarnego płaszcza. Mężczyzna przeszedł obok wagonów trzeciej klasy i powędrował prosto do przodu pociągu, co dodało Sebastianowi nadziei.

Konduktor szedł peronem ku mężczyźnie, zatrzaskując po kolei drzwi wagonów pierwszej klasy: łup, łup, łup. Gdy spostrzegł, że się zbliża, stanął i otworzył mu drzwi. Sebastian wychynął z ukrycia, żeby się lepiej przyjrzeć. Mężczyzna z walizką już wsiadał do pociągu, ale się odwrócił i spojrzał na zegar. Zawahał się. Sebastian zamarł, po chwili mężczyzna wszedł do wagonu. Konduktor zatrzasnął drzwi.

Diego był jednym z ostatnich pasażerów, którzy wsiedli do pociągu, i Sebastian stał bez ruchu, patrząc, jak „The Night Scotsman" wyjeżdża ze stacji, powoli nabierając szybkości i ruszając w daleką drogę do Edynburga.

Sebastian zadrżał, nagle przejęty lękiem. To oczywiste, że Diego nie mógł go dojrzeć z tak daleka, a zresztą to Sebastian go wypatrywał, a nie on Sebastiana. Powoli poszedł w stronę budek telefonicznych po drugiej stronie hali dworcowej, w ręku miał przygotowane monety. Wykręcił bezpośredni numer prezesa. Po jednym sygnale odezwał się znajomy szorstki głos.

– Omal się nie spóźnił na pociąg, zjawił się w ostatniej chwili. Ale teraz jedzie do Edynburga.

Sebastian usłyszał stłumione westchnienie ulgi.

– Życzę ci udanego weekendu, mój chłopcze – powiedział Cedric. – Zasłużyłeś sobie. Pamiętaj jednak, bądź w biurze w poniedziałek przed ósmą rano, bo mam dla ciebie specjalne zadanie. I przez weekend trzymaj się z daleka od galerii sztuki.

Sebastian się roześmiał, odłożył słuchawkę i wrócił myślami do Sam.

Tuż po zakończeniu rozmowy z Sebastianem Cedric wykręcił numer, który dał mu Ross Buchanan. Głos w słuchawce powiedział:
– Cohen.
– Sprzedajemy. Jaki był kurs zamknięcia w Londynie?
– Dwa funty osiem szylingów – rzekł Cohen. – Podskoczył o szylinga na koniec dnia.
– Dobrze. Wobec tego rzucę na rynek wszystkie trzysta tysięcy osiemdziesiąt akcji i chcę, żeby je pan sprzedał po najlepszej możliwej cenie, pamiętając, że chcę się ich pozbyć przed otwarciem londyńskiej giełdy w poniedziałek rano.
– Zrozumiałem, proszę pana. Jak często mam się do pana zgłaszać podczas weekendu?
– O ósmej rano w sobotę i o tej samej porze w poniedziałek.
– Na szczęście nie jestem ortodoksyjnym Żydem – zauważył Cohen.

34

Sobota

Tego wieczoru wszystko miało być pierwszy raz.

Sebastian zabrał Sam do chińskiej restauracji w Soho i zapłacił rachunek. Po kolacji powędrowali na Leicester Square i stanęli w kolejce do kina. Samancie spodobał się film wybrany przez Sebastiana i gdy wyszli z Odeonu, wyznała, że zanim przyjechała do Anglii, nie słyszała nigdy o Ianie Flemingu, Seanie Connerym ani nawet o Jamesie Bondzie.

– Gdzie ty byłaś przez całe swoje życie? – zakpił Sebastian.

– W Ameryce, z Katharine Hepburn, Jimmym Stewartem i z młodym aktorem o nazwisku Steve McQueen, który robi furorę w Hollywood.

– Nigdy o nim nie słyszałem – powiedział Sebastian, biorąc ją za rękę. – Czy mamy ze sobą coś wspólnego?

– Jessicę – powiedziała łagodnie.

Sebastian uśmiechał się, kiedy trzymając się za ręce, szli z powrotem do jej mieszkania w Pimlico.

– Słyszałaś o Beatlesach?

– Tak, oczywiście. John, Paul, George i Ringo.

– A oglądałaś *The Goons Show*?

– Nie.

– Więc nic ci nie mówi nazwisko Bluebottle ani Moriarty?

– Myślałam, że Moriarty był śmiertelnym wrogiem Sherlocka Holmesa.

– Nie, on jest przeciwieństwem Bluebottle'a.

– A czy wiesz, kto to Little Richard?

– Nie, ale wiem, kto to Cliff Richard.

Od czasu do czasu przystawali, żeby się pocałować, a gdy w końcu dotarli pod dom Sam, ona wyjęła klucz i delikatnie znów go pocałowała: pocałunkiem na dobranoc.

Sebastian chciałby, żeby zaprosiła go na kawę, ale ona tylko powiedziała:

– Do zobaczenia jutro.

Pierwszy raz w życiu Seb się nie spieszył.

Don Pedro i Luis byli na polowaniu, gdy Diego przybył do Glenleven Lodge. Nie zauważył starszego dżentelmena w kilcie, który zagłębiony w skórzanym fotelu z wysokim oparciem czytał „The Scotsmana" i wyglądał, jakby był fragmentem umeblowania.

Godzinę później, kiedy Diego się rozpakował, wykąpał i przebrał, zszedł na dół; miał na sobie bryczesy, brązowe skórzane buty i czapkę à la Sherlock Holmes. Chciał być bardziej angielski niż Anglicy. Czekał na niego land rover, żeby go zawieźć na wzgórza, aby dołączył do ojca i brata na polowaniu. Kiedy wychodził z hotelu, Ross nadal siedział w fotelu z wysokim oparciem. Gdyby Diego był bardziej spostrzegawczy, zauważyłby, że ten mężczyzna wciąż czyta tę samą stronę tej samej gazety.

– Jaka była cena akcji Barringtona w chwili zamknięcia giełdy? – brzmiało pierwsze pytanie, jakie zadał Don Pedro synowi, gdy ten wysiadł z samochodu.

– Dwa funty osiem szylingów.

– Wzrosła o jednego szylinga. To jednak mogłeś przyjechać wczoraj.

– Zwykle kurs nie idzie w górę w piątek – mruknął Diego, kiedy pomocnik podał mu naładowaną strzelbę.

Emma spędziła prawie całe sobotnie przedpołudnie, pisząc pierwszą wersję przemówienia, które wciąż miała nadzieję wygłosić na dorocznym walnym zgromadzeniu akcjonariuszy za dziewięć dni. Musiała zostawić kilka pustych miejsc, które będzie można wypełnić w miarę upływu tygodnia, a w jednym czy dwóch przypadkach na kilka godzin przed rozpoczęciem obrad.

Była wdzięczna Cedricowi za wszystko, co robił, ale nie było jej przyjemnie, że nie mogła odgrywać bardziej bezpośredniej roli w dramacie rozgrywającym się w Londynie i w Szkocji.

Tego rana Harry wyszedł na spacer i obmyślał fabułę. Podczas gdy inni mężczyźni w sobotę oglądali mecze piłki nożnej zimą, a krykieta w lecie, on chodził na długie spacery dokoła posiadłości i snuł plan powieści, tak że w poniedziałek rano, kiedy znów zabierał się do pisania, już wiedział, w jaki sposób William Warwick zdołał wykryć zbrodnię. Wieczorem Harry i Emma zjedli kolację w Manor House i poszli spać niedługo po obejrzeniu kolejnego odcinka *Dr Finlay's Casebook*. Emma wciąż powtarzała swoją mowę, aż zmorzył ją sen.

Giles w sobotę rano miał dyżur poselski i wysłuchiwał skarg osiemnastu swoich wyborców, począwszy od narzekania na niemożność rady miejskiej opróżnienia pojemnika na śmieci, a kończąc na pytaniu, jakim cudem taki arystokratyczny absolwent Eton jak sir Alec Douglas-Home mógłby w ogóle rozumieć problemy ludzi pracy.

Gdy wyszedł ostatni wyborca, asystent Gilesa zabrał go do Nowej Szkocji, pubu wybranego na ten tydzień, na kufel piwa i pasztecik z mięsem i warzywami, i po to, żeby widzieli go wyborcy. Co najmniej dwudziestu kolejnych wyborców uznało, że ich świętym obowiązkiem jest przedstawić posłowi poglądy na tysiąc różnych problemów, zanim Giles i Griff mogli się wybrać na stadion Ashton Gate na mecz towarzyski poprzedzający sezon rozgrywek między Bristol City a Bristol Rovers, który zakończył się remisem zero do zera i wcale nie był taki towarzyski.

Ponad sześć tysięcy kibiców oglądało mecz i gdy sędzia zagwizdał ostatni raz, ci, którzy opuszczali stadion, nie mogli mieć wątpliwości, którą drużynę popiera sir Giles, co wyraźnie demonstrował jego wełniany szalik w czerwone i białe paski; wszak Griff wciąż mu przypominał, że dziewięćdziesiąt procent wyborców w jego okręgu to zwolennicy Bristol City.

Kiedy wychodzili ze stadionu, Giles miał okazję usłyszeć kolejne, tym razem wywrzaskiwane, nie zawsze pochlebne opinie. Wreszcie Griff rzucił:

– Do zobaczenia.

Giles pojechał samochodem do Barrington Hall i zjadł kolację z Gwyneth, która była teraz w zaawansowanej ciąży. Żadne z nich nie poruszało tematów politycznych. Giles nie chciał opuszczać żony, ale tuż po dziewiątej usłyszał, że pod dom podjeżdża samochód. Pocałował ją i poszedł do frontowych drzwi, przed którymi stał już jego asystent.

Griff błyskawicznie zawiózł Gilesa do klubu dokerów, gdzie poseł zagrał dwie partie snookera – jedną wygrał – i partyjkę rzutków, którą przegrał. Postawił chłopakom kilka kolejek, ale skoro nie ogłoszono jeszcze daty następnych wyborów powszechnych, nie można go było oskarżyć o przekupstwo.

Kiedy na koniec w nocy Griff odwiózł posła do Barrington Hall, przypomniał mu, że rano następnego dnia ma uczestniczyć w trzech nabożeństwach, gdzie usiądzie między wyborcami, którzy nie pojawili się na porannym dyżurze poselskim, nie oglądali meczu ani nie odwiedzili klubu dokerów. Giles położył się do łóżka przed północą, kiedy Gwyneth spała już mocnym snem.

Grace spędziła sobotę, czytając prace studentów, z których część zdała sobie w końcu sprawę, że za niespełna rok staną przed obliczem egzaminatorów. Jedna z jej najzdolniejszych studentek, Emily Gallier, która ledwie zaliczyła, zaczęła teraz panikować. Liczyła na to, że trzyletni program studiów zrobi w trzy trymestry. Grace nie miała dla niej współczucia. Zabrała się do czytania pracy Elizabeth Rutledge, innej zdolnej dziewczyny – ta nie przestawała pracować od dnia, gdy znalazła się w Cambridge. Elizabeth też była w popłochu, gdyż się martwiła, że nie dostanie dyplomu z najwyższym wyróżnieniem, czego wszyscy się po niej spodziewali. Grace jej współczuła. Ją też nurtowały podobne obawy, kiedy była na ostatnim roku studiów.

Grace położyła się spać tuż po pierwszej, postawiwszy ocenę na ostatnim wypracowaniu. Zasnęła snem sprawiedliwych.

Cedric od ponad godziny siedział za biurkiem, kiedy zadzwonił telefon. Podniósł słuchawkę i nie zdziwił się, kiedy usłyszał głos Cohena, jako że zegary wokół City zaczęły wybijać ósmą.

– Udało mi się opylić sto osiemdziesiąt sześć tysięcy akcji w Nowym Jorku i w Los Angeles, i kurs spadł z dwóch funtów ośmiu szylingów do jednego funta osiemnastu szylingów.

– Niezły początek, panie Cohen.

– Dwa zrobione i dwa do zrobienia, panie Hardcastle. Zatelefonuję do pana około ósmej rano w poniedziałek, żeby zawiadomić pana, ile kupili Australijczycy.

Cedric wyszedł z biura tuż po północy i gdy dotarł do domu, nie zadzwonił jak zwykle wieczorem do Beryl, bo na pewno już spała. Beryl dawno temu pogodziła się z tym, że jedyną kochanką męża jest Miss Farthings Bank. Cedric przewracał się z boku na bok, rozmyślając, co przyniesie następne trzydzieści sześć godzin, i raptem zrozumiał, dlaczego przez czterdzieści minionych lat nigdy nie podejmował ryzyka.

Państwo Buchananowie zjedli lunch i wybrali się na daleki spacer wśród wzgórz.

Wrócili około piątej i wtedy Ross znowu podjął wartę. Tym razem czytał stary egzemplarz „Country Life". Nie ruszył się z miejsca, dopóki nie zobaczył Don Pedra i jego synów powracających z polowania. Dwaj mężczyźni wydawali się zadowoleni z siebie, tylko Diego był jakiś zamyślony. Wszyscy udali się do apartamentu Don Pedra i tego wieczoru więcej ich nie widziano.

Ross i Jean zjedli kolację w sali restauracyjnej, a potem, mniej więcej za dwadzieścia dziesiąta, udali się do swojego pokoju na pierwszym piętrze, gdzie jak zwykle przez pół godziny czytali: ona Georgette Heyer, on Alistaira MacLeana. Kiedy w końcu Ross zgasił światło i powiedział jak zwykle „dobranoc, kochanie", zaraz potem głęboko zasnął. Nie miał wszak nic więcej do roboty poza upewnieniem się, czy rodzina Martinezów nie wyjedzie do Londynu przed poniedziałkiem rano.

Kiedy Don Pedro i jego synowie zasiedli tego wieczoru do kolacji w swoim apartamencie, Diego był wyjątkowo milczący.

– Dąsasz się, bo ustrzeliłeś mniej ptaków niż ja? – zakpił ojciec.

– Coś jest nie tak – odparł Diego – ale nie mogę sobie uświadomić co.

– Hm, miejmy nadzieję, że wpadniesz na to do rana, żebyśmy wszyscy mogli się jutro cieszyć udanym polowaniem.

Zaraz po kolacji, około wpół do dziesiątej, Diego zostawił ojca i brata i poszedł do swojego pokoju. Leżał na łóżku i usiłował odtworzyć swoje przybycie na King's Cross klatka po klatce, jakby to był czarno-biały film. Był jednak tak zmęczony, że zapadł w głęboki sen.

Obudził się nagle rano o szóstej dwadzieścia pięć – przed oczyma miał wyraźny obraz.

35

Niedziela wieczór

Kiedy w niedzielne popołudnie Ross wrócił z Jean ze spaceru, marzył o gorącej kąpieli, filiżance herbaty z kruchym ciasteczkiem, a dopiero potem zamierzał podjąć swoją wartę. Gdy maszerowali podjazdem do Glenleven, Rossa nie zdziwił widok szofera wkładającego walizkę do bagażnika. Przecież kilku gości będzie wyjeżdżało po weekendzie spędzonym na polowaniu. Rossa interesował tylko jeden gość, który nie wyjedzie przed wtorkiem, więc na ten widok nie zwrócił uwagi.

Wchodzili schodami na pierwsze piętro do swojego pokoju, kiedy minął ich Diego Martinez, zbiegający w dół wielkimi susami, jakby był spóźniony na spotkanie.

– Och, zostawiłem gazetę na stole w holu – rzucił Ross. – Idź do pokoju, Jean, przyjdę za chwilę.

Ross zawrócił, zszedł na dół i starał się nie patrzeć w stronę Diega, który rozmawiał z recepcjonistką. Ross powoli zmierzał do herbaciarni, a tymczasem Diego wyszedł z hotelu i usiadł z tyłu czekającego samochodu. Ross zmienił kierunek i przyspieszył, stając we frontowych drzwiach w chwili, kiedy samochód wyjeżdżał z podjazdu. Wbiegł z powrotem do środka i skierował się prosto do recepcji. Młoda dziewczyna ciepło się do niego uśmiechnęła.

– Dzień dobry panu. W czym mogę pomóc?

Nie było czasu na drobne grzeczności.

– Właśnie widziałem, że pan Diego Martinez wyjeżdża. Chciałem, żeby dziś wieczorem zjadł z moją żoną i ze mną kolację. Czy później się go pani spodziewa?

– Nie, proszę pana. Bruce zawozi go do Edynburga, żeby zdążył na nocny pociąg do Londynu. Ale Don Pedro i pan Luis

Martinez zostają do wtorku, więc gdyby pan chciał zaprosić ich na kolację...
– Muszę pilnie zatelefonować.
– Niestety, nie mamy połączenia i jak już tłumaczyłam panu Martinezowi, prawdopodobnie nie zostanie przywrócone do jutra...

Ross, zwykle uprzejmy, obrócił się na pięcie i bez słowa ruszył do wyjścia. Wybiegł z hotelu, wskoczył do swojego samochodu i wyruszył w nieplanowaną podróż. Nie próbował dogonić Diega, gdyż nie chciał, żeby się zorientował, że za nim jedzie. Jego mózg pracował na najwyższych obrotach. Najpierw Ross rozważył problemy praktyczne. Czy powinien się zatrzymać i zatelefonować do Cedrica i go zawiadomić, co się stało? Uznał, że nie; w końcu najważniejsze, żeby nie spóźnić się na pociąg do Londynu. Jeżeli będzie miał dość czasu, kiedy dojedzie do Waverley, to wtedy zadzwoni do Cedrica, aby go ostrzec, że Diego wraca do Londynu dzień wcześniej.

Potem pomyślał, żeby wykorzystać fakt, że jest w radzie nadzorczej British Railways i polecić, aby nie wydano Martinezowi biletu. Ale to byłoby bezcelowe, bo wtedy Diego zatrzymałby się w jakimś hotelu w Edynburgu, zatelefonowałby do swojego maklera przed porannym otwarciem giełdy i się dowiedział, że kurs akcji Barringtona gwałtownie spadł podczas weekendu, co by dało mu aż nadto czasu na odwołanie planów sprzedaży akcji ojca. Nie, lepiej pozwolić mu wsiąść do pociągu, a potem zastanowić się, co dalej, chociaż nie miał pojęcia, co by można zrobić.

Gdy Ross wjechał na główną drogę do Edynburga, utrzymywał stałą prędkość, blisko sto kilometrów na godzinę. Nie powinno być kłopotu z przedziałem sypialnym, gdyż zawsze jeden był zarezerwowany dla członków rady nadzorczej British Railways. Miał tylko nadzieję, że nikt z kolegów z rady nie jedzie tej nocy do Londynu.

Zaklął, wjeżdżając na długi objazd wokół drogowego mostu wiszącego nad zatoką Firth of Forth, który nie będzie otwarty jeszcze przez tydzień. Dotarł na obrzeża miasta, ale wciąż nie rozwiązał problemu, jak postępować wobec Diega, kiedy będą w pociągu. Żałował, że nie ma przy nim Harry'ego Cliftona. Do tej pory wymyśliłby kilkanaście scenariuszy. Cóż, gdyby to się działo w powieści, to po prostu sprzątnąłby Diega.

Nagle z zamyślenia wyrwał go dygot silnika. Zerknął na wskaźnik paliwa i zobaczył, że miga czerwone światełko. Zaklął, uderzył ręką w kierownicę i zaczął się rozglądać za stacją benzynową. Wkrótce dygot przeszedł w charkot i samochód zaczął zwalniać, i w końcu potoczył się i stanął na poboczu drogi. Ross spojrzał na zegarek. Pociąg miał odjechać do Londynu dopiero za czterdzieści minut. Ross wyskoczył z samochodu i ruszył biegiem, aż zatrzymał się bez tchu przy tablicy drogowej z napisem: Do centrum miasta 3 mile. Dawno minęły dni, kiedy przebiegał taki dystans w niecałe czterdzieści minut.

Stanął na poboczu i próbował zatrzymać okazję. Musiał dziwacznie wyglądać: ubrany w marynarkę koloru zgaszonej zieleni, kilt klanu Buchananów i zielone pończochy i robił coś, czego nie praktykował od czasu studenckich lat na St Andrews University i w czym wtedy wcale nie był dobry.

Zmienił taktykę i ruszył na poszukiwanie taksówki. Okazało się to kolejnym beznadziejnym zadaniem w tej części miasta w niedzielny wieczór. I nagle ujrzał zbawcę: jadący w jego stronę czerwony autobus z dumnym napisem: CENTRUM MIASTA. Gdy przejechał koło niego, Ross zaczął biec do przystanku i biegł jak nigdy w życiu, mając nadzieję, modląc się, żeby kierowca się zlitował i na niego poczekał. Jego modły zostały wysłuchane, wsiadł do autobusu i opadł na siedzenie z przodu.

– Jaki przystanek? – zapytał konduktor.

– Dworzec Waverly – wydyszał Ross.

– Sześć pensów proszę.

Ross wyjął portfel i podał konduktorowi banknot dziesięcioszylingowy.

– Nie mam reszty.

Ross przetrząsnął kieszenie w poszukiwaniu drobnych, ale

zostawił je w sypialni w Glenleven Lodge. To nie była jedyna rzecz, jaką tam zostawił.

– Proszę zatrzymać resztę – powiedział.

Zdziwiony konduktor schował banknot do kieszeni i nie czekał, aż pasażer zmieni zdanie. W końcu Boże Narodzenie nie zawsze wypada w sierpniu.

Autobus przejechał ledwie kilkaset metrów, gdy Ross spostrzegł stację benzynową, Macphersons, czynną dwadzieścia cztery godziny. Znowu zaklął. I zaklął trzeci raz, bo zapomniał, że autobusy zatrzymują się na przystankach i nie zawożą człowieka dokładnie tam, gdzie chce dotrzeć. Spoglądał na zegarek za każdym razem, gdy się zatrzymywali, ale zegarek nie zwalniał, a autobus nie przyspieszał. Kiedy w końcu pokazał się dworzec, zostało tylko osiem minut. Za mało czasu, żeby zatelefonować do Cedrica. Gdy Ross wysiadał z autobusu, konduktor stanął na baczność i zasalutował, jakby oddawał honory generałowi, który przyjechał na inspekcję.

Ross prędko wszedł na stację i skierował się do pociągu, którym wielokrotnie podróżował. Właściwie jeździł nim tak często, że teraz mógłby zjeść kolację, spokojnie czegoś się napić, a potem spać zdrowym snem przez całą liczącą pięćset kilometrów podróż przy akompaniamencie stukotu kół. Miał jednak wrażenie, że tej nocy nie będzie spał.

Powitano go jeszcze bardziej sprężyście, kiedy dotarł do bramki. Bileterzy na stacji Waverley szczycą się tym, że rozpoznają członków rady nadzorczej British Railways z odległości trzydziestu kroków.

– Dobry wieczór panu – powiedział bileter. – Nie wiedziałem, że pan tej nocy z nami jedzie.

Chciał odrzec, że nie zamierzał, ale tylko odpowiedział mężczyźnie gestem pozdrowienia, udał się na koniec peronu i wsiadł do pociągu, który za parę minut miał odjechać.

Gdy zmierzał korytarzem do przedziału dla członków rady nadzorczej, ujrzał, że zbliża się do niego główny steward.

– Dobry wieczór, Angusie.

– Dobry wieczór panu. Nie widziałem pana nazwiska na liście gości pierwszej klasy.
– Nie – rzekł Ross. – Zdecydowałem się w ostatniej chwili.
– Obawiam się, że przedział członków rady nadzorczej – Ross się zląkł – nie został sprzątnięty, ale gdyby pan zechciał się czegoś napić w wagonie restauracyjnym, to w mig go przygotuję.
– Dziękuję, Angusie, tak zrobię.

Pierwszą osobą, którą Ross ujrzał, gdy wszedł do wagonu restauracyjnego, była młoda atrakcyjna kobieta siedząca przy barze. Miał wrażenie, że skądś ją zna. Zamówił whisky z wodą sodową i usiadł na stołku obok niej. Pomyślał o Jean i ogarnęło go poczucie winy, że ją zostawił. Aż do rana nie miał sposobu, żeby ją zawiadomić, gdzie jest. Potem przypomniał sobie jeszcze o czymś, co porzucił. Co gorsza, nie odnotował nazwy ulicy, na której zostawił samochód.

– Dobry wieczór panu – ku jego zdziwieniu powitała go kobieta.

Przyjrzał się jej bliżej, ale jej nie poznał.

– Mam na imię Kitty – powiedziała, podając mu dłoń w rękawiczce. – Ciągle pana widuję w tym pociągu, ale przecież pan jest członkiem rady nadzorczej British Railways.

Ross się uśmiechnął i pociągnął łyk whisky.

– Więc czym się pani zajmuje, skoro regularnie jeździ pani do Londynu i z powrotem?

– Pracuję na własny rachunek – odparła Kitty.

– W jakiej specjalności? – zagadnął Ross, kiedy steward stanął przy nim.

– Pański przedział jest gotowy, jeśli zechce pan pójść ze mną.

Ross wychylił swoją whisky.

– Miło było panią poznać, Kitty.

– Pana również, panie Buchanan.

– Co za czarująca młoda dama, Angusie – powiedział Ross, idąc za stewardem do swojego przedziału. – Właśnie chciała mi powiedzieć, dlaczego tak często jeździ tym pociągiem.

– Tego nie wiem, proszę pana.

– Jestem pewien, że wiesz, Angusie, bo ty wiesz wszystko, co się dzieje w tym pociągu.
– Hm, powiedzmy, że ona cieszy się dużą popularnością wśród niektórych naszych stałych podróżnych.
– Czy sugerujesz...?
– Tak, proszę pana. Ona jeździ dwa lub trzy razy w tygodniu. Bardzo dyskretna i...
– Angus! My zarządzamy nocnym pociągiem, nie nocnym klubem.
– Wszyscy musimy jakoś zarabiać na życie, proszę pana, a jeżeli Kitty dobrze się wiedzie, to wszyscy na tym korzystają.

Ross wybuchnął śmiechem.
– Czy ktoś z członków rady nadzorczej wie o Kitty?
– Jeden czy dwóch. Mają u niej specjalną stawkę.
– Angusie!
– Przepraszam pana.
– Wróćmy do twoich obowiązków. Chcę zobaczyć rezerwacje pasażerów pierwszej klasy. Może w pociągu jest ktoś, z kim mógłbym zjeść kolację.
– Oczywiście, proszę pana. – Angus wyjął z notatnika kartkę i podał ją Buchananowi. – Dopilnowałem, żeby pański stolik był wolny.

Ross przesunął palcem po liście i stwierdził, że pan D. Martinez jest w wagonie numer cztery.
– Chcę zamienić słowo z Kitty – oznajmił, oddając kartkę Angusowi. – I żeby nikt o tym nie wiedział.
– Dyskrecja to moje motto, proszę pana – rzekł Angus, powściągnąwszy uśmiech.
– Nie chodzi mi o to, o czym myślisz.
– Nigdy o to nie chodzi, proszę pana.
– I chcę, żebyś przeznaczył mój stolik w wagonie restauracyjnym dla pana Martineza, który ma przedział w czwartym wagonie.
– Dobrze, proszę pana – odrzekł Angus, teraz całkiem zbity z tropu.

– Zachowam twój sekret, Angusie, jeżeli ty zachowasz mój.
– Obiecałbym, proszę pana, gdybym tylko wiedział, jaki to sekret.
– Dowiesz się, zanim dojedziemy do Londynu.
– Pójdę i sprowadzę Kitty.

Ross próbował zebrać myśli, czekając na Kitty. Na razie miał tylko pomysł, żeby grać na zwłokę, ale może z czasem przyjdzie mu coś lepszego do głowy. Otworzyły się drzwi jego przedziału i do środka wślizgnęła się Kitty.

– Jak miło znowu pana widzieć – powiedziała, siadając naprzeciw niego i założywszy nogę na nogę, odsłaniając podwiązki. – Jestem do usług.
– Mam nadzieję – powiedział Ross. – Ile pani sobie liczy?
– To zależy od tego, czego pan sobie życzy.

Ross dokładnie jej wyjaśnił, czego sobie życzy.
– To będzie razem pięć funtów.

Ross wyjął z portfela banknot pięciofuntowy i jej wręczył.
– Zrobię, co będę mogła – obiecała Kitty, podniosła spódniczkę i wetknęła banknot pod podwiązkę, a potem wyszła równie dyskretnie, jak przyszła.

Ross wcisnął czerwony przycisk przy drzwiach i po chwili pojawił się steward.

– Zarezerwowałeś mój stolik dla pana Martineza?
– Tak jest! I znalazłem dla pana miejsce na drugim końcu wagonu restauracyjnego.
– Dziękuję, Angusie. Kitty ma siedzieć naprzeciwko pana Martineza i ja płacę za wszystko, co zje czy wypije.
– Doskonale, proszę pana. A co z panem Martinezem?
– On płaci za swój posiłek, ale proszę podać mu najlepsze wina i likiery i dać mu wyraźnie do zrozumienia, że to na koszt firmy.
– Czy pan też to pokryje?
– Tak. Ale niech o tym nie wie, bo mam nadzieję, że będzie mocno spał tej nocy.
– Chyba już coś zaczynam rozumieć, proszę pana.

Steward odszedł, a Ross zaczął się zastanawiać, czy Kitty uda się ten numer. Jeżeli zdoła tak upić Martineza, że pozostanie w swoim przedziale do dziewiątej rano, wywiąże się ze swojego zadania i Ross chętnie poświęci następny banknot pięciofuntowy. Spodobał mu się zwłaszcza jej pomysł przykucia go kajdankami do czterech rogów łóżka, a potem zawieszenia na drzwiach przedziału tabliczki z napisem „Nie przeszkadzać". Nikt by niczego nie podejrzewał, bo nie trzeba opuszczać pociągu przed wpół do dziesiątej, a wielu pasażerów lubi sobie poleżeć dłużej w łóżku przed późnym śniadaniem i uraczeniem się wędzonym dorszem.

Ross wyszedł ze swojego przedziału tuż po ósmej, udał się do restauracji i przeszedł obok Kitty, która siedziała naprzeciwko Diega Martineza. Mijając ich, usłyszał, jak kelner proponuje im wina do wyboru.

Angus posadził Rossa na drugim końcu wagonu, tyłem do Martineza i choć Rossa korciło, żeby się obejrzeć za siebie, inaczej niż żona Lota oparł się tej pokusie. Dopił kawę, zrezygnował ze zwyczajowego kieliszka koniaku, podpisał rachunek i udał się z powrotem do przedziału. Mijając swój zwykły stolik, z radością stwierdził, że jest pusty. Zadowolony z siebie, dumnie kroczył do swojego wagonu.

Uczucie zwycięstwa opuściło go w chwili, gdy otworzył drzwi przedziału i ujrzał tam Kitty.

– Co pani tu robi? Myślałem...

– Nie wzbudziłam żadnego zainteresowania, proszę pana. I proszę nie myśleć, że nie proponowałam mu wszystkiego, od biczowania do wygibasów. Po pierwsze, on nie pije. Jakiś zakaz religijny. I na długo przed głównym daniem okazało się, że kobiety na niego nie działają. Przykro mi, proszę pana, ale dziękuję za kolację.

– Dziękuję pani, Kitty. Jestem bardzo wdzięczny – powiedział, opadając naprzeciw niej na kanapę.

Kitty uniosła spódniczkę, wyciągnęła spod podwiązki banknot pięciofuntowy i podała mu.

– Ależ nie – odmówił stanowczo. – Zarobiłaś sobie, dziewczyno.

– Przecież mogę… – rzuciła, kładąc mu dłoń pod kilt i powoli przesuwając palce po udzie.

– Nie, dziękuję, Kitty – powiedział i wzniósł w górę oczy w udawanej zgrozie. W tym momencie przyszedł mu do głowy drugi pomysł. Zwrócił banknot Kitty.

– Pan nie jest przypadkiem jednym z tych odmieńców, prawda, proszę pana?

– Muszę przyznać, Kitty, że to, co zamierzam zaproponować, jest dość ekscentryczne.

Dziewczyna uważnie wysłuchała, czego się od niej oczekuje.

– Kiedy mam to zrobić? – zapytała.

– Około trzeciej, wpół do czwartej.

– Gdzie?

– Najlepiej w ubikacji.

– Ile razy?

– Myślę, że wystarczy jeden raz.

– A nie będę miała kłopotów, proszę pana? Bo to jest mój stały zarobek, a większość panów w pierwszej klasie nie jest zbyt wymagająca.

– Ma pani moje słowo, Kitty. To jednorazowy numer i nikt nigdy się nie dowie, że miała pani z tym coś wspólnego.

– Pan jest dżentelmenem, panie Buchanan – powiedziała, pocałowała go w policzek i wyszła z przedziału.

Ross nie był pewien, co by się stało, gdyby została minutę dłużej. Wcisnął przycisk i czekał na Angusa.

– Mam nadzieję, że się udało, proszę pana.

– Jeszcze nie jestem pewien.

– Więc w czym jeszcze mogę panu pomóc?

– Przydałby mi się zbiór przepisów kolejowych, Angusie.

– Zobaczę, czy uda mi się go znaleźć – powiedział Angus, robiąc zdziwioną minę.

Gdy wrócił po dwudziestu minutach, dźwigał wielkie czerwone tomisko, które wyglądało, jakby rzadko ktoś je czytał.

Ross usadowił się wygodnie i przystąpił do nocnej lektury. Najpierw przejrzał indeks, gdzie znalazł trzy działy, które musiał przestudiować najdokładniej, jakby był znowu na uniwersytecie i uczył się do egzaminu. Do trzeciej rano przeczytał i zaznaczył wszystkie stosowne ustępy. Przez następne pół godziny uczył się ich na pamięć.

O wpół do czwartej zamknął gruby tom, usiadł wygodnie i czekał. Ani przez moment nie pomyślał, że Kitty mogłaby go zawieść. Trzecia trzydzieści. Trzecia trzydzieści pięć. Trzecia czterdzieści. Nagły potężny wstrząs omal nie wyrzucił go z siedzenia. Potem w uszy wwiercił się głośny zgrzyt kół, gdy pociąg gwałtownie zwolnił i na koniec stanął. Ross wyszedł na korytarz i zobaczył, że biegnie ku niemu główny steward.

– Mamy problem, Angusie?

– Jakiś skurwiel, przepraszam za wyrażenie, pociągnął za hamulec bezpieczeństwa.

– Informuj mnie.

– Tak jest!

Ross co chwila spoglądał na zegarek, pragnąc przyspieszyć czas. Grupka pasażerów kręciła się teraz na korytarzu, próbując się dowiedzieć, co się stało, ale minęło jeszcze czternaście minut, zanim wrócił steward.

– Proszę pana, ktoś pociągnął za hamulec w ubikacji. Niewątpliwie pomylił z łańcuszkiem. Ale wszystko będzie w porządku, jeżeli za dwadzieścia minut znowu ruszymy.

– Czemu za dwadzieścia minut? – spytał Ross z głupia frant.

– Jak postoimy dłużej, to „The Newcastle Flyer" nas wyprzedzi i będziemy zablokowani.

– A to dlaczego?

– Będziemy musieli jechać za nim i potem na pewno będzie opóźnienie, bo on się zatrzymuje na ośmiu stacjach przed Londynem. Tak było dwa lata temu, kiedy jakiś brzdąc pociągnął za hamulec, i jak dotarliśmy na King's Cross, mieliśmy godzinę spóźnienia.

– Tylko godzinę?

– Tak, proszę pana. Dojechaliśmy do Londynu dopiero o ósmej czterdzieści. Przecież nie chcemy, żeby to się powtórzyło, no nie? Za pańskim pozwoleniem, każę ruszać.

– Chwileczkę, Angusie. Czy znalazłeś tę osobę, która pociągnęła za hamulec?

– Nie, proszę pana. Musiała zwiać, gdy zrozumiała swój błąd.

– Hm, przykro mi, Angusie, ale muszę ci zwrócić uwagę, że przepis czterdziesty trzeci b w statucie kolejowym wymaga, żeby się dowiedzieć, kto jest odpowiedzialny za pociągnięcie hamulca i dlaczego to zrobił, zanim pociąg może jechać dalej.

– Ale to może potrwać całą wieczność i nie wiem, czy w końcu coś odkryjemy.

– Jeśli nie było uzasadnionego powodu, żeby pociągnąć za hamulec, to winowajca zostanie ukarany grzywną w wysokości pięciu funtów i o jego czynie zostaną poinformowane odpowiednie władze.

– Niech zgadnę, proszę pana.

– Przepis numer czterdzieści siedem c.

– Czy mogę wyrazić swój podziw dla pańskiej zdolności przewidywania, skoro poprosił pan o spis przepisów kolejowych tylko kilka godzin przed zahamowaniem pociągu?

– Tak, czyż to nie szczęśliwy zbieg okoliczności? Jednak jestem pewien, że rada nadzorcza będzie oczekiwać, abyśmy podporządkowali się przepisom, jakkolwiek byłoby to niewygodne.

– Skoro pan tak mówi.

– Tak mówię.

Ross z niepokojem wyglądał przez okno i uśmiechnął się dopiero wtedy, gdy dwadzieścia minut później przemknął obok „The Newcastle Flyer", dwukrotnie gwizdnąwszy na powitanie. Mimo to Ross uświadomił sobie, że jeśli przyjadą na King's Cross około ósmej czterdzieści, jak przewiduje Angus, to Diego i tak będzie miał dość czasu, żeby dotrzeć do budki telefonicznej na stacji, zadzwonić do maklera i odwołać sprzedaż akcji ojca przed otwarciem giełdy.

– Wszystko gotowe, proszę pana – zameldował Angus. – Czy

mogę kazać ruszać maszyniście, bo jeden z pasażerów grozi, że zaskarży British Railways, jeżeli pociąg nie dojedzie do Londynu przed dziewiątą?

Ross nie potrzebował pytać, co to za pasażer.

– Rób swoje, Angusie – powiedział niechętnie, po czym zamknął drzwi swojego przedziału, niepewny, co mógłby zrobić, żeby zatrzymać pociąg na jeszcze przynajmniej dwadzieścia minut.

„The Night Scotsman" miał jeszcze kilka nieplanowych postojów, gdy „The Newcastle Flyer" zatrzymywał się, żeby jedni pasażerowie wysiedli, a drudzy wsiedli na stacjach Durham, Darlington, York i Doncaster.

Rozległo się pukanie do drzwi i do przedziału wszedł steward.

– Jakie najnowsze wieści, Angusie?

– Ten gość, który się awanturuje, żeby być na czas w Londynie, pyta, czy może wysiąść z pociągu, kiedy „Flyer" zatrzyma się w Peterborough.

– Nie, nie może – odparł Ross – bo według rozkładu ten pociąg nie zatrzymuje się w Peterborough, a zresztą staniemy w pewnej odległości od stacji i nie możemy narazić go na śmierć.

– Przepis numer czterdzieści dziewięć c?

– Jeśli więc będzie próbował wysiąść z pociągu, masz obowiązek na siłę go zatrzymać. Przepis numer czterdzieści dziewięć f. Przecież – dodał Ross – nie chcemy, żeby ten biedny człowiek zginął.

– Naprawdę, proszę pana?

– A ile jeszcze jest przystanków za Peterborough?

– Nie ma już żadnego.

– Kiedy według ciebie zajedziemy na King's Cross?

– Około ósmej czterdzieści. Najpóźniej o ósmej czterdzieści pięć.

Ross westchnął głęboko

– Nie mów hop, dopóki nie przeskoczysz – mruknął pod nosem.

– Pan wybaczy, że pytam – powiedział Angus – ale kiedy by pan chciał, żeby ten pociąg przyjechał do Londynu?

Ross powściągnął uśmiech.
– Najlepiej kilka minut po dziewiątej.
– Zobaczę, co się da zrobić – rzekł główny steward i wyszedł z przedziału.

Pociąg jechał już cały czas ze stałą prędkością, wtem nagle, bez ostrzeżenia, stanął w odległości zaledwie kilkuset metrów przed stacją King's Cross.

– Mówi steward – odezwał się głos w interkomie. – Przepraszamy za spóźnienie pociągu, ale spowodowały to okoliczności od nas niezależne. Mamy nadzieję, że za kilka minut wszyscy pasażerowie będą mogli wysiąść.

Ross zachodził w głowę, jakim cudem Angus zdołał przedłużyć podróż o dalsze trzydzieści minut. Wyszedł na korytarz i zobaczył, że stara się uspokoić grupkę rozgniewanych pasażerów.

– Jak to zrobiłeś, Angusie? – szepnął.

– Wydaje się, że inny pociąg czeka na naszym peronie, a ponieważ odjeżdża do Durham dopiero pięć po dziewiątej, obawiam się, że pasażerowie nie będą mogli wysiąść wcześniej niż piętnaście po dziewiątej. Przepraszam za tę uciążliwość – powiedział głośniej.

– Bardzo dziękuję, Angusie.

– Miło mi, proszę pana. Och, nie – jęknął Angus, biegnąc do okna. – To on.

Ross wyjrzał przez okno i zobaczył, jak Diego Martinez pędzi torem na stację. Spojrzał na zegarek: za siedem dziewiąta.

Poniedziałek rano

Tego rana Cedric wkroczył do biura tuż przed siódmą i od razu zaczął chodzić tam i z powrotem po pokoju, czekając na dzwonek telefonu. Ale telefon zadzwonił dopiero o ósmej. To był Abe Cohen.

– Udało mi się wszystko opchnąć, panie Hardcastle – oznajmił Cohen. – Resztę złapano w Hongkongu. Prawdę mówiąc, nikt nie rozumiał, dlaczego cena jest tak niska.

– Jaka była ostatnia cena?

– Jeden funt osiem szylingów.
– Doskonale, Abe. Ross miał rację, jesteś najlepszy.
– Dziękuję panu. Mam tylko nadzieję, że nie na darmo stracił pan taką kupę forsy. – I zanim Cedric mógł odpowiedzieć, dodał: – Wyłączam się, muszę się trochę przespać.

Cedric spojrzał na zegarek. Giełda zacznie funkcjonować za czterdzieści pięć minut. Ktoś cicho zastukał do drzwi i do środka wszedł Sebastian z tacą z kawą i herbatnikami. Usiadł po drugiej stronie biurka prezesa.

– Jak ci poszło? – spytał Cedric.

– Obdzwoniłem czternastu najważniejszych maklerów i dałem im znać, że gdyby jakieś akcje Barringtona znalazły się na rynku, to my kupujemy.

– To dobrze – rzekł Cedric, spojrzawszy na zegarek. – Ponieważ Ross nie dzwonił, to wciąż powinniśmy mieć szansę.

Pociągnął łyk kawy i co chwila patrzył na zegarek.

Gdy sto różnych zegarów w Kwadratowej Mili zaczęło wybijać dziewiątą, Cedric wstał, by powitać hymn City. Sebastian siedział wpatrzony w telefon, modląc się w duchu, żeby zadzwonił. Trzy minuty po dziewiątej jego modły zostały wysłuchane. Cedric schwycił słuchawkę, szarpnął ją, niemal zrzucając telefon na podłogę.

– Dzwoni Capels – powiedziała sekretarka. – Czy mam łączyć?

– Natychmiast.

– Dzień dobry panu, panie Hardcastle. Mówi David Alexander z Capels. Nie jesteśmy zwykle pańskimi maklerami, ale doszło do nas pocztą pantoflową, że rozgląda się pan za akcjami Barringtona, więc pomyślałem, żeby dać panu znać, że mamy zlecenie sprzedaży z instrukcją od naszego klienta, aby sprzedawać po cenie spot z chwilą otwarcia giełdy dziś rano. Jestem ciekaw, czy jest pan nadal zainteresowany.

– Mogę być – powiedział Cedric z nadzieją, że jego głos brzmi spokojnie.

– Jednakże jest pewne zastrzeżenie związane z tą sprzedażą – stwierdził Alexander.

– Jakiego rodzaju? – zapytał Cedric, który aż za dobrze wiedział, o co chodzi.

– Nie jesteśmy upoważnieni do sprzedaży nikomu, kto reprezentuje rodzinę Barringtonów lub Cliftonów.

– Mój klient jest z Lincolnshire i zapewniam pana, że ani w przeszłości, ani obecnie, nie miał nic wspólnego z żadną z tych rodzin.

– Wobec tego chętnie przystąpię do transakcji.

Cedric czuł się jak nastolatek, który próbuje ubić swój pierwszy interes.

– A jaka jest cena spot? – zapytał, zadowolony, że makler nie widzi potu, który zrosił mu czoło.

– Jeden funt dziewięć szylingów. O szyling w górę od chwili otwarcia giełdy.

– Ile akcji pan proponuje?

– Mamy w rejestrze milion dwieście tysięcy.

– Biorę wszystko.

– Czy dobrze słyszę?

– Z całą pewnością tak.

– Zatem to jest zlecenie zakupu jednego miliona dwustu tysięcy akcji Spółki Żeglugowej Barringtona po kursie jednego funta dziewięciu szylingów. Czy akceptuje pan tę transakcję?

– Tak, akceptuję – oświadczył prezes Farthings Bank, przybierając pompatyczny ton.

– Transakcja zawarta, proszę pana. Akcje są obecnie w dyspozycji Farthings Bank. Wyślę dokumenty do pańskiego podpisu dziś przed południem. – Połączenie zostało przerwane.

Cedric skoczył w górę i uderzył pięścią w powietrze, jakby drużyna Huddersfield Town właśnie zdobyła puchar Football Association. Sebastian chciał się do niego dołączyć, ale telefon znów zadzwonił.

Schwycił słuchawkę, przez chwilę słuchał, a potem prędko podał ją Cedricowi.

– To David Alexander. Mówi, że to pilne.

DIEGO MARTINEZ
1964

36

Poniedziałek rano, 8.53
Diego Martinez spojrzał na zegarek. Nie mógł już dłużej czekać. Popatrzył na jedną i na drugą stronę zatłoczonego korytarza, żeby się upewnić, czy nie ma tam stewarda, a potem opuścił szybę, sięgnął na zewnątrz do klamki i otworzył drzwi. Wyskoczył z pociągu i wylądował na torach.

– Nie rób tego! – krzyknął ktoś.

Diego nie chciał tracić czasu na tłumaczenie, że już to zrobił.

Puścił się biegiem w stronę jasno oświetlonej stacji i musiał przebiec ze dwieście metrów, nim ukazał mu się peron. Nie mógł widzieć zdumionych twarzy pasażerów wyglądających z okien wagonu, kiedy przemknął obok.

– To musi być sprawa życia i śmierci – skomentował jeden z nich.

Diego biegł dalej, aż dotarł na koniec peronu. Biegnąc, wyjął portfel i z niego bilet na długo przed zbliżeniem się do bramki. Bileter spojrzał na niego i powiedział:

– Mówiono, że „The Night Scotsman" ma przyjechać nie wcześniej niż za piętnaście minut.

– Gdzie jest najbliższa budka telefoniczna? – krzyknął Diego.

– O, tam – odparł bileter i pokazał rząd czerwonych kabin. – Nie może pan nie trafić.

Diego przemknął przez zatłoczony hol dworca, w biegu wyciągając z kieszeni garść monet. Zatrzymał się przed sześcioma kabinami telefonicznymi; trzy były zajęte. Otworzył drzwi i sprawdził drobne, ale nie znalazł czterech pensów, jednego brakowało.

– Tu dowiecie się wszystkiego!

Diego obrócił się, spostrzegł gazeciarza i rzucił się ku niemu. Pominął długą kolejkę, podał chłopcu pół korony i poprosił o pensa.

– Już się robi – odparł gazeciarz, który sądził, że faceta pędzi do ubikacji, i szybko podał mu monetę jednopensową.

Diego pomknął z powrotem do kabin telefonicznych i nie usłyszał, jak tamten woła:

– Zapomniał pan wziąć reszty! – I jeszcze: – A gazeta?

Diego otworzył drzwi kabiny i zobaczył napis: „Nieczynny". Wepchnął się do następnej kabiny w chwili, gdy jakaś spłoszona kobieta otwierała drzwi. Podjął słuchawkę, wcisnął do czarnej skrzynki cztery pensy i wybrał: CITY 416. Po chwili usłyszał sygnał telefonu.

– Odbierz, odbierz, odbierz! – wykrzyczał.

W końcu w słuchawce odezwał się głos:

– Capel i Spółka. W czym mogę pomóc?

Diego wcisnął przycisk A i usłyszał brzęk wpadających do środka monet.

– Proszę mnie połączyć z panem Alexandrem.

– Z którym? A., D. czy W.?

– Chwileczkę – powiedział Diego. Położył słuchawkę na skrzynce, wyjął portfel, wydobył z niego wizytówkę pana Alexandra i szybko schwycił słuchawkę.

– Czy pani tam jeszcze jest?

– Tak, proszę pana.

– Z Davidem Alexandrem.

– W tej chwili jest niedostępny. Mogę pana połączyć z innym maklerem.

– Nie. Niech mnie pani natychmiast połączy z Davidem Alexandrem – zażądał Diego.

– Ale on rozmawia z innym klientem.

– Niech go pani rozłączy. To wyjątkowa sprawa.

– Nie wolno mi przerywać rozmowy, proszę pana.

– Wolno ci i zrobisz to, ty głupia dziewucho, jeżeli chcesz jutro jeszcze tam pracować.

– Kogo mam zapowiedzieć? – spytała dziewczyna drżącym głosem.

– Po prostu połącz mnie! – wrzasnął Diego. Usłyszał brzęk.

– Czy jest pan tam jeszcze, panie Hardcastle?
– Nie, to nie on. Tu Diego Martinez, proszę pana.
– A, dzień dobry. Nie mógł pan wybrać lepszego momentu.
– Niech mi pan powie, że nie sprzedał pan akcji mojego ojca.
– Ale właśnie je sprzedałem, tuż przed pana telefonem. Jestem pewien, że ucieszy się pan na wieść, że jeden klient kupił wszystkie – milion dwieście tysięcy. Zwykle taka sprzedaż by zajęła dwa, a może nawet trzy tygodnie. I nawet uzyskałem szylinga więcej w stosunku do ceny otwarcia.
– Po jakiej cenie je pan sprzedał?
– Jeden funt i dziewięć szylingów. Mam przed sobą zlecenie sprzedaży.
– Ale one były po dwa funty i osiem szylingów w chwili zamknięcia giełdy w piątek po południu.
– To prawda, ale podczas weekendu był koło nich duży ruch. Przypuszczałem, że panowie o tym wiecie, i dlatego byłem tak zadowolony, że tak prędko się ich pozbyłem.
– Czemu pan nie próbował porozumieć się z moim ojcem i ostrzec go, że kurs akcji się załamał? – krzyknął Diego.
– Pański ojciec wyraźnie zapowiedział, że nie będzie z nim kontaktu podczas weekendu i że wróci do Londynu dopiero jutro rano.
– Ale kiedy pan zobaczył, że kurs akcji spadł, to dlaczego nie poszedł pan po rozum do głowy i nie poczekał, żeby z nim porozmawiać?
– Mam przed sobą pisemne polecenie pańskiego ojca. Trudno byłoby to sformułować wyraźniej. Cały pakiet jego akcji miał być wystawiony na sprzedaż z chwilą otwarcia giełdy dziś rano.
– A teraz słuchaj mnie pan, i to słuchaj uważnie. Nakazuję panu unieważnić tę sprzedaż i odzyskać akcje.
– Obawiam się, że nie mogę tego zrobić. Kiedy transakcja została uzgodniona, nie ma sposobu, żeby z niej się wycofać.
– Czy papierkowa robota została już zakończona?
– Nie, proszę pana, ale dokumenty zostaną podpisane przed zamknięciem giełdy dziś wieczorem.

– Wobec tego niech pan tego nie robi. Niech pan powie temu, kto kupił akcje, że to była pomyłka.

– W City tak się nie postępuje, proszę pana. Gdy transakcja jest uzgodniona, nie ma odwrotu, w przeciwnym wypadku giełda pogrążyłaby się w bezustannym chaosie.

– Mówię panu, Alexander, odwołasz pan tę transakcję, bo zaskarżę pana firmę o niedopełnienie obowiązków.

– A ja mówię panu, panie Martinez, że gdybym to zrobił, stanąłbym przed komisją papierów wartościowych i straciłbym moją licencję.

Diego zmienił taktykę.

– Czy te akcje zostały nabyte przez kogoś z rodziny Barringtonów albo Cliftonów?

– Nie, proszę pana. Wykonaliśmy instrukcje pańskiego ojca co do litery.

– To kto je kupił?

– Prezes poważanego banku yorkshirskiego, w imieniu jednego ze swoich klientów.

Diego uznał, że pora na inne podejście, takie, które nigdy go nie zawiodło w przeszłości.

– Gdyby pan zapodział gdzieś to zlecenie, dałbym panu sto tysięcy funtów.

– Gdybym to zrobił, to nie tylko bym stracił licencję, ale trafiłbym do więzienia.

– Ale to byłaby gotówka i nikt by o tym nie usłyszał.

– Ja usłyszałem – powiedział Alexander – i powtórzę tę rozmowę mojemu ojcu i bratu na najbliższym spotkaniu wspólników naszej firmy. Muszę jasno wyrazić moje stanowisko, proszę pana. Ta firma nie będzie w przyszłości załatwiała interesów z panem ani z żadnym członkiem pańskiej rodziny. Żegnam pana.

Połączenie zostało przerwane.

– Co chcesz najpierw usłyszeć: dobrą czy złą wiadomość?

– Jestem optymistą, więc najpierw dobrą.

– Udało się nam. Jesteś teraz dumnym właścicielem miliona dwustu tysięcy akcji Spółki Żeglugowej Barringtona.
– A ta zła wiadomość?
– Potrzebny mi czek na milion siedemset czterdzieści tysięcy funtów, ale będziesz zadowolony, bo akcje podrożały o cztery szylingi, od kiedy je kupiłeś, więc już nieźle zarobiłeś.
– Jestem ci wdzięczny, Cedricu. I jak uzgodniliśmy, pokryję wszystkie straty, jakie poniosłeś podczas weekendu. To będzie uczciwie. I co dalej?
– Wyślę jutro do Grimsby jednego z zastępców dyrektora, Sebastiana Cliftona, żebyś podpisał papiery. Przy tak wielkiej sumie wolę nie liczyć na kaprysy naszej poczty.
– Jeżeli to brat Jessiki, to nie będę mógł się go doczekać.
– Tak, to jej brat. Powinien się do ciebie zgłosić jutro koło południa, a gdy podpiszesz wszystkie świadectwa, on przywiezie je z powrotem do Londynu.
– Powiedz mu, że podobnie jak ty, dostanie coś dla smakoszy, najlepszą na świecie rybę z frytkami podaną na wczorajszym egzemplarzu „Grimsby Evening Telegraph". Na pewno nie zabiorę go do żadnej luksusowej restauracji z obrusem i talerzami.
– Ja byłem zadowolony, on też będzie – zauważył Cedric. – Do zobaczenia w przyszły poniedziałek na dorocznym walnym zgromadzeniu.
– Mamy jeszcze kilka innych problemów – odezwał się Sebastian, gdy Cedric odłożył słuchawkę telefonu.
– Mianowicie?
– Co prawda kurs akcji Barringtona pnie się do dawnego poziomu, ale nie wolno nam zapominać, że w piątek Fisher ogłosi w prasie swój list rezygnacyjny. Opinia członka rady nadzorczej, że firmie grozi bankructwo, może znów spowodować załamanie kursu.
– To jeden z powodów, dla których jedziesz jutro do Grimsby – rzekł Cedric. – Fisher odwiedzi mnie jutro o dwunastej, a ty w tym czasie będziesz się zajadał najlepszą w tym kraju rybą z frytkami z dodatkiem piure z groszku.

– A drugi powód? – zagadnął Sebastian.
– Chcę, żeby cię tu nie było, kiedy się spotkam z Fisherem. Twoja obecność tylko by mu przypomniała, wobec kogo zachowuję lojalność.
– Nie pójdzie panu z nim łatwo – ostrzegł Seb – jak nieraz się przekonał mój wujek Giles.
– Nie zamierzam z nim walczyć – rzekł Cedric. – Przeciwnie, chcę dać mu fory. Jeszcze jakieś problemy?
– Trzy: Don Pedro Martinez, Diego Martinez i, w mniejszym stopniu, Luis Martinez.
– Mam pewne informacje, że ci trzej są już skończeni. Don Pedro stanął przed bankructwem, Diego może lada chwila zostać aresztowany za próbę przekupstwa, a Luis nawet nie może się wysmarkać, jak tatuś nie poda mu chusteczki do nosa. Nie, myślę, że niedługo ci trzej dżentelmeni wyjadą raz na zawsze do Argentyny.
– Ja nadal mam wrażenie, że Don Pedro będzie próbował dokonać ostatniego aktu zemsty, zanim stąd wyjedzie.
– Nie sądzę, żeby w tym momencie ośmielił się zbliżyć choćby na pół kroku do rodziny Barringtonów albo Cliftonów.
– Nie myślałem o mojej rodzinie.
– Nie musisz się o mnie martwić – powiedział Cedric. – Poradzę sobie.
– Ani o panu.
– Więc o kim?
– O Samancie Sullivan.
– Nie myślę, żeby chciał ryzykować.
– Martinez nie myśli tak jak pan...

Poniedziałek wieczór
Don Pedro był tak wściekły, że dopiero po pewnym czasie przemówił.
– Jak im się to udało? – zapytał.
– Kiedy giełda zamknęła się w piątek, a ja wyjechałem do Szkocji – powiedział Diego – ktoś zaczął masowo wyprzedawać

akcje Barringtona w Nowym Jorku i w Los Angeles, potem dziś rano w Sydney, a końcówkę opchnął w Hongkongu, kiedyśmy wszyscy spali mocnym snem.

– W dosłownym sensie tego słowa – rzucił Don Pedro.

Znowu zapadło długie milczenie, którego nikt nie śmiał przerwać.

– To ile straciłem? – w końcu zapytał.

– Ponad milion funtów.

– Czy dowiedzieliście się, kto sprzedawał te akcje? – rzucił Don Pedro. – Bo założę się, że to ta sama osoba, która dziś kupiła moje za pół ceny.

– Myślę, że to jest ktoś o nazwisku Hardcastle. Rozmawiał z Davidem Alexandrem, kiedy ja się włączyłem.

– Cedric Hardcastle – mruknął Don Pedro. – To yorkshirski bankier, który zasiada w radzie nadzorczej Barringtona i zawsze popiera tę prezeskę. Jeszcze tego pożałuje.

– Ojcze, tu nie jest Argentyna. Straciłeś prawie wszystko i wiemy, że władze tylko szukają pretekstu, żeby cię deportować. Może czas zaprzestać tej wendety.

Diego widział, że ojciec unosi dłoń, by wymierzyć mu policzek, ale się nie uchylił.

– Nie będziesz mówił ojcu, co może, a czego nie może. Wyjadę, kiedy mi to będzie odpowiadało, nie wcześniej. Zrozumiano?

Diego skinął głową.

– Jeszcze coś?

– Nie mogę być całkiem pewien, ale myślę, że zauważyłem Sebastiana Cliftona na King's Cross, kiedy wsiadałem do pociągu, chociaż on był dość daleko.

– Czemu nie sprawdziłeś?

– Bo pociąg już ruszał i…

– To oni nawet wykombinowali, że nie będą mogli realizować swojego planu, jeżeli nie wsiądziesz do tego pociągu. Sprytne – powiedział Don Pedro. – Wobec tego musieli mieć też kogoś w Glenleven, kto obserwował nasz każdy ruch, bo inaczej skąd by wiedzieli, że wracasz do Londynu?

– Jestem pewien, że nikt za mną nie jechał, kiedy wyjeżdżałem z Glenleven. Kilka razy sprawdzałem.
– Ale ktoś musiał wiedzieć, że jesteś w tym pociągu. Dziwnym zbiegiem okoliczności akurat tego wieczoru, kiedy nim jechałeś, „The Night Scotsman" pierwszy raz od lat spóźnił się półtorej godziny. Może pamiętasz, czy wydarzyło się coś niezwykłego podczas podróży?
– Jakaś dziwka o imieniu Kitty próbowała mnie poderwać, a potem ktoś pociągnął za hamulec bezpieczeństwa...
– Za dużo przypadków.
– Później widziałem, jak szeptała z głównym stewardem, on się uśmiechnął i odszedł.
– Prostytutka i steward nie mogli opóźnić pociągu o półtorej godziny. Nie, musiał tam być ktoś ze zwierzchników, kto pociągał za sznurki.
Znowu długie milczenie.
– Zwąchali, że chcemy ich wyrolować, ale tym razem dopilnuję, żeby nic nie wyczuli. Jednak żeby się udało, musimy być tak dobrze zorganizowani jak oni.
Diego nie wtrącał się do monologu ojca.
– Ile mi zostało gotówki?
– Około trzystu tysięcy, kiedy ostatnio sprawdzałem – powiedział Karl.
– I moja kolekcja sztuki została wczoraj wieczorem wystawiona na sprzedaż na Bond Street. Agnew mnie zapewnił, że powinna przynieść ponad milion. Więc mamy aż nadto środków, żeby się z nimi zmierzyć. Nigdy nie zapominajcie, że nieważne, ile drobnych potyczek się przegra, byleby wygrać ostatnią bitwę.
Diego uważał, że nie jest to właściwy moment na przypominanie ojcu, który z dwóch generałów wyraził tę opinię pod Waterloo.
Don Pedro zamknął oczy, oparł się wygodnie i nic nie mówił. I znów nikt nie próbował przerwać mu zadumy. Wtem otworzył oczy i usiadł prosto.

– Teraz słuchajcie uważnie – powiedział i skierował spojrzenie na młodszego syna. – Luis, ty odpowiadasz za zdobycie najnowszych informacji na temat Sebastiana Cliftona.

– Ojcze – zaczął Diego – zostaliśmy ostrzeżeni...

– Stul pysk. Jeśli nie chcesz być w mojej drużynie, odejdź teraz.

Diego nie poruszył się, ale odczuł tę obelgę bardziej boleśnie niż policzek.

Don Pedro ponownie zwrócił się do Luisa.

– Chcę wiedzieć, gdzie on mieszka, gdzie pracuje i kim są jego przyjaciele. Myślisz, że dasz sobie z tym radę?

– Tak, ojcze – odrzekł Luis.

Diego nie wątpił, że gdyby brat miał ogon, toby nim merdał.

– Diego – rzekł Don Pedro, spoglądając na starszego syna. – Pojedziesz do Bristolu i odwiedzisz Fishera. Nie uprzedzaj go, że przyjedziesz, lepiej zrób mu niespodziankę. Teraz jest jeszcze ważniejsze, żeby wręczył swoją rezygnację pani Clifton w piątek rano, a potem udostępnił list prasie. Chcę, żeby redaktor sekcji biznesu każdej krajowej gazety dostał kopię, i oczekuję, że Fisher przyjmie każdego dziennikarza, który będzie chciał zrobić z nim wywiad. Weź tysiąc funtów. Nic nie pomaga lepiej się skupić Fisherowi niż widok gotówki.

– Może oni też do niego dotarli – podsunął Diego.

– Więc weź dwa tysiące.

– A dla ciebie, Karl – Don Pedro zwrócił się do swojego najbardziej zaufanego sojusznika – zostawiłem coś najlepszego. Zarezerwuj sobie miejsce w sleepingu do Edynburga i znajdź tę dziwkę. A jak ją dopadniesz, to spraw jej taką noc, jakiej nigdy nie zapomni. Nie dbam o to, jak to odkryjesz, ale chcę wiedzieć, kto był odpowiedzialny za wstrzymanie pociągu na półtorej godziny. Spotkamy się wszyscy jutro wieczorem. Do tej pory zdążę wpaść do galerii i zobaczyć, jak idzie sprzedaż.

Don Pedro milczał przez jakiś czas, wreszcie powiedział:

– Chyba będziemy potrzebować kupę forsy, żeby przeprowadzić to, co zamierzam.

37

Wtorek rano

– Mam dla ciebie prezent.
– Niech zgadnę.
– Poczekaj, to zobaczysz.
– Obiecanki cacanki.
– Przyznaję, jeszcze go nie mam, ale...
– Ale teraz, kiedy mnie uwiodłeś, to raczej będę musiała poczekać, a nie zobaczyć?
– Szybko pojęłaś. Ale na moją obronę, mam nadzieję kupić to u...
– Tiffany'ego?
– Nie...
– Aspreya?
– Nie trafiłaś.
– U Cartiera?
– To mój drugi wybór.
– A pierwszy?
– Bingham's
– Ten na Bond Street?
– Nie, w Grimsby.
– A z czego on słynie? Z diamentów? Futer? Perfum? – zapytała z nadzieją.
– Z pasty rybnej.
– Jeden słoik czy dwa?
– Na początek jeden, bo muszę dopiero zobaczyć, jak się potoczy nasza znajomość.
– Przypuszczam, że to wszystko, na co może liczyć bezrobotna ekspedientka – westchnęła Samantha, wychodząc z łóżka. – I pomyśleć, że marzyłam, że zostanę utrzymanką.

– Owszem, ale później, gdy już będę prezesem banku – powiedział Sebastian, idąc za nią do łazienki.

– Nie wiem, czy będę chciała tak długo czekać – oznajmiła Samantha, wchodząc pod prysznic. Już miała zaciągnąć zasłonę, kiedy Sebastian wepchnął się do środka. – Tu nie ma miejsca dla nas dwojga – powiedziała.

– Czy kochałaś się kiedyś w kabinie prysznicowej?

– Poczekaj, to zobaczysz.

– Majorze, miło, że znalazł pan czas, żeby się ze mną zobaczyć.

– To żaden kłopot. Wpadłem do Londynu w interesach, więc dobrze się złożyło.

– Napije się pan kawy, stary?

– Tak, dziękuję. Czarna, bez cukru – powiedział Fisher, siadając po drugiej stronie biurka prezesa.

Cedric nacisnął przycisk telefonu.

– Panno Clough, proszę podać dwie czarne kawy bez cukru i jakieś ciasteczka. Ekscytujący czas, nie sądzi pan?

– Co takiego ma pan na myśli?

– Naturalnie chrzest *Buckinghama* przez Królową Matkę w przyszłym miesiącu i dziewiczy rejs, co powinno zapoczątkować dla firmy nową epokę.

– Miejmy nadzieję – rzekł Fisher. – Chociaż jest jeszcze kilka przeszkód do wzięcia, zanim będę całkiem przekonany.

– Właśnie dlatego chciałem zamienić z tobą słówko, stary.

Rozległo cię ciche pukanie do drzwi i do środka weszła panna Clough, niosąc tacę z dwiema filiżankami kawy. Jedną postawiła przed majorem, drugą przed prezesem, a pośrodku umieściła talerz z ciastkami.

– Od razu powiem, jak mi było przykro, kiedy pan Martinez zdecydował się sprzedać cały swój pakiet akcji Barringtona. Ciekaw jestem, czy pan może wyjaśnić, jaki był powód tej decyzji.

Fisher opuścił filiżankę na spodeczek, rozlewając kilka kropli.

– Nie mam pojęcia – wybąkał.

– Przepraszam, Aleksie, ale przypuszczałem, że cię poinformował przed podjęciem takiej nieodwracalnej decyzji.

– Kiedy to się stało?

– Wczoraj rano, tuż po otwarciu giełdy, dlatego do ciebie zadzwoniłem.

Fisher wyglądał jak wystraszony lis schwytany w snop świateł reflektorów nadjeżdżającego samochodu.

– Widzisz, jest coś, o czym chciałbym z tobą porozmawiać.

Fisher nadal milczał, co pozwoliło Cedricowi przedłużyć jeszcze trochę jego udrękę.

– W październiku skończę sześćdziesiąt pięć lat i chociaż nie zamierzam zrezygnować z funkcji prezesa banku, chcę się pozbyć kilku innych obowiązków, w tym członkostwa w radzie nadzorczej Spółki Barringtona.

Fisher zapomniał o kawie i łowił każde słowo Cedrica.

– Postanowiłem więc odejść z rady nadzorczej i zwolnić miejsce dla kogoś młodszego.

– Przykro mi to słyszeć – rzekł Fisher. – Zawsze uważałem, że wnosisz mądrość i powagę do naszych dyskusji.

– To uprzejme, co mówisz, i właśnie dlatego chciałem cię widzieć.

Fisher się uśmiechnął, zastanawiając się, czy możliwe, że…

– Aleksie, obserwowałem cię uważnie przez ostatnie pięć lat i co zrobiło na mnie największe wrażenie, to twoje lojalne poparcie dla pani prezes, zwłaszcza zważywszy, że kiedy z nią rywalizowałeś, zwyciężyła cię tylko dzięki głosowi odchodzącego prezesa.

– Człowiek nie powinien kierować się osobistymi uczuciami, kiedy chodzi o dobro firmy.

– Nie potrafiłbym ująć tego lepiej, Aleksie. Dlatego też mam nadzieję, że nakłonię cię do zajęcia mojego miejsca w radzie nadzorczej, skoro nie będziesz dłużej reprezentował interesów pana Martineza.

– To bardzo wspaniałomyślna oferta, Cedricu.

– Nie, to w gruncie rzeczy egoizm, bo gdybyś się zgodził, byłaby to gwarancja stabilności i ciągłości zarówno dla Spółki Barringtona, jak i dla mojego banku.

– Tak, rozumiem.

– Poza tysiącem funtów rocznie, jakie obecnie otrzymujesz jako członek rady nadzorczej, Farthings będzie ci płacił drugi tysiąc za reprezentowanie interesów banku. W końcu muszę być w pełni poinformowany po każdym posiedzeniu rady, a to będzie wymagać, żebyś przyjeżdżał do Londynu i tu nocował. Oczywiście wszelkie wydatki byłyby pokrywane przez bank.

– To nadzwyczaj hojne z twojej strony, Cedricu, ale potrzebuję trochę czasu, żeby przemyśleć twoją ofertę – rzekł Fisher, najwyraźniej zmagając się z jakimś problemem.

– Naturalnie – powiedział Cedric, który aż za dobrze wiedział, co to za problem.

– Do kiedy chcesz poznać moją decyzję?

– Do końca tygodnia. Chcę to rozstrzygnąć przed dorocznym zgromadzeniem akcjonariuszy w przyszły poniedziałek. Najpierw zamierzałem poprosić mojego syna Arnolda, żeby zajął moje miejsce, ale potem uświadomiłem sobie, że może ty będziesz chętny.

– Dam ci znać do piątku.

– To uprzejme z twojej strony, Aleksie. Natychmiast napiszę list z potwierdzeniem mojej oferty i wyślę go dziś wieczorem.

– Dziękuję, Cedricu. Na pewno zastanowię się nad tym.

– Doskonale. Nie będę cię teraz dłużej zatrzymywał, bo o ile pamiętam, powiedziałeś, że masz spotkanie w Westminsterze.

– Tak – powiedział Fisher.

Powoli wstał i uścisnął rękę Cedricowi, który odprowadził go do drzwi.

Cedric wrócił do biurka i zaczął pisać list do majora, ciekaw, czy jego oferta będzie bardziej kusząca od tej, którą najwyraźniej ma mu przedstawić Martinez.

Czerwony rolls-royce zatrzymał się przed galerią pana Agnew. Don Pedro wysiadł i spojrzał na wystawę, gdzie widniał portret naturalnej wielkości pani Kathleen Newton, pięknej kochanki Tissota. Uśmiechnął się, gdy ujrzał czerwoną kropkę.

Jeszcze szerzej się uśmiechnął, gdy znalazł się w galerii. To nie widok licznych wspaniałych obrazów i rzeźb pobudził go do uśmiechu, lecz mnóstwo czerwonych kropek, oznaczających rezerwację.

– Czy mogę panu pomóc? – zapytała kobieta w średnim wieku.

Don Pedro był ciekaw, gdzie się podziała piękna młoda kobieta, która go przywitała, kiedy ostatnio odwiedził galerię.

– Chcę mówić z panem Agnew.

– Nie jestem pewna, czy jest w tej chwili do dyspozycji. Może ja mogłabym pana obsłużyć.

– Dla mnie będzie – rzekł Don Pedro. – Przecież to wszystko moje – dodał, unosząc wysoko ramiona, jakby błogosławił zgromadzenie wiernych.

Kobieta prędko się wycofała, zapukała do drzwi biura pana Agnew i zniknęła w środku. Po paru chwilach pojawił się właściciel.

– Dzień dobry panu – powiedział trochę sztywno, co Don Pedro wziął za angielską rezerwę.

– Widzę, że sprzedaż dobrze idzie, ale ciekaw jestem, ile do tej pory pan zainkasował.

– Może przejdziemy do mojego biura, gdzie jest bardziej ustronnie.

Don Pedro podążył za nim przez galerię, licząc czerwone kropki, ale czekał, aż zamkną się za nimi drzwi biura, i dopiero wtedy powtórzył pytanie:

– To ile do tej pory pan zainkasował?

– Nieco ponad sto siedemdziesiąt tysięcy funtów pierwszego wieczoru, a dzisiaj rano jakiś dżentelmen zarezerwował dwa płótna, Bonnarda i Utrilla, co razem wyniesie ponad dwieście tysięcy. Mamy też pytanie o Rafaela z National Gallery.

– To dobrze, bo mi w tej chwili potrzeba sto tysięcy.

– Obawiam się, że to niemożliwe, proszę pana.
– Dlaczego? To moje pieniądze.
– Przez kilka dni próbowałem się z panem skontaktować, ale pan był w Szkocji na polowaniu.
– Dlaczego nie mogę dostać moich pieniędzy? – spytał Martinez groźnym tonem.
– W zeszły poniedziałek odwiedził nas pan Ledbury z Midland Bank na St James's. Był razem z adwokatem, który nam polecił wpłacać wszelkie sumy z tej sprzedaży bezpośrednio do banku.
– On nie ma prawa tego robić. Ta kolekcja jest moją własnością.
– Panowie okazali mi dokumenty, z których wynika, że pan przepisał całą kolekcję z każdym okazem wymienionym osobno jako zabezpieczenie pożyczki.
– Ale ja ją wczoraj spłaciłem.
– Adwokat wrócił tuż przed otwarciem wczoraj wieczorem z pismem z sądu nakazującym mi zaniechanie transferu pieniędzy komukolwiek poza bankiem. Muszę panu zwrócić uwagę, że tu, w naszej galerii, nie odpowiada nam taki sposób prowadzenia interesów.
– Natychmiast zażądam dokumentu potwierdzającego zdjęcie sekwestru. Gdy wrócę, oczekuję, że przygotuje pan dla mnie czek na sto tysięcy funtów.
– Będę na pana czekał, panie Martinez.

Don Pedro wyszedł z galerii bez słowa, nie podał ręki właścicielowi. Pomaszerował dziarsko w stronę St James's, a rolls--royce jechał za nim w odległości kilku metrów. Gdy dotarł do banku, wszedł do środka i udał się prosto do biura dyrektora, zanim ktoś mógł go spytać, kim jest albo z kim chce się widzieć. Przemierzył korytarz, nie zapukał do drzwi, ale wtargnął do pokoju, gdzie pan Ledbury, który siedział za biurkiem, dyktował coś sekretarce.

– Dzień dobry panu – powiedział Ledbury, jakby się go spodziewał.

— Wynoś się — rzucił Don Pedro, wskazując sekretarkę, która prędko wyszła z pokoju, nawet nie spojrzawszy na dyrektora. — Co to za sztuczki, Ledbury? Wracam prosto z galerii. Nie chcą mi dać ani pensa ze sprzedaży mojej własnej kolekcji sztuki i mówią, że to pańska sprawka.

— Obawiam się, że to nie jest już pana kolekcja — powiedział Ledbury — i to od dłuższego czasu. Widać zapomniał pan, że scedował ją na bank, kiedy ponownie udostępniliśmy panu możliwość debetu.

Otworzył górną szufladę zielonej szafki i wyjął stamtąd teczkę.

— A co z pieniędzmi za sprzedaż moich akcji Barringtona? Transakcja przyniosła ponad trzy miliony.

— Co wciąż pozostawia panu niedobór — Ledbury przerzucił kilka kartek w teczce — siedmiuset siedemdziesięciu dwóch tysięcy czterystu pięćdziesięciu funtów w chwili zamknięcia urzędowania wczoraj wieczorem. Żeby nie wprawiać pana ponownie w zakłopotanie, pozwolę sobie przypomnieć, że ostatnio podpisał pan osobistą gwarancję spłaty długu, która obejmuje pańską rezydencję wiejską i dom na Eaton Square 44. I muszę pana poinformować, że gdyby sprzedaż kolekcji nie pokryła pańskiego obecnego debetu, wtedy zwrócimy się do pana z pytaniem, której z tych nieruchomości zechce pan najpierw się pozbyć.

— Nie może pan tego zrobić!

— Mogę, proszę pana, i jeśli będzie to konieczne, zrobię to. A gdy następnym razem będzie chciał się pan ze mną zobaczyć — powiedział Ledbury, podszedłszy do drzwi — proszę łaskawie umówić się za pośrednictwem mojej sekretarki. Chciałbym panu przypomnieć, że to bank, nie kasyno. — Otworzył drzwi. — Do widzenia panu.

Martinez wyszedł chyłkiem z biura dyrektora, przemierzył korytarz, salę banku i wyszedł na ulicę, gdzie czekał na niego rolls-royce. Przez chwilę nie miał nawet pewności, czy samochód wciąż należy do niego.

– Zawieź mnie do domu – polecił szoferowi.

Gdy zajechali na koniec St James's, rolls-royce skręcił w lewo, pojechał Piccadilly i minął stację Green Park, skąd wylewał się ludzki potoki. Znajdował się tam młody mężczyzna, który przeszedł na drugą stronę ulicy, zwrócił się na lewo i podążył w stronę Albemarle Street.

Kiedy Sebastian wkroczył do galerii pana Agnew trzeci raz w ciągu niespełna tygodnia, zamierzał przebywać tam tylko parę chwil, żeby zabrać obraz Jessiki. Mógł go wziąć, kiedy w towarzystwie policji wrócił do galerii, ale wtedy zbyt był pochłonięty myślą o zamkniętej w celi Sam.

Tym razem wprawdzie nie myślał o tym, żeby ratować dziewicę w potrzebie, ale przykuła jego uwagę wielka klasa wystawionych dzieł sztuki. Przystanął, żeby podziwiać obraz Rafaela *Madonna z Bogoty*, który przez kilka godzin był w jego posiadaniu, i usiłował sobie wyobrazić, jak to jest, kiedy się wypisuje czek na sto tysięcy funtów i wie się, że nie jest bez pokrycia.

Rozśmieszyło go, gdy zobaczył, że *Myśliciel* Rodina nosi cenę stu pięćdziesięciu tysięcy funtów. Aż za dobrze pamiętał, jak Don Pedro kupił rzeźbę za sto dwadzieścia tysięcy, rekordową cenę w owym czasie. Ale przecież Don Pedro łudził się, że wewnątrz rzeźby jest osiem milionów funtów w fałszywych pięciofuntowych banknotach. To był początek nieszczęść Sebastiana.

– Witam ponownie, panie Clifton.

– Proszę wybaczyć, ale zapomniałem zabrać obraz mojej siostry.

– Rzeczywiście. Właśnie poprosiłem moją pomocnicę, żeby go przyniosła.

– Dziękuję panu – powiedział Sebastian, kiedy pokazała się następczyni Sam ze sporym pakunkiem i podała go panu Agnew.

Marszand niespiesznie sprawdził nalepkę, a potem wręczył pakunek Sebastianowi.

– Miejmy nadzieję, że to nie Rembrandt – rzekł Sebastian ze znaczącym uśmieszkiem.

Ani pan Agnew, ani sprzedawczyni nie nagrodzili go uśmiechem. Agnew tylko rzucił:
— I proszę nie zapomnieć o naszej umowie.
— Jeżeli nie sprzedam obrazu, ale ofiaruję komuś w prezencie, czy to będzie wbrew naszej umowie?
— A komu chciałby pan go dać? — spytał Agnew.
— Sam. Żeby ją przeprosić.
— Nie mam nic przeciw — powiedział Agnew. — Jestem pewien, że panna Sullivan, podobnie jak pan, nigdy nie zechce go sprzedać.
— Dziękuję panu — rzekł Sebastian. A potem, spoglądając na płótno Rafaela, dodał: — Kiedyś będę miał ten obraz.
— Mam nadzieję — skomentował Agnew — bo tak właśnie zarabiamy pieniądze.

Kiedy Sebastian wyszedł z galerii, wieczór był tak przyjemny, że postanowił przejść się spacerkiem do Pimlico, żeby dać jej ten „poczekaj, to zobaczysz" prezent. Maszerując przez St James's Park, myślał o swojej wizycie w Grimsby tego dnia. Polubił pana Binghama. Spodobał mu się jego zakład. Spodobali się robotnicy. Tak jak mówił Cedric: prawdziwi ludzie, którzy wykonują prawdziwą robotę.

Podpisanie wszystkich świadectw przelania udziałów zajęło panu Binghamowi pięć minut, a w ciągu trzydziestu pochłonęli obaj dwie porcje najlepszej we wszechświecie ryby z frytkami, podanej na wczorajszym egzemplarzu „Grimsby Evening Telegraph". Tuż przed pożegnaniem pan Bingham wręczył Sebastianowi słoik pasty rybnej i zaproponował mu nocleg w Mablethorpe Hall.

— To uprzejme z pana strony, ale pan Hardcastle oczekuje, że dostarczę te dokumenty na jego biurko przed końcem urzędowania dziś wieczorem.
— Słusznie, ale mam wrażenie, że będziemy teraz częściej się widywać, skoro dołączam do rady nadzorczej Spółki Barringtona.
— Pan będzie zasiadał w radzie nadzorczej?

– To długa historia. Opowiem ci wszystko, gdy się lepiej poznamy.

W tym momencie Sebastian pojął, że Bob Bingham jest tym tajemniczym człowiekiem, którego nazwiska nie należało wymieniać, dopóki transakcja nie zostanie zawarta.

Nie mógł się doczekać, kiedy wręczy Sam prezent. Kiedy przybył pod budynek, gdzie mieszkała, otworzył drzwi frontowe kluczem, który dała mu tego ranka.

Mężczyzna, który krył się po drugiej stronie ulicy, zanotował adres. Ponieważ Clifton otworzył drzwi własnym kluczem, uznał, że tam mieszka. Przy kolacji powie ojcu, kto nabył akcje Barringtona, poda mu nazwę yorkshirskiego banku, który przeprowadził transakcję, i adres Sebastiana Cliftona. I nawet zrelacjonuje, co on jadł na lunch. Zatrzymał taksówkę i poprosił, żeby go zawieziono na Eaton Square.

– Stop! – zawołał Luis, gdy zobaczył afisz.

Wyskoczył z taksówki, podbiegł do gazeciarza i schwycił egzemplarz „London Evening News". Przeczytał nagłówek gazety: „Kobieta w śpiączce po wyskoczeniu z pociągu «The Night Scotsman»" i uśmiechnął się, nim wrócił do taksówki. Widać ktoś inny też wykonał polecenie ojca.

38

Środa wieczór

Sekretarz Gabinetu rozważył wszystkie koncepcje i uznał, że w końcu znalazł idealny sposób na to, żeby rozprawić się z całą czwórką jednym mistrzowskim posunięciem.

Sir Alan Redmayne wierzył w rządy prawa. Stanowią one podstawę demokracji. Ilekroć go pytano, sir Alan zgadzał się z Churchillem, że jako forma rządzenia demokracja ma swoje wady, ale w sumie jest najlepszą propozycją. Gdyby jednak dano mu wolną rękę, optowałby za dyktaturą oświeconą. Problem w tym, że dyktatorzy z natury nie bywają oświeceni. To po prostu nie pasuje do wykonywanej przez nich funkcji. W jego opinii w Wielkiej Brytanii kimś najbardziej zbliżonym do oświeconego dyktatora był sekretarz Gabinetu.

Gdyby to była Argentyna, sir Alan rozkazałby pułkownikowi Scottowi-Hopkinsowi zabić Don Pedra Martineza, Diega Martineza, Luisa Martineza i niewątpliwie też Karla Lunsdorfa, i wtedy mógłby zamknąć ich akta. Ale podobnie jak wielu przed nim sekretarzy Gabinetu musiał iść na kompromis i zadowolić się jednym uprowadzeniem, dwiema deportacjami i postawieniem pewnego bankruta w sytuacji, w której nie będzie miał wyboru i wyjedzie do rodzinnego kraju, aby nigdy nie wrócić do Anglii.

W zwykłych okolicznościach sir Alan by czekał na właściwą procedurę prawną, ale niestety skłoniła go do działania osoba samej Królowej Matki.

Przeczytał tego rana w kronice dworskiej, że Jej Królewska Mość łaskawie przyjęła zaproszenie od preseki Spółki Żeglugowej Barringtona, pani Cliftonowej, i zgodziła się nadać nazwę MV *Buckinghamowi* w południe w poniedziałek dwudziestego pierwszego września, co zostawiało sir Alanowi zaledwie kilka tygodni na realizację jego planu, gdyż nie wątpił, że Don Pedro Martinez szykuje coś całkiem innego niż uroczystość chrztu statku w tym szczególnym dniu.

Pierwsze posunięcie sir Alana w ciągu kilku zapowiadających się na pracowite dni sprowadzało się do tego, żeby całkowicie wyeliminować z tego równania Karla Lunsdorfa. Jego ostatnia niewybaczalna zbrodnia w pociągu „The Night Scotsman" była potworna nawet jak na jego nikczemne standardy. Diego i Luis Martinez mogą poczekać na swoją kolej, ponieważ miał aż nadto dowodów, żeby kazać ich obu aresztować. Był pewien, że gdy owi dwaj synowie zostaną zwolnieni za kaucją do czasu procesu, w ciągu kilku dni uciekną z kraju. Policja zostanie poinstruowana, żeby ich nie zatrzymywać, gdy zjawią się na lotnisku, gdyż będą świadomi, że nigdy nie powinni wracać do Anglii, jeśli nie chcą na długie lata trafić do więzienia.

Oni mogą poczekać. Jednakże Karl Otto Lunsdorf, jak brzmi jego pełne nazwisko w metryce urodzenia – nie.

Wprawdzie z opisu głównego stewarda „The Night Scotsman" jasno wynikało, że Lunsdorf był odpowiedzialny za wyrzucenie – sir Alan przewrócił kartkę w teczce – panny Kitty Parsons, znanej prostytutki, z pociągu w środku nocy, lecz nie było cienia szansy na udowodnienie ponad wszelką wątpliwość winy byłego oficera SS, dopóki biedna kobieta pozostawała w śpiączce. Mimo to tryby sprawiedliwości zostały uruchomione.

Sir Alan nie przepadał za przyjęciami i chociaż otrzymywał kilkanaście zaproszeń dziennie, od wydawanego przez królową garden party po lożę królewską na Wimbledonie, dziewięć razy na dziesięć pisał „nie" w prawym górnym rogu zaproszenia i pozostawiał sekretarce przedstawienie przekonującej wymówki. Gdy jednak dostał zaproszenie z Ministerstwa Spraw Zagranicznych na koktajl z okazji powitania nowego ambasadora izraelskiego, sir Alan napisał w górnym prawym rogu „Tak, jeśli będę wolny".

Sekretarzowi Gabinetu nie zależało szczególnie na spotkaniu

nowego ambasadora, którego już widywał w przeszłości jako członka kilku delegacji. Jednakże na przyjęciu będzie pewien gość, z którym pragnął zamienić słówko na osobności.

Sir Alan wyszedł z biura na Downing Street tuż po szóstej i pomaszerował do Ministerstwa Spraw Zagranicznych. Po złożeniu gratulacji nowemu ambasadorowi i wymianie uprzejmości z kilkoma innymi osobami, które się do niego umizgiwały, przepchnął się zręcznie z kieliszkiem w ręku przez zatłoczoną salę, aż ujrzał tego, na którym mu zależało.

Simon Wiesenthal rozmawiał z naczelnym rabinem, gdy sir Alan do nich podszedł. Czekał cierpliwie, kiedy sir Israel Brodie zacznie rozmawiać z żoną ambasadora, i wtedy odwrócił się plecami do gwarnego tłumu, okazując, że nie chce, żeby mu przeszkadzano.

– Doktorze Wiesenthal, chcę powiedzieć, jak bardzo podziwiam pańską akcję tropienia nazistów odpowiedzialnych za Holokaust.

Wiesenthal lekko się skłonił.

– Ciekaw jestem – rzekł sekretarz Gabinetu, ściszając głos – czy nazwisko Karla Ottona Lunsdorfa coś panu mówi?

– Porucznik Lunsdorf był jednym z najbliższych pomocników Himmlera – powiedział Wiesenthal. – Był oficerem prowadzącym przesłuchania w jego osobistym sztabie. Mam na jego temat niezliczone teczki, sir Alanie, ale obawiam się, że uciekł z Niemiec kilka dni przed wejściem wojsk sprzymierzonych do Berlina. Kiedy ostatnio o nim słyszałem, przebywał w Buenos Aires.

– Myślę, że się pan przekona, że jest trochę bliżej – szepnął sir Alan.

Wiesenthal przysunął się do niego, pochylił głowę i uważnie słuchał.

– Dziękuję, sir Alanie – powiedział Wiesenthal, kiedy sekretarz Gabinetu przekazał mu istotne informacje. – Natychmiast poczynię odpowiednie przygotowania.

– Jeżeli w czymś będę mógł pomóc, oczywiście nieoficjalnie,

pan wie, gdzie mnie znaleźć – rzekł sir Alan, gdy dołączył do nich prezes Przyjaciół Izraela.

Sir Alan odstawił pusty kieliszek na tacę niesioną przez kelnera, nie poczęstował się oferowaną mu kiełbaską, powiedział dobranoc nowemu ambasadorowi i wrócił na Downing Street 10. Usiadł i ponownie przejrzał swój plan, stawiając kropkę nad i tam, gdzie trzeba, świadom, że największym problemem będzie wybór odpowiedniego momentu, szczególnie jeśli pragnie ich obu aresztować dzień po zniknięciu Lunsdorfa.

Kiedy w końcu tuż po północy sekretarz Gabinetu postawił ostatnią kropkę nad i, doszedł do wniosku, że zważywszy wszystko, nadal jest zwolennikiem oświeconej dyktatury.

Major Alex Fisher położył na biurku obydwa listy, jeden przy drugim: jego list z rezygnacją z rady nadzorczej Spółki Barringtona i list od Cedrica Hardcastle'a, który przyszedł rano, oferujący mu szansę kontynuowania roli członka rady nadzorczej. Płynne przejście, jak określił Hardcastle, z perspektywami na dalszą metę.

Alex był rozdarty, gdy rozważał zalety i wady tych dwu możliwości. Czy powinien przyjąć wspaniałomyślną propozycję Cedrica i zachować swoje miejsce w radzie z dochodem dwóch tysięcy funtów rocznie plus wydatki i możliwością rozwijania innych działań?

Jeśli jednak zrezygnuje z członkostwa w radzie nadzorczej, Don Pedro obiecał mu pięć tysięcy funtów w gotówce. Zważywszy wszystko, oferta Hardcastle'a była bardziej atrakcyjna. Ale gdyby się wycofał w ostatniej chwili, groziła mu zemsta ze strony Don Pedra, jak ostatnio się przekonała panna Kitty Parsons.

Rozległo się pukanie do drzwi, co zdziwiło Aleksa, bo nikogo się nie spodziewał. Jeszcze bardziej się zdziwił, gdy otworzył drzwi i zobaczył Diega Martineza.

– Dzień dobry – powitał go Alex, tak jakby na niego czekał. – Proszę wejść – dodał, nie bardzo wiedząc, co jeszcze powiedzieć.

Zaprowadził Diega do kuchni, bo nie chciał, żeby zobaczył dwa listy leżące na biurku.

– Co sprowadza pana do Bristolu? – spytał i pamiętając, że Diego nie pije alkoholu, nastawił czajnik.

– Ojciec prosił, żebym to panu doręczył – powiedział Diego, kładąc grubą kopertę na stole kuchennym. – Nie musi pan liczyć. Są tam dwa tysiące, których pan zażądał jako zaliczki. Resztę może pan odebrać w poniedziałek, kiedy wręczy pan list z rezygnacją.

Alex podjął decyzję; strach przeważył nad chciwością. Wziął kopertę, schował ją do wewnętrznej kieszeni marynarki, ale nie podziękował.

– Ojciec prosił, bym panu przypomniał, że się spodziewa, że po złożeniu rezygnacji w piątek rano będzie pan do dyspozycji dziennikarzy.

– Oczywiście – odparł Fisher. – Gdy tylko wręczę list pani Clifton – wciąż sprawiało mu trudność nazwanie jej prezesem – wyślę telegramy, jak uzgodniliśmy, wrócę do domu i będę siedział przy biurku, czekając na telefony.

– To dobrze – rzekł Diego. – Zatem do zobaczenia w poniedziałek po południu na Eaton Square i jeżeli relacje prasy będą korzystne, czy raczej niekorzystne – uśmiechnął się – dostanie pan pozostałe trzy tysiące.

– Nie napije się pan kawy?

– Nie. Dostarczyłem pieniądze i wiadomości od ojca. On tylko chciał się upewnić, że nie zmienił pan decyzji.

– Co mogłoby nasunąć mu taką myśl?

– Nie mam pojęcia – rzekł Diego. – Ale proszę pamiętać – dodał, spojrzawszy na fotografię panny Kitty Parsons na pierwszej stronie gazety „Telegraph" – że jeśli coś pójdzie nie tak, to nie ja wsiądę w następny pociąg do Bristolu.

Gdy Diego wyszedł, Alex wrócił do pokoju, podarł list Cedrica Hardcastle'a i wyrzucił do kosza od śmieci. Nie potrzebował na niego odpowiadać. Hardcastle dowie się wszystkiego w sobotę, kiedy przeczyta jego list z rezygnacją w gazetach.

Zafundował sobie lunch u Cowardine'a i resztę popołudnia poświęcił na oddanie miejscowym dostawcom drobnych długów, niektórych sporo przeterminowanych. Po powrocie do domu zajrzał do koperty i stwierdził, że wciąż ma tysiąc dwieście sześćdziesiąt pięć funtów w szeleszczących pięciofuntowych banknotach, a w perspektywie następne trzy tysiące, które dostanie w poniedziałek, jeżeli prasa wykaże dostateczne zainteresowanie jego opowieścią. Leżał, nie śpiąc, i powtarzał sobie kilka zdań, które – jak miał nadzieję – wydadzą się smakowite dziennikarzom. „Boję się, że *Buckingham* zatonie jeszcze przed dziewiczym rejsem. Wybór kobiety na prezesa był lekkomyślnym błędem i nie wierzę, żeby firma po tym kiedy się podniosła. Oczywiście pozbyłem się wszystkich akcji, wolę ponieść teraz małą stratę, niż później stracić fortunę".

Nazajutrz, po bezsennej nocy, Alex zadzwonił do biura pani prezes i umówił się na spotkanie z nią w piątek o dziesiątej rano. Przez resztę dnia zastanawiał się, czy podjął słuszną decyzję, lecz wiedział, że gdyby teraz się cofnął, skoro zainkasował pirackiego pensa, to następną osobą, która zapuka do jego drzwi, będzie Karl, a on nie przyjedzie do Bristolu, żeby mu wręczyć następne trzy tysiące.

Jednak Aleksowi zaczęło świtać w głowie, że chyba popełnił największy błąd w życiu. Powinien przemyśleć gruntownie całą rzecz. Jeśli jego list zostanie opublikowany w jakiejś gazecie, nikt nie zaprosi go nigdy do żadnej rady nadzorczej.

Zastanawiał się, czy jest już za późno na zmianę decyzji. Gdyby wszystko powiedział Cedricowi, czy dałby mu tysiąc funtów zaliczki, tak aby mógł oddać całą sumę Martinezowi? Zatelefonuje do niego z samego rana. Nastawił czajnik i włączył radio. Nie słuchał uważnie, dopóki nie usłyszał nazwiska Kitty Parsons. Włączył głośniej i usłyszał słowa prezentera wiadomości:

– Rzecznik Kolei Brytyjskich potwierdził, że panna Parsons umarła tej nocy, nie obudziwszy się ze śpiączki.

39

Czwartek rano
Wszyscy czterej zdawali sobie sprawę, że nie przeprowadzą tej operacji, jeżeli nie będzie padało. Wiedzieli również, że nie trzeba było go śledzić, bo zawsze w czwartek robił zakupy u Harrodsa i to nigdy nie ulegało zmianie.

Jeżeli będzie padać w czwartek, to on zostawi deszczowiec i parasolkę w szatni na parterze. Potem odwiedzi dwa działy: jeden z wyrobami tytoniowymi, gdzie kupi dla Don Pedra pudełko cygar Montecristo, i drugi z żywnością, gdzie zrobi zapasy na weekend. Co prawda dokładnie przeprowadzili rozpoznanie, ale wszystko musi przebiegać co do ułamka sekundy. Mieli wszakże jedną przewagę: zawsze można polegać na niemieckim poczuciu punktualności.

Lunsdorf wyszedł z Eaton Square 44 tuż po dziesiątej rano. Miał na sobie długi płaszcz przeciwdeszczowy i niósł parasol. Spojrzał na niebo i otworzył parasol, a potem zdecydowanym krokiem podążył w kierunku Knightsbridge. To nie był odpowiedni dzień na oglądanie wystaw. Lunsdorf już postanowił, że gdy wszystko kupi, a będzie wciąż padać, to weźmie taksówkę na Eaton Square. Nawet na to byli przygotowani.

Gdy wkroczył do Harrodsa, udał się prosto do szatni, gdzie oddał deszczowiec i parasolkę stojącej za ladą kobiecie, która podała mu numerek. Potem przeszedł przez stoiska z perfumami i biżuterią i zatrzymał się przed ladą z wyrobami tytoniowymi. Nikt za nim nie szedł. Kupił jak zwykle pudełko cygar, a potem poszedł do hali z żywnością, gdzie spędził czterdzieści minut, napełniając różnymi produktami kilka toreb na zakupy. Wrócił do szatni tuż po jedenastej i wyjrzawszy przez okno, zobaczył, że leje jak z cebra. Zastanawiał się, czy portier zdoła zatrzymać jakąś taksówkę. Postawił na podłodze wszystkie torby i podał mosiężny krążek kobiecie w szatni. Zniknęła w głębi i po chwili wróciła z damską różową parasolką w ręku.

– To nie moja – rzucił Lunsdorf.

– Bardzo pana przepraszam – powiedziała wyraźnie zdenerwowana szatniarka i wróciła w głąb pomieszczenia. Kiedy w końcu się pokazała, niosła etolę z lisa.

– Czy to wygląda na moją własność? – spytał Lunsdorf.

Znów przepadła w szatni i dopiero po dłuższym czasie wróciła, tym razem z jaskrawożółtym kapeluszem rybackim.

– Czy pani zwariowała? – wrzasnął Lunsdorf.

Szatniarka zaczerwieniła się i znieruchomiała, jakby nogi wrosły jej w ziemię. Jej miejsce zajęła starsza kobieta.

– Przepraszam pana. Może zechciałby pan wejść do środka i pokazać pański płaszcz i parasol – powiedziała, podnosząc klapę w ladzie oddzielającej klientów od personelu. Powinien był zauważyć jej błąd.

Lunsdorf podążył za kobietą do pomieszczenia w głębi i już po chwili spostrzegł swój deszczowiec na środku wieszaka. Schylił się po parasol i w tym momencie poczuł uderzenie w tył głowy. Ugięły się pod nim kolana i gdy osunął się na podłogę, zza wieszaka wyskoczyło trzech mężczyzn. Kapral Crann schwycił Lunsdorfa za ręce i prędko skrępował mu je z tyłu, sierżant Roberts wepchnął mu knebel do ust, a kapitan Hartley związał mu nogi w kostkach.

Po chwili zjawił się pułkownik Scott-Hopkins w zielonej lnianej kurtce, pchając wielki wiklinowy kosz na brudną bieliznę. Otworzył wieko, a tamci trzej wepchnęli Lunsdorfa do środka. Chociaż był zgięty wpół, ledwo się tam zmieścił. Kapitan Hartley wrzucił na wierzch deszczowiec i parasolkę, potem Crann zatrzasnął wieko i mocno zaciągnął skórzane pasy.

– Dziękuję, Rachel – powiedział pułkownik, gdy szatniarka uniosła ladę, żeby mógł wytoczyć kosz na zewnątrz.

Kapral Crann wyszedł pierwszy na Brompton Road, parę kroków za nim postępował Roberts. Pułkownik nie zatrzymywał się, tocząc kosz do furgonu Harrodsa, który z otwartymi tylnymi drzwiami stał zaparkowany przed wejściem. Hartley i Roberts unieśli kosz, który był cięższy, niż się spodziewali, i wsunęli go do furgonu. Pułkownik dołączył do Cranna z przodu, natomiast Hartley i Roberts wskoczyli do tyłu i zamknęli drzwi.

– Ruszajmy – polecił pułkownik.

Crann ostrożnie wprowadził furgon na środkowy pas ruchu i włączył się w przedpołudniowy ruch samochodów jadących powoli Brompton Road w stronę A4. Wiedział dokładnie, dokąd zmierza, bo dzień wcześniej przejechał tę trasę na próbę, na co zawsze nalegał pułkownik.

Kiedy czterdzieści minut później Crann zbliżył się do ogrodzenia opustoszałego lotniska, dwa razy mrugnął reflektorami. Nie musiał specjalnie zwalniać, gdyż brama od razu się otworzyła, pozwalając mu wjechać na pas startowy, gdzie samolot transportowy ze znajomymi niebiesko-białymi oznaczeniami czekał na nich z opuszczoną rampą ładunkową.

Hartley i Roberts otwarli tylne drzwi furgonu i wyskoczyli na płytę lotniska, zanim kapral zgasił silnik. Kosz na brudną bieliznę wyszarpnięto z furgonu, wtoczono na rampę i pchnięto do wnętrza samolotu. Hartley i Roberts spokojnie wyszli z samolotu, wskoczyli z powrotem do furgonu i prędko zamknęli drzwi.

Pułkownik bacznie doglądał wszystkiego i dzięki sekretarzowi Gabinetu nie musiał objaśniać czujnemu urzędnikowi celnemu, co jest w koszu i jakie jest jego miejsce przeznaczenia. Usiadł z powrotem na przednim siedzeniu furgonu. Silnik był włączony i Crann prędko przyspieszył, gdy zatrzaśnięto drzwi.

Furgon wjechał w otwartą bramę w chwili, gdy rampa ładunkowa samolotu zaczęła się unosić, i wrócił na główną drogę, kiedy samolot kołował na pasie startowym. Nie widzieli, jak wznosi się w powietrze, ponieważ oni zmierzali na wschód, a samolot na południe. Czterdzieści minut później furgon Harrodsa zajechał przed sklep. Stały pracownik czekał na chodniku na zwrot furgonu. Był opóźniony, ale nadrobi stracony czas w trakcie popołudniowej zmiany i szef o niczym się nie dowie.

Crann wysiadł na chodnik i podał mu kluczyki.

— Dziękuję, Joseph — powiedział, ściskając rękę dawnemu koledze ze Special Air Service.

Hartley, Crann i Roberts różnymi drogami skierowali się do Chelsea Barracks, natomiast pułkownik Scott-Hopkins wrócił do Harrodsa i udał się prosto do szatni. Dwie szatniarki wciąż stały za ladą.

— Dziękuję, Rachel — rzekł, zdjął kurtkę Harrodsa, porządnie ją złożył i umieścił na ladzie.

— Cała przyjemność po mojej stronie, panie pułkowniku — powiedziała starsza szatniarka.

— Czy mogę zapytać, co zrobiłyście z zakupami tego dżentelmena?

— Rebecca przekazała wszystkie jego torby do działu rzeczy zagubionych, zgodnie z praktyką firmy, kiedy nie wiadomo, czy klient wróci. Ale to zachowałyśmy dla pana — oznajmiła, wyjąwszy paczuszkę spod lady.

— To bardzo uprzejme z twojej strony, Rachel — powiedział, gdy podała mu pudełko cygar Montecristo.

Gdy samolot wylądował, oczekiwał go komitet powitalny, który nie ruszał się z miejsca, dopóki rampa nie została opuszczona.

Czterech młodych żołnierzy wmaszerowało do samolotu, bezceremonialnie wytoczyło kosz rampą i rzuciło przed przewodniczącego komitetu powitalnego. Oficer postąpił do przodu, rozpiął skórzane pasy i podniósł pokrywę, odsłaniając poturbowaną, poobijaną postać ze skrępowanymi rękami i nogami.

— Usuńcie knebel i rozwiążcie go — polecił mężczyzna, który czekał prawie dwadzieścia lat na tę chwilę.

Nie odezwał się więcej do chwili, kiedy tamten doszedł do siebie na tyle, żeby wyjść z kosza na płytę lotniska.

— Nigdy wcześniej nie spotkaliśmy się, poruczniku Lunsdorf — powiedział Simon Wiesenthal — ale będę pierwszą osobą, która przywita pana w Izraelu.

Nie podali sobie rąk.

40

Piątek rano

Don Pedro był jak ogłuszony. Tak dużo się wydarzyło w tak krótkim czasie.

Obudziło go o piątej rano głośne, uporczywe walenie w drzwi i zdziwił się, że Karl nie otwiera. Pomyślał, że to jeden z chłopców wraca późno do domu i znowu zapomniał klucza. Wstał z łóżka, narzucił szlafrok i zszedł na dół, zamierzając powiedzieć Diego czy Luisowi, co myśli o tym, że go zerwali o takiej godzinie.

W chwili gdy otworzył drzwi, kilku policjantów wpadło do domu, wbiegło na piętro i aresztowało Diega i Luisa, którzy spali w swoich łóżkach. Ledwo się ubrali, zapakowano ich do suki. Dlaczego Karl mu nie pomoże? Czy jego też aresztowali?

Don Pedro wbiegł z powrotem na górę, pchnął drzwi pokoju Karla i zobaczył, że w łóżku nikt nie spał. Wolno zszedł do gabinetu i zatelefonował do swojego prawnika do domu, klnąc i uderzając pięścią w biurko, kiedy czekał, aż ktoś odbierze połączenie.

Wreszcie odezwał się zaspany głos prawnika, który z uwagą wysłuchał niezbornej relacji Don Pedra. Pan Everard całkiem się obudził, jedną nogę postawił na podłodze.

– Skontaktuję się z panem, gdy tylko się dowiem, dokąd ich zabrano – obiecał – i o co są oskarżeni. Proszę nikomu o tym nie mówić, dopóki się do pana nie odezwę.

Don Pedro nadal walił pięścią w biurko i miotał przekleństwa, ale nikt go nie słuchał.

Pierwszy zadzwonił dziennikarz z „Evening Standard".

– Bez komentarza! – ryknął Don Pedro i trzasnął słuchawką.

Posłuchał rady prawnika i tej samej zwięzłej odpowiedzi

udzielił reporterom gazet „Daily Mail", „Mirror", „Express" i „The Times". Nie odbierałby wcale telefonów, gdyby nie to, że rozpaczliwie wyczekiwał na odpowiedź Everarda. Prawnik w końcu zadzwonił zaraz po ósmej, żeby oznajmić, gdzie zatrzymano Diega i Luisa, a potem przez kilka minut mówił, jak poważne są oskarżenia.

– Wystąpię o zwolnienie ich obu za kaucją – powiedział – chociaż wcale nie jestem optymistą.
– A co z Karlem? – spytał Don Pedro. – Czy panu powiedzieli, gdzie jest i jakie ma zarzuty?
– Twierdzą, że nic o nim nie wiedzą.
– Niech pan szuka – zażądał Don Pedro. – Ktoś musi wiedzieć, gdzie się podział.

O dziewiątej rano Alex Fisher włożył prążkowany, dwurzędowy garnitur, pułkowy krawat i nowiutkie czarne pantofle. Zszedł do gabinetu i jeszcze raz przeczytał swój list z rezygnacją z członkostwa w radzie nadzorczej, potem zakleił kopertę i zaadresował: Pani Cliftonowa, Spółka Żeglugowa Barringtona, Bristol.

Zastanowił się, co musi zrobić w ciągu następnych dwóch dni, żeby wywiązać się z umowy z Don Pedrem i otrzymać pozostałe trzy tysiące funtów. Po pierwsze, musi być w biurze Spółki Barringtona o dziesiątej rano, żeby wręczyć list pani Clifton. Po drugie, odwiedzi dwie lokalne gazety, „Bristol Evening Post" i „Bristol Evening World", i przekaże redaktorom naczelnym kopie listu. Nie pierwszy raz jego list będzie widniał na czołówkach gazet.

Następnie skieruje kroki na pocztę, skąd wyśle telegramy do redaktorów naczelnych wszystkich dzienników krajowych z krótką informacją: „Major Alex Fisher ustępuje z rady nadzorczej Spółki Żeglugowej Barringtona i wzywa panią prezes do rezygnacji, gdyż obawia się, że spółce grozi bankructwo". Potem wróci do domu i będzie czekał przy telefonie; miał przygotowane odpowiedzi na wszelkie możliwe pytania.

Alex wyszedł z mieszkania tuż po wpół do dziesiątej i pojechał samochodem do portu, wolno posuwając się w korku w godzinie szczytu. Nie miał specjalnej ochoty wręczać listu pani Clifton, ale podobnie jak posłaniec, który ma dostarczyć dokumenty rozwodowe, nie będzie się angażował i prędko wyjdzie.

Postanowił kilka minut się spóźnić i kazać jej czekać. Wjeżdżając przez bramę na dziedziniec, nagle sobie uświadomił, jak bardzo będzie mu brakowało tego miejsca. Włączył krajowe wiadomości BBC, żeby usłyszeć skrót najważniejszych informacji. Policja aresztowała trzydziestu siedmiu modsów i rokersów w Brighton i oskarżyła ich o zakłócanie spokoju publicznego. Nelson Mandela odbywa wyrok dożywocia w więzieniu w RPA, dwaj mężczyźni zostali aresztowani na Eaton 44… Wyłączył radio, wjeżdżając na parking – Eaton44…? Włączył je z powrotem, ale wiadomość już mu umknęła i musiał wysłuchać relacji o bitwach, jakie się rozegrały na plaży w Brighton między dwoma gangami młodzieżowymi. Alex obwiniał rząd za zniesienie obowiązkowej służby wojskowej. „Nelson Mandela, przywódca Afrykańskiego Kongresu Narodowego, zaczął odbywać karę dożywocia za sabotaż i spisek w celu obalenia rządu Republiki Południowej Afryki".

– Już więcej nie usłyszymy o tym draniu – powiedział Alex z przekonaniem.

– Policja londyńska przeprowadziła we wczesnych godzinach rannych nalot na dom na Eaton Square i zaaresztowała dwóch mężczyzn z paszportami argentyńskimi. Dzisiaj staną przed sądem pokoju w Chelsea…

Kiedy Don Pedro wyszedł z domu na Eaton Square 44 tuż po wpół do dziesiątej, oślepiły go światła lamp błyskowych, przed którymi uciekł, chroniąc się w zapewniającej pewną anonimowość taksówce.

Piętnaście minut później samochód zatrzymał się przed sądem, gdzie czyhało na niego jeszcze więcej kamerzystów.

Przepychał się do sali numer cztery przez tłum reporterów, nie zatrzymując się, żeby odpowiedzieć na ich pytania.

Gdy wszedł na salę sądową, pospiesznie podszedł do niego pan Everard i zaczął mu objaśniać procedurę, jaka miała nastąpić. Potem szczegółowo przedstawił zarzuty, przy czym przyznał, że nie jest pewien, czy któryś z chłopców zostanie zwolniony za kaucją.

– Jakieś wieści o Karlu?

– Nie – szepnął Everard. – Nikt go nie widział ani nie miał od niego znaku życia, odkąd wczoraj rano wyszedł do Harrodsa.

Don Pedro zmarszczył brwi i zajął miejsce w pierwszym rzędzie, Everard zaś wrócił na miejsce obrońcy. Na drugim końcu ławki siedział nieopierzony młodzian w krótkiej czarnej todze i przeglądał jakieś papiery. Na widok takiego oskarżyciela Don Pedro poczuł się trochę pewniej.

Zdenerwowany i wyczerpany, rozejrzał się po niemal pustej sali. Po jednej stronie przycupnęła grupka dziennikarzy z otwartymi notesami i piórami w gotowości, niczym sfora psów gończych czekających, żeby rozszarpać rannego lisa. Za nimi, z tyłu sali, siedziało czterech mężczyzn; znał ich wszystkich z widzenia. Podejrzewał, że wszyscy dobrze wiedzą, gdzie jest Karl.

Don Pedro znów skierował spojrzenie na przód sali, gdzie krzątali się jacyś drobni urzędnicy, sprawdzając, czy wszystko jest w porządku, zanim ta jedyna osoba, która może otworzyć postępowanie, wkroczy na salę sądową. Gdy zegar wybił dziesiątą, na sali zjawił się wysoki, chudy mężczyzna w długiej czarnej todze. Obaj prawnicy natychmiast wstali z ławki i skłonili się z szacunkiem. Sędzia pokoju odwzajemnił ukłon i zajął miejsce pośrodku podium.

Gdy się usadowił, niespiesznie rozejrzał się po sali. Jeżeli był zdziwiony niezwykłym zainteresowaniem prasy tą poranną rozprawą, to tego nie okazał. Skinął na pisarza sądowego, wsparł się o oparcie fotela i czekał. Po chwili wyłonił się pierwszy oskarżony i zajął miejsce na ławie. Don Pedro wbił wzrok w Luisa, już powziąwszy decyzję, co należy zrobić, jeśli chłopiec zostanie zwolniony za kaucją.

– Proszę odczytać zarzut – polecił sędzia, spoglądając na pisarza sądowego.

Ten złożył ukłon, zwrócił się ku oskarżonemu i powiedział donośnym głosem:

– Luisie Martinezie, obciąża pana zarzut, że w nocy szóstego czerwca tysiąc dziewięćset sześćdziesiątego czwartego roku włamał się pan do prywatnego mieszkania, mianowicie do lokalu numer cztery na Glebe Place dwanaście w Londynie, gdzie zniszczył pan kilka przedmiotów będących własnością panny Jessiki Clifton. Czy przyznaje się pan do winy?

– Nie, nie przyznaję się – wymamrotał oskarżony.

Sędzia zanotował te słowa w bloczku, a tymczasem obrońca wstał z miejsca.

– Tak, panie Everard – rzekł sędzia.

– Wysoki Sądzie, mój klient jest człowiekiem o nieposzlakowanym charakterze i opinii, i skoro to jest jego pierwsze przestępstwo i nie był wcześniej karany, naturalnie wnioskujemy o zwolnienie za kaucją.

– Panie Duffield – sędzia zwrócił się do młodego człowieka na drugim końcu ławki. – Czy zgłasza pan jakieś zastrzeżenia wobec życzenia obrońcy?

– Nie zgłaszam, Wysoki Sądzie.

– Wobec tego, panie Everard, ustanawiam kaucję w wysokości tysiąca funtów. – Sędzia znów zanotował coś w swoim bloczku. – Pański klient stawi się w sądzie dwudziestego pierwszego października o dziesiątej rano. Czy to jasne, panie Everard?

– Tak, Wysoki Sądzie. Jestem zobowiązany – powiedział adwokat z lekkim ukłonem.

Luis opuścił ławę oskarżonych, niepewny, co ma robić. Everard ruchem głowy wskazał mu ojca i Luis usiadł obok niego w pierwszym rzędzie. Żaden z nich nic nie powiedział. Po chwili z dołu wyłonił się Diego z policjantem u boku. Zajął miejsce na ławie oskarżonych i czekał na odczytanie zarzutów.

– Diego Martinezie, zarzuca się panu próbę przekupienia maklera w City i tym samym udaremnienia prawidłowego funkcjonowania wymiaru sprawiedliwości. Czy przyznaje się pan do winy?
– Nie, nie przyznaję się – powiedział zdecydowanie Diego.
Pan Everard szybko wstał.
– Wysoki Sądzie, to jest następny przypadek pierwszego przestępstwa, bez przeszłości kryminalnej, zatem ponownie nie waham się prosić o zwolnienie za kaucją.
Pan Duffield wstał z drugiego końca ławki i zanim sędzia zdążył spytać, oświadczył:
– Oskarżenie nie jest przeciwne zwolnieniu za kaucją.
Everard był zaskoczony. Dlaczego oskarżyciel nie walczy? To wydaje się zbyt łatwe – czy przypadkiem czegoś nie przeoczył?
– Wobec tego ustanawiam kaucję na dwa tysiące funtów – orzekł sędzia – i przekażę tę sprawę do Sądu Najwyższego. Data sprawy zostanie ustalona, kiedy znajdzie się odpowiedni termin na wokandzie.
– Wysoki Sądzie, jestem zobowiązany – powiedział Everard.
Diego opuścił ławę oskarżonych i dołączył do ojca i brata. Nie wymienili ani jednego słowa i prędko wyszli z sali sądowej.
Don Pedro i jego synowie przepchnęli się przez czeredę fotoreporterów, kierując się na ulicę; żaden z nich nie udzielił odpowiedzi na natarczywe pytania dziennikarzy. Diego zatrzymał taksówkę i cała trójka w milczeniu usiadła z tyłu. Nie odzywali się, dopóki Don Pedro nie zamknął frontowych drzwi domu przy Eaton Square 44 i nie schronili się w zaciszu jego gabinetu.
Przez następne dwie godziny dyskutowali na temat tego, jaki pozostał im wybór. Tuż po dwunastej w południe uzgodnili sposób postępowania i uznali, że ten plan należy niezwłocznie wprowadzić w życie.

Alex wyskoczył z samochodu i prawie wbiegł do Budynku Barringtona. Pojechał windą na najwyższe piętro i prędko pomaszerował do biura prezesa. Sekretarka, która wyraźnie na niego czekała, wprowadziła go do środka.

– Bardzo przepraszam za spóźnienie, pani prezes – rzucił trochę zdyszany Alex.

– Dzień dobry, majorze – przywitała go Emma, nie podnosząc się z fotela. – Po wczorajszym pana telefonie sekretarka powiedziała mi tylko, że chce się pan ze mną widzieć w ważnej sprawie prywatnej. Oczywiście zastanawiałam się, o co może chodzić.

– To nic takiego, czym musiałaby się pani martwić – rzekł Alex. – Po prostu uznałem, że muszę pani powiedzieć, że chociaż różniliśmy się w niektórych sprawach w przeszłości, to rada nadzorcza nie mogła mieć lepszego prezesa w tych trudnych czasach i jestem dumny, że służę pod pani zwierzchnictwem.

Emma nie od razu odpowiedziała. Próbowała dociec, dlaczego on zmienił zdanie.

– Istotnie, majorze, różniliśmy się co do pewnych spraw w przeszłości – odezwała się, nadal nie proponując mu, żeby usiadł – dlatego uważam, że w przyszłości rada musi się obejść bez pana.

– Chyba nie – powiedział Alex z serdecznym uśmiechem. – Widocznie nie słyszała pani nowiny.

– O czym pan mówi?

– Cedric Hardcastle poprosił mnie, żebym zajął jego miejsce w radzie, więc naprawdę nic się nie zmieniło.

– Wobec tego to pan nie słyszał nowiny. – Podniosła z biurka list. – Cedric niedawno sprzedał wszystkie swoje akcje naszej spółki i zrezygnował z członkostwa, więc nie ma już prawa do miejsca w radzie nadzorczej.

– Ale on mi mówił... – zająknął się Fisher.

– Ze smutkiem przyjęłam jego rezygnację i napiszę mu, jak bardzo doceniam jego lojalną i szczodrą służbę dla firmy i jak trudno będzie go zastąpić w radzie nadzorczej. Dodam, że mam nadzieję, że weźmie udział w uroczystości nadania nazwy *Buckinghamowi* i że będzie nam towarzyszył podczas dziewiczego rejsu statku.

– Ale… – zaczął ponownie Fisher.

– Natomiast jeżeli chodzi o pana, majorze Fisher – ciągnęła Emma – to w sytuacji, gdy pan Martinez również sprzedał wszystkie swoje akcje, pan także nie ma wyboru i musi zrezygnować z członkostwa w radzie nadzorczej, a ja – inaczej niż wobec Cedrica – chętnie przyjmę pańską rezygnację. W ciągu tych lat był pan mściwy, wścibski i szkodził pan firmie. Dodam jeszcze, że nie życzę sobie pana obecności podczas ceremonii chrztu statku i z pewnością nie zostanie pan zaproszony na dziewiczy rejs. Prawdę mówiąc, firmie będzie o wiele lepiej się wiodło bez pana.

– Ale ja…

– I jeżeli pański list z rezygnacją nie znajdzie się na moim biurku dzisiaj do piątej po południu, będę musiała wydać oświadczenie, w którym wyraźnie napiszę, dlaczego nie jest pan już członkiem rady nadzorczej.

Don Pedro przemierzył pokój i podszedł do sejfu, który nie był już ukryty za obrazem, wprowadził sześciocyfrowy szyfr, pokręcił tarczą i otworzył ciężkie drzwi. Wyjął dwa paszporty, nigdy niestemplowane, i gruby plik nowiutkich pięciofuntowych banknotów, które podzielił równo między dwóch synów. Zaraz po piątej Diego i Luis osobno opuścili dom i skierowali się w różne strony, wiedząc, że gdy się spotkają następnym razem, to albo za kratkami, albo w Buenos Aires.

Don Pedro siedział samotnie w swoim gabinecie, rozważając możliwości, jakie mu pozostały. O szóstej włączył pierwsze wieczorne wiadomości, spodziewając się, że ujrzy upokarzający widok, jak razem z synami wymyka się z sądu osaczony przez hordę dziennikarzy. Ale najważniejsza informacja nie pochodziła z Chelsea, tylko z Tel Awiwu, i nie dotyczyła Diega i Luisa, lecz porucznika Karla Lunsdorfa, którego przeprowadzono przed kamerami telewizyjnymi w więziennym ubraniu i z numerkiem na szyi.

– Jeszcze mnie nie pokonaliście, dranie! – wrzasnął Don Pedro w ekran telewizora.

Jego krzyk zamarł, gdy rozległo się głośne walenie w drzwi. Spojrzał na zegarek. Chłopców nie było już od blisko godziny. Czy jednego z nich już aresztowali? Jeżeli tak, to wiedział, który to mógłby być. Wyszedł z gabinetu, przemierzył hol i ostrożnie otworzył drzwi.

– Powinien był pan posłuchać mojej rady – powiedział pułkownik Scott-Hopkins. – Ale nie zrobił pan tego i teraz porucznika Lunsdorfa czeka proces jako zbrodniarza wojennego. Więc Tel Awiw to nie jest miasto, które radziłbym panu odwiedzić, chociaż byłby pan interesującym świadkiem obrony. Pańscy synowie są w drodze do Buenos Aires i mam nadzieję, że już nigdy nie pojawią się w tym kraju, bo gdyby okazali się tak głupi, to może być pan pewny, że drugi raz nie przymkniemy oczu. Jeśli zaś chodzi o pana, panie Martinez, to szczerze mówiąc, nadużył pan naszej gościnności i sugeruję, że też czas, aby wrócił pan do domu. Powiedzmy, dwadzieścia osiem dni, dobrze? Jeżeli nie posłucha pan mojej rady drugi raz... cóż, miejmy nadzieję, że już się nie spotkamy – dodał pułkownik, odwrócił się i przepadł w mroku.

Don Pedro zatrzasnął drzwi i wrócił do gabinetu. Siedział przy biurku ponad godzinę, a potem podjął słuchawkę telefonu i wykręcił numer, którego nie pozwolono mu zapisać i ostrzeżono go, że może zadzwonić tylko raz.

Kiedy po trzecim sygnale odebrano telefon, nie zdziwił się, że nikt się nie odezwał.

Don Pedro powiedział tylko:

– Potrzebuję szofera.

HARRY I EMMA
1964

41

– Wczoraj wieczorem przeczytałam mowę, którą Joshua Barrington wygłosił na pierwszym walnym zgromadzeniu akcjonariuszy swojej nowo powstałej firmy w tysiąc osiemset czterdziestym dziewiątym roku. Na tronie była królowa Wiktoria, a słońce nigdy nie zachodziło nad Imperium Brytyjskim. Powiedział wtedy trzydziestu siedmiu osobom obecnym w Temperance Hall, że obroty Linii Żeglugowej Barringtona w pierwszym roku wyniosły czterysta dwadzieścia funtów, dziesięć szylingów i dwa pensy. Obiecał akcjonariuszom, że sprawi się lepiej w następnym roku.

Dziś ja przemawiam do tysiąca udziałowców Spółki Barringtona na sto dwudziestym piątym dorocznym zgromadzeniu akcjonariuszy w Colston Hall. W tym roku obroty wyniosły dwadzieścia jeden milionów czterysta dwadzieścia dwa tysiące siedemset sześćdziesiąt funtów, a zysk sześćset dziewięćdziesiąt jeden tysięcy czterysta siedemdziesiąt dwa funty. Na tronie jest królowa Elżbieta Druga i chociaż nie rządzimy już połową świata, firma Barringtona nadal płynie pod pełnymi żaglami. Ale tak jak sir Joshua, zamierzam sprawić się lepiej w przyszłym roku.

Spółka wciąż się utrzymuje z przewozów pasażerów i towarów we wszystkie strony świata. Nadal handlujemy ze Wschodem i Zachodem. Przetrwaliśmy dwie wojny światowe i zapewniamy sobie miejsce w nowym porządku światowym. Powinniśmy, oczywiście, z dumą spoglądać wstecz na nasze kolonialne imperium, ale zarazem umieć chwytać byka za rogi i korzystać z nadarzających się okazji.

Harry, który siedział w pierwszym rzędzie, z rozbawieniem obserwował, jak Giles zapisuje słowa siostry, i ciekaw był, kiedy je powtórzy w Izbie Gmin.

— Jedną z takich okazji wykorzystał mój poprzednik Ross Buchanan, kiedy z poparciem rady nadzorczej podjął decyzję, że Spółka Barringtona powinna zlecić budowę nowego luksusowego statku pasażerskiego, motorowca *Buckingham*, który zainauguruje flotę pod nazwą Linia Pałacowa. Wprawdzie musieliśmy pokonać parę przeszkód, lecz obecnie dzieli nas tylko kilka tygodni od chrztu tego wspaniałego statku.

Odwróciła się i popatrzyła na wielki ekran za swoimi plecami; po kilku sekundach pojawił się tam obraz *Buckinghama*, powitany najpierw okrzykami zachwytu, a potem burzą oklasków. Emma pierwszy raz się odprężyła i gdy oklaski ucichły, spojrzała na kartki z przemówieniem.

— Z przyjemnością oznajmiam, że Jej Królewska Mość Elżbieta Królowa Matka zgodziła się nadać nazwę *Buckinghamowi*, gdy odwiedzi Avonmouth dwudziestego pierwszego września. A teraz, jeżeli sięgnięcie państwo pod siedzenia, znajdziecie broszurę ze wszystkimi detalami tego niezwykłego statku. Pozwolę sobie zwrócić państwa uwagę na kilka ważnych punktów.

Rada nadzorcza wybrała Harlanda i Wolffa do budowy *Buckinghama* pod kierownictwem znakomitego budowniczego okrętów Ruperta Camerona we współpracy z firmą mechaników okrętowych sir John Biles i Spółka oraz duńską firmą Burmeister i Wain. W efekcie powstał pierwszy na świecie statek napędzany silnikami wysokoprężnymi. *Buckingham* jest statkiem z dwoma sprzężonymi silnikami, długim na blisko sto osiemdziesiąt trzy metry, szerokim na prawie dwadzieścia metrów, i może osiągać szybkość trzydziestu dwóch węzłów. Może pomieścić stu dwóch pasażerów pierwszej klasy, dwustu czterdziestu dwóch drugiej klasy i trzystu sześćdziesięciu klasy turystycznej. Będzie też spora ładownia dla samochodów pasażerów, jak również dla ładunków towarowych, w zależności od miejsca przeznaczenia statku. Załogą liczącą pięćset siedemdziesiąt siedem osób wraz z Perseuszem, kotem okrętowym, będzie dowodził kapitan Królewskiej Marynarki Wojennej Nicholas Turnbull.

Teraz chcę zwrócić państwa uwagę na wyjątkową innowację, z której będą mogli skorzystać pasażerowie podróżujący *Buckinghamem*, a której zazdrościć nam będą nasi konkurenci. *Buckingham* nie będzie miał, jak wszystkie inne statki pasażerskie, pokładu spacerowego. Dla nas to sprawa przeszłości, ponieważ my skonstruowaliśmy pierwszy pokład słoneczny z basenem pływackim i dwiema restauracjami.

Obraz rzucony na wielki ekran powitano brawami.

– Nie mogę udawać – ciągnęła Emma – że budowa liniowca tej klasy nie była kosztowna. Jest faktem, że końcowy rachunek wyniesie trochę ponad osiemnaście milionów funtów, co, jak wiadomo z mojego zeszłorocznego sprawozdania, mocno uszczupliło nasze rezerwy. Jednakże, dzięki przezorności Rossa Buchanana, został zawarty drugi kontrakt z Harlandem i Wolffem na budowę siostrzanego statku, S/S *Balmoral*, kosztem siedemnastu milionów funtów, pod warunkiem że projekt zostanie zatwierdzony w ciągu dwunastu miesięcy od przyznania *Buckinghamowi* świadectwa zdolności żeglugowej.

Objęliśmy w posiadanie *Buckinghama* dwa tygodnie temu, co daje nam piętnaście tygodni na podjęcie decyzji, czy skorzystać z tej możliwości. Do tego czasu musimy rozstrzygnąć, czy to jest sprawa jednorazowa, czy też pierwszy statek Linii Pałacowej. Ta decyzja nie zostanie powzięta przez radę nadzorczą ani nawet przez udziałowców, ale jak w wypadku wszystkich przedsięwzięć komercyjnych, przez obywateli. Tylko oni zawyrokują, jaka będzie przyszłość Linii Pałacowej.

A teraz moje drugie oświadczenie: dziś w południe Thomas Cook rozpocznie drugi okres rezerwacji miejsc na dziewiczy rejs *Buckinghama*.

Emma zrobiła przerwę i objęła wzrokiem zgromadzonych.

– Ale nie dla szerokiej publiczności. Przez ostatnie trzy lata, wy, udziałowcy, nie otrzymywaliście dywidend, do jakich przywykliście w przeszłości, więc postanowiłam skorzystać z tej okazji i podziękować wam za nieustanną lojalność i poparcie. Wszyscy, którzy posiadają udziały dłużej niż rok, będą mieli teraz pierwszeństwo w rezerwacji miejsc na dziewiczy rejs, z czego, jak wiem, wielu z was już skorzystało, ale również otrzymają dziesięcioprocentową zniżkę na bilety na każdą podróż statkiem Barringtona w przyszłości.

Długotrwałe oklaski, jakie wybuchły, pozwoliły Emmie znów zajrzeć do notatek.

– Thomas Cook przestrzegł mnie, żebym nie wpadała w euforię z powodu wielkiej liczby pasażerów, którzy już zarezerwowali miejsca na dziewiczy rejs. Cook powiada, że wszystkie kabiny zostaną sprzedane na długo przed wypłynięciem statku, podobnie jak to na ogół bywa z premierami w Old Vic, i my, podobnie jak teatr, też musimy liczyć na stałych klientów i ponowne zamówienia przez długi czas. Fakty są oczywiste. Nie możemy sobie pozwolić na to, żeby udział zajętych kabin pasażerskich spadał poniżej sześćdziesięciu procent, i nawet ta liczba będzie oznaczać, że tylko będziemy wychodzić na swoje rok po roku. Siedemdziesiąt procent zajętych kabin zagwarantuje nam niewielki zysk, podczas gdy potrzeba nam będzie osiemdziesięciu sześciu procent, żeby zwrócić nakłady kapitałowe w ciągu dziesięciu lat, jak zawsze planował Ross Buchanan. A wtedy, jak przypuszczam, na wszystkich statkach naszych konkurentów znajdą się słoneczne pokłady, a my będziemy poszukiwać nowatorskich pomysłów, aby przyciągnąć bardziej wymagającą i wyrobioną klientelę.

Tak więc następne dwanaście miesięcy zdecyduje o przyszłości firmy Barringtona. Czy stworzymy historię, czy też przejdziemy do historii. Bądźcie pewni, że wasi przedstawiciele w radzie nadzorczej będą pracować niestrudzenie w imieniu udziałowców, którzy zaufali nam, aby zapewnić obsługę, która będzie świecić przykładem w świecie luksusowych statków pasażerskich. Pozwolę sobie zakończyć, tak jak zaczęłam. Podobnie jak mój pradziadek, zamierzam sprawić się lepiej w przyszłym roku, i w następnym, i w jeszcze następnym.

Emma usiadła, a zgromadzeni wstali niczym publiczność na premierze. Zamknęła oczy i przywołała słowa swojego dziadka:

„Jeżeli jesteś tak dobra, żeby być prezesem, to że jesteś kobietą, nie czyni żadnej różnicy". Admirał Summers pochylił się i szepnął:
– Gratuluję. – I po chwili dodał: – A pytania?
Emma szybko się podniosła.
– Przepraszam, całkiem zapomniałam. Oczywiście z przyjemnością odpowiem na pytania.
Szykownie ubrany mężczyzna w drugim rzędzie prędko wstał.
– Wspomniała pani, że kurs akcji ostatnio osiągnął rekordowy poziom, ale czy może pani wytłumaczyć, dlaczego podczas ostatnich dwóch tygodni akcje osiągały takie szczyty i dołki, co takiemu laikowi jak ja wydaje się zagadkowe, żeby nie powiedzieć niepokojące?
– Sama nie umiem tego w pełni wytłumaczyć – przyznała Emma. – Ale mogę panu powiedzieć, że były udziałowiec rzucił na rynek dwadzieścia dwa i pół procent udziałów spółki, nie racząc mnie o tym poinformować, mimo że miał swojego reprezentanta w radzie nadzorczej. Na szczęście dla Spółki Barringtona makler był na tyle bystry, aby oferować owe akcje naszemu byłemu członkowi rady nadzorczej, panu Cedricowi Hardcastle'owi, który sam jest bankierem. Pan Hardcastle zdołał ulokować cały pakiet u czołowego biznesmena z północy Anglii, który od pewnego czasu pragnął nabyć znaczne udziały naszej spółki. W rezultacie akcje były na rynku tylko przez kilka minut, co spowodowało minimalne zachwianie, i w ciągu kilku dni ich kurs wrócił do poprzedniego wysokiego poziomu.
Emma widziała ją, jak wstaje z miejsca w środku czwartego rzędu, w żółtym kapeluszu z szerokim rondem, bardziej stosownym w Ascot, ale nadal ignorowała tę kobietę, wskazując mężczyznę kilka rzędów za nią.
– Czy *Buckingham* będzie pływał tylko na trasie transatlantyckiej, czy też będzie w przyszłości odwiedzać również inne miejsca?
– Dobre pytanie. – Giles nauczył Emmę tak odpowiadać,

zwłaszcza wtedy, gdy było inaczej. – *Buckingham* nie mógłby przynosić zysków, gdybyśmy ograniczyli rejsy do Wschodniego Wybrzeża Stanów Zjednoczonych, tym bardziej że nasi konkurenci, szczególnie Amerykanie, od prawie stu lat mają na tej trasie przewagę. Nie, musimy postawić na nowe pokolenie pasażerów, dla których jedynym celem podróży nie będzie dotarcie z punktu A do punktu B. *Buckingham* musi być pływającym luksusowym hotelem, w którym pasażerowie śpią każdej nocy, natomiast w dzień odwiedzają kraje, o których nigdy nie myśleli, że za życia je zobaczą. Dlatego też *Buckingham* będzie regularnie pływał na Karaiby i Bahamy, a w lecie odbywał rejsy po Morzu Śródziemnym i wzdłuż wybrzeża Włoch. I kto wie, jakie inne strony świata otworzą się przed nami w następnych dwudziestu latach?

I znowu kobieta poderwała się z miejsca i jeszcze raz Emma ją pominęła, wskazując na mężczyznę z przodu.

– Nie martwi się pani, że wielu pasażerów wybiera podróż samolotem, a nie statkiem oceanicznym? Na przykład BOAC twierdzą, że dowiozą człowieka do Nowego Jorku w niecałe osiem godzin, podczas gdy *Buckinghamowi* zajmie to przynajmniej cztery dni.

– Ma pan całkowitą rację – odpowiedziała Emma – i dlatego w naszej reklamie akcentujemy inną wizję, proponując pasażerom atrakcje, jakich nigdy nie zaznają w samolocie. Jaki samolot może oferować teatr, sklepy, kino, bibliotekę i restauracje z najlepszą kuchnią, nie wspominając o słonecznym pokładzie czy basenie pływackim? Prawda jest taka: jeżeli ktoś się spieszy, nie powinien rezerwować kabiny na *Buckinghamie*, bo to jest pływający pałac, do którego człowiek zechce wrócić, i to nie raz. I jest jeszcze coś, co mogę obiecać: gdy pasażer wróci do domu, nie odczuje zmęczenia spowodowanego zmianą stref czasowych.

Kobieta z czwartego rzędu znów wstała, wymachując ręką.

– Pani prezes, czy pani mnie unika? – krzyknęła.

Gilesowi się wydało, że poznaje ten głos. Rozejrzał się i jego obawy się potwierdziły.

– Nic podobnego, ale ponieważ nie jest pani udziałowcem ani dziennikarzem, nie dałam pani pierwszeństwa. Słucham pani pytania.

– Czy to prawda, że jeden z członków waszej rady nadzorczej sprzedał podczas weekendu swój wielki pakiet akcji, żeby doprowadzić spółkę do upadku?

– Nie, lady Virginio, to nieprawda. Prawdopodobnie pani myśli o tych dwudziestu dwóch i pół procent udziałów, które Don Pedro Martinez rzucił na rynek bez poinformowania rady nadzorczej, ale na szczęście wyczuliśmy, że chce nas, jak to się dziś mówi, wyrolować.

Sala zareagowała śmiechem, ale Virginii to nie zniechęciło.

– Jeżeli ktoś z waszej rady nadzorczej wdał się w taką operację, to czy nie powinien ustąpić?

– Jeżeli pani ma na myśli majora Fishera, to kiedy przyszedł do mnie do biura w zeszły piątek, zażądałam, żeby złożył rezygnację, o czym z pewnością pani wie, lady Virginio.

– Co pani chce przez to powiedzieć?

– Że przy dwu różnych okazjach, kiedy major Fisher reprezentował panią w radzie nadzorczej, pozwoliła mu pani sprzedać wszystkie swoje akcje podczas weekendu, a potem, gdy zainkasowała pani spory zysk, odkupiła je pani podczas trzytygodniowego okresu obrachunkowego. Kiedy kurs akcji wrócił do poprzedniego poziomu i poszedł w górę, przeprowadziła pani taką samą operację, osiągając jeszcze większy zysk. Jeśli było pani zamiarem doprowadzić spółkę do upadku, to tak jak pan Martinez poniosła pani porażkę, żałosną porażkę, bo została pani pokonana przez przyzwoitych, zwykłych ludzi, którzy życzą naszej spółce sukcesu.

Sala rozbrzmiała spontanicznymi oklaskami, a lady Virginia zaczęła się przepychać przez zatłoczony rząd, nie zważając, komu depcze po nogach. Kiedy dotarła do przejścia, odwróciła się i krzyknęła:

– Mój adwokat skontaktuje się z panią!

– Mam nadzieję – odparła Emma – bo wtedy major Fisher

będzie mógł powiedzieć sędziom przysięgłym, kogo reprezentował, kiedy kupił i sprzedał pani akcje.

Ten ostateczny cios wywołał najgłośniejszą owację. Emma nawet zdążyła spojrzeć na pierwszy rząd i mrugnąć do Cedrica Hardcastle'a.

Przez następną godzinę odpowiadała na niezliczone pytania akcjonariuszy, analityków City i dziennikarzy z pewnością siebie i kompetencją, jakich Harry rzadko był świadkiem. Kiedy odpowiedziała na ostatnie pytanie, zakończyła spotkanie słowami:

– Mam nadzieję, że wielu z was będzie mi towarzyszyło podczas dziewiczego rejsu do Nowego Jorku za dwa miesiące, gdyż jestem pewna, że będzie to niezapomniane przeżycie.

– Myślę, że możemy to zagwarantować – szepnął siedzący w głębi mężczyzna z irlandzkim zaśpiewem. Sądząc z wymowy, był człowiekiem wykształconym. Wyśliznął się z sali podczas burzliwej owacji, którą zgotowano Emmie.

42

– Dzień dobry. Thomas Cook i Syn. W czym mogę pomóc?
– Tu lord McIntyre. Mam nadzieję, że będziecie mi mogli pomóc w sprawie osobistej.
– Zrobię, co będę mógł.
– Jestem zaprzyjaźniony z rodziną Barringtonów i Cliftonów, ale powiedziałem Harry'emu Cliftonowi, że niestety nie będę mógł im towarzyszyć podczas dziewiczego rejsu *Buckinghama* do Nowego Jorku ze względu na interesy. Nie doszły one do skutku i pomyślałem, że dla żartu nie przyznam się, że jednak popłynę. Taka niespodzianka, jeżeli pan rozumie, o co mi chodzi.
– Ależ tak, milordzie.
– Dlatego dzwonię, żeby się dowiedzieć, czy mógłbym zarezerwować kabinę w pobliżu rodziny.
– Jeżeli zechce pan chwilę poczekać, sprawdzę, co da się zrobić.
Mężczyzna, który telefonował, pociągnął łyk irlandzkiej whisky Jamesona i czekał.
– Milordzie, są jeszcze wolne dwie kabiny pierwszej klasy na górnym pokładzie, numer trzy i pięć.
– Chciałbym być jak najbliżej rodziny.
– Cóż, sir Giles Barrington jest w kabinie numer dwa.
– A Emma?
– Emma?
– Przepraszam, pani Clifton.
– Ona zajmuje kabinę numer jeden.
– Więc biorę kabinę numer trzy. Jestem niezmiernie wdzięczny za pańską pomoc.
– Miło mi. Mam nadzieję, że będzie miał pan przyjemną podróż. Czy mogę spytać, gdzie mamy wysłać bilety?

– Nie, proszę sobie nie zawracać głowy. Przyślę po nie mojego szofera.

Don Pedro otworzył sejf w swoim gabinecie i wyjął resztę pieniędzy. Zaczął ustawiać pliki banknotów pięciofuntowych w równych stosikach po dziesięć tysięcy, aż zajęły cały blat biurka. Dwadzieścia trzy tysiące sześćset czterdzieści pięć funtów włożył z powrotem do sejfu, zamknął go, potem przeliczył pozostałe dwieście pięćdziesiąt tysięcy i upchnął pieniądze w plecaku, który mu dostarczyli. Usiadł za biurkiem, wziął do ręki poranną gazetę i czekał.

Dziesięć dni minęło, zanim szofer odpowiedział na jego telefon, żeby go poinformować, że operacja została zaaprobowana, ale pod warunkiem, że zapłaci pół miliona funtów. Kiedy zakwestionował tę sumę, zwrócono mu uwagę, że operacja wiąże się z dużym ryzykiem i jeżeli złapią któregoś z chłopaków, to prawdopodobnie do końca życia posiedzi w Crumlin Road albo spotka go coś jeszcze gorszego.

Nie chciał się targować. I tak nie miał zamiaru płacić drugiej raty, gdyż wątpił, czy w Buenos Aires jest wielu sympatyków IRA.

– Dzień dobry. Thomas Cook i Syn.
– Chciałabym zarezerwować kabinę pierwszej klasy na dziewiczy rejs *Buckinghama* do Nowego Jorku.
– Tak, oczywiście, proszę pani. Już łączę.
– Rezerwacje pierwszej klasy, jak mogę pomóc?
– Mówi lady Virginia Fenwick. Chciałabym zarezerwować kabinę na dziewiczy rejs.
– Czy mogłaby pani powtórzyć swoje nazwisko?
– Lady Virginia Fenwick – powiedziała wolno, jakby się zwracała do cudzoziemca.

Nastąpiło długie milczenie. Virginia uznała, że urzędniczka sprawdza, czy są wolne miejsca.

– Tak mi przykro, lady Virginio, ale niestety wszystkie kabiny

pierwszej klasy już zostały sprzedane. Czy mam panią połączyć z rezerwacją drugiej klasy?
– Nic podobnego. Czy pani nie wie, kim jestem?
Urzędniczka chętnie by odpowiedziała, że tak, wiem, kim pani jest, bo pani nazwisko widnieje na tablicy informacyjnej z wyraźnym poleceniem, co należy robić, gdyby pani telefonowała z żądaniem rezerwacji, ale zamiast tego odparła zgodnie z instrukcją:
– Przykro mi, milady, ale nic nie mogę poradzić.
– Ale ja jestem bliską przyjaciółką pani prezes Spółki Żeglugowej Barringtona – rzuciła Virginia. – Chyba to czyni jakąś różnicę?
– Na pewno tak – odparła urzędniczka. – Jest jeszcze jedna kabina pierwszej klasy, ale można ją udostępnić tylko na wyraźne polecenie pani prezes. Jeżeli więc milady zechce łaskawie zatelefonować do pani Clifton, zatrzymam kabinę i zarezerwuję ją dla pani, gdy tylko pani prezes do mnie oddzwoni.
Nigdy więcej się do nich nie odezwała.

Gdy Don Pedro usłyszał dźwięk klaksonu, złożył gazetę, odłożył ją na biurko, schwycił plecak i wyszedł z domu.
Szofer dotknął palcem czapki i powiedział:
– Dzień dobry panu.
Umieścił plecak w bagażniku mercedesa.
Don Pedro usiadł z tyłu, zamknął drzwi i czekał. Kiedy szofer usiadł za kierownicą, nie pytał, dokąd Don Pedro chce jechać, gdyż wybrał już trasę. Skręcili w lewo z Eaton Square i skierowali się w stronę Hyde Park Corner.
– Przypuszczam, że uzgodniona kwota jest w plecaku – rzucił szofer, gdy przejeżdżali obok szpitala na rogu Hyde Parku.
– Dwieście pięćdziesiąt tysięcy funtów w gotówce – odparł Don Pedro.
– I spodziewamy się, że druga połowa będzie w całości wypłacona w ciągu dwudziestu czterech godzin od wypełnienia przez nas umowy.

– Tak uzgodniłem – rzekł don Pedro, myśląc o dwudziestu trzech tysiącach sześciuset czterdziestu pięciu funtach leżących w sejfie w jego gabinecie; to były wszystkie jego pieniądze. Nawet dom już do niego nie należał.

– Czy zdaje pan sobie sprawę z konsekwencji, gdyby nie zapłacił pan drugiej raty?

– Wystarczająco często mi to przypominacie – powiedział Don Pedro, kiedy samochód sunął przez Park Lane, nie przekraczając limitu prędkości.

– Gdyby w normalnym okolicznościach nie zapłacił pan na czas, wtedy zabilibyśmy jednego z pana synów, ale skoro są teraz bezpieczni w Buenos Aires, a Herr Lunsdorfa nie ma już wśród nas, zostaje nam tylko pan – oznajmił szofer, okrążając Marble Arch.

Don Pedro milczał, gdy jechali drugą stroną Park Lane, a potem zatrzymali się na światłach.

– A co, jeżeli nie wykonacie swojego zobowiązania? – zapytał.

– Wtedy nie będzie pan musiał płacić pozostałych dwustu pięćdziesięciu tysięcy, prawda? – rzucił szofer, hamując przed hotelem Dorchester.

Portier w długim zielonym płaszczu pospiesznie podszedł do samochodu i otworzył drzwi, żeby Don Pedro mógł wysiąść.

– Potrzebuję taksówki – powiedział Don Pedro, gdy szofer odjechał i włączył się w poranny ruch na Park Lane.

– Tak, proszę pana – rzekł portier. Podniósł rękę i przeraźliwie gwizdnął.

Gdy Don Pedro wsiadł do taksówki i wydał polecenie jazdy na Eaton Square 44, portier się zdumiał. Dlaczego ten dżentelmen potrzebuje taksówki, skoro ma szofera?

– Thomas Cook i Syn. W czym mogę pomóc?

– Chciałbym zarezerwować cztery kabiny na *Buckinghamie* na dziewiczy rejs do Nowego Jorku.

– Pierwsza czy druga klasa?

– Druga.

– Już pana łączę.
– Dzień dobry, tu rezerwacja kabin drugiej klasy.
– Chciałbym zarezerwować cztery pojedyncze kabiny na podróż do Nowego Jorku dwudziestego dziewiątego października.
– Czy mogę prosić o nazwiska pasażerów?

Pułkownik Scott-Hopkins podał swoje nazwisko i nazwiska trzech kolegów.

– Bilety będą kosztowały po trzydzieści dwa funty. Gdzie mam wysłać fakturę?

Chciał już podyktować: Kwatera Główna Special Air Service, Chelsea Barracks, King's Road, Londyn, bo tam zostanie opłacony rachunek, ale zamiast tego podał urzędniczce swój domowy adres.

43

– Chciałabym rozpocząć nasze spotkanie od powitania pana Boba Binghama jako członka rady nadzorczej – powiedziała Emma. – Bob jest prezesem firmy Pasta Rybna Binghama, a ponieważ ostatnio nabył dwadzieścia dwa i pół procent udziałów Spółki Barringtona, nie musi nikogo przekonywać, że wierzy w jej przyszłość. Otrzymaliśmy również rezygnację od dwóch innych członków rady, pana Cedrica Hardcastle'a, którego przenikliwych i mądrych rad będzie nam bardzo brakowało, i pana majora Fishera, którego tak bardzo brakować nam nie będzie.

Admirał Summers krzywo się uśmiechnął.

– Ponieważ dzieli nas tylko dziesięć dni od oficjalnego nadania nazwy *Buckinghamowi*, może zacznę od zapoznania was z przygotowaniami do tej uroczystości. – Emma otworzyła czerwoną teczkę, którą miała przed sobą, i uważnie sprawdziła program. – Królowa Matka przyjedzie na Temple Meads pociągiem królewskim dwudziestego pierwszego września o dziewiątej trzydzieści pięć rano. Na peronie przywita ją przedstawiciel Korony w hrabstwie i mieście Bristolu oraz burmistrz Bristolu. Jej Królewska Mość pojedzie następnie samochodem do Liceum Bristolskiego, gdzie zostanie powitana przez dyrektora szkoły i zaprowadzona do nowej pracowni naukowej, którą uroczyście otworzy o dziesiątej dziesięć. Spotka się z wybraną grupą uczniów i nauczycieli, po czym o godzinie jedenastej opuści szkołę. Następne zostanie zawieziona do Avonmouth i w stoczni będzie o jedenastej siedemnaście.

Emma podniosła głowę znad notatek.

– Moje życie byłoby o wiele prostsze, gdybym zawsze wiedziała, gdzie będę o określonej minucie. Spotkam Jej Królewską Mość, kiedy przybędzie do Avonmouth – ciągnęła, spoglądając w notatki – i przywitam ją w imieniu naszej firmy, a potem przedstawię jej naszą radę nadzorczą. O jedenastej dwadzieścia dziewięć udam się z nią na północne nabrzeże, gdzie spotka się z budowniczym statku, naszym inżynierem mechanikiem i prezesem Harlanda i Wolffa. Za trzy dwunasta oficjalnie powitam naszego gościa honorowego. Moje wystąpienie potrwa trzy minuty i z pierwszym uderzeniem dwunastej Jej Królewska Mość dokona chrztu *Buckinghama*, tradycyjnie rozbijając butelkę szampana o kadłub statku.

– A co będzie, jeśli butelka się nie rozbije? – spytał ze śmiechem Clive Anscott.

Nikt się nie roześmiał.

– O tym nie ma nic w moich notatkach – powiedziała Emma. – O dwunastej trzydzieści Jej Królewska Mość pojedzie do Królewskiej Akademii Anglii Zachodniej, gdzie razem z personelem spożyje lunch, a o trzeciej dokona otwarcia nowej galerii. O czwartej zostanie odwieziona do Temple Meads w towarzystwie przedstawiciela Korony i wsiądzie do pociągu królewskiego, który wyruszy na Paddington dziesięć minut później.

Emma zamknęła teczkę, westchnęła i została nagrodzona udawaną owacją kolegów z rady nadzorczej.

– Kiedy byłam dziewczynką – dodała – zawsze chciałam być księżniczką, ale muszę powiedzieć, że teraz zmieniłam zdanie.

Tym razem oklaski były szczere.

– Skąd będziemy wiedzieli, gdzie mamy być w odpowiednim momencie? – spytał Andy Dobbs.

– Każdy członek rady nadzorczej otrzyma egzemplarz oficjalnego programu i niech Bóg ma w swojej opiece tego, kto nie będzie we właściwym miejscu o właściwym czasie. Teraz przejdę do równie ważnej sprawy dziewiczego rejsu *Buckinghama*, który, jak wiecie, rozpocznie się dwudziestego dziewiątego października. Ucieszy panów wiadomość, że wszystkie kabiny zostały zajęte i, co jeszcze bardziej radosne, miejsca na podróż powrotną też zostały wyprzedane.

– „Wyprzedane" – to interesujące określenie – zauważył Bob Bingham. – Ilu jest pasażerów, którzy zapłacili, a ilu gości?

– Gości? – powtórzył admirał.

– Pasażerów, którzy nie zapłacą za swoje bilety.

– Cóż, jest kilka osób, które mają prawo…

– …do darmowej podróży. Nie trzeba pozwolić, żeby się do tego przyzwyczaili – to moja rada.

– Czy zaliczyłby pan do tej kategorii członków rady nadzorczej i ich rodziny? – spytała Emma.

– Nie podczas dziewiczego rejsu, ale na pewno w przyszłości, dla zasady. Pływający pałac jest bardzo atrakcyjny, kiedy nie trzeba płacić za kabinę, jak również za jedzenie i picie.

– Niechże mi pan powie, panie Bingham, czy pan zawsze płaci za swoją pastę rybną?

– Zawsze, panie admirale. Dzięki temu mój personel czuje, że nie może korzystać z darmowych próbek dla rodzin i przyjaciół.

– Wobec tego na przyszłość – powiedziała Emma – będę zawsze płacić za moją kabinę i póki będę prezesem, nigdy nie popłynę za darmo.

Paru członków rady nadzorczej niespokojnie poruszyło się na krzesłach.

– Mam nadzieję – odezwał się David Dixon – że to nie powstrzyma członków rodziny Barringtonów i Cliftonów od uczestnictwa w tej historycznej podróży.

– Większość mojej rodziny będzie mi towarzyszyć podczas rejsu – powiedziała Emma – z wyjątkiem mojej siostry Grace, która będzie obecna tylko na uroczystości chrztu statku, ponieważ to jest pierwszy tydzień trymestru i musi od razu wrócić do Cambridge.

– A sir Giles? – spytał Anscott.

– To zależy od tego, czy premier zdecyduje się ogłosić wybory powszechne. Ale na pewno popłynie mój syn Sebastian ze swoją dziewczyną Samanthą, z tym że oni będą w drugiej klasie. I zanim pan zapyta, panie Bingham, powiem, że zapłaciłam za ich bilety.

– Jeżeli to ten chłopak, który przyjechał do mojego zakładu przed dwoma tygodniami, tobym na pani miejscu trzymał oczy otwarte, bo czuję, że on ma chrapkę na pani stanowisko.

– Ale on ma dopiero dwadzieścia cztery lata – powiedziała Emma.

– To go nie zniechęci. Ja zostałem prezesem firmy w wieku dwudziestu siedmiu lat.

– To mam przed sobą jeszcze trzy lata.

– Pani i Cedric – rzekł Bob – w zależności od tego, czyje stanowisko chłopak zechce zająć.

– Pani prezes, nie sądzę, żeby Bingham żartował – odezwał się admirał. – Nie mogę się doczekać, żeby poznać tego chłopca.

– Czy jacyś dawni nasi koledzy z rady nadzorczej zostali zaproszeni, by wziąć udział w podróży do Nowego Jorku? – zapytał Andy Dobbs. – Myślę o Rossie Buchananie.

– Tak – odparła Emma. – Muszę przyznać, że zaprosiłam Rossa i Jean jako gości firmy. Zakładam, że pan Bingham to aprobuje.

– Nie byłbym w tej radzie, gdyby nie Ross Buchanan, a sądząc po tym, co Cedric Hardcastle mi opowiedział o jego wyczynach w sleepingu „The Night Scotsman", uważam, że naprawdę należy mu się ta podróż.

– Absolutnie się zgadzam – rzekł Jim Knowles. – Ale to rodzi pytanie, co z Fisherem i Hardcastle'em?

– Nie myślałam o zaproszeniu majora Fishera – powiedziała Emma – a Cedric Hardcastle już mi mówił, że jego zdaniem nie byłoby rozsądnie, gdyby uczestniczył w uroczystości chrztu statku po zawoalowanym ataku na niego lady Virginii na dorocznym zgromadzeniu akcjonariuszy.

– Czy ta kobieta jest tak głupia, żeby podać panią do sądu, jak groziła? – spytał Dobbs.

– Tak, oskarżyła mnie o potwarz i zniesławienie.

– Rozumiem potwarz – zauważył Dobbs. – Ale zniesławienie?

– Bo nalegałam, żeby każde słowo, jakie wymieniłyśmy,

zostało odnotowane w protokole dorocznego zgromadzenia akcjonariuszy.

– Wobec tego miejmy nadzieję, że jest na tyle głupia, żeby ciągnąć cię do Sądu Najwyższego.

– Głupia to ona nie jest – wtrącił Bingham – ale dostatecznie arogancka, chociaż mam wrażenie, że skoro Fishera można powołać na świadka, to ona nie zaryzykuje.

– Czy nie możemy wrócić do omawiania bieżących spraw? – zapytał admirał. – Zanim sprawa znajdzie się w sądzie, mnie już nie będzie na tym świecie.

Emma się roześmiała.

– Czy ma pan jeszcze jakieś pytanie, admirale?

– Ile czasu zajmie podróż do Nowego Jorku?

– Trochę więcej niż cztery dni, co wypada korzystnie na tle naszych rywali.

– Ale *Buckingham* jako pierwszy jest napędzany dwoma silnikami wysokoprężnymi, więc na pewno byłoby możliwe zdobycie Błękitnej Wstęgi za najszybsze przepłynięcie.

– Gdyby pogoda była idealna, a zwykle jest bardzo dobra o tej porze roku, to mielibyśmy niewielką szansę, ale wystarczy tylko wspomnieć o Błękitnej Wstędze, a ludzie od razu pomyślą o *Titanicu*. Więc nie wolno nawet sugerować czegoś podobnego, póki na horyzoncie nie zobaczymy Statuy Wolności.

– Pani prezes, jak wielu ludzi spodziewamy się na ceremonii chrztu statku?

– Szef policji mi mówił, że może być trzy, a nawet cztery tysiące.

– A kto pilnuje bezpieczeństwa?

– Policja odpowiada za pilnowanie tłumu i za bezpieczeństwo.

– Przy czym my pokrywamy koszty.

– Zupełnie jak w przypadku meczu piłki nożnej – rzucił Knowles.

– Miejmy nadzieję, że nie – powiedziała Emma. – Jeżeli nie ma więcej pytań, to proponuję, żebyśmy następne posiedzenie rady nadzorczej odbyli w apartamencie Waltera Barringtona na *Buckinghamie* w podróży powrotnej z Nowego Jorku. A tymczasem chcę was wszystkich widzieć dwudziestego pierwszego września punktualnie o godzinie dziesiątej.

– Ale to więcej niż godzinę przed przybyciem naszej drogiej monarchini – zauważył Bob Bingham.

– Przekona się pan, że my tutaj, w West Country, wstajemy wcześnie. Kto rano wstaje, temu Pan Bóg daje.

44

– Wasza Królewska Mość, czy mogę przedstawić panią Clifton, prezesa Linii Żeglugowej Barringtona? – powiedział reprezentant Korony.

Emma dygnęła i czekała, aż Królowa Matka się odezwie, ponieważ w instruktażu wyraźnie napisano, że nie wolno nic mówić, dopóki gość królewski pierwszy się nie odezwie, i że nie powinno się nigdy zadawać pytań.

– Pani Clifton, jakże sir Walter by się dzisiaj cieszył.

Emma zaniemówiła, ponieważ wiedziała, że jej dziadek spotkał Królową Matkę tylko raz i chociaż często o tym wspominał, a nawet trzymał w biurze fotografię z tego spotkania, żeby wszystkim o nim przypominać, nie przypuszczała, że Jej Królewska Mość będzie o tym pamiętała.

– Czy mogę przedstawić pana admirała Summersa – rzekła Emma, przejmując pałeczkę od reprezentanta Korony – który zasiada w radzie nadzorczej naszej spółki od ponad dwudziestu lat?

– Ostatni raz, kiedy się spotkaliśmy, panie admirale, był pan łaskaw mnie oprowadzić po swoim niszczycielu HMS *Chevron*.

– Wasza Królewska Mość przyzna, jak sądzę, że to był niszczyciel króla, a ja tylko pełniłem tymczasowe dowództwo.

– To sympatyczne rozróżnienie, panie admirale – powiedziała Królowa Matka.

Tymczasem Emma nadal przedstawiała swoich kolegów z rady nadzorczej i zachodziła w głowę, jak zareaguje Jej Królewska Mość na ostatnio przyjętego członka rady.

– Panie Bingham, ma pan zakaz wstępu do pałacu.

Bob Bingham otworzył usta, ale nie wydobyło się z nich żadne słowo.

— Prawdę mówiąc, nie pan osobiście, tylko pańska pasta rybna.
— Ale dlaczego, Ma'am? — spytał Bob, nie bacząc na instruktaż.
— Bo mój wnuk, książę Andrzej, pcha palec do słoika, naśladując chłopczyka na naklejce.

Bob nie odezwał się więcej, a Królowej Matce już przedstawiono budowniczego okrętu.
— Kiedy się ostatnio widzieliśmy...

Emma spojrzała na zegarek, gdy Królowa Matka pytała prezesa Harlanda i Wolffa:
— Panie Baillie, jakie jest następne pańskie przedsięwzięcie?
— W tej chwili trzymamy to w największej tajemnicy, Ma'am. Mogę tylko powiedzieć, że na kadłubie przed nazwą tej łajby będą widnieć litery „HMS"* i że bardzo dużo czasu będzie ona przebywać pod wodą.

Królowa Matka się uśmiechnęła, a reprezentant Korony zaprowadził ją do wygodnego fotela na podium.

Emma poczekała, aż Królowa Matka usiądzie, po czym weszła na podium, żeby wygłosić mowę, do czego niepotrzebne jej były notatki, bo znała ją na pamięć. Uchwyciła się krawędzi pulpitu, wzięła głęboki oddech, jak radził jej Giles, i objęła wzrokiem wielki tłum, o wiele liczniejszy niż przewidywane przez policję cztery tysiące, który umilkł w oczekiwaniu.
— To jest trzecia wizyta Waszej Królewskiej Mości w stoczni Barringtona. Pierwszy raz Wasza Królewska Mość przybyła tu jako nasza królowa w tysiąc dziewięćset trzydziestym dziewiątym roku, kiedy przedsiębiorstwo obchodziło stulecie istnienia i prezesem był mój dziadek. Wasza Królewska Mość odwiedziła nas ponownie w tysiąc dziewięćset czterdziestym drugim roku, żeby na własne oczy zobaczyć zniszczenia po bombardowaniach w czasie wojny, a dziś powraca radośnie witana, aby wodować statek nazwany imieniem siedziby, w której

---

* Her Majesty's Ship — okręt Jej Królewskiej Mości.

Wasza Królewska Mość mieszka od szesnastu lat. Przy okazji, gdyby Wasza Królewska Mość potrzebowała pokoju na noc – słowa Emmy przywitał gromki śmiech – to mamy ich dwieście dziewięćdziesiąt dwa, chociaż myślę, że powinnam rzec, iż Wasza Królewska Mość straciła szansę uczestniczenia w rejsie dziewiczym, ponieważ wszystkie miejsca są już sprzedane.

Śmiech tłumu i brawa sprawiły, że Emma się odprężyła i poczuła się pewniej.

– I czy mogę dodać, że obecność Waszej Królewskiej Mości w dniu dzisiejszym sprawiła, że jest to wydarzenie histeryczne...

Stłumiony okrzyk, a potem pełne zakłopotania milczenie. Emma chciała zapaść się pod ziemię, gdy wtem Królowa Matka wybuchnęła śmiechem i tłum zaczął wiwatować i rzucać czapki w górę. Emma czuła, jak ją palą policzki, i trochę trwało, zanim ochłonęła i powiedziała:

– Mam zaszczyt prosić Waszą Królewską Mość o dopełnienie ceremonii chrztu MV *Buckinghama*.

Emma cofnęła się, aby Królowa Matka mogła zająć jej miejsce. Tej chwili Emma lękała się najbardziej. Ross Buchanan kiedyś jej opowiedział o głośnym przypadku, kiedy wszystko poszło źle i nie dość, że na oczach publiczności statek został upokorzony, ale i załoga, i pasażerowie nie chcieli na nim pływać, przekonani, że został przeklęty.

Tłum znów umilkł i czekał nerwowo, gdyż taki sam lęk czuli wszyscy pracownicy zgromadzeni przy pochylni, wznoszący wzrok ku królewskiemu gościowi. Kilku bardziej przesądnych, jak Emma, ścisnęło kciuki, gdy zegar stoczni wybił pierwsze z dwunastu uderzeń i reprezentant Korony podał Królowej Matce butelkę szampana.

– Nadaję temu statkowi imię *Buckingham* – ogłosiła. – Niechaj przyniesie radość wszystkim, którzy będą nim pływać, i cieszy się długim i pomyślnym życiem na morzu.

Królowa Matka uniosła półtoralitrową butlę szampana, znieruchomiała na moment, a potem ją rzuciła. Emma chciała zamknąć oczy, kiedy butelka poszybowała szerokim łukiem w stronę statku. Gdy uderzyła w kadłub, roztrzaskała się w setki kawałków i po burcie statku spłynęły bąbelki szampana, a tłum zgotował najgłośniejszą owację tego dnia.

– Nie wyobrażam sobie, żeby mogło się udać lepiej – powiedział Giles, gdy samochód z Królową Matką wyjechał ze stoczni i zniknął w oddali.

– Mogłoby się obejść bez tego histerycznego wydarzenia – zauważyła Emma.

– Nie zgadzam się – rzucił Harry. – Królowej Matce wyraźnie się spodobało twoje drobne faux pas, a pracownicy opowiedzą o tym swoim dzieciom i chociaż raz się okazało, że jesteś niedoskonała.

– Jesteś miły, ale przed nami jeszcze mnóstwo pracy, zanim wyruszymy na dziewiczy rejs, i nie mogę sobie pozwolić na kolejny histeryczny moment – zauważyła Emma.

– Tak się cieszę, że nie opuściłam tej uroczystości – powiedziała Grace, podchodząc do nich. – Ale czy mogłabyś wybrać inny termin, a nie początek trymestru, gdy będziesz wodować następny statek? I jeśli mogę coś poradzić mojej wielkiej siostrze: potraktuj dziewiczy rejs jak uroczystość, jak święto, a nie jeszcze jeden tydzień w biurze. – Ucałowała brata i siostrę w oba policzki i dodała: – Aha, zachwycił mnie ten histeryczny moment.

– Ona ma rację – stwierdził Giles, odprowadzając wzrokiem siostrę, która zmierzała do najbliższego przystanku autobusowego. – Powinnaś się cieszyć każdą chwilą, bo ja tak zamierzam.

– Nie wiadomo, czy będziesz mógł.

– Dlaczego?

– Może do tego czasu zostaniesz ministrem.

– Muszę utrzymać swoje miejsce i partia musi wygrać wybory, zanim będę mógł zostać ministrem.

– Jak myślisz, kiedy będą wybory?

– Jeżeli mam zgadywać, to sądzę, że w październiku, niedługo po konferencji partii. Więc podczas kilku najbliższych tygodni będziesz mnie często widywać w Bristolu.

- I Gwyneth, mam nadzieję.
- No pewnie! Chociaż mam nadzieję, że dziecko urodzi się podczas kampanii. To warte tysiąca głosów, jak mówi Griff.
- Jesteś szarlatanem, Gilesie Barringtonie.
- Nie, jestem politykiem ubiegającym się o mandat, o którym decyduje minimalna większość głosów, i jeżeli wygram, to myślę, że wejdę do Gabinetu.
- Ostrożnie z marzeniami...

45

Giles był zadowolony, że kampania przed wyborami powszechnymi okazała się tak kulturalna, zwłaszcza że Jeremy Fordyce, jego konserwatywny rywal, inteligentny młody człowiek z Centralnego Biura, nigdy nie sprawiał wrażenia, że naprawdę wierzy, że zdobędzie mandat, i z pewnością nie uciekał się do takich pokrętnych praktyk jak Alex Fisher, kiedy był kandydatem. Reginald Ellsworthy, stały kandydat liberałów, miał tylko jeden cel, mianowicie zwiększenie liczby głosów, i nawet lady Virginia nie zdołała Gilesowi wymierzyć ciosu powyżej czy poniżej pasa, może dlatego, że wciąż nie mogła dojść do siebie po nokaucie, jaki jej zadała Emma na dorocznym zgromadzeniu akcjonariuszy Spółki Żeglugowej Barringtona.

Wydawało się więc, że nikt nie był zaskoczony, gdy sekretarz miejski ogłosił:

– Jako przewodniczący komisji wyborczej okręgu Bristol Docklands oznajmiam, że kandydaci uzyskali następującą liczbę głosów:

    sir Giles Barrington   21 144
    pan Reginald Ellsworthy   4 109
    pan Jeremy Fordyce   17 346.

A potem powiedział:

– Zatem ogłaszam sir Gilesa Barringtona legalnie wybranym członkiem parlamentu z okręgu Bristol Docklands.

Chociaż wyniki w tym okręgu raczej nie wskazywały na niczyje zwycięstwo, to decyzja o tym, kto będzie rządził krajem, zdaniem „wielkiego inkwizytora" BBC, Robina Daya, miała lada chwila pójść na anteny. W rzeczywistości dopiero kiedy podano końcowe wyniki w Mulgelrie, o trzeciej trzydzieści cztery po południu dzień po wyborach, naród zaczął się oswajać z myślą, że władzę obejmie pierwszy od czasu Clementa Attlee przed trzynastu laty rząd laburzystowski.

Nazajutrz Giles pojechał do Londynu, ale najpierw razem z Gwyneth i pięciotygodniowym Walterem Barringtonem objechał okręg wyborczy, żeby podziękować aktywistom partyjnym za największą jak dotychczas przewagę.

„Powodzenia w poniedziałek", to zdanie słyszał wielokrotnie, gdy przemierzał okręg wyborczy, bo wszyscy wiedzieli, że w tym dniu nowy premier podejmie decyzję, kto zasiądzie obok niego w gabinecie rządowym.

Podczas weekendu Giles wysłuchiwał przez telefon opinii kolegów i czytał artykuły czołowych publicystów politycznych, ale w istocie tylko jeden człowiek wiedział, kto otrzyma zielone światło, reszta to były zwyczajne spekulacje.

W poniedziałek rano Giles oglądał w telewizji, jak Harold Wilson jedzie w samochodzie do pałacu, gdzie królowa miała mu powierzyć utworzenie rządu. Czterdzieści minut później wyłonił się stamtąd jako premier i został zawieziony na Downing Street, skąd miał zaprosić dwudziestu dwóch kolegów do gabinetu rządowego.

Giles siedział przy śniadaniu, udając, że czyta poranne gazety, a tymczasem wpatrywał się w telefon, nakłaniając go w myślach, żeby zadzwonił. Kilka razy dzwonił, ale za każdym razem to był albo ktoś z rodziny, albo przyjaciel, który chciał mu pogratulować zdobycia znaczącej większości bądź życzyć powodzenia i powołania do rządu. Chciałby powiedzieć: wyłącz się. Jak premier może zatelefonować, skoro linia jest cały czas zajęta? A potem telefon się odezwał.

– Sir Gilesie, tu centrala telefoniczna Numeru Dziesięć. Premier pyta, czy mógłby pan wpaść do niego dziś o trzeciej trzydzieści po południu.

Giles chciał powiedzieć: postaram się znaleźć czas, ale zamiast tego rzekł:

– Tak, oczywiście.

Które miejsce w porządku dziobania zajmuje trzecia trzydzieści?

Godzina dziesiąta, i wiesz, czy jesteś ministrem skarbu czy

też ministrem spraw zagranicznych albo wewnętrznych. Te stanowiska już zostały obsadzone, zajęli je: Jim Callaghan, Patrick Gordon Walker i Frank Soskice. Południe: Edukacja, Michael Stewart, i Praca, Barbara Castle. O trzeciej trzydzieści wszystko będzie jasne. Czy włączono go do Gabinetu, czy też ma odbyć okres próbny jako sekretarz stanu?

Giles przygotowałby sobie jakiś lunch, gdyby nie to, że telefon nie przestawał dzwonić. Jedni koledzy telefonowali, żeby powiedzieć, jakie dostali stanowiska, inni, żeby poinformować, że premier jeszcze do nich nie dzwonił, jeszcze inni pragnęli wiedzieć, o której godzinie premier chce go zobaczyć. Żaden z nich nie był pewien, co może oznaczać trzecia trzydzieści.

Słoneczna pogoda uświetniała zwycięstwo laburzystów, więc Giles postanowił przejść się spacerkiem do Downing Street 10. Z mieszkania przy Smith Square wyszedł tuż po trzeciej, pomaszerował na Embankment i minął Izbę Lordów i Izbę Gmin w drodze do Whitehallu. Przeciął ulicę, gdy Big Ben wybił kwadrans po trzeciej i wędrował obok Ministerstwa Spraw Zagranicznych, a potem skręcił w Downing Street. Przywitała go hałaśliwa sfora krwiożerczych pitbuli, odgrodzona prowizorycznymi barierkami.

– Jakiego stanowiska pan się spodziewa? – krzyknął jeden.

Chciałbym to wiedzieć, miał ochotę odkrzyknąć Giles, niemal całkiem oślepiony światłem lamp błyskowych.

– Sir Gilesie, czy ma pan nadzieję wejść do Gabinetu? – zawołał drugi.

Oczywiście, ty idioto. Ale ustami nie poruszył.

– Jak długo pana zdaniem ten rząd przetrwa z tak małą większością?

Nie za długo – nie chciał przyznać.

Obsypywano go pytaniami, gdy wędrował Downing Street, mimo że każdy dziennikarz wiedział, że nie ma żadnej nadziei na wydobycie odpowiedzi w drodze do Numeru Dziesięć, co najwyżej można się spodziewać machnięcia ręki i uśmiechu w drodze powrotnej.

– Dzień dobry, sir Gilesie – powiedział sekretarz Gabinetu, jakby nigdy przedtem się nie spotkali. – Premier jest w tej chwili z jednym z pana kolegów, więc może zechce pan poczekać w przedpokoju, aż będzie wolny.

Giles pojął, że sir Alan już wie, jakie stanowisko zostanie mu zaproponowane, ale nieprzenikniony mandaryn, odchodząc, nawet ruchem brwi nie dał nic po sobie poznać.

Giles usiadł w małym przedpokoju, gdzie podobno Wellington i Nelson czekali na spotkanie z Williamem Pittem Młodszym, przy czym żaden nie wiedział, kim jest drugi. Potarł dłonie o spodnie, chociaż wiedział, że nie wymieni uścisku rąk z premierem, jak, zgodnie z tradycją, koledzy z parlamentu. Tylko tykanie zegara nad kominkiem było głośniejsze od bicia jego serca. W końcu drzwi się otworzyły i stanął w nich sir Alan.

– Premier teraz pana przyjmie – powiedział.

Giles wstał i ruszył wolnym krokiem niczym skazaniec w drodze na szubienicę.

Kiedy wszedł do sali posiedzeń rządu, Harold Wilson siedział w połowie długiego owalnego stołu otoczonego przez dwadzieścia dwa puste krzesła. Ujrzawszy Gilesa, wstał ze swego miejsca pod portretem Roberta Peela i powiedział:

– Doskonały wynik w okręgu Bristol Docklands. Dobra robota, Giles.

– Dziękuję, panie premierze – odparł Giles, zgodnie z tradycją przestając mu mówić po imieniu.

– Usiądź, proszę – powiedział Wilson, napełniając fajkę tytoniem.

Giles chciał usiąść obok premiera, ale ten rzekł:

– Nie, nie tutaj. To miejsce George'a. Może pewnego dnia, ale nie dziś. Usiądź tam. – Wskazał krzesło z obciągniętym zieloną skórą oparciem po drugiej stronie stołu. – Tam sekretarz stanu do spraw Europy będzie siedział w każdy czwartek, gdy spotykają się ministrowie.

46

– Tylko pomyśl, ile rzeczy może się nie udać – powiedziała Emma, chodząc tam i z powrotem po sypialni.
– A czemu nie skupić się na tym, co się może udać – zauważył Harry – i posłuchać rady Grace, spróbować się odprężyć i traktować całą tę wyprawę jak wakacje.
– Szkoda, że ona nie mogła się z nami wybrać.
– Grace nigdy by nie wzięła dwóch tygodni urlopu w trakcie ośmiotygodniowego trymestru.
– A Giles wziął.
– Ale tylko tydzień – przypomniał jej Harry. – I sprytnie wymyślił, że odwiedzi ONZ, gdy będzie w Nowym Jorku, a potem pojedzie do Waszyngtonu spotkać swojego odpowiednika.
– I zostawi w domu Gwyneth i dziecko.
– To mądra decyzja w tej sytuacji. Co to byłyby dla nich za wakacje z małym Walterem wrzeszczącym dzień i noc.
– Czy jesteś spakowany? – zapytała Emma.
– Tak, pani prezes. Już od pewnego czasu.
Emma roześmiała się i go objęła.
– Czasem zapominam ci podziękować.
– Nie roztkliwiaj się nade mną. Czeka cię jeszcze praca, więc czemu nie ruszamy?
Emma nie mogła się doczekać, kiedy wyjdą, chociaż to znaczyło, że będą tkwić na pokładzie godzinami, zanim kapitan wyda rozkaz oddania cum i popłynięcia do Nowego Jorku. Harry uznał, że byłoby jeszcze gorzej, gdyby tkwili w domu.
– Tylko spójrz – powiedziała Emma z dumą, kiedy samochód zajechał na nabrzeże i przed ich oczami wyłoniła się sylwetka *Buckinghama*.
– Tak, to prawdziwie histeryczny widok.

– Ratunku – westchnęła Emma. – Czy ja nigdy tego nie zapomnę?
– Mam nadzieję, że nie – rzekł Harry.

– To takie ekscytujące – powiedziała Sam, kiedy Sebastian skręcił z A4 i podążył za znakami do portu. – Nigdy nie płynęłam statkiem oceanicznym.
– I to nie jest zwyczajny statek pasażerski – zauważył Sebastian. – Ma słoneczny pokład, kino, dwie restauracje i basen pływacki. Bardziej przypomina pływające miasto.
– Wydaje się dziwne, że jest basen pływacki, skoro dokoła jest woda.
– Woda, woda, woda wszędzie*.
– To znowu jakiś drugorzędny angielski poeta? – zagadnęła Sam.
– A czy wy macie jakichś pierwszorzędnych amerykańskich poetów?
– Jednego, co napisał wiersz, z którego mógłbyś się czegoś nauczyć:
„Nie nagłym lotem wznieśli się na szczyty wielcy ludzie, lecz, gdy spali ich towarzysze, pięli się mozolnie w górę"**.
– Kto to napisał? – spytał Sebastian.

– Ilu naszych ludzi jest już na statku? – zapytał lord McIntyre, starając się utrzymać w roli, kiedy samochód wyjechał z Bristolu i skierował się do portu.
– Trzech bagażowych i dwóch kelnerów, jeden w barze z grillem, jeden w drugiej klasie oraz posłaniec.
– Czy można liczyć na to, że będą milczeć w razie przesłuchania albo kiedy będą pod prawdziwą presją?
– Dwaj bagażowi i jeden z kelnerów zostali starannie wybra-

---

* S.T. Coleridge, *Rymy o sędziwym marynarzu*, przekład Stanisława Kryńskiego, w: *Angielscy „Poeci Jezior"*, Wrocław 1963.
** H.W. Longfellow, *The Ladder of St Augustine*.

ni. Posłaniec będzie na statku jedynie kilka minut i gdy tylko doręczy kwiaty, co tchu wróci do Belfastu.

– Liam, jak już zajmiemy kabiny, przyjdź do mnie o dziewiątej. O tej porze większość pasażerów pierwszej klasy będzie na kolacji, co ci da aż za dużo czasu, żeby przygotować sprzęt.

– Z tym nie będzie problemu – powiedział Liam. – Co mnie martwi, to wniesienie tego wielkiego kufra na pokład bez wzbudzenia podejrzeń.

– Dwóch tragarzy zna numer rejestracyjny tego samochodu – odezwał się szofer – i będą nas wyglądać.

– Jak brzmi mój akcent? – zagadnął McIntyre.

– Mnie mógłbyś zmylić, ale ja nie jestem angielskim dżentelmenem. I musimy mieć nadzieję, że nikt z pasażerów statku nigdy nie spotkał lorda McIntyre'a.

– To mało prawdopodobne. On ma ponad osiemdziesiąt lat i nie pokazuje się publicznie od śmierci żony dziesięć lat temu.

– Czy on nie jest dalekim krewnym Barringtonów?

– Dlatego właśnie go wybrałem. Jeżeli SAS będzie miał kogoś na statku, to facet zajrzy do *Who's Who* i dojdzie do wniosku, że należę do rodziny.

– A co, jeżeli wpadniesz na kogoś z rodziny?

– Nie zamierzam wpaść na żadnego z nich. Chcę ich wszystkich sprzątnąć.

Szofer zachichotał.

– A teraz mi powiedz, jak się dostanę do mojej drugiej kabiny, kiedy wcisnę przycisk.

– Dam ci klucz o dziewiątej. Czy pamiętasz, gdzie jest toaleta publiczna na szóstym pokładzie? Bo tam będziesz musiał się przebrać, kiedy opuścisz swoją kabinę.

– Po drugiej stronie salonu dla pasażerów pierwszej klasy. Przy okazji, stary, to łazienka, nie toaleta – wytknął mu lord McIntyre. – To taki prosty błąd, który może mnie zdradzić. Nie zapominaj, ten statek to typowy obraz społeczeństwa angielskiego. Klasy wyższe nie utrzymują kontaktów z pasażerami drugiej klasy, a ci nie będą rozmawiać z pasażerami klasy turystycznej. Może więc nie być nam tak łatwo porozumiewać się ze sobą.

– Ale przeczytałem, że to jest pierwszy liniowiec z telefonem w każdym pokoju – powiedział Liam – więc jak będzie coś pilnego, po prostu wykręć siedemset dwanaście. Jeżeli nie podniosę słuchawki, nasz kelner w restauracji z grillem ma na imię Jimmy i on...

Pułkownik Scott-Hopkins nie patrzył na *Buckinghama*. On i jego koledzy przeszukiwali wzrokiem tłum na nabrzeżu, szukając śladu obecności Irlandczyków. Jak na razie pułkownik nie widział nikogo, kogo by rozpoznał. Kapitan Hartley i sierżant Roberts, którzy obaj służyli w SAS w Irlandii Północnej, też nie mieli więcej szczęścia. To kapral Crann go spostrzegł.

– Czwarta godzina, stoi sam z tyłu tłumu. Nie patrzy na statek, tylko na pasażerów.

– Co on tu, do diabła, robi?

– Pewnie to samo co my, za kimś się rozgląda. Ale za kim?

– Nie wiem – rzekł Scott-Hopkins – ale, Crann, nie spuszczaj go z oka, i jeśli będzie z kimś rozmawiał albo zamierzał wejść na pokład, chcę natychmiast o tym wiedzieć.

– Tak jest – powiedział Crann, który zaczął się przedzierać przez tłum w kierunku obiektu.

– Szósta godzina – odezwał się kapitan Hartley.

Pułkownik spojrzał w tamtą stronę.

– O, Boże, to wszystko, czego nam trzeba...

– Liam, jak wysiądę z samochodu, ulotnij się i przyjmij za pewnik, że w tłumie są ludzie, którzy cię wypatrują – powiedział lord McIntyre. – I pamiętaj, żeby być w mojej kabinie o dziewiątej.

– Właśnie zauważyłem Cormaca i Declana – odezwał się szofer.

Mignął raz światłami i obaj do nich podbiegli, ignorując kilku innych pasażerów, którym należało pomóc.

– Nie wysiadaj z samochodu – polecił McIntyre szoferowi. Obaj bagażowi, natężając się, wyjęli ciężki kufer z bagażnika i postawili na wózku tak delikatnie, jakby chodziło o niemowlę. Gdy jeden z nich zatrzasnął klapę bagażnika, McIntyre powiedział:

– Kevin, kiedy wrócisz do Londynu, miej na oku numer czterdzieści cztery przy Eaton Square. Teraz, gdy Martinez sprzedał rolls-royce'a, czuję, że chce nawiać. – Zwrócił się z powrotem do Liama. – Widzimy się o dziewiątej – przypomniał, a potem wysiadł z samochodu i wmieszał się w tłum.

– Kiedy powinienem dostarczyć lilie? – szepnął młody człowiek, który się zjawił obok lorda McIntyre'a.

– Mniej więcej trzydzieści minut przed odpłynięciem statku. A potem postaraj się, żebyśmy cię więcej nie widzieli, chyba że w Belfaście.

Don Pedro stał z tyłu za tłumem i patrzył, jak samochód, który rozpoznał, zatrzymał się w pewnej odległości od statku.

Nie zdziwił się, że ten szczególny szofer nie wysiadł z samochodu, kiedy dwóch bagażowych wyskoczyło znikąd, otworzyło bagażnik, wyładowało olbrzymi kufer na wózek i wolno potoczyło go w stronę statku. Dwóch mężczyzn, jeden starszy i jeden około trzydziestki, wysiadło z samochodu. Starszy, którego Don Pedro wcześniej nie widział, pilnował wyładowywania bagażu, rozmawiając przy tym z tragarzami. Don Pedro poszukał wzrokiem drugiego mężczyzny, ale ten już przepadł w tłumie.

Chwilę później samochód zawrócił i odjechał. Szoferzy zwykle otwierają tylne drzwi pasażerom, pomagają wyładować bagaż, a potem czekają na dalsze polecenia. Ale nie ten, który najwyraźniej nie chciał tam tkwić dłużej, żeby go nie rozpoznano, tym bardziej że na nabrzeżu aż roiło się od policji.

Don Pedro był pewien, że cokolwiek planowała IRA, to najprawdopodobniej stanie się to podczas podróży, a nie przed wypłynięciem *Buckinghama* w morze. Kiedy samochód zniknął mu z oczu, Don Pedro ustawił się w długiej kolejce i czekał na taksówkę. Nie miał już kierowcy ani samochodu. Wciąż nie mógł przeboleć, że tak tanio opylił rolls-royce'a, nalegając na zapłatę w gotówce.

W końcu dotarł do czoła kolejki i polecił taksówkarzowi, żeby go zawiózł na stację Temple Meads. W pociągu jadącym na Paddington dumał nad tym, co ma robić następnego dnia. Nie zamierzał płacić drugiej raty w wysokości dwustu pięćdziesięciu tysięcy funtów, zwłaszcza że nie miał tych pieniędzy. W sejfie zostało mu trochę ponad dwadzieścia trzy tysiące i miał jeszcze cztery tysiące ze sprzedaży samochodu. Pomyślał, że jeśli uda mu się wydostać z Londynu, zanim IRA wywiąże się z umowy, to mało prawdopodobne, żeby szukali go w Buenos Aires.

– Czy to był on? – spytał pułkownik.
– Możliwe, ale nie jestem pewien – odparł Hartley. – Jest dziś mnóstwo szoferów w czapce z daszkiem i w ciemnych okularach, ale kiedy podszedłem bliżej, żeby mu się przyjrzeć, on już jechał z powrotem w stronę bramy.
– Czy widziałeś, kto wysiadł z tego samochodu?
– Proszę się rozejrzeć wokół, to może być jeden z setek pasażerów wsiadających na statek – powiedział Hartley, kiedy ktoś prawie się otarł o pułkownika.
– Bardzo przepraszam – rzekł lord McIntyre, unosząc kapelusza i uśmiechając się do pułkownika, po czym wszedł na pomost i wsiadł na statek.

– Wspaniała kabina – zachwyciła się Sam, wychodząc spod prysznica owinięta ręcznikiem. – Pomyśleli o wszystkim, czego potrzebuje dziewczyna.
– To dlatego, że moja matka na pewno skontrolowała wszystkie pomieszczenia.
– Wszystkie? – spytała Sam z niedowierzaniem.
– Lepiej, żebyś w to uwierzyła. Tylko szkoda, że nie pomyślała o tym, czego potrzeba chłopakowi.

– A co ci jeszcze jest potrzebne?
– Po pierwsze, podwójne łóżko. Czy nie sądzisz, że jest trochę za wcześnie, żebyśmy spali osobno?
– Nie bądź taki niezaradny, Seb, po prostu je zsuń.
– Chciałbym, żeby to było takie łatwe, ale są przyśrubowane do podłogi.
– To dlaczego nie zdejmiesz materaców – powiedziała bardzo wolno – i nie ułożysz ich jeden przy drugim, żebyśmy spali na podłodze?
– Już próbowałem, ale mieści się z trudem tylko jeden, a co dopiero mówić o dwóch.
– Och, gdybyś zarobił tyle, aby nas było stać na kabinę pierwszej klasy – powiedziała z przesadnym westchnieniem.
– Wtedy kiedy będę mógł sobie na to pozwolić, prawdopodobnie będziemy sypiać osobno.
– Nie ma mowy – powiedziała Sam, pozwalając opaść ręcznikowi na podłogę.

– Dobry wieczór, milordzie. Nazywam się Braithwaite i jestem starszym stewardem na tym pokładzie. Czy mogę powiedzieć, jak miło tu pana gościć? Jeżeli czegoś pan będzie potrzebował, w nocy czy w dzień, po prostu proszę podnieść słuchawkę telefonu i wykręcić sto, a ktoś natychmiast przyjdzie.
– Dziękuję, Braithwaite.
– Milordzie, czy mam rozpakować pańską walizkę, kiedy będzie pan na kolacji?
– Nie, to bardzo uprzejme z twojej strony, ale miałem dość męczącą podróż ze Szkocji i myślę, że zrezygnuję z kolacji.
– Wedle życzenia, milordzie.
– Czy możesz dopilnować – rzekł lord McIntyre, wyjmując z portfela banknot pięciofuntowy – żeby nikt mi nie przeszkadzał przed siódmą rano, kiedy napiłbym się herbaty i zjadł grzanki z dżemem?
– Jakie pieczywo, milordzie? Ciemne czy białe?
– Może być ciemne, Braithwaite.

– Umieszczę na drzwiach wywieszkę „Nie przeszkadzać" i zostawię pana. Dobranoc, milordzie.

Wszyscy czterej spotkali się w kaplicy okrętowej zaraz po zajęciu kabin.

– Nie wyobrażam sobie, żebyśmy się wysypiali w ciągu kilku najbliższych dni – powiedział Scott-Hopkins. – Skoro widzieliśmy ten samochód, musimy założyć, że na statku znajduje się komórka IRA.

– Czemu IRA miałaby się interesować *Buckinghamem*, kiedy mają dość własnych kłopotów u siebie w domu? – spytał kapral Crann.

– Bo gdyby zdołali dokonać takiego wyczynu jak zatopienie *Buckinghama*, toby odwrócili uwagę wszystkich od tych kłopotów.

– Chyba pan nie myśli… – zaczął Hartley.

– Zawsze najlepiej spodziewać się najgorszego scenariusza i założyć, że taki planują.

– Skąd by wzięli pieniądze na taką operację?

– Od mężczyzny, którego zauważyliście na nabrzeżu.

– Ale on nie wszedł na statek, tylko odjechał pociągiem z powrotem do Londynu – odezwał się Roberts.

– Czy wszedłbyś na statek, gdybyś wiedział, co oni planują?

– Jeśli jego interesują tylko rodziny Barringtonów i Cliftonów, to przynajmniej zawęża cel, ponieważ wszyscy są na tym samym pokładzie.

– Nieprawda – zaprzeczył Roberts. – Sebastian Clifton i jego dziewczyna zajmują kabinę numer siedemset dwadzieścia osiem. Oni też mogą być celem ataku.

– Nie sądzę – powiedział pułkownik. – Gdyby IRA zabiła córkę amerykańskiego dyplomaty, to możecie być pewni, że wszelkie fundusze napływające ze Stanów by wyschły z dnia na dzień. Myślę, że powinniśmy się skupić na kabinach pierwszej klasy na pierwszym pokładzie, bo gdyby oni zdołali zabić panią Clifton i kogoś z jej rodziny, dla *Buckinghama* nie byłby to dziewiczy, lecz ostatni rejs. Mając to na uwadze – ciągnął pułkownik – do końca podróży będziemy pełnić czterogodzinne warty. Hartley, ty patrolujesz kabiny pierwszej klasy do drugiej w nocy. Potem ja przejmę od ciebie wartę i obudzę cię tuż przed szóstą. Crann i Roberts pilnują w tych samych godzinach drugiej klasy, bo myślę, że tam umieściła się komórka IRA.

– Ilu ich szukamy? – spytał Crann.

– Mają przynajmniej trzech albo czterech ludzi na statku, którzy udają pasażerów albo członków załogi. Jeśli więc zauważycie kogoś, kogo widzieliście kiedyś na ulicach Irlandii Północnej, to nie będzie przypadek. I pamiętajcie, żeby mnie natychmiast poinformować. Aha, czy odszukaliście nazwiska pasażerów, którzy zarezerwowali dwie ostatnie kabiny pierwszej klasy na pokładzie numer jeden?

– Tak jest – powiedział Hartley. – Państwo Asprey, piąta kabina.

– Sklep, do którego nie pozwolę wejść mojej żonie, chyba że z innym mężczyzną.

– I lord McIntyre, trzecia kabina. Sprawdziłem w *Who's Who*. Ma osiemdziesiąt cztery lata i był żonaty z siostrą lorda Harveya, czyli musi być ciotecznym dziadkiem pani prezes.

– Dlaczego ma na drzwiach wywieszkę „Nie przeszkadzać"? – spytał pułkownik.

– Powiedział stewardowi, że jest wyczerpany po długiej podróży ze Szkocji.

– Naprawdę? – rzekł pułkownik. – Jednak lepiej miejmy na niego oko, chociaż nie wyobrażam sobie, jaki pożytek mogłaby mieć IRA z osiemdziesięcioczterolatka.

Otworzyły się drzwi; wszyscy się odwrócili i ujrzeli kapłana. Uśmiechnął się serdecznie do czterech mężczyzn, którzy klęczeli z modlitewnikami w ręku.

– Czy mogę w czymś pomóc? – zapytał, idąc nawą w ich kierunku.

– Nie, ojcze, dziękuję – powiedział pułkownik. – Właśnie wychodzimy.

47

– Czy mam wieczorem włożyć smoking? – spytał Harry, gdy się rozpakował.
– Nie, pierwszego i ostatniego wieczoru wymagany jest strój swobodny.
– Co to znaczy, bo to się zmienia z każdym pokoleniem?
– W twoim wypadku – garnitur i krawat.
– Czy ktoś będzie nam towarzyszył przy kolacji? – spytał Harry, wyjmując z szafy swój jedyny garnitur.
– Giles, Seb i Sam, czyli tylko rodzina.
– Więc Sam jest teraz uważana za członka rodziny?
– Seb tak myśli.
– To chłopak ma szczęście. Chociaż muszę przyznać, że chciałbym lepiej poznać Boba Binghama. Mam nadzieję, że któregoś wieczoru zjemy kolację z nim i jego żoną. Jak ona ma na imię?
– Priscilla. Ale ostrzegam, trudno o bardziej różniących się od siebie ludzi.
– To znaczy?
– Nic nie powiem, dopóki jej nie poznasz, a wtedy sam osądzisz.
– To brzmi intrygująco, chociaż „ostrzegam" jest wskazówką. Już postanowiłem, że Bob wystąpi na kilku stronach mojej następnej książki.
– Jako bohater czy czarny charakter?
– Jeszcze się nie zdecydowałem.
– Jaki będzie temat powieści? – zapytała Emma, otwierając szafę.
– William Warwick i jego żona spędzą wakacje na luksusowym statku pasażerskim.
– I kto kogo zamorduje?

– Biedny poniewierany mąż prezeski linii żeglugowej morduje żonę i ucieka z kucharką.

– Ale William Warwick wpadłby na trop zbrodni na długo przed przybiciem do portu i niegodziwy mąż trafiłby za kratki do końca życia.

– Nie, to mu nie grozi – rzekł Harry, zastanawiając się, który z dwóch krawatów wybrać do kolacji. – Warwick nie ma uprawnień, żeby go aresztować na statku, więc mąż umyka bezkarnie.

– Ale gdyby to był angielski statek, to mąż by podlegał prawu brytyjskiemu.

– A, w tym cały trik. Ze względów podatkowych statek pływa pod tanią banderą, w tym wypadku liberyjską, więc jedyne, co on musi zrobić, to przekupić szefa lokalnej policji i sprawa nigdy nie trafi do sądu.

– Znakomite – powiedziała Emma. – Czemu o tym nie pomyślałam? To by rozwiązało wszystkie moje problemy.

– Myślisz, że gdybym cię zamordował, rozwiązałoby to wszystkie twoje problemy?

– Nie, ty idioto. Ale niepłacenie podatków by mogło. Myślę, że umieszczę cię w radzie nadzorczej.

– Gdybyś to zrobiła, tobym cię zamordował – powiedział Harry i objął ją.

– Tania bandera – powtórzyła Emma. – Ciekawa jestem, jak by rada zareagowała na taki pomysł? – Wyjęła z szafy dwie sukienki i uniosła je. – Którą mam włożyć, czerwoną czy czarną?

– Chyba mówiłaś coś o swobodnym stroju.

– Pani prezes nigdy nie może wystąpić w swobodnym stroju – odparła.

W tym momencie usłyszeli pukanie.

– Oczywiście, kochanie – rzekł Harry. Poszedł otworzyć drzwi, za którymi stał starszy steward.

– Dobry wieczór panu. Jej Królewska Mość Elżbieta Królowa Matka przysyła kwiaty pani prezes – oznajmił Braithwaite, jakby zdarzało się to co dzień.

— Niewątpliwie lilie — rzekł Harry.
— Skąd to wiedziałeś? — spytała Emma, gdy mocno zbudowany młody człowiek wszedł do środka z olbrzymim wazonem z liliami.
— To pierwsze kwiaty, jakie dał jej książę Yorku, dużo wcześniej nim została królową.
— Proszę je postawić na stole w środku kabiny — poleciła Emma młodemu człowiekowi, patrząc na kartę dołączoną do kwiatów. Chciała mu podziękować, ale on już odszedł.
— Co tam jest napisane? — spytał Harry.
— „Dziękuję za pamiętny dzień w Bristolu. Mam nadzieję, że dziewiczy rejs mojego drugiego domu będzie szczęśliwy".
— Wytrawny z niej zawodowiec — zauważył Harry.
— To bardzo uprzejme z jej strony — powiedziała Emma. — Nie przypuszczam, żeby kwiaty przetrwały dłużej niż do Nowego Jorku, Braithwaite, ale chciałabym zachować ten wazon. Na pamiątkę.
— Mogę zmienić lilie, kiedy będzie pani w Nowym Jorku.
— To bardzo troskliwe z pana strony, Braithwaite. Dziękuję.

— Emma mi mówi, że chcesz być następnym prezesem rady nadzorczej — powiedział Giles, usiadłszy przy barze.
— Jaką radę nadzorczą masz na myśli? — spytał Sebastian.
— Przypuszczałem, że Spółki Barringtona.
— Nie, myślę, że matka ma jeszcze dość pary. Ale gdyby mnie poprosiła, mógłbym rozważyć, czy wejść do rady.
— To bardzo ładnie z twojej strony — rzekł Giles, kiedy barman postawił przed nim whisky z wodą sodową.
— Nie, bardziej mnie interesuje Farthings.
— Czy nie sądzisz, że dwadzieścia cztery lata to za młody wiek jak na prezesa banku?
— Prawdopodobnie masz rację, toteż staram się nakłonić pana Hardcastle'a, żeby nie przechodził na emeryturę przed siedemdziesiątką.

– Ale wtedy będziesz miał dopiero dwadzieścia dziewięć lat.
– To cztery lata więcej niż ty miałeś, kiedy pierwszy raz znalazłeś się w parlamencie.
– To prawda, ale nie zostałem ministrem, dopóki nie skończyłem czterdziestu czterech lat.
– Tylko dlatego, że wstąpiłeś do niewłaściwej partii.
Giles się roześmiał.
– Może ty pewnego dnia wylądujesz w Izbie, Seb?
– Może tak, wujku Gilesie, a wtedy, jeśli zechcesz mnie zobaczyć, to będziesz musiał patrzeć na drugą stronę sali, bo ja będę siedział na ławach naprzeciw. Zresztą zamierzam dorobić się majątku, zanim pomyślę o wspinaczce na ten szczególny śliski słup.
– A co to za piękne stworzenie? – zapytał Giles, schodząc z wysokiego stołka, gdy podeszła do nich Sam.
– To Sam, moja dziewczyna – powiedział niezdolny ukryć dumy Seb.
– Mogłaś trafić lepiej – rzekł Giles z uśmiechem.
– Wiem – odparła Sam – ale biedna imigrantka nie może być zbyt grymaśna.
– Jesteś Amerykanką – stwierdził Giles.
– Tak, myślę, że znasz mojego ojca, Patricka Sullivana.
– Owszem, znam Pata i bardzo go cenię. Prawdę mówiąc, zawsze myślałem, że Londyn jest tylko szczeblem w jego błyskotliwej karierze.
– Właśnie tak samo myślę o Sebastianie – powiedziała Sam, biorąc go za rękę.
Giles się roześmiał i w tej chwili Emma i Harry weszli do restauracji z grillem.
– Co to za żarty? – spytała Emma.
– Sam właśnie dała mu do zrozumienia, gdzie jego miejsce. „Gotów bym ożenić się z tą dziewką za ten jej koncept" – wyrecytował Giles, kłaniając się Sam.
– Och, nie sądzę, żeby Sebastian był podobny do sir Toby'ego

Belcha – zauważyła Sam. – Jak się zastanowić, on przypomina Sebastiana.

– „I ja" – dopowiedziała Emma.

– Nie – rzekł Harry. – „I ja też. A za cały posag przestać na drugim podobnym figlu"*.

– Nic nie rozumiem – odezwał się Sebastian.

– Jak powiedziałem, Sam, mogłaś trafić lepiej. Ale jestem pewien, że wytłumaczysz to później Sebowi. Przy okazji, Emmo – rzekł Giles. – Świetna sukienka. Dobrze ci w czerwonym.

– Dziękuję, Giles. Jutro będę w niebieskiej, więc będziesz musiał wymyślić inny wiersz.

– Czy mógłbym zamówić ci drinka, pani prezes? – spytał Harry, który nie mógł się doczekać dżinu z tonikiem.

– Nie, dziękuję, kochanie. Umieram z głodu, siadajmy do kolacji.

Giles mrugnął do Harry'ego.

– Kiedy miałeś dwanaście lat, ostrzegałem cię przed kobietami, ale nie posłuchałeś mojej rady.

Gdy torowali sobie drogę do stolika w środku sali, Emma przystanęła, żeby zamienić kilka słów z Rossem i Jean Buchananami.

– Widzę, że odzyskałeś żonę, Ross, a co z samochodem?

– Kiedy wróciłem do Edynburga kilka dni później – powiedział Ross, podnosząc się z krzesła – stał na parkingu dla samochodów odholowanych przez policję. Wydałem fortunę, żeby go odzyskać.

– Ale nie aż tyle – odezwała się Jean, dotknąwszy sznurka pereł.

– To zadośćuczynienie za to, że uwolniłem się na moment spod kurateli żony – wyjaśnił Ross.

– Dzięki czemu uwolniłeś też spółkę od tarapatów – powiedziała Emma – za co będę ci zawsze wdzięczna.

---

* William Szekspir, *Wieczór Trzech Króli*, w: *Dzieła dramatyczne*, tłum. Leon Ulrich, PIW 1980.

– Nie dziękuj mi – rzekł Ross. – Podziękuj Cedricowi.
– Żałuję, że nie mógł się wybrać w tę podróż – westchnęła Emma.

– Czy czekałeś na chłopca, czy na dziewczynkę? – spytała Sam, gdy kelner odsunął dla niej krzesło.
– Nie dałem Gwyneth wyboru – odparł Giles. – Powiedziałem jej, że musi być chłopak.
– Dlaczego?
– Z czysto praktycznych powodów. Dziewczynka nie może odziedziczyć rodowego tytułu. W Anglii wszystko jest przekazywane przez linię męską.
– Ależ to archaiczne – powiedziała Sam. – A ja zawsze myślałam, że Brytyjczycy to taka cywilizowana rasa.
– Nie wtedy, gdy chodzi o primogeniturę – rzekł Giles.
Trzej mężczyźni wstali, kiedy Emma podeszła do stolika.
– Ale pani Clifton jest prezeską rady nadzorczej Barringtona.
– I mamy królową na tronie. Ale nie martw się, Sam, my w końcu zwyciężymy tych starych reakcjonistów.
– Nie, jeśli moja partia wróci do władzy – rzucił Sebastian.
– Kiedy dinozaury znów przywędrują – powiedział Giles, patrząc na niego.
– Kto to powiedział? – spytała Sam.
– Człowiek, który mnie pokonał.

Liam nie zapukał do drzwi, tylko obrócił gałkę i wślizgnął się do środka, zerkając do tyłu, by się upewnić, że nikt go nie widzi. Nie chciał tłumaczyć, co młody człowiek z drugiej klasy robi w kabinie starego para o tej nocnej porze. Nie żeby ktoś to komentował.
– Czy ktoś może nam przeszkodzić? – spytał Liam, zamknąwszy drzwi.
– Nikt tu nie wejdzie przed siódmą rano, a wtedy nie będzie nic, czemu by można przeszkodzić.
– Dobrze – powiedział Liam.

Ukląkł, otworzył zamek wielkiego kufra, podniósł wieko i przyjrzał się skomplikowanemu mechanizmowi, którego skonstruowanie zajęło mu ponad miesiąc. Przez pół godziny sprawdzał, czy wszystkie przewody są podłączone, czy każda wskazówka jest w odpowiednim położeniu i czy zegar startuje przy uruchomieniu przełącznika. Dopiero kiedy uznał, że wszystko idealnie działa, podniósł się z kolan.

– Wszystko gotowe – oznajmił. – Kiedy chcesz to uruchomić?

– O trzeciej rano. I będę potrzebował trzydziestu minut, żeby to wszystko usunąć – dodał McIntyre, dotknąwszy podwójnego podbródka – i mieć dość czasu, żeby dostać się do drugiej kabiny.

Liam odwrócił się do kufra i nastawił urządzenie zegarowe na trzecią.

– Wystarczy, że tuż przed wyjściem włączysz przełącznik i sprawdzisz, czy chodzi wskazówka sekundowa.

– To co może pójść źle?

– Nic, jeżeli lilie są wciąż w jej kabinie. Nikt w tym korytarzu i prawdopodobnie nikt na pokładzie poniżej nie przeżyje. W ziemi pod tymi kwiatami są prawie trzy kilogramy dynamitu, dużo więcej niż potrzebujemy, ale dzięki temu możemy być pewni, że dostaniemy forsę.

– Masz mój klucz?

– Tak – odparł Liam. – Kabina numer siedemset sześć. Nowy paszport i bilet znajdziesz pod poduszką.

– Jest jeszcze coś, o co powinienem się martwić?

– Nie, upewnij się tylko, czy chodzi wskazówka sekundowa.

McIntyre się uśmiechnął.

– Do zobaczenia w Belfaście. A gdybyśmy znaleźli się w tej samej łodzi ratunkowej, nie zwracaj na mnie uwagi.

Liam skinął głową, podszedł do drzwi i powoli je otworzył. Wyjrzał na korytarz. Ani śladu nikogo, kto by wracał do kabiny po kolacji. Prędko przeszedł do końca korytarza i pchnął drzwi z napisem „Otwierać tylko w razie niebezpieczeństwa". Szybko zamknął je za sobą i zszedł po dudniących metalowych schodach. Nie spotkał nikogo na klatce schodowej. Za jakieś pięć godzin na tych schodach będą się tłoczyć ogarnięci paniką ludzie, przekonani, że statek zderzył się z górą lodową.

Kiedy dotarł na pokład siódmy, pchnął drzwi i rozejrzał się. Ani żywej duszy. Powędrował wąskim korytarzem do swojej kabiny. Kilka osób wracało do kabin po kolacji, ale nikt się nim w ogóle nie interesował. Z upływem lat Liam doprowadził anonimowość do perfekcji. Otworzył drzwi kabiny i gdy wszedł do środka, padł na łóżko ze świadomością wykonanej roboty. Spojrzał na zegarek: dziewiąta pięćdziesiąt. Zanosiło się na długie czekanie.

– Tuż po dziewiątej ktoś się wśliznął do kabiny lorda McIntyre'a – powiedział Haskins – ale nie widziałem, żeby wychodził.

– To mógł być steward.

– Mało prawdopodobne, panie pułkowniku, bo na drzwiach jest wywieszka „Nie przeszkadzać", a zresztą ten człowiek nie pukał. Wszedł, jakby to była jego własna kabina.

– To lepiej uważaj na te drzwi, a jeśli ktoś stamtąd wyjdzie, nie strać go z oczu. Ja zamierzam zajrzeć do Cranna w drugiej klasie i dowiedzieć się, czy nie ma czegoś do zameldowania. Jeżeli nie, to spróbuję się zdrzemnąć kilka godzin. Gdyby się wydarzyło coś, co wzbudzi twoje wątpliwości, to mnie zbudź.

– To co dla nas zaplanowałaś, gdy dopłyniemy do Nowego Jorku? – spytał Sebastian.

– Będziemy w Wielkim Jabłku tylko trzydzieści sześć godzin – odparła Sam – więc nie możemy stracić ani chwili. Rano zwiedzimy Metropolitan Museum, potem szybko przejdziemy się po Central Parku, a później wpadniemy na lunch do Sardiego. Po południu pójdziemy do Fricka, a na wieczór tatuś zdobył nam dwa bilety na *Hello, Dolly* z Carol Channing.

– To nie będzie czasu na zakupy?

– Pozwolę ci się przespacerować po Piątej Alei, ale tylko po to, żebyś obejrzał wystawy. Nie mógłbyś sobie nawet pozwolić na puzderko od Tiffany'ego, a co dopiero na klejnot, który chciałabym, żeby był w środku. Gdybyś jednak chciał mieć jakąś pamiątkę z tej wizyty, to zajrzymy do domu towarowego Macy's na Zachodniej Trzydziestej Czwartej Ulicy, gdzie możesz wybierać z tysiąca drobiazgów po cenie poniżej dolara.

– Zdaje się, że to coś na moją kieszeń. Przy okazji, co to takiego ten Frick?

– Ulubiona galeria twojej siostry.

– Ale Jessica nigdy nie była w Nowym Jorku.

– Mimo to znała każdy obraz w każdej sali. Tam zobaczysz jej najulubieńsze dzieło.

– Vermeera *Przerwana lekcja muzyki*.

– Nieźle – zauważyła Sam.

– Jeszcze jedno pytanie, zanim zgaszę światło. Kto to jest Sebastian?

– Nie jest Wiolą.

– Sam to niezwykła dziewczyna, prawda? – powiedziała Emma, kiedy opuścili z Harrym restaurację serwującą dania z grilla i wracali okazałymi schodami do kabiny na pierwszym pokładzie.

– Seb może za nią podziękować Jessice – rzekł Harry, biorąc Emmę za rękę.

– Tak bym chciała, żeby płynęła z nami. Do tej pory wszystkich by narysowała, od kapitana po Braithwaite'a serwującego popołudniową herbatę, a nawet by sportretowała Perseusza.

Harry zmarszczył brwi, kiedy szli w milczeniu korytarzem. Nie było dnia, żeby nie robił sobie wyrzutów, że nie powiedział Jessice prawdy o tym, kim był jej ojciec.

– Czy natknąłeś się na dżentelmena z trzeciej kabiny? – zagadnęła Emma, wyrywając go z zamyślenia.

– Lorda McIntyre'a? Nie, ale zauważyłem jego nazwisko na liście pasażerów.

– Czy możliwe, że to ten sam lord McIntyre, który był żonaty z moją stryjeczną babką Isobel?

– Możliwe. Widzieliśmy go raz, kiedy byliśmy w zamku twojego dziadka w Szkocji. Taki subtelny człowiek. Musi mieć teraz sporo powyżej osiemdziesiątki.

– Ciekawa jestem, dlaczego zdecydował się wybrać w dziewiczy rejs i nas nie zawiadomił?

– Zapewne nie chciał ci zawracać głowy. Zaprośmy go na kolację jutro wieczorem. W końcu to ostatni żyjący przedstawiciel tamtego pokolenia.

– Dobry pomysł, kochanie – rzuciła Emma. – Napiszę do niego liścik i wsunę mu pod drzwi z samego rana.

Harry otworzył drzwi kabiny i przepuścił ją.

– Jestem wyczerpana – powiedziała Emma. Pochyliła się i powąchała lilie. – Nie wiem, jak Królowa Matka radzi sobie z obowiązkami dzień po dniu.

– Robi to i jest w tym dobra, ale założę się, że byłaby wyczerpana, gdyby przez kilka dni próbowała pełnić rolę prezeski firmy Barringtona.

– Już wolę swoją pracę – powiedziała Emma, zrzucając sukienkę i wieszając ją w szafie, a potem znikając w łazience.

Harry jeszcze raz przeczytał kartę od Jej Królewskiej Wysokości Królowej Matki. Taki prywatny liścik. Emma już zdecydowała, że postawi wazon w swoim biurze, kiedy wrócą do Bristolu i w każdy poniedziałek rano włoży do niego świeże lilie. Harry się uśmiechnął. Czemu nie?

Gdy Emma wyszła z łazienki, Harry zajął jej miejsce i zamknął drzwi. Emma zrzuciła szlafrok i położyła się do łóżka, za bardzo zmęczona, żeby przeczytać choćby kilka stron powieści zatytułowanej *Szpieg, który przyszedł z zimnej strefy*, pióra nowego autora, poleconej przez Harry'ego. Zgasiła światło po swojej stronie łóżka i szepnęła:

— Dobranoc, kochanie — chociaż wiedziała, że Harry jej nie słyszy.

Gdy Harry wyszedł z łazienki, Emma mocno spała. Harry opatulił ją jak dziecko, pocałował w czoło i szepnął:

— Dobranoc, ukochana — a potem położył się do łóżka, ubawiony jej delikatnym mruczeniem. Nigdy nie przyszłoby mu do głowy nazwać tego chrapaniem.

Leżał, nie śpiąc, bardzo z niej dumny. Wodowanie statku było nadzwyczaj udane. Obrócił się na bok, przypuszczając, że w ciągu kilku chwil zaśnie, ale chociaż powieki mu ciążyły i czuł się wyczerpany, nie mógł zasnąć. Coś było nie tak.

48

Don Pedro wstał tuż po drugiej, ale nie dlatego, że nie mógł spać.

Ubrał się, spakował torbę podróżną i zszedł do gabinetu. Otworzył sejf, wyjął pozostałe dwadzieścia trzy tysiące sześćset czterdzieści pięć funtów i włożył je do torby. Bank był teraz właścicielem domu i całej jego zawartości, jak również instalacji i wyposażenia. Jeżeli liczyli na to, że on pokryje resztę debetu, to pan Ledbury powinien wybrać się na wycieczkę do Buenos Aires, gdzie dostanie dwuwyrazową odpowiedź.

Don Pedro wysłuchał wczesnego porannego dziennika w radiu, ale w skrócie najważniejszych wiadomości nic nie mówiono o *Buckinghamie*. Był pewien, że uda mu się wymknąć z kraju na długo przedtem, nim oni się połapią, że zwiał. Wyjrzał przez okno i zaklął, kiedy zobaczył bezustanny deszcz, którego krople rozpryskiwały się na chodniku, bo się bał, że może upłynąć sporo czasu, zanim znajdzie taksówkę.

Zgasił światło, wyszedł na zewnątrz i ostatni raz zamknął drzwi domu numer czterdzieści cztery przy Eaton Square. Omiótł spojrzeniem ulicę bez specjalnej nadziei i ucieszył się na widok jadącej w jego stronę taksówki, na której pojawił się napis „Wolny". Don Pedro podniósł rękę, wybiegł na deszcz i wskoczył do tyłu samochodu. Zamykając drzwi, usłyszał szczęk.

– Lotnisko Londyńskie – polecił, opierając się wygodnie.

– Nie sądzę – rzekł szofer.

Inny mężczyzna, oddalony o zaledwie dwie kabiny od Harry'ego, też czuwał, ale on nie próbował zasnąć. Właśnie zabierał się do roboty.

Wstał z łóżka o drugiej pięćdziesiąt dziewięć nad ranem, całkowicie wypoczęty, w stanie pełnej gotowości, podszedł do

407

wielkiego kufra na środku kabiny i podniósł wieko. Zawahał się chwilę, a potem zgodnie z instrukcją włączył przełącznik, zapoczątkowując proces, od którego nie było odwrotu. Upewniwszy się, że porusza się duża czarna wskazówka sekundowa, 29:59, 29:58, wcisnął guzik z boku swojego zegarka i opuścił wieko kufra. Potem chwycił leżącą przy łóżku małą plastikową torbę, w której było wszystko, czego potrzebował, zgasił światło, powoli otworzył drzwi kabiny i wyjrzał na słabo oświetlony korytarz. Odczekał chwilę, aż wzrok mu się przystosował do półmroku. Gdy był pewien, że nikogo tam nie ma, wyszedł na korytarz i cicho zamknął drzwi.

Ostrożnie postawił stopę na grubym szafirowym dywanie i cicho stąpał, idąc korytarzem, czujnie nasłuchując każdego szmeru. Nie usłyszał jednak nic poza równomiernym, delikatnym stukotem silnika, wprawiającego statek w stały ruch na spokojnym morzu. Przystanął, gdy doszedł na szczyt głównych schodów. Światło tu było trochę jaśniejsze, ale nadal nikogo nie było widać. Wiedział, że salon pierwszej klasy jest o jeden pokład niżej, a w oddalonym kącie widnieje dyskretny znak: „Dla panów".

Nikt go nie minął, gdy schodził głównymi schodami, ale kiedy znalazł się w salonie, od razu zobaczył mocno zbudowanego mężczyznę rozwalonego na wygodnym fotelu, wyglądającego, jakby nie żałował sobie bezpłatnego alkoholu oferowanego pasażerom pierwszej klasy w pierwszy wieczór dziewiczego rejsu.

Skradając się, minął śpiącego pasażera, który chrapał z zadowoleniem, ale się nie poruszył, i poszedł w stronę znaku z drugiej strony sali. Gdy wszedł do łazienki – zaczynał nawet myśleć jak oni – zapaliło się światło, co go zaskoczyło. Zawahał się chwilę, ale potem sobie przypomniał, że to jeszcze jedna napawająca dumą nowość na tym statku, o czym przeczytał w luksusowo wydanym prospekcie. Podszedł do rzędu umywalek, postawił plastikową torbę na marmurowym blacie, rozsunął zamek i zaczął wyjmować różne płyny kosmetyczne, mikstury i akcesoria, które usuną jego kamuflaż: butelka olejku, brzytwa, nożyczki, grzebień i słoiczek tłustego kremu do twarzy Pondsa pomogą mu spuścić kurtynę po premierowym przedstawieniu.

Spojrzał na zegarek. Miał jeszcze dwadzieścia siedem minut i trzy sekundy, zanim się podniesie inna kurtyna, a wtedy on będzie tylko cząstką przerażonego tłumu. Odkręcił wieczko butelki z oliwką i przetarł nią twarz, szyję i czoło. Po kilku chwilach poczuł pieczenie, o czym uprzedził go charakteryzator. Powoli zdjął siwą, łysiejącą perukę i położył ją z boku umywalki, spojrzał do lustra i z zadowoleniem zobaczył znowu swoją gęstą, rudą, falującą czuprynę. Teraz odkleił poczerwieniałe policzki, jakby zrywał plaster z rany, która się niedawno zagoiła, i w końcu nożyczkami przeciął podwójny podbródek, z którego charakteryzator był taki dumny.

Napełnił umywalkę ciepłą wodą i wyszorował twarz, usuwając ślady po sztucznej bliźnie, resztki kleju i farby, które jeszcze nie chciały zejść. Osuszył twarz, skóra wciąż była miejscami szorstka, więc nałożył warstwę kremu, żeby dopełnić przemiany.

Liam Doherty przejrzał się w lustrze i stwierdził, że odmłodził się o pięćdziesiąt lat w niespełna dwadzieścia minut, spełniając marzenie każdej kobiety. Wyjął grzebień, rude włosy zaczesał w czub, a potem pozostałości po obliczu lorda McIntyre'a wrzucił do plastikowej torby i zajął się zdejmowaniem szat lorda.

Zaczął od odpięcia sztywnego białego kołnierzyka, który zostawił mu czerwoną pręgę na szyi, zerwał szarpnięciem krawat absolwenta Eton i włożył jedno i drugie do torby. Zamienił białą jedwabną koszulę na szarą bawełnianą i bardzo wąski krawat, jak się teraz noszą wszystkie chłopaki na Falls Road. Ściągnął żółte szelki i pozwolił opaść na podłogę workowatym szarym spodniom razem z brzuchem – poduszką – schylił się i rozwiązał sznurówki czarnych skórzanych półbutów McIntyre'a, zrzucił je i schował. Wyjął najmodniejsze wąskie spodnie-rurki i nie mógł powstrzymać uśmiechu, gdy je wciągał; żadnych szelek, tylko wąski skórkowy pasek, który kupił na Carnaby Street, kiedy ostatnio był na innej akcji w Londynie. Na koniec wsunął stopy w brązowe zamszowe mokasyny, które nigdy nie stąpały po dywanie pierwszej klasy. Spojrzał w lustro i zobaczył siebie.

Doherty popatrzył na zegarek. Miał jedenaście minut i czterdzieści jeden sekund, żeby schronić się w swojej kabinie. Nie miał czasu do stracenia, bo jeśliby bomba wybuchła, a on był jeszcze w pierwszej klasie, to byłby tylko jeden podejrzany.

Wepchnął wszystkie płyny i mikstury do torby, zasunął suwak i pospiesznie podszedł do drzwi, otworzył je ostrożnie i wyjrzał na zewnątrz. Nikogo nie było widać, nawet pijany mężczyzna zniknął. Prędko przeszedł koło pustego fotela, gdzie tylko wgłębiony odcisk ciała wskazywał, że ktoś tam ostatnio siedział.

Doherty w pośpiechu przeciął salon, zmierzając do głównych schodów; pasażer drugiej klasy na terytorium pierwszej klasy. Nie zatrzymał się, póki nie dotarł na podest trzeciego pokładu, strefy demarkacyjnej. Kiedy przekroczył czerwony łańcuch, który oddzielał oficerów od niższych stopniem, pierwszy raz odetchnął; jeszcze nie całkiem bezpieczny, ale już poza strefą bitwy. Postawił stopę na zielonym sznurkowym chodniku i zbiegł wąskimi schodami cztery piętra w dół, aż dotarł na pokład, gdzie czekała druga kabina.

Ruszył na poszukiwanie kabiny 706. Mijał właśnie kabiny numer 726 i 724, gdy spostrzegł porannego imprezowicza usiłującego bezskutecznie trafić kluczem do zamka. Czy chociaż to była kabina tego mężczyzny? Doherty odwrócił głowę, przechodząc obok mężczyzny – co prawda nie będzie on w stanie rozpoznać ani jego, ani kogokolwiek innego, kiedy wybuchnie panika.

Stanął przed kabiną numer 706, otworzył drzwi i wszedł do środka. Spojrzał na zegarek: siedem minut i czterdzieści trzy sekundy do momentu, kiedy wszyscy się obudzą, choćby spali kamiennym snem. Podszedł do koi i odchylił poduszkę, pod którą znalazł nieużywany paszport i nowy bilet, który z lorda McIntyre'a zmieniał go w Dave'a Roscoe'a zamieszkałego przy Napier Drive 47 w mieście Watford. Zawód: malarz i tapeciarz.

Opadł na koję i rzucił okiem na zegarek: sześć minut dziewiętnaście sekund, osiemnaście, siedemnaście, jeszcze sporo czasu. Jego trzej kumple też nie śpią, lecz czekają, ale nie odezwą się słowem, dopóki wszyscy się nie spotkają Pod Ochotnikiem na Falls Road, gdzie wychylą kilka kufli piwa. Nigdy przy innych nie będą rozmawiali o dzisiejszej nocy, ponieważ ich nieobecność w miejscu zwykłych spotkań w zachodnim Belfaście zostanie zauważona i sprawi, że będą podejrzani przez miesiące, a może i lata. Usłyszał głośne łomotanie w drzwi na korytarzu i uznał, że imprezowicz w końcu się poddał.

Sześć minut dwadzieścia jeden sekund...

Zawsze taki sam niepokój, kiedy trzeba czekać. Czy zostawiłeś jakiś ślad, który zaprowadzi prosto do ciebie? Czy popełniłeś jakieś błędy, które spowodują klęskę operacji i uczynią cię pośmiewiskiem w ojczyźnie? Nie uspokoi się, dopóki się nie znajdzie w łodzi ratunkowej, a jeszcze lepiej na innym statku płynącym do innego portu.

Pięć minut czternaście sekund...

Wiedział, że jego rodacy, bojownicy tej samej sprawy, będą równie zdenerwowani jak on. Czekanie jest zawsze najgorsze, poza kontrolą, już nic nie można zrobić.

Cztery minuty jedenaście sekund...

To gorzej niż na meczu piłki nożnej, kiedy prowadzisz jeden do zera, ale wiesz, że druga strona jest silniejsza i ma szansę strzelić gola w doliczonym czasie. Przypomniał sobie instrukcje dowódcy okręgu: pamiętajcie, kiedy wybuchnie bomba, bądźcie pierwsi na pokładzie i pierwsi w łodzi ratunkowej, bo jutro o tej porze będą poszukiwać wszystkich poniżej trzydziestu pięciu lat i z akcentem irlandzkim, toteż trzymajcie buzie zamknięte na kłódkę, chłopaki.

Trzy minuty czterdzieści sekund... trzydzieści dziewięć.

Wlepił wzrok w drzwi kabiny i wyobraził sobie najgorsze, co może się zdarzyć. Bomba nie wybuchnie, drzwi się otworzą i kilkunastu, a może więcej zbirów z policji wpadnie do środka, wymachując pałkami, nie bacząc, ile razy ci przywalą. Ale jedyne, co słyszał, to rytmiczne dudnienie silnika *Buckinghama*, który kontynuował spokojną podróż przez Atlantyk w stronę Nowego Jorku. Miasta, do którego nigdy nie dopłynie.

Dwie minuty trzydzieści cztery sekundy... trzydzieści trzy...

Wyobraził sobie, jak to będzie, gdy znów się znajdzie na Falls Road. Chłopaczki w krótkich spodenkach będą spoglądać na niego z podziwem, gdy zobaczą go na ulicy, i marzyć, że będą tacy jak on, kiedy dorosną. Bohater, który wysadził w powietrze *Buckinghama* zaledwie kilka tygodni po chrzcie przez Królową Matkę. Nie będzie się wspominać o utraconym życiu niewinnych ludzi; nie ma niewinnych ludzi, kiedy wierzysz w sprawę. W gruncie rzeczy nigdy nie spotkał nikogo z pasażerów z kabin na górnych pokładach. Dowie się o nich wszystkiego z jutrzejszych gazet, a jeżeli dobrze wykonał swoją robotę, nie będzie tam jego nazwiska.

Minuta dwadzieścia dwie sekundy... dwadzieścia jeden...

Co może teraz pójść źle? Czy urządzenie skonstruowane w sypialni na piętrze w Dungannon zawiedzie w ostatniej minucie? Czy doświadczy ciszy porażki?

Sześćdziesiąt sekund...

Zaczął odliczać szeptem.

Pięćdziesiąt dziewięć, pięćdziesiąt osiem, pięćdziesiąt siedem, pięćdziesiąt sześć...

Czy ten pijany facet rozwalony w fotelu w holu czekał na niego cały czas? Czy idą już do jego kabiny?

Czterdzieści dziewięć, czterdzieści osiem, czterdzieści siedem, czterdzieści sześć...

Czy lilie zmieniono, wyrzucono, zabrano? Może pani Clifton jest uczulona na pyłki kwiatowe?

Trzydzieści dziewięć, trzydzieści osiem, trzydzieści siedem, trzydzieści sześć...

Czy otworzyli kabinę lorda McIntyre'a i znaleźli otwarty kufer?

Dwadzieścia dziewięć, dwadzieścia osiem, dwadzieścia siedem, dwadzieścia sześć...

Czy już szukają na statku mężczyzny, który wymknął się z łazienki w salonie pierwszej klasy?
Dziewiętnaście, osiemnaście, siedemnaście, szesnaście…
Czy oni… uchwycił się krawędzi koi, zamknął oczy i zaczął liczyć na głos.
– Dziewięć, osiem, siedem, sześć, pięć, cztery, trzy, dwa, jeden…
Przestał liczyć i otworzył oczy. Nic. Tylko upiorna cisza, która zawsze następuje po klęsce. Schylił głowę i pomodlił się do Boga, w którego nie wierzył, i natychmiast nastąpił wybuch tak wściekły, że padł na ścianę kabiny jak liść miotany wichrem. Z trudem powstał na nogi i uśmiechnął się, gdy usłyszał krzyk. Mógł się tylko domyślać, ilu pasażerów na najwyższym pokładzie zdołało przeżyć.

O tym, co dalej
dowiedzą się Państwo
w tomie piątym Kroniki Cliftonów

ORĘŻ POTĘŻNIEJSZY OD MIECZA.

Powieść ukaże się w 2015 roku

Więcej szczegółów na stronie

www.panmacmillam.com

lub

www.jeffreyarcher.com